I0575033

Bagriy & Co.

ИОСИФ ДАРСКИЙ

ЕЩЁ ОДНО,

ПОСЛЕДНЕЕ СКАЗАНЬЕ...

о ШАЛЯПИНЕ

Bagriy & Company
Chicago • Чикаго
2020

Joseph Darsky
YET ONE MORE FINAL TALE… ABOUT CHALIAPIN
(Russian Edition)

After the publication of six research books on Chaliapin, written by J. Darsky in America in both Russian and English, the present work is once again written in Russian. The first part of the book contains the recollections of Chaliapin's contemporaries from the personal archive of the author, most of which are unknown or long ago forgotten. The second part contains his new essays and articles, as well as his first attempt at a documentary story. The book includes illustrations from the collection of the author, including many items never previously published.

Иосиф Дарский
ЕЩЁ ОДНО, ПОСЛЕДНЕЕ СКАЗАНЬЕ… О ШАЛЯПИНЕ

После публикации шести книг исследований о Шаляпине, написанных И. Дарским в Америке как на русском, так и на английском языках, настоящая работа снова написана по-русски. Первая часть книги содержит воспоминания современников Шаляпина из личного архива автора, большинство которых неизвестно или давным-давно забыто. Вторая часть содержит его новые эссе и статьи, а также первую попытку документального рассказа. В книгу включены иллюстрации из собрания автора, в том числе никогда ранее не публиковавшиеся.

ISBN: 978-1-7344460-7-4
Library of Congress Control Number: 2020937299

Edited by Maryia Khrustaliova
Book Design and Layout by Yulia Tymoshenko
Book Cover Design by Larisa Studinskaya

Редактор: Мария Хрусталёва
Компьютерная вёрстка, макет: Юлия Тимошенко
Обложка: Лариса Студинская

Bagriy & Company
Chicago, Illinois, USA
www.bagriycompany.com

Printed in the United States of America

Содержание

Часть вторая
Известно, нет событий без следа
Статьи и эссе И. Дарского

*Памяти Марка Свойского,
моего ближайшего друга в Америке,
посвящаю*

Осенью 2017 года, после выхода в свет заключительной книги моей трилогии о Шаляпине на английском языке, я был уверен, что в писаниях моих поставлена точка, и последующие полгода были посвящены одному: приданию приемлемого вида моему шаляпинскому архиву. После приведения в более или менее порядок почти восьми с половиной тысяч единиц хранения в голове стали роиться мысли, что неплохо было бы ознакомить моих немногочисленных, но тем не менее весьма преданных читателей с некоторыми забытыми, а порой и неизвестными страницами жизни великого певца, кои десятилетиями дремали, хранимые в папках, и терпеливо ждали своего часа быть обнародованными.

И коль «бил свиданья час», как пел когда-то в «Фаусте» сам Фёдор Иванович, в первом разделе этой книги собраны воспоминания современников Шаляпина, бо́льшая часть которых ещё неизвестна русскоязычным читателям. Среди авторов воспоминаний можно увидеть имена тех, кто пел с ним, работал, или видел певца на сцене, или слышал в концерте, или общался и был дружен. Из этих рассказов понятно, каким каждый из авторов запомнил Шаляпина. Не все воспоминания можно отнести к хвалебным, не все и к восторженным, порой они весьма противоречивы, а порою вызывают резкое возражение, но именно это, подобно искусной мозаике, и воссоздаёт неподражаемый и уникальный образ гения, и именно это, хотелось бы надеяться, поможет нам если не глубже понять, то, по крайней мере, воочию узреть не только неповторимую многогранность уникального таланта Шаляпина, но и некоторые существенные черты его человеческого характера. Приводя эти противоречивые высказывания шаляпинских современников, мы не станем принимать ничьей стороны — ни автора, ни самого Шаляпина, но только кое-где постараемся предложить максимально объективные комментарии, и пусть каждый читатель сделает собственный вывод.

Немногим меньше ста лет тому назад значительная часть этих воспоминаний была напечатана в газетной и журнальной периодике русскоязычной эмиграции, а некоторые так и сохранились в первозданном рукописном виде. Следует также заметить, что в настоящем сборнике, не считая двух переведённых источников, представлены только воспоминания, оригинально созданные на русском языке. Все остальные иноязычные воспоминания шаляпинских современников, хранящиеся в моём архиве, всё ещё дожидаются своего часа. Будущее покажет, хватит ли у меня сил разрешить в одиночку и эту задачу.

Что касается второй части этой книги, то в ней, как и в моих первых книгах на русском языке, опубликованных лет двадцать тому назад в Нью-Йорке, я выношу на суд читателей пять моих собственных сочинений, цели и задачи которых станут очевидны при их прочтении. Все иллюстрации в этой книге, если не оговорено иначе, из личного архива и коллекции автора, но остальные использованы с письменного разрешения их владельцев.

И в заключение мне хотелось бы выразить глубочайшую благодарность, в первую очередь, членам семьи Ф. И. Шаляпина, много лет назад передавшим в мой архив ещё ни разу не опубликованные воспоминания, а также всем моим друзьям и коллегам-шаляпинистам, кто в течение долгих лет делился со мною советами, а также находками из русскоязычной зарубежной периодики. К сожалению, «иных уж нет, а те далече», но всем им мой земной поклон и спасибо от всей души, от всего сердца.

ЧАСТЬ ПЕРВАЯ

Шаляпин неизвестный

или забытый

Из воспоминаний современников

Глава 1

Воспоминания музыкантов

А. Т. Гречанинов[1]

ШАЛЯПИН[2]

Осенью 1906 года в Москве прошли первые представления моей оперы «Добрыня Никитич», в которой Шаляпин пел заглавную партию. Успех он имел, но не такой, к каким он привык. Уж очень этот богатырь, честный и добродетельный, ему не подходил. Не подходил так же, как если бы ему предложили спеть Игоря из бородинской оперы. Спел он Добрыню несколько раз, и затем его заменил другой.

Мы с ним встречались нечасто, но после каждой встречи у меня оставался глубокий след. Особенно трогательно для меня воспоминание об одном его визите, когда он пришёл к нам с Марией Валентиновной[3]. Жёны наши после чая остались в столовой, а мы пришли в мою студию, и он попросил показать ему мои новые песни. Я проиграл ему несколько, из которых одна произвела на него особенно глубокое впечатление, и он прослезился. Это была «молитва» на слова Пушкина «Отцы пустынники и жёны непорочны». Он скоро после этого визита ушёл от нас, и каждый раз, когда мне приходится теперь слышать эту молитву, я вспоминаю его взволнованное лицо, и мне особенно стали с тех пор дороги мои «Отцы пустынники».

Шаляпин — это эпоха в истории русского искусства, и как счастливы были его современники, слышавшие и видевшие на сцене и в жизни этого гениального артиста.

МОЯ ЖИЗНЬ[4]

Отрывки из книги воспоминаний А. Т. Гречанинова

Глава XV, с. 82: «…Через несколько дней была назначена комиссия. „Добрыня“ и в комиссии имел такой же успех и был единогласно принят для представления. Москва заговорила о новой опере. Ко мне начались налёты певцов и певиц Большого театра с просьбами назначить их на такую-то или такую-то партию. Назначение это тогда зависело от автора. Приехал ко мне, между прочим, и Шаляпин и попросил познакомить его с партией Добрыни. Я ему поиграл, партия ему понравилась, и он выразил желание её спеть». […]

Глава XVII, с. 87: «Шум, поднятый „Добрыней“ задолго до первого представления, немало повредил мне. Певцы и любители, познакомившиеся с оперой по клавиру, может быть, и переоценили достоинства моей музыки, но это вызвало другую волну, которая старалась во что бы то ни стало свергнуть меня с пьедестала, оказавшегося слишком высоким. В этой среде стали всячески отрицать какие-либо достоинства „Добрыни“. Главный исполнитель оперы Шаляпин как раз был окружён такими людьми, моими недоброжелателями. На него, конечно, не могло не действовать отрицательное отношение его друзей к моему сочинению, да и правду нужно сказать: роль благородного защитника угнетенных, доброго семьянина, храброго витязя „Добрыни“ не давала достаточно широкого поля для игры этого гениального артиста. В „Игоре“, например, Шаляпин даёт прекрасные типы разгульного князя Владимира Галицкого или широко размашистого Кончака, но в роли добродетельного князя Игоря его трудно было бы себе представить. Как бы то ни было, Шаляпин охладел к своей партии, не ходил на репетиции, и по этому поводу у меня с ним возникла переписка весьма неприятного характера. А между тем участие его в опере не давало возможности иметь в числе исполнителей первого представления такого талантливого и симпатичного артиста, как тенор Л. В. Собинов, которому так этого хотелось и который писал мне по этому поводу отчаянные письма из Петербурга, где он тогда гастролировал. Как раз вышло тогда директорское постановление, что участие в одном и том же спектакле двух таких выдающихся артистов, как Шаляпин и Собинов, не допускалось, вследствие чего мне не пришлось иметь для первого представления в роли Алёши Поповича дружески расположенного ко мне Собинова». […]

Глава XVII, сс. 88–90: «Накануне первого представления днем состоялась генеральная репетиция при переполненном зале. Меня и моих друзей глубоко возмущали многие детали постановки. […] Шаляпину в третьем акте дали детские игрушечные гусли. Он не постеснялся и на генеральной репетиции во всеуслышание громко заявил: „Неужели в реквизите Большого театра не найдётся настоящих гуслей?" […] У Альтани [капельмейстера Большого театра. — *И. Д.*] вследствие отсутствия художественного темперамента всё выходило как-то бесцветно и скучно. Шаляпин был нетвёрд в партии; особенно это чувствовалось в дуэте с Мариной. […] Наконец наступил этот страшный для меня день [премьеры. — *И. Д.*] — 14 октября 1903 года. […] В третьем акте Шаляпин должен был повторить песню Добрыни. […] Во всех газетах на другой день были краткие заметки об успехе оперы, но я знал, что я отдан на растерзание злых собак-критиков, которыми во все века были большей частью неудачливые композиторы, и ждал, что вот завтра, послезавтра начнут лить на меня помои некоторые господа, которые не могут вынести моего успеха. […] Действительно, через несколько дней наряду с серьёзными, вполне дружественными отзывами Энгеля, Кашкина [знаменитые московские критики. — *И. Д.*]

и некоторых петербургских критиков, специально для этого спектакля приехавших в Москву, появились до неприличия ругательные статьи. Первый писал в таком роде: „…музыка в ‘Добрыне’ отличается полным и совершенным отсутствием оригинальности творчества… Все исполнители заслуживают одобрения. Неодобрительно только участие Шаляпина: не боги горшки обжигают, говорит пословица, — так зачем же одного из них заставлять обжигать горшки…“ Дорошевич [популярный в те годы в Москве журналист и критик. — *И. Д.*] же написал шутовской фельетон-пасквиль на „Добрыню“». [...]

Глава XXV, сс. 113–115: «…и я с увлечением продолжил работать. Написал все дальнейшие песнопения литургии, дав ей древнее название „Демественной“, т. е. домашней. Я писал её осенью 1917 года во время большевистского восстания в Москве. Горьковатость музыки „аллилуйя“ в запричастном стихе, не соответствующая, может быть, значению этого слова, и объясняется ужасными переживаниями, связанными с этой эпохой. [...] Большевики победили. Начинается жизнь нищенская, полная всевозможных лишений. Жизнью даже назвать нельзя этот период тогдашнего нашего злосчастного существования. Первое время ещё выходили газеты, функционировали даже театры и концерты. [...] В одном из этих концертов ещё можно было исполнить мою „Демественную литургию“. [...] Дирижировал я сам. Литургия прошла с успехом. [...] Обратно тому, что было с кантатой, я проделал с „Демественной литургией“. Там к хоровым номерам я прибавил сольный, здесь, наоборот, к восьми сольным я прибавил четыре хоровых и ввёл ещё одно новое solo для баса с хором в „Сугубой ектении“. В новой редакции литургия очень выиграла. В таком виде я её исполнил в первый раз в Париже в церкви Notre Dame des Blancs Manteaux 25 марта 1926 года и через два года повторил в Salle Gaveau. Из всех тринадцати номеров в новой редакции наибольший успех имеет „Сугубая ектения“. Впоследствии она была записана с участим Шаляпина и хора Афонского[5]. Диск[6] этот получил первую премию на конкурсе, устраиваемом ежегодно газетой „Кандид“».

Н. П. Афонский

ДИСК «СУГУБАЯ ЭКТЕНИЯ»[7]

Как Шаляпин напевал А. Т. Гречанинова

Судьба дала мне большое счастье работать с Ф. И. Шаляпиным в течение последних шести лет его жизни, вплоть до самой его кончины; последний его концерт состоялся в Париже летом[8] 1937 года с участием и под моим управлением Парижского митрополичьего хора. Этот же хор пел в Париже и на отпевании Ф. И.

Работа моя с Шаляпиным — концерты и напевание дисков — началась совершенно неожиданно для меня. Однажды приехал ко мне Тейлор[9], директор Граммофонного О-ва, и предложил мне принять участие с усиленным хором в напевании дисков Шаляпина. Я долго колебался, прежде чем принять это предложение, которое, по ряду причин, считал очень сложным. На следующий день для окончательного решения вопроса на квартире Ф. И. состоялось совещание, в котором, помимо самого Шаляпина, приняли участие Тейлор со своими сотрудниками, М. Э. Кашук[10], пианист Г. Гусаков[11] и я.

Я откровенно высказал Ф. И. свои сомнения. Шаляпин выслушал меня и заметил, что руководимый мною хор он слышал несколько раз в соборе и он убеждён, что работа наша пойдёт хорошо и гладко. Приступили к рассмотрению репертуара. Ф. И. назвал несколько церковных песнопений и русских народных песен. Я предложил «Сугубую Эктению» [так и далее у Афонского. — *И. Д.*] А. Т. Гречанинова. Ф. И. отнесся к предложению поначалу отрицательно, указав, что у него нет времени для разучивания новых вещей. Я продолжал настойчиво рекомендовать

«Сугубую» и, чтобы убедить Шаляпина, решился на крайнюю меру. Я попросил Ф. И. разрешения тут же исполнить эту вещь. Партию солиста пел я сам под аккомпанемент г-на Гусакова. После нескольких тактов «Сугубой» Шаляпин встал, подошёл к роялю, попросил начать сначала и два раза пропел «Сугубую» от начала до конца.

Вопрос был решён. Ф. И. заявил, что «Сугубая» ему очень нравится и он будет петь её для диска.

После нескольких репетиций в зале «Плейель» Ф. И. Шаляпин напел для диска[12] «Сугубую Эктению» Гречанинова с участием органа и хора (50 человек) под моим управлением. После окончания сеанса Ф. И. пригласил хор принять участие в его концертах в Париже[13] и Берлине[14].

В 1934 году на мировом конкурсе в Италии диск «Сугубая Эктения» получил первый приз… Ф. И. очень любил «Сугубую», каждый день ставил диск для себя по несколько раз в день, а также обязательно предлагал её послушать всем, кто бывал у него в доме.

Как-то Шаляпин вызвал меня по телефону и сообщил, что у него был С. В. Рахманинов, «которому этот диск настолько понравился, что он прослушал его пять раз подряд и обещал написать для меня и вашего хора грандиозную ораторию». С. В. Рахманинов мне лично при свидании в Париже сказал, что он считает диск Ф. И. Шаляпина «Сугубую» лучшим из всех напетых им дисков.

Увы, смерть вырвала из среды живых и Шаляпина, и Рахманинова, и задуманная этими двумя величайшими музыкантами оратория так и осталась незаконченной.

И. Корвин-Хорватский[15]

О ШАЛЯПИНЕ И ЕГО ЭПОХЕ[16]

Воспоминания старого музыканта

Шаляпин и Рахманинов

В этом году исполнилось 33 [опечатка, это была 32-я годовщина. — *И. Д.*] года со дня смерти одного из великих певцов эпохи Феодора [так у автора. — *И. Д.*] Шаляпина, торжественно похороненного в Париже.

Тот, кто был на этих похоронах, никогда не забудет грандиозных размеров, которые приняла эта похоронная манифестация. Дипломаты, артисты, военные, молодёжь, рабочие — все явили яркую картину привязанности и симпатии к великому певцу и артисту.

Мне посчастливилось познакомиться с Шаляпиным в дни его юности, когда он был ещё никому неизвестным певцом, а я — подростком, но имевшим уже свои композиции и всецело погружённым в музыку.

Поразило меня то, что в этом юноше, с белыми бровями, водянистыми «северными» глазами, столько пылких чувств и умения преображаться. Выросши в простой семье и не получив никакого систематического образования, Шаляпин учился «на ходу», воспринимал всё то, что ему нужно было. Часто и много беседовал с лицами образованными и сведущими, поражая их своей жадной любознательностью, большой способностью запоминать и усваивать. Однажды у известного мецената Мамонтова я застал Шаляпина с его ровесником Сергеем Рахманиновым, который в то время только окончил Московскую консерваторию и написал свою «выпускную» работу, одноактную оперу «Алеко» на текст «Цыган» Пушкина. Беседа двух молодых людей, Шаляпина и Рахманинова, мне запомнилась на всю жизнь.

Рахманинов, культурный и образованный молодой человек, но очень скромный и застенчивый, еле успевал отвечать на вопросы Шаляпина. Говорили о музыке, об оперном искусстве, о влиянии поэзии на музыку, о Чайковском, Пушкине, Глинке.

Шаляпин спрашивал:

— Почему составляются либретто для оперы, разве нельзя писать прямо на текст драмы?

Рахманинов сказал, что Вагнер сам писал и текст, и музыку и в этом отношении никогда превзойдён не был, так как музыка Вагнера всегда точно выражала то, что задумано автором либретто. Не было «прилаживания» музыки к тексту, как это часто случается с другими композиторами.

Заговорили о том, что такое вагнеровский «лейтмотив». Попутно перешли на «контрапункт». Рахманинов прочёл целую лекцию о фуге, имитации и контрапункте. Почти никто из присутствовавших ничего не понял из этой лекции. Однако Шаляпин не только понял, но, схватив перо, стал писать мелодии, «подводя» к ним контрапункт. Рахманинов был обрадован не в меньшей степени, чем удивлён.

— Если бы все были такие толковые, как вы! — сказал он Шаляпину.

Не довольствуясь этой похвалой, Шаляпин взял с Рахманинова слово, что тот ему принесёт учебник гармонии и контрапункта.

— Да, кстати, хочу изучить партитуру вагнеровских «Мейстерзингеров», — добавил Фёдор Иванович, — захватите её с собой…

Знавшие Шаляпина по сцене, всегда были поражены его умением перевоплощаться в ту роль, которую он играл. Образы Мефистофеля, Базилио, Дон Кихота, Бориса, Олоферна, Кончака, Мельника — это были шедевры перевоплощений: каждый образ жил, неся на себе отпечаток эпохи, быта, стиля и характерных черт того времени, которое ему соответствовало. Но, не говоря об оперных персонажах, в любом романсе даже Шаляпин находил нечто характерное, которое он гениально выявлял.

Репертуар его был громаден: романсы Чайковского, Шумана, Грига, Рубинштейна, Мусоргского, Шуберта, Римского-Корсакова, Бородина — всё это было им не только блестяще исполнено, но и блестяще продумано: «Два гренадера» (Шумана) — это был не только романс, но игра, мимика, шёпот, дрожь, ликование — то, вероятно, о чём мог только мечтать Шуман. И вдруг — чудо преображения — «Двенадцать разбойников» — песнь бесшабашного бродяги, человека жуткого, а затем — изысканный аристократический романс «Ни слова, о друг мой…»

Долгое время Россию посещали итальянские знаменитости: Мазини (70 лет назад) — чудный тенор, а затем более современные певцы: Карузо и Баттистини, у которых «не было конкурентов». Но вот однажды Шаляпин решил поехать в «Скала ди Милано» и выступить там в роли Мефистофеля (Бойто), в опере, которая не имела успеха в Италии [Автор не совсем точно излагает события тех дней, опера не имела успеха только во время её премьеры в театре Ла Скала в марте 1868 года. — *И. Д.*]. Итальянцы были удивлены и даже чуть ли не шокированы решением русского певца петь в центре итальянской оперной музыки, где Шаляпин хотел себя показать. Престарелый Бойто сказался больным и решил не показываться ни на репетициях, ни на премьере оперы. Итальянские газеты иронизировали, говоря о приезде «северного варвара» в Милан, «столицу пения». «Болельщики» оперы запаслись тухлыми яйцами и помидорами, чтобы «достойно встретить „северного варвара“».

И что же произошло? Шаляпин открыл итальянцам их оперу… И публика сошла с ума. Таких оваций театр Ла Скала ещё не видал. На повторном спектакле композитор Бойто, автор оперы, не только выздоровел, но и расцеловался с Шаляпиным на сцене под бурные овации многотысячной [Здесь и далее автор несколько увлёкся, вместимость театра Ла Скала чуть больше 2000 мест. Все последующие неточности и ошибки обозначены двумя вопросительными знаками в квадратных скобках, ибо исправления и комментарии потребуют слишком много времени и места в тексте этих воспоминаний. — *И. Д.*] толпы.

Триумф [?? — *И. Д.*] в Америке… Затем — в Англии, Германии и Франции [?? — *И. Д.*]. Английский король наградил Шаляпина орденом «Подвязки» [?? — этого не было. — *И. Д.*], в Берлине кайзер Вильгельм из ложи театра обратился к Шаляпину «с приветственной фразой, сказанной по-русски» [?? — Шаляпин в своих воспоминаниях ни слова не говорит об этом. — *И. Д.*]. Театр Ла Скала помещает портрет Шаляпина в галерее «бессмертных певцов» [?? — такого портрета нет и до сего дня, но в музее театра установлен его бронзовый бюст. — *И. Д.*]. Советский Союз наградил Шаляпина званием первого Народного артиста [?? — В 1918 году Шаляпину было присвоено звание Народного артиста Союза коммун Северной области, а Советский Союз был образован только в 1922 году. — *И. Д.*]. Годы бегут и не могут угнаться за событиями. И вот Шаляпин по непонятным для себя причинам, как он в этом признаётся [?? — см. следующий комментарий. — *И. Д.*], покидает родину. Но он тоскует по России. Ничто его за рубежом не удовлетворяет. Умирая, он говорит: «Передайте привет русскому народу…» [?? — автор, видимо, плохо читал книгу Шаляпина «Маска и душа», где подобные утверждения попросту отсутствуют, но мы решили не сокращать его воспоминаний, в которых, кроме многих шаляпсусов, немало всё же интереснейших страниц. — *И. Д.*].

Незадолго до смерти, в марте 1936 года, я получил от Шаляпина следующее письмо: «Дорогой друг! Помню вас по Москве, по нашим встречам у Мамонтова, Рахманинова и Толстого. Недавно прочитал ваши воспоминания о Ясной Поляне. Спасибо вам за память обо мне. Думаю приехать к вам, в Турцию, и дать хотя бы один концерт. Охотно верю вам, что турки отличный народ и что турецкая молодежь очень музыкальна и подаёт надежды. Когда же вы к нам приедете в Париж? Мы с вами так долго не виделись, что боюсь вас не узнать. Поэтому пришлите вашу карточку. Ваш сборник рассказов получил, за что вам премного благодарен. Взамен высылаю вам мою книгу „Маска и душа". К сожалению, она у меня имеется только в рукописи [?? — не совсем понятное заявление: если книга Шаляпина вышла в свет в 1932(!) году, то о какой рукописи может идти речь четыре года спустя? — *И. Д.*]. Ваш Ф. Шаляпин».

Однако приезд Шаляпина в Турцию не состоялся — сначала из-за болезни певца, а затем… — для антрепренёра сумма в 15 тысяч турецких лир, то, что запросил с него избалованный славой певец, показалась слишком высокой.

Шаляпин и Толстой

Наша московская квартира была у Пречистенских Ворот, в Гагаринском переулке. Из окон открывался величественный вид. В Москве мы жили только зимой, летом уезжали в деревню. Отец мой был врачом в Морозовской больнице, я учился в консерватории. Братья — в университете, мать была членом-жюри в Третьяковской галерее.

— Сегодня мы — у Толстых, — сказала однажды мать, Софья Андреевна обещала нам показать удивительного человека: — Зовут его Шаляпиным, молодой паренёк из хора бродячих музыкантов, но голос замечательный, к тому же умён и прекрасно себя держит… Есть такие аристократы не по происхождению, а по рождению, — добавила она убеждённо.

Раздался звонок. Пришёл Рахманинов: «Я готов, мы едем к Толстым в Хамовники?» — сказал он, потирая руки с мороза. «Я рад, что Сергей Васильевич будет аккомпанировать этому загадочному Шаляпину», — сказал отец. Мы сели в сани, еле в них уместившись. «Прокати нас с полчасика по Москве, а затем уже в Хамовники к Толстому поедем», — сказал отец, обращаясь к кучеру.

Шёл снег. Коренник, резвый «Мужичок», под расписной дугой походил на васнецовского богатырского коня, весь залепленный снегом, несмотря на покрывавшую его сетку, он был дивно красив. Пристяжные — его мать и дочь, «Веста» и «Сафо», —

с места взяли в галоп. Я любил быструю езду, и мне было лестно, что наши санки обгоняют всё вокруг, что это не просто езда, а какой-то бешено-озорной спорт: переулки, Храм Христа Спасителя, Москва-река, всё закружилось, как в карусели… Кремль был где-то под небесами… под луной.

— Па-ади! Па-ади! — кричал кучер Фёдор, вставши со своих козел и расправляя синие вожжи. Храп, переходящий в рык, и рёв мощного «Мужичка», змеистый и натужный скок пристяжных, у которых что-то ёкало под желудком, клочья пены, пар над сетками, покрывавшими каждую из лошадей, визг и звон полозьев, говор бубенцов — какое это наслаждение! На ядрёном морозе сидеть в медвежьих, собольих и заячьих мехах, ощущать тонкий аромат отцовского табака, маминых духов, сидеть на жёстких коленях Рахманинова — какое это было счастье… Да ещё ехать куда? К Толстым! И вновь услышать пение — кого? Самого Шаляпина!

Танюша продолжала мило болтать, говоря, что она тоже хочет учиться пению, чтобы петь дуэт с Шаляпиным. «Вот разболталась», — говорит отец, и вдруг все валимся на бок, круто загребая снег полозьями санок. Фёдор влетает, гремя бубенцами, в ворота толстовского дома в Хамовниках, крича: «Есть! Счастливо оставаться». Он осаживает лошадей, как артист, и, кончая свой монолог, прыгает с подмостков на сцену.

Шумной заснеженной толпой мы вваливаемся в дом Толстых. Братья, Митя и Вася, держат в руках изделия Абрикосова и «Братьев Сиу», то, что любили дети Толстых. У Танюши в руках цветы, присланные нам из Ниццы. Я вдыхаю знакомый запах толстовского жилья, где всегда пахло соломенным дымом (Толстые ели хлеб только испечённый дома).

По всем комнатам шёл особый аромат горелой солоды и дрожжей; я убегаю один в кабинет Льва Николаевича без спроса и, минуя все правила хорошего тона, бросаюсь ему на шею, целую, и, не знаю почему, моё сердце бьётся дико и жадно, а Толстой, как бы подумав немного, решительно отбрасывает от себя гору рукописей и начинает кружиться со мной по своему кабинету.

—Приехали все? — басом говорит он. — И Танюша, и Дарья Ивановна? Молодцы, а у нас в гостях Шаляпин. Вот сегодня ты кое-что услышишь, Ванюша…

Мы глядим друг другу в глаза и тихо смеёмся от какой-то внутренней радости.

—С нами, — говорю я, — Рахманинов…

—Вот хорошо, что привезли этого дикаря, — говорит Толстой и выходит вместе со мной к приехавшим.

Его знакомят с Шаляпиным, который низко склоняется перед великим писателем и представляется ему. Я слежу за Шаляпиным — он зоркий, хорошо сложенный. Держит себя с достоинством, всматривается в каждого, но делает это неприметно. Он слушает внимательно Рахманинова, сыгравшего, «чтобы размять пальцы», концертный этюд Листа. Затем играю, по просьбе Сергея Васильевича, я. «Да ты не стесняйся, Ваня, — шепчет он, — твоя прелюдия хоть коротка, но в ней — запах сирени».

Толстой говорит: «Будет ли подлинным искусством музыка, непонятная народу? Вот, и Лист, и эта Ванина сирень — поймёт ли наш крестьянин? И что ему до сирени?»

—А «Хорь и Калиныч», — говорит мама, — цветы друг другу подносили?

—Крестьян мы должны возвышать до нашего понимания, — вступает в разговор Софья Андреевна, до этого занятая с Танюшей сортировкой цветов.

—Ну, это ещё вопрос, — не соглашается Лев Николаевич, — чьё понимание выше, наше или крестьянское?

Илюша Толстой тащит меня в «детскую», где, собственно, все уже подросли — никаких детей нет. «Оставьте в покое папу, его не переубедишь. Мы сегодня с Серёжей и Федей едем к «Яру», ты с нами? Согласен? Послушаем цыган, выпьем шампанского, только смотри, никому ни гу-гу», — говорит таинственным шёпотом Илюша, как заговорщик…

В это время раздаётся голос Софьи Андреевны:

—Где же вы пропадаете? Лев Николаевич хочет послушать пение.

Шаляпин корчит уморительную гримасу и хлопает себя в грудь: «Петь так петь! Эх!»

Концерт начался. Мы заметили новоприбывших. Это были: В. А. Маклаков, С. С. Голицын, М. М. Ланской и И. Г. Черкасов. Все большие любители и знатоки пения.

Шаляпин был человеком контрастов. Начиная с его внешности — при элегантном костюме с нарочито небрежно сшитыми сапогами — и кончая манерами, где всё было рассчитано на артистический успех. Никак нельзя было предполагать, что юноша с белыми бровями и ресницами неожиданно исторгнет сочный и порой знойный тембр баса, нечто залихватское, озорное, но скрашенное великим даром меры и искусства.

Фёдор Иванович после того, как Рахманинов «пробежал» по роялю, начал никого не уведомляя: «Перед воеводой молча он стоит»[17], — и певец как бы переродился: он стал так, как нужно стоять пред воеводой. Толстой удивлённо измерил его взглядом и что-то записал в свою тетрадь, с которой он не расставался.

Звонко и бархатно, нежно и грозно, с издёвкой и мягко Шаляпин точно ворожил, лаская нас волнами своего пения. Аккомпанемент, как это обычно практиковалось Рахманиновым — его игра на рояле, был сплошной импровизацией, чудесной и остроумной.

Но вот от имени воеводы Шаляпин воскликнул: «А, попался, парень! Долго ж ты гулял!»[18] Тут был такой неожиданный пафос речитатива, что сердца наши задрожали. Лев Николаевич опустил свою тетрадь. Мама привстала и, шепча что-то Софье Андреевне, стала вытирать набежавшие слёзы.

Шаляпин всех потряс — столько силы и сарказма он вложил в эти слова: «Ах, попался, парень!»

Толстой сказал: «Искусство иногда выше разума».

Взрослые перешли в столовую. Толстому принесли вегетарианское блюдо. Мы принялись за индюшку. Незаметно молодёжь выскользнула из-за стола. Я понял, что Илюша затеял тайком ехать к «Яру»; чтобы не узнал об этом Лев Николаевич, он сослался на нездоровье. Уехали «кутить» все, кроме моих братьев, меня, Маклакова и стариков…

При попытке поехать с Илюшей — хотя я не понимал ещё всего значения «кутежа», но всё же что-то смутно чувствовал — граф М. М. Ланской сказал: «Я тоже еду с Илюшей к «Яру», однако мы ещё не рехнулись, чтобы к цыганам брать молокососов! Постыдитесь!»

Позже я не только понял и узнал, что такое цыгане, но сам умел плясать не хуже любого цыгана и пел дико-прекрасные таборные песни. Кутили в складчину, так как бросались громадные деньги на хоры и пляски цыган, на возникающие романы с красавицами цыганками, на поездки целыми вереницами саней, когда по прихоти одного из «болельщиков» шаляпинского таланта из «Стрельны» оркестры, хоры, ресторанная утварь и даже официанты перевозились в какой-нибудь второклассный загородный ресторан в Сокольниках вроде «Золотого якоря»; от «Яра» — в «Победу», от «Гладышева» — к «Яру», из «Эрмитажа» — в «Максим» и т. д. Эти московские кутежи были всегда целой эпопеей, особым видом романтических похождений, в которых женщины, вино и музыка сплетались с остроумным озорством, чудачеством и… неизбежным последствием его: вмешательством дворников и полиции…

Битьё зеркал бутылками с шампанским, начатое по инициативе небезызвестного дебошира, полковника Родзянко (у него даже был «свой марш», когда оркестр должен был играть во время битья зеркал), — входило в особый ритуал московских кутежей. В этом пьяном содружестве царил, конечно, Шаляпин. Уму не постижимо, как мог он так много пить и выступать на сценах; не меньше его пил и Рахманинов, что кончилось нервным заболеванием[19]. У него началась «боязнь сцены», к великому горю всех антрепренёров. Рахманинов зачастую неожиданно отказывался от концерта, когда билеты уже были все проданы. Сергея Васильевича мы повели к психиатру Б. Россолимо[20], который сказал, что «Рахманинов — безнадёжен» и «его композиторский талант погибнет». Однако затем мы нашли ему доктора В. Дали²¹ [точнее, Н. В. Даля. — *И. Д.*], который лечил от запоя, вылечил одновременно С. В. и от «боязни сцены» — этой особой «артистической болезни».

В этих кутежах Шаляпин всегда был человеком, который удивительно умел одухотворять обычную попойку. Он мог много пить, но и сохранять в себе нечто вдохновенное. Он не только пил, но и пел, балагурил, чудачил, сохраняя удивительное свойство: быть центром внимания, быть объектом восхищения и преклонения перед ним! Нужно удивляться мощной натуре Шаляпина; все эти кутежи, в которых он участвовал, не повлияли [ни] на его голос, ни на нервы, ни вообще на здоровье.

Шаляпин и дирижёры

Мягкий, скромный, благожелательный, сдержанный в частной жизни, хороший семьянин и любящий отец, готовый смотреть сквозь пальцы на проказы своих детей, Шаляпин преображался на сцене, на которой он был предельно требовательным, почти диктатором. В России Шаляпина знали уже все дирижёры и, много раз потерпев поражение в столкновениях с Шаляпиным, волей-неволей считались с ним и подчинялись **безоговорочно** [здесь и далее выделено автором. — *И. Д.*] всем требованиям Шаляпина. Не то было за границей.

Первое столкновение у Шаляпина произошло в лондонской Королевской опере, когда Фёдор Иванович, неожиданно прекратив петь (на репетиции), обратился к дирижёру: «Ваш оркестр глушит певцов! Не будете ли вы любезны следовать указаниям композитора (исполнялся „Мефистофель" Бойто²²), — взгляните на партитуру и вы увидите, что везде, где указано пиано-пианиссимо, ваши духовики исполняют форте-фортиссимо!» Удивлённый дирижёр ответил Шаляпину: «По общепринятым международно привившимся в опере правилам дирижёр уподобляется капитану корабля: он — царь и Бог, его прерогативы неоспоримы, и никто их не имеет права критиковать!»

Фёдор Иванович саркастически улыбнулся и обратился к дирижёру, который был небезызвестным Брауном:

— Прошу вас повторить второй акт. Если вы не начнёте с пианиссимо и затем не доведёте оркестр до последней его мощи, я с вас не сниму царской короны и не отниму вашего божественного скипетра, но если вы этого не сможете сделать, то вы докажете, что мистер Браун не только не царь и не Бог, но просто… плохой дирижёр. Что же касается корабля, который вы изволили упомянуть, то веду его я, а не вы, — в данном случае я игнорирую все ваши оперные «традиции». От декораций до хоров и ансамблей всё до сих пор сделано мною, да и оперу Бойто открыл я, до меня она нигде не шла на сцене и считалась даже произведением «не сценическим»… Итак, сэр, следуйте за мной, — закончил Шаляпин свой монолог. Это было сказано так логично, веско и авторитетно, что знаменитый дирижёр подчинился Шаляпину.

Когда в том же Лондоне пошла опера «Борис Годунов» Мусоргского[23], то в ней уже нераздельно царил Шаляпин; он не только помогал исполнить очень трудные для иностранцев хоры, но входил в малейшие детали исполнения всех певцов и певиц, уходил в партер и слушал их издалека, говоря:

— Поймите, что вы поёте не для себя, а для публики! Каждая ария должна быть не только пропета, но и сыграна, — и Шаляпин добивался от своих партнёров не академического пения, но живой игры, выявления характера каждого исполнителя [?? — очевидно, автор хотел сказать — «персонажа». — *И. Д.*], раскрытия его **души**!

Приехавший на подмогу Брауну русский дирижёр Штенберг[24] был встречен Шаляпиным радостно. Шаляпин даже с ним облобызался, сказавши:

— Покажи этим лондонцам, что значат нюансы в исполнении, что значит **бесперебойное** развёртывание оперной фабулы, окрылённой музыкой и артистической мимикой, игрой и излучением [?? — *И. Д.*] каждого персонажа.

Штенберг вторично облобызал Шаляпина и… начал дирижировать по-своему. Тут произошло что-то незабываемое!

Шаляпин и дирижёр схватились в словесном споре, как два непримиримых дуэлянта. Чтобы «не выносить сора из избы», они с английского перешли на русский язык, причём не было недостатка в «острых словечках»[25]. […]

Слава о «невыносимом диктаторстве на сцене» Шаляпина разнеслась по всему миру. Русского певца стали побаиваться. Однако дирижёрам с ним трудно было бороться, так как, обладая гениальной памятью, Шаляпин «цитировал» все нюансы, указанные в партитуре, с такой точностью и с таким педантизмом, что дирижёрам волей-неволей приходилось перед ним склоняться… Так было в Москве, в Риме, Нью-Йорке, Берлине и Париже. Иногда перед началом репетиции какой-либо малоизвестной оперы Шаляпин читал артистам и музыкантам целую лекцию о задачах, стоящих перед исполнителями. Он им говорил: «Каждая роль должна быть продумана, изучена досконально и наполнена той естественной игрой, той натуральной мимикой, которые вам не может указать ни дирижёр, ни режиссёр, но только ваше собственное сердце, ваш ум, ваша наблюдательность, ваш дар искусства. Без этого **дара искусства** арии в опере будут звучать по-бутафорски, публика будет засыпать, и в следующий раз на эту оперу никто не придёт». Затем, обращаясь к оркестру, Шаляпин говорил:

— Вы — душа оперы! Ваши звуки должны нести на [своих] крыльях певцов, облегчая им самые трудные и сложные арии. Вы должны не только следить за палочкой дирижёра, но и улавливать, что кроется за взмахом этой палочки! Дирижёр — это лишь радиоприёмник звуков, а вы, совместно с певцами, должны завораживать, увлечь, обласкать слушателя и унести его в иной мир, оторвав от сегодняшнего дня. Только в такой ворожбе и экстазе кроется секрет исполнителя, украшающего нашу планету взлётами человеческого духа в область духовного служения святому искусству!

Эти слова Шаляпина нельзя забыть. Великий артист является чуть ли не единственным человеком, который так серьёзно, вдохновенно и патетически отнёсся к оперному делу, уча ему тех, которые не были столь просвещёнными адептами оперного искусства, каким был Шаляпин, этот самородок, который **сам** себя образовал, **сам** всему научился и с такой самоотверженностью учил своим достижениям всех жаждущих у него научиться высокому дару служения опере.

Шаляпин был «русским белым» и навсегда порвал со своей красной родиной и, однако, лишённый шовинизма и национализма, он никогда не подчёркивал своей «русскости» — наоборот, считал себя принадлежащим всему миру, всему человечеству. Все знали это. Живя долго то в Лондоне, то в Париже, то в Нью-Йорке, он накопил много прочных дружеских уз с людьми искусства. Лондонцы его считали таким же «своим», как и парижане. В этом отношении есть много талантов, у которых нет родины. Кому принадлежит всемирно известный композитор Стравинский? Французский гражданин, он затем натурализовался в Америке и как «американец» поехал в Советский Союз, где встретил неожиданный приём: оказывается, его оспаривали не только французы у американцев, но и… советы у тех же французов и американцев!

Не то же ли было с чемпионом мира по шахматам Алёхиным? Он был русским по рождению, французом по гражданству, но он принадлежал всему миру, как и Шаляпин. Кому принадлежит Рахманинов? Он пользуется такой же любовью на своей родине, как и за рубежом. Но можно ли назвать его «американцем» только потому, что у него был «американский паспорт»?

Люди одной эпохи, где были взлёты и падения, кутежи и великое творчество, заблуждения и правда, — Рахманинов и Шаляпин — являются тем звеном, которое связывает русскую культуру с общечеловеческой.

Шаляпин принадлежит миру ещё в большей степени, чем Рахманинов, ибо в музыке Рахманинова слышится всегда только русский трагический пафос, в искусстве же Шаляпина широкая гамма общечеловеческих чувств, гениально выявленная артистом, неповторимым Шаляпиным.

Что нам дал Шаляпин

Родившись в бедной семье мещанина[26] в Суконной Слободе города Казани, наш певец, по собственному признанию, «видел лишь грубые поступки и слышал лишь грубые слова…» К прозе жизни он получил отвращение ещё с детства… Его поэтическая душа стала тянуться в иной мир, в мир искусства, где не может быть ни грубости, ни всего того, что оскорбляет человеческую душу. Этим стремлением в **иной** мир, где нет **прозы** жизни, Шаляпин увлекал каждого, кто его видел и слышал. Однако, родившись в бедной семье, где люди были забиты нуждой и подпали под власть тех, кто их нещадно эксплуатировал, Шаляпин нашёл **великие дары души**: нигде нет столько людей, мечтающих о лучшей и более светлой жизни, как среди бедняков. И Шаляпин нам дал — и показал рельефно — это стремление к лучшей идеальной жизни! Во всех созданных Шаляпиным ролях сквозит **человечность**, восторженное стремление к царству духа!

Как большой художник, Шаляпин, создавая типы, полные человечности, — где есть и падения и взлёты, — даёт нам незабываемое наследие в изображении Ивана Сусанина (в опере Глинки), Мельника (в «Русалке» Даргомыжского), Нилаканты (в опере «Лакме» Массне [ошибка, это опера Лео Делиба. — И. Д.]), Дон Базилио (в «Севильском цирюльнике» Россини). Типы, созданные Шаляпиным, были изумительны по своей образности, правдивости и человечности.

С тем же громадным чутьём Шаляпин в виде контраста к этим типам создаёт нечто иное, но тоже яркое: двух Мефистофелей (в операх Бойто и Гуно). Как в первом, так и во втором — полное отсутствие человеческих черт, одни только угловатые движения, издёвка, сарказм, ярость, злость, хитрость (да какая! Сатанинская!). Одна из самых трудных задач для художника-артиста — это создать несуществующий в жизни образ дьявола, так как образ этот является не только символикой, но и фантазией. И вот в этой области столько было срывов, которые происходили даже с великими артистами. Порой оперные Мефистофели были убоги, ходульны, даже смешны. С таким порядком вещей Шаляпин, конечно, не мог мириться, и он — **единственный**, кто создал Мефистофеля, от которого действительно продирает озноб. Мудро используя угловатые движения, речитативы, доходящие до зловещего шёпота, и саркастически гремящий бас, Шаляпин показал нам то символически изображённое зло, которое потрясает человека своей жутью… Порой игра Шаляпина доминировала над его голосом, хотя его голосовые данные были громадны и прекрасны. Вот почему в Париже всю неделю после смерти Шаляпина в драматических театрах, не только в оперных, на две минуты прекращалось действие и диктор объявлял: «Прошу публику встать и молча отдать долг преклонения перед скончавшимся величайшим артистом эпохи — Фёдором Шаляпиным!»

В лице Шаляпина мы имеем дело не только с певцом. Подобных певцов можно было найти среди наиболее выдающихся исполнителей оперных партий в анналах мира, но таких артистов, как Шаляпин, до него не было. Как этого достиг Шаляпин? Тут имеются налицо три фактора:

1. Его природный громадный талант (его, само по себе ещё, однако, мало).

2. Серьёзное отношение к искусству, работа над собой и, главное, то обстоятельство, что Шаляпин со дней юношества развивался в очень культурной обстановке (его друзья — Рахманинов, Бунин, Горький, Л. Андреев); принят он был в салоны наивысшей духовной аристократии, собиравшейся у Л. Н. Толстого и Мамонтова (мецената).

3. Работа над собой, упорная и долгая работа.

«Были времена, когда я сомневался в моём таланте, — пишет Шаляпин в своей замечательной книге „Душа и Маска“ [автор не точен, правильное название „Маска и душа“. — *И. Д.*]. — Порой меня даже гнали со сцены как неудачного исполнителя оперных ролей, и только работой над собой я достиг положительных результатов».

Чрезвычайно скромный Шаляпин говорил: «Вы поражены моим искусством? Вы спрашиваете, как я этого достиг? Трудом и работой. Одного таланта, которым меня наделила природа, мало. Нужно работать, учиться, размышлять, спрашивать, беседовать! Учиться не у меня, а через меня», — остроумно и скромно говорил он, почти в точности повторяя слова Чайковского (Когда восторженная молодёжь окружила Чайковского, высказывая ему преклонение перед его «божьим даром», композитор ответил: «Божьего дара очень мало, гораздо больше восхищает меня в человеке его способность к труду; в этом отношении хороший музыкант должен не меньше трудиться, чем хороший сапожник!»). Этот парадокс на все лады обсуждали в эпоху Чайковского, но Шаляпин если и не знал об этом афоризме Чайковского, то невольно в точности его повторил.

В девятидесятых [да, такое слово было в русском языке, согласно словарю Даля, и мы не в праве заменять его современным аналогом. — *И. Д.*] годах прошлого столетия опера в России переживала эпоху упадка. С одной стороны, создавались прекрасные новые творения Римского-Корсакова, Бородина, Мусоргского, с другой — исполнители придерживались итальянской рутины, что никак не соответствовало при исполнении ролей в «Князе Игоре», «Садко», «Псковитянке», «Пиковой даме», «Хованщине», — оперное дело шло к гибели. Наступил одновременно оперный кризис во всей Европе. Опера перестала быть «властительницей умов».

Легковесный Верди [?? — ещё одно личное и весьма спорное определение и исторический анализ мемуариста. — *И. Д.*] был сменён полновесным Пуччини и сложным Вагнером. Артисты не справлялись со своими ролями. Публика стала ещё меньше посещать оперы, порой весьма критически относилась к подобного рода искусству. Толстой написал свой громовой памфлет «Что такое искусство?», в котором разнёс в пух и прах оперу, иронически изобразив оперные действия («Я невесту сопровожда-а-а-ю, повторяли артисты, топчася на одном месте», — писал Толстой, издеваясь над оперой «Фераморс» Рубинштейна. «Слушая „Майстерзингеров" [„Нюрнбергские майстерзингеры", опера Р. Вагнера], я решил незаметно уйти из театра, так как не было силы слушать и видеть эту оперу», — далее пишет Толстой). В данном случае он не говорил только о своих личных вкусах, об этом шла молва… Оперу многие начинали ненавидеть!

И вот только Шаляпин «спас положение»! Он показал, что дело не в самой опере, а только в **исполнении** ролей артистами. Те, которые разочаровались в опере, увидя Шаляпина в «Борисе» или в «Русалке», с изумлением наблюдали за тем, что в этих операх перед ними развёртывается нечто новое: драма, трагедия, л и ш ё н н а я обычной оперной бутафории. Живая правда, душевные переживания, «заражение искусством» — то, о чём писал Толстой и не находил этого, идя в оперу, — вот что **проработал** Шаляпин, создав новую эпоху и выявив подлинное значение оперных ролей.

Н. К. Авьерино[27]

ИЗ МОЕГО ПРОШЛОГО[28]

Отрывки из воспоминаний

…После Астрахани я прожил три года в Баку и четыре года в Саратове. В Баку я женился на кн. Тумановой. Интересная встреча в Баку только одна — приезд Шаляпина [певец выступал в Бакинской опере в конце марта 1900 г. — *И. Д.*], уже имевшего огромный успех в Москве. Оказывается, и он обо мне уже знал в Москве от моих друзей: Рахманинова, Зилоти[29] и Брандукова[30]. Встреча с ним была кратковременной, так как он приезжал в Баку на гастроли. Но потом, в 1900 году, я близко с ним сошёлся, и до самой смерти у нас сохранилась с ним дружба (с. 353).

…Наша дружба с великим Шаляпиным в 1900 году не прекращалась до самого конца его дней. Мы все его называли «Фёдор». Никому в голову не приходило называть его «Федя» или «Фёдор Иванович». Я горжусь и счастлив, что был его другом. Хочется вспомнить наши незабываемые с ним концерты, которые я же и затеял. Не помню сейчас, в каком это было году[31], но помню, что получил от кого-то из друзей из провинции письмо, в котором меня просили уговорить Фёдора Ивановича дать концерт. В то время имя Фёдора уже гремело, но его знали в России только в Москве и Петербурге, если ещё не считать коротких гастролей в Киевской опере и в Харькове. Мне удалось организовать концертную поездку по провинции. Участниками были — Фёдор, композитор-пианист А. Корещенко и я. Успех был потрясающий. На следующий год была устроена вторая поездка — 30 концертов по России, Волга, Кавказ… Вместо Корещенко на этот раз с нами ездил пианист-композитор Ф. Кенеман[32], автор известного романса «Как король шёл на войну». Этот тур имел ещё больший успех. Фёдор был неподражаем. Программы концертов были выдержанные — не помню, чтобы Фёдор вообще когда-либо пел в концертах что-либо из опер, всегда камерная музыка. Начинались концерты обычно европейскими классиками — Шуберт, Шуман, Бетховен, — затем шли русские классики, а кончали, как мы говорили, музыкальными анекдотами: «Семинарист» Мусоргского, «Червяк» и «Мельник» Даргомыжского и др. Фёдор невероятно волновался перед каждым концертом, и меня это удивляло — я думал, что артист, который выступает чуть ли не каждый день, должен же к этому привыкнуть! Волнение начиналось с утра, а то и ночью накануне. «Надо отменить концерт — голоса нет» и т. д. Продолжалось это у него до самого выхода — руки холодные, ноги дрожат… Но достаточно было ему пропеть первые десять тактов, как всё проходило. Он не выходил, как полагается, на бис, а обычно после последнего номера программы я выходил с ним вместе и выносил кучу нот. И он пел и пел — приходилось часто его уговаривать: «Довольно, Фёдор! Завтра — концерт!»

Особенно все мы волновались перед его концертом в Варшаве: он в первый раз пел в Польше, и нас пугали, что поляки из политических соображений не придут. Но был полный сбор — и огромный успех! После концерта к нам в артистическую вошёл дирижёр Фительберг[33] и познакомил нас с молодым пианистом Артуром Рубинштейном[34]. С Рубинштейном после ужина мы просидели до 6 часов утра; он нам играл без конца и привёл нас в восторг. Я подружился с ним, пригласил его в Москву, и мы до сих пор дружны с этим замечательным пианистом, ныне — мировой знаменитостью.

Был и другой незабываемый концерт — в Киеве[35], в день открытия Первой Государственной Думы. Настроение было приподнятое, боялись беспорядков. Но Фёдор взял на себя ответственность за порядок, и, действительно, порядок был образцовый. В конце концерта публика потребовала «Интернационал» и «Варшавянку». Фёдор заявил, что он русский — этих песен не знает, а споёт русскую песню «Дубинушку», и просил аудиторию петь с ним. Эту «Дубинушку» я никогда не забуду — её пела шеститысячная толпа, но как!

Самое для меня незабываемое — это наш приезд в Казань. Оказалось, что он с детства не был в Казани! Мы приехали за два дня до концерта и сейчас же по приезде отправились в Суконную Слободу (окраина Казани), где он родился. Никогда до этого, ни после не видел Фёдора таким; он был расстроен, но расстроен не болезненно; когда мы ехали по улицам, он поминутно мне говорил: «Смотри — и этот дом цел..., смотри — и старик сапожник жив...» Зашли к старику, [Фёдор] говорил с ним, но старик не узнал и не помнил его. А когда Фёдор сказал ему: «А не помнишь ли Федьку, которого бил колодкой по голове?» [Тот] ответил: «Мало ли кого я бил!» ...Нашли школу, где он учился и разыскали учителя, Н. В. Башмакова. Это была трогательная встреча, оба плакали; пили чай, просидели часа два, о чём только не говорили, чего только не вспомнили... На другой день — концерт[36]. Триумф. После концерта возвращались домой, и где-то на тёмной площади наш экипаж остановила толпа оборванцев — я даже струхнул. Послышались возгласы: «Федя!» Оказались его старые друзья. Остановились. Фёдор вылез, и с полчаса длились трогательные воспоминания. Удивительно было то, что Фёдор помнил их всех по именам. Один просил: «Хочется выпить, Федя!» Фёдор, конечно, дал. Другому отдал своё пальто... В гостинице долго нам рассказывал и вспоминал былое житьё в Слободе с этой компанией, игру в бабки, школу. Он был в особенном настроении, таким я его больше никогда не видел.

Завязалась у меня дружба с Валентином Серовым, которого мы почему-то называли «Антоша»[37]. Виноградов, барон Клодт, Коровин — всех их я всегда встречал у Шаляпина.

Скажу ещё о «скандалах» Шаляпина. Да, у него был нелегкий характер — нервный, несдержанный, неуравновешенный. Но смело заявляю, что во всех его знаменитых скандалах не он был виноват — его доводили до такого состояния, подчас и провоцировали, зная его несдержанность. Сколько раз я был свидетелем того, как разные барыни приставали к нему с требованиями, подчас в недопустимой форме, — Фёдор, бывало, не выдержит, отсюда — скандал! Все скандалы с хористами и другими артистами происходили не из-за личных счётов, а всегда на почве отношения к искусству. Фёдор пошлости или халтуры не переносил. И когда на репетиции ему мешал или начинал с ним спорить какой-нибудь пошляк или бездарный артист, он не мог сдержать себя — опять скандал! Отлично я знал во всех подробностях и несчастную историю с коленопреклонением на сцене, за что его буквально затравили. Тут он, действительно, попал как кур во щи…

Вспоминаю и время, проведённое в имении Фёдора «Итларь»[38]. Народ там собирался весёлый, молодой: Виноградов [см. главу «Прочие воспоминания»], бар. Клодт, Коровин, Серов… Всегда мы там кого-нибудь «разыгрывали».

В 1911 году я уехал директором в Ростов. Там я погрузился в чуждое для меня до тех пор административное дело — к счастью, оно было связано с музыкой. В Ростове я пробыл до 1920 года, когда эвакуировался в Константинополь, оттуда — в Париж, а затем — в Америку. Последний раз я был в Москве в 1916 году. Приехал в Москву венчаться. Свадьба моя было очень весёлая — собрались все мои старые друзья (кроме Скрябина, который за год до этого умер): Шаляпин, Собинов, Рахманинов, Качалов, Москвин, Клодт, Брандуков и др. Приглашая Рахманинова и зная, что он боится больших сборищ и рано ложится спать, дал ему слово, что в 11 часов вечера он будет дома. И вот — было уже около 3 часов ночи, разгар веселья, Шаляпин и Москвин танцуют польку — вижу, около пианиста сидит Рахманинов, и у него текут слёзы от смеха. Да и было над чем посмеяться!.. Это был мой последний визит в Москву — больше я её не видел…

Глава 2

Воспоминания импресарио

Рауль Гинзбург[39]

ШАЛЯПИН[40]

«Если б ты был на голову ниже, я бы тебя не взял в мой хор…» — с такими словами обратился к Шаляпину хормейстер театра Колон в Буэнос-Айресе. Притом с полным основанием. У этого колосса при огромном росте был только небольшой голос (бас), который, особенно при пении вполголоса, был довольно приятный, и Шаляпин знал, как его красиво преподнести, так как в нём непревзойденно сочетались интеллигентность и крестьянское плутовство.

Он хорошо знал себя и свои возможности, что довольно редко присуще артистам. Он рано понял, какую выгоду сможет извлечь из своей большой фигуры и из своего красивого, но маленького голоса, однако лучше всего он понимал, что ему было не под силу[41].

В театре на публику наибольшее воздействие оказывают три образа: смерть, пьянство и сумасшествие. Для таких сцен не требуется ни голоса, ни особого таланта. Любой заурядный артист удостоится аплодисментов, играя подобные роли. Поэтому Шаляпин предпочитал, чтобы другие трудились над истинными басовыми партиями, такими как Вотан в «Кольце [нибелунга]» или Ганс Сакс в «[Нюрнбергских] мейстерзингерах».

Зачем же ему надо было надрываться и подвергаться неприятным сравнениям? Шаляпин сразу понял, какую выгоду для себя он сможет извлечь, исполняя роли Бориса Годунова и князя Игоря[42].

В опере «Борис Годунов» девять картин, из которых он появляется только в двух[43]. Первая — это сцена безумия [автор хотел сказать «сцена с привидением», ибо ни у Пушкина, ни у Мусоргского Борис с ума не сходит. — *И. Д.*], а другая — сцена смерти[44]. Ни в первой, ни во второй сценах не нужно большого голоса. Как раз наоборот, в сцене смерти красивое несильное пение вполголоса может произвести большое впечатление.

В «Князе Игоре» роль князя Галицкого состоит только из двух сцен пьянства. В течение всей своей карьеры Шаляпин практически и придерживался этих двух ролей[45].

Только дважды уверенность в себе покинула его: первый раз это было в Лондоне, когда он хотел исполнить роль Мефистофеля в опере Гуно «Фауст». Это было неудачно[46]. Второй раз это случилось в Копенгагене, когда во время репетиции он так довел до смеха хор и оркестр, что сам предпочел сесть на самолет и улететь до премьеры оперы. Но у него хватило благоразумия, благодаря своей интеллигентности, не повторить подобный опыт во Франции[47].

Когда он чувствовал, что ему недостаточно рекламы, тогда он применял свое испытанное средство: устраивал скандалы. Он спорил и ругался с хором, с другими артистами, с оркестром, с дирижером и даже с публикой, которая не всегда оставалась безучастной.

Шаляпин никогда не подписывал контракта на весь сезон или на много представлений. В общем, он довольствовался одним или, в крайнем случае, двумя спектаклями[48], и притом почти всегда в «Борисе», которого он не только знал досконально, но в котором изумлял прежде всего своей огромной фигурой. Он не испытывал никакого уважения к музыке композитора. При случае он разрывал один такт на три или четыре части или делал паузы между нотами, как того требовала сцена, которую он исполнял, и это находило отклик у публики, которая была основательно обманута рекламой.

Уж если хормейстер в Буэнос-Айресе знал его хорошо, то я знал его ещё лучше. Однажды, когда во время обеда он меня разозлил тем, что уверял, какой он замечательный артист, я ему холодно ответил: «Послушай, Шаля! Не строй из себя героя. Артистов с трюками, которыми ты пользуешься, можно произвести дюжинами!»

— Хотел бы я это увидеть! — закричал он.

— Будь по-твоему, ты это увидишь. Если хочешь, сам выбери в нашей труппе любого артиста, а я попрошу его петь какую-нибудь роль рядом с тобой, и у него будет такой успех, как у тебя, если не больше.

Конечно, он выбрал артиста маленького телосложения, человека по имени Херент (René Hérent)[49], у которого был тенор небольшого объема, и Шаляпин попросил меня дать ему спеть партию Великого инквизитора, роль для певца с низким басом. Я согласился, так как знал, что Херент был очень интеллигентным и искусным певцом. Вместе с дирижером мы принялись за работу. За две репетиции мы научили Херента всем трюкам, которыми пользовался Шаляпин. Как и для Шаляпина, мы сократили состав оркестра, мы убрали трубы во время пения Херента, и для большего сценического эффекта мы сократили такты. Успех был такой большой, что воодушевленная публика стала кричать, что Херент — это открытие. Задолго до окончания акта его вызывали на бис. Короче говоря, успех был таким большим, что разочарованный и разгневанный Шаляпин покинул сцену, и мы вынуждены были опустить занавес[50].

Артистам очень часто присущи разочарование и тщеславие. У Шаляпина же особенно неприятной была его скупость. Но даже ему самому это слово казалось недостаточным: *«Я ни скупой, её жадно»*[51], — любил повторять он. Никто и никогда не мог вспомнить случая, чтобы Шаляпин просто так принял участие в благотворительном спектакле[52]. Но всё же однажды он обещал принять участие в вечернем спектакле в пользу нуждающихся журналистов.

Утром в день спектакля у меня раздался звонок. Один из моих коллег получил от Шаляпина письмо, в котором тот уведомлял, что он болен. «Не расстраивайтесь, — сказал я ему, — я поеду мимо и захвачу его». Когда я проходил мимо устроителя спектакля, я спросил: «Сколько уже собрано?»

— Сорок пять тысяч франков.

— Это хорошо, — сказал я. — Вы можете спокойно пожертвовать семь тысяч франков?

— Определенно.

— Тогда выпишите мне чек на семь тысяч франков и поехали со мной.

Когда мы прибыли в Гранд Отель, где жил Шаляпин, мы прямиком направились в его комнату. Мы нашли Шаляпина в постели, он твердил и причитал, что болен. «Возможно, — ответил я, — но это было бы так глупо не взять так легко заработанные семь тысяч франков. Мы пришли к тебе не потому, что ты болен, а чтобы вручить тебе чек за выступление сегодня вечером. Вот чек, а теперь быстро вставай с постели. Пойдем немного прогуляемся, и сегодня вечером ты прекрасно споешь».

И он спел.

Леонид Леонидов[53]

Ф. И. ШАЛЯПИН[54]

Из тёмного леса навстречу ему
Идёт вдохновенный кудесник.

А. С. Пушкин

Шаляпин — радость безмерная.

В. В. Стасов

Я работал с Шаляпиным много лет.

В 1927 году провёл исторический, неповторяемый сезон в Берлине[55], когда дал с Шаляпиным «Бориса Годунова», «Фауста» и «Дон Кихота».

В Берлине спектакли шли в театре Государственной оперы.

Я собрал всех лучших русских певцов в эмиграции, главным образом, бывших артистов Мариинского театра, лучших декораторов, пригласил дирижёра Э. Купера[56], выписал хор Рижской национальной оперы, который пел по-русски. В Риге ещё оставались традиции Мариинского театра, режиссёром там был П. Мельников, бывший режиссёр Мариинского.

Балет с известными танцовщицами Юлией Бекефи и её сестрой Еленой Бекефи состоял под управлением Е. Девильер, балерины Московского Большого театра. В состав артистов входили: К. Пиотровский, Е. Садовень, М. Давыдова, К. Кайданов, К. Запорожец и др.

Шаляпин был умён.

Вероятно, он в глубине своего сердца решил так:

— К чёрту дальнейшую работу. Не хочу беспокоить себя. Пусть другие выдыбают, всё равно им меня не переплюнуть! А с моей стороны интересно будет посмотреть, как оно и что. А моих, уже сделанных работ — на мой век хватит.

Он слегка разухабисто и не очень вдумчиво всю жизнь мечтал о революции и вдохновенно пел «Дубинушку». Но вот дубинушка пришла, размахнулась и перебила хребет всему, чему поклонялся и что ценил Шаляпин.

А поклонялся он, что греха таить, всё-таки золотому тельцу.

С презрением пел:

— «Люди гибнут за металл…»

Но денежку любил.

Или, как Варлаам:

— «Христиане скупы стали: деньгу любят, деньгу прячут, мало Богу дают».

И деньгу прятал, и деньгу любил, и накопил капитал весьма завидный, и вот пришла эта самая революция и всё отняла, до последней денежки, до последней копеечки, а в утешение подарила ему роскошную шубу с какого-то московского[57] купеческого плеча. Ибо всё же соображали новые правители, что Шаляпину не след простуживаться. Власть берегла его. Власть и подарила шубу.

В этой шубе нараспашку Шаляпин позировал художнику Кустодиеву для его знаменитого портрета.

Во всяком случае за время своего пребывания в эмиграции Шаляпин не спел «Дубинушку» ни разу…[58]

Шаляпин Фёдор Иванович, казанский мещанин[59], животишко, как говаривали русские в старину, — Шаляпин — великий артист, несравненный художник и поэт, умер в тот самый короткий момент, когда, покидая Россию, он переступил через русскую границу. В этот самый миг закатилось солнце русского искусства, гордость России[60], которую умом не понять, аршином общим не измерить и в которую можно только верить[61].

Шаляпин, очевидно, не очень «поверил» в неё и, немало полукавив, упросился Фёдор Шаляпин в вагон тогдашнего комиссара по иностранным делам Литвинова, который по советским делам ехал за границу.

Литвинов, человек культурный, европеец, вывез Шаляпина за границу. И вот, когда комиссарский вагон остановился на рижском вокзале[62], из него вылез труп Шаляпина, отпущенный в отпуск, по хорошо найденному слову Бисмарка. Вылезло тело Шаляпина, казанского мещанина…

А артист Шаляпин где-то погребён там, в России, на неизвестном кладбище и, может быть, в общей могиле, бескрестной и ненаходимой.

В эмиграции это был казанский мещанин, и ничто мещанское ему было не чуждо. Был он мелко-расчётлив, дрожал над копейкой, никогда ничего не дал никому.

— А кто мне давал? — всегда отвечал он этой корявой, чисто мещанской, фразой: «А кто мне давал?»

Своим бывшим товарищам, которые часто на российских сценах делили с ним упоительные успехи, почти ничего не давал, никому не помог («А кто мне давал?») и не любил, когда эти бывшие друзья его беспокоили.

«А кто мне давал?»

Так хотелось ему ответить:

«Ох, давали, Фёдор Иванович, и как ещё давали! Щедрой рукой давали: и „беспутный гений“ Мамонт Дальский вам давал там, в „Пале Рояле“[63], и приобщил вас к великой русской реалистической культуре в актёрском искусстве — а это дорого стоит, — и Коровин вам давал, а Рахманинов сколько давал! Ваш первый учитель пения в Тифлисе, прекрасный певец и просвещённый педагог, пропагандист русской музыкальной школы Д. А. Усатов, а В. В. Андреев, первоклассный балалаечник, столь блестящий рассказчик и балагур; а глубокий знаток и ценитель русского музыкального творчества, Государственный контролёр Тертий Филиппов, любитель и знаток русской песни; Савва Мамонтов, меценат и деятель русского искусства; композитор М. М. Ипполитов-Иванов, В. В. Стасов, основатель „Могучей кучки“, оказавший большое влияние на ваше творческое развитие, а историк В. О. Ключевский, а Максим Горький, а И. Труффи, талантливый провинциальный дирижёр, который тоже вам помог в ваших первых шагах на столичной сцене?[64] Сколько таких садовников было в вашем волшебном цветнике!.. Но они умели давать так, что никто — и вы в том числе — не замечали этого. То есть щедрой душой давали Вам по-настоящему, по-русски, по-Божески. И левая рука не знала, что делала правая. И в рот не заглядывали».

Так как у меня вся моя жизнь, с самого детства, проходила через призму театральности, то, когда я бывал у Шаляпина, мне иногда казалось, что я пришёл и сижу в доме найдёновского Ванюшина. Вот на председательском месте сидит Ванюшин и вокруг него — эта бедная, забитая ванюшинская семья. И семья была особенная, сидящая на горячем месте и одного страстно желающая: поскорей ускользнуть от папашиных глаз, в которых поблескивает этот холодный, неумолимый блеск, который ещё в Петербурге, на заре юности, заметил Дальский.

— Ишь вот вы какие… А мне кто давал?

Дети боялись его панически[65]. Это чувствовалось.

Сезон наш в Берлине в 1927 [1928. — *И. Д.*] году в анналах берлинской оперы значится историческим.

Конечно, произошёл скандал с Э. Купером, но всё быстро прошло, уладилось, и гастроли прошли триумфально.

Голос его звучал ещё по-российски, пластинки были ещё свежи, и иллюзия прежнего величавого Шаляпина сохранялась вполне.

Но для немногих посвящённых и искушённых уже вполне выяснилась драма раздвоения. Та самая драма, которая могла бы быть описана Эдгаром По или Стивенсоном.

В России великий артист любил общество писателей и художников. С ними он вёл бесконечные дружеские беседы, обсуждал создаваемые им образы, прислушивался к их советам и мнению.

Здесь, за границей, всё это его уже не интересовало. Он начал довольствоваться компанией прихлебателей, льстецов. При них он распоясывался вовсю, а однажды «разошёлся» и в присутствии Рахманинова.

Рахманинов постучал средним пальцем по столу и глухо сказал: «Фёдор…»

Фёдор вздрогнул, что-то далёкое, дорогое и забытое возникло на миг в душе, он съёжился, как Мефистофель перед крестом, и налёг на виски.

И ещё, по старой памяти, боялся он Горького[66].

…В 1934 г. на летний отдых в Карлсбад приехал из Москвы В. И. Немирович-Данченко и привёз ордера на возвращение в Россию, подписанные знаменитым Енукидзе[67], тогдашним халифом на час.

По этим ордерам разрешался въезд в СССР Ф. Шаляпину, М. Чехову, Е. Лансере, Е. Рощиной-Инсаровой и, полагаю, не без участия В. И. Немировича-Данченко, автору настоящих воспоминаний.

Вместе с этими ордерами Немирович привёз и «устную буллу» Сталина специально для Шаляпина.

— Пусть приезжает. Дом дадим, дачу дадим в десять раз лучше, чем у него были!..

Шаляпин мрачно выслушал и пробормотал:

— Мёртвых с погоста не носят…

И потом:

— Дом отдадите? Дачу отдадите?.. А душу? Душу можете отдать?

И тут мне стало его до слёз жалко. Какому орлу подрубили крылья! Какой творческий ум и сердце остановили в биении!

Да, он был уже не тот.

— Фёдор Иванович, не разучить ли новую оперу?

— Пускай медведь разучивает!

— А вот эти романсы, замечательные…

Берёт тетрадку в руки, как-то пренебрежительно её рассматривает, безвольным движением руки бросает её на стол и опять говорит:

— Пусть другие поют, дружище, а мы своё отпели. Нас нужно на живодёрню…

* * *

Он любил деньги как деньги. В поездках почти ничего не тратил, кроме пустяковых расходов на гостиницу. В компаниях, когда подходили к платежу по общему счёту, у него в жилетном кармане оказывалось всего пятьдесят франков. В России, по рассказу Коровина, это была традиционная трёхрублёвая бумажка.

Однажды мой брат понёс ему в отель в Берлине гонорар за выступление в расчёте: один доллар — 4.20.

— Позвольте, — невольно сказал Шаляпин, — сегодня, по газетам, доллар — 4.21.

Тогда я послал в банк разменять десять долларов, и банк заплатил по 4.16.

Рапортичку послал Шаляпину.

Он посмотрел рапортичку, число месяца, всё сверил и… ничего не сказал.

Человек он был честный. Однажды я спросил у него, как идёт продажа его дисков в Швеции.

— Продано две тысячи — ответил Шаляпин.

На другое утро позвонил мне по телефону.

— Я ошибся вчера, — сказал он, — не две тысячи, а тысяча двести.

Никогда не лгал, не хвалился и ничего не преувеличивал. Вообще о своей жизни ничего не говорил, был скрытен.

А годы шли.

Голос стал тускнеть и иногда вовсе исчезал. Вот — семь часов, через час — начало спектакля или концерта, а голоса нет как нет.

Тогда Шаляпин начинал не молиться, а разговаривать с Богом.

— Ну, что Тебе стоит? — спрашивал он, подняв глаза к небу. — Дай его мне на два только часа. Больше я у Тебя ничего не прошу! Я всем доволен. Но голос сейчас дай, исполни мою просьбу!

Такое обращение иногда ниспосылало ему некую успокоенность, и, странное дело, голос появлялся.

Но иногда молитва не давала результатов, и тогда Шаляпин приходил в бешенство, грозил небу кулаками и просто-напросто богохульствовал.

Что происходило в душе этого недюжинного человека? Этот вопрос занимал и мучил меня немало. И однажды, кажется, я нащупал разгадку.

Это было на каком-то обычном ужине в ресторане, в шумной компании, когда много выпили, и наговорились, и навспоминались.

Шаляпин откинул голову на спинку дивана, на котором посередине, председательствуя, он сидел один. Глаза его были закрыты, лицо утомлено и измучено, руки повисли, как плети. Казалось, что он задремал. Но нет, не задремал. Правая рука поднялась и сделала вдруг останавливающий жест. Всё стихло. И, не открывая глаз, как бы разговаривая сам с собой, Шаляпин медленно и проникновенно начал читать:

> Свинья под Дубом вековым
> Наелась желудей досыта, до отвала;
> Наевшись, выспалась под ним;
> Потом, глаза продравши, встала
> И рылом подрывать у Дуба корни стала.
> «Ведь это дереву вредит, —
> Ей с Дубу Ворон говорит, —
> Коль корни обнажишь, оно засохнуть может».
> «Пусть сохнет, — говорит Свинья, —
> Ничуть меня то не тревожит,
> В нём проку мало вижу я;
> Хоть век его не будь, ничуть не пожалею;
> Лишь были б желуди: ведь я от них жирею».
> «Неблагодарная! — промолвил Дуб ей тут, —
> Когда бы вверх могла поднять ты рыло,
> Тебе бы видно было,
> Что эти желуди на мне растут».

—Понятно? — вдруг открыв глаза, спросил полупьяный Шаляпин. — Понятно или нет?

—Понятно! — хором ответили на всё согласные собутыльники.

— Ни черта непонятно! — ответил Шаляпин. — За это стихотворение (он так и сказал: «стихотворение») всю современную русскую литературу отдам и моего друга Максима в придачу. Ну, а теперь давайте платить по счёту и по домам. Ай, да у меня, кажется, денег нет…

И он полез по карманам и вдруг из жилета вытащил какую-то бумажку.

— Нет, пятьдесят франков есть. Довольно с меня будет ай нет?

— Довольно, довольно, Фёдор Иванович, — кисло закричали собутыльники.

— Спойте «Дубинушку», Фёдор Иванович…

— Что-о? «Дубинушку»? Пусть медведь поёт.

И пошёл, пошатываясь, к двери.

— Боже мой, как вы читаете, Фёдор Иванович! Какой из вас драматический актёр вышел бы…

— Драматический актёр? — и Шаляпин круто обернулся, сжал руку в кулак и ушёл.

* * *

Я подписал с Шаляпиным контракт на ряд европейских стран. За каждый спектакль — по три тысячи долларов. Начнём с Варшавы. Шаляпин останавливается в «Бристоле». Я — неподалёку, в «Европейской». По разным соображениям я никогда не останавливался с ним в одном и том же отеле.

И сейчас же около Фёдора Ивановича, как бесы в октябре, закружились благоприятели.

Благоприятели первым долгом [так в тексте. — *И. Д.*] затащили его в «Фукетц», где были сосредоточены лучшие коньяки Варшавы, якобы оставшиеся ещё от времен Наполеона.

И началась баталия.

Мне становится известным, что за три дня до концерта каждую ночь Шаляпин возвращается домой «мокренький»…

Что делать?

Он не гимназист, я не инспектор.

Но сердце у меня начитает побаливать. Быть беде!

— Пересушит связки, иди потом, доказывай!

За час до концерта являюсь к нему в «Бристоль» и застаю его во всём параде. Фрак на нём сидел восхитительно. Вид сияющий и как будто вполне благополучный.

Садимся на извозчика и подкатываем к театру.

У подъезда толпа неслыханная.

Пробрались за кулисы. Настроение у издёрганного Фёдора Ивановича неожиданно изменилось. Раздражён. Печален. Взгляд потухший.

Оставил его одного в уборной и не успел дверь за собой закрыть, как слышу и ушам своим не верю — Шаляпин разговаривает сам с собой... И как разговаривает и что говорит!

— Боже, — слышу я, — Бог Авраама, Исаака и Иакова! Не оставь меня в эту трудную минуту. Пожалей не меня, но детей моих. Верни мне голос на один только час. Всего на один час. Ты сотворил небо и Землю в один день. Не отвергни меня, как Бориса, от лица Твоего. Укрепи Твой дар драгоценный, прости меня и мои прегрешения, вольные и невольные...

Я как ни в чём не бывало постучался в дверь.

— Скоро начинать, Фёдор Иванович, — сказал я.

— Начинать-то начинать, да только начиналки нет, — мрачно ответил Шаляпин, — придется, Лёня, перенести концерт!

Меня в жар бросило.

— Никак нельзя, Фёдор Иванович, у нас нет свободных дней.

— Я не могу петь сегодня. Горло пересохло. Ни один звук не идёт. Молился Богу, просил Бога — ничего. Не слышит. Не отвечает.

— Успокойтесь, Фёдор Иванович. Всё будет хорошо. Выйдете на эстраду, и зал, овации, аплодисменты, и всё станет на место.

— Не сегодня, — отвечал он, — не сегодня!

Я выскочил пулей и, как в воду бросился, велел давать занавес.

По программе, концерт начинался выступлением шаляпинского аккомпаниатора, весьма посредственного пианиста.

Этот самонадеянный музыкант не нашёл ничего лучшего, как угостить варшавян… Шопеном. После «Вальса» и «Ноктюрна» бедняга прибежал за кулисы потный, растерянный и явно убитый. Пот с него катился градом, воротник смок, можно было подумать, что вёрст двадцать он бежал без передышки.

— Трудная публика, ох, мать моя, трудная, — не переставая лепетал незадачливый Епиходов[68].

Всё это окончательно доконало бедного Фёдора Ивановича. Я чувствовал, что у меня земля горит под ногами, но…

Была единственная надежда: услышит боевой сигнал и оживёт! А может, и нет?! Одним словом, был я в положении той бабы, которая с печки летит и, покуда на пол грохнется, семьдесят семь дум передумает.

Но вот Шаляпин встрепенулся и обычным своим завоевательским шагом пошёл на сцену. Боже мой! За целую жизнь я таких оваций не слыхал. Зал трещал. Громы небесные, казалось, падают на бедные человеческие головы. Минимум пять минут длилась восторженная встреча, буря рукоплесканий, такой сердечный приём, какого и в России Шаляпин, наверное, не находил.

Но вот послышались глинкинские аккорды, и Шаляпин вступил:

«Уймитесь, волнения страсти…»

И меня снова обдало холодом. Опять аплодисменты, но уже на пятьдесят градусов ниже:
— «Succès d'estime»[69].
Может быть, распоётся? Увы!
Аплодисменты есть, но градус всё больше и больше понижается. Я готов бежать из театра, закрыться с головой одеялом и молить Бога о том, чтобы скорее пронеслись эти страшные часы. Одним словом, когда я перед вторым отделением посмотрел в зрительный зал, он был наполовину пуст.
Второе отделение — полный провал.

Шаляпин сказал:

— Ну, идём на Голгофу. Помоги нести крест.

И я не нашелся, что ему ответить. Я сидел перед шаляпинским гримировальным зеркалом, зажав голову руками, и не узнавал в зеркальном отражении ни его, ни себя самого.

На извозчике после концерта я довёз постаревшего, сгорбившегося Шаляпина до «Бристоля». Не знаю, спал ли он в ту ночь. Наконец забрезжил день…

Потом принесли газеты. Долго я не хотел до них дотрагиваться. Но потом бросился, как в воду…

Боже мой, что в них писали! Как бы хотелось, чтобы это был сон. Вот проснулся, и — никакой Варшавы, а я снова в Харькове, в родном доме, и — никаких концертов, никаких газет.

Выглянул в окно. Блестящий город, прелестный день, бегут трамваи, снуёт нарядная толпа, что-то есть, действительно, от Вены. И какие все счастливые люди! Никаких концертов они не устраивают…

Ну, что же дальше?

Ах, куда ни шло и где наша не пропадала! И по какой-то непостижимой интуиции я направился в государственный оперный театр, чтобы повидать директора.

Директор, пан С., немедленно меня принял.

— Хочет поиздеваться над москалями! — пришла в голову невольная мысль.

— Ну, что вы обо всём этом думаете? — спросил я.

— Во всяком случае не то, что пишут эти болваны, — ответил искренно пан С., показывая на газеты. — Певец был болен, вот и всё.

И Мазини[70] оставался без голоса, и Патти[71] оставалась без голоса — и никакой драмы никто в этом не видел. Слово за слово, и я предложил пану С. гастроли Шаляпина на осень. Пан и глазом не моргнул: с радостью согласился. И дал три тысячи долларов за спектакль…

И когда я вышел от пана С., подо мной снова горела земля. Но на этот раз бенгальским огнём. Это был огромный антрепренёрский успех, о котором я и мечтать не мог. Я был горд и счастлив. Сразу завернул в «Люрс», модное и бойкое в то время кафе, и с каким-то вызовом — неизвестно кому: судьбе, случаю, капризной фортуне — заказал бутылку «Клико». Лакей поставил бутылку в серебряное ведро и завертел её во льду. И тут началось:

— Вчерашний успех справляете?

— Нет, будущий, — скромно отвечал я.

— А именно?

— Осенью поём «Бориса» и «Фауста».

— Где изволите петь?

— Да тут же, у вас, в варшавском оперном театре… По четыре тысячи долларов за спектакль.

— А вы совсем здоровы?

— А вот вам записка пана С.

— Но вчера было что-то не совсем так…

— Вчера он был без голоса… Что со всяким может случиться. Это бывало и с Мазини, и с Патти… И с Карузо… А вот осенью мы вам покажем, где раки зимуют…

У поляков много экспансии, и через пять минут газетчики ринулись к телефонам «Люрса». Развалившись в кресле, я жадно пил шипучий нектар вдовы «Клико», и он огнём осаждался на мою измученную печень. Но мне было всё равно. Где-то бились крылья успеха.

Под вечер мы покинули Варшаву. Шаляпин был мрачен как туча. Пошли обедать в вагон-ресторан. И вдруг Шаляпин спросил:

— Нет ли у вас такого чувства, точно мы куда-то забрались, обокрали и теперь незаметно едем восвояси с награбленным добром?

— Нет, — ответил я, — битва ещё не кончена. Мы проиграли первый наскок.

— Нет, битва кончена, — сказал Шаляпин, — мы капитулировали.

— А что бы вы думали об осенних гастролях в Варшаве?

— Дорогой мой, я двадцать лет не был в Варшаве, а теперь забуду, что такой город существует. Воображаю, что они там написали в газетах…

Шаляпин никогда не читал рецензий.

— Одним словом, я официально предлагаю вам две гастроли в варшавском правительственном театре: «Борис» и «Фауст».

— Вы шутите?

— Фёдор Иванович, я далёк от всяких шуток.

На глазах Шаляпина показались слёзы.

— По 2500 долларов за гастроль.

Я хотел заработать на этом деле тысячу долларов.

— Что-о? 2500 долларов? Вы с ума сошли!

И шаляпинские слёзы мгновенно высохли.

— Моя плата — три тысячи, и вам пора бы это знать.

— Делать нечего, так и протелеграфирую, — ответил я и со станции Аахен послал телеграмму директору С., что его условия приняты.

* * *

Осенью гастроли состоялись, и та самая толпа, которая весной заушала артиста, теперь носила его на руках. И те самые газеты, которые его поносили, теперь признали, что Шаляпин — единственный, и престол его — твердыня священная.

Явные убытки — арифметика души не имеет — я претерпел с лёгким сердцем, ибо для меня это было вопросом престижа. И, может быть, мне поверят — борьба за спасение блистательной российской славы.

Шаляпин это понял и на Пасху прислал мне великолепную палку с массивным золотым набалдашником, на котором автографически были вырезаны запоздалые, но нежнейшие его по моему адресу признания.

Я свято храню этот подарок-память. Подарок музейного значения, и для меня он дороже списанных со счёта варшавских долларов.

* * *

…Недели за две до безвременной кончины Фёдора Ивановича мы с женой пришли проведать его. Он оживился и сказал:

— Помните? А то помните? «Бойцы вспоминают минувшие дни и битвы, где вместе рубились они…» Ну, давайте выпьем рому, что ли?

Жена его, Мария Валентиновна, делала мне знаки, чтобы я отказался, но с Шаляпиным трудно было спорить. Выпили. В последний раз на земле выпили.

— Эх, — сказал он, — ещё бы годочков пять-шесть… Да не выйдет коммерция…

Я посмотрел на его прекрасные руки и понял, что они уже мёртвые.

Я старался быть бодрым, говорил об осенних поездках, и он печально сказал:

— Нет, дорогой мой, на этот раз вы не захотите поехать со мной…

* * *

Отпевали его на rue Daru, в Александро-Невском соборе. Пел хор русских оперных артистов. Когда кончилось отпевание и люди стали подходить ко гробу с последним прощальным целованием, с клироса вдруг послышался голос Шаляпина:

— «Ныне отпущаеши раба Твоего, Владыко, по глаголу Твоему, с миром…»

Голос единственный, несравненный.

Это поставили пластинку Шаляпина, и казалось, что артист поёт из теснины гроба.

Один из самых жутких и незабываемых моментов.

У многих потекли слёзы…

Послесловие от составителя по поводу воспоминаний Л. Леонидова

Со дня выхода в свет воспоминаний Л. Леонидова, насколько нам известно, они ни разу не переиздавались. Правда, сегодня текст книги можно найти в интернете, но кто, скажите честно, об этом знает, да и захочет ли продираться сквозь дебри старой орфографии и синтаксиса, отыскивая довольно спорные свидетельства автора о жизни и творчестве Шаляпина. Имея в нашем распоряжении оригинал книги Леонидова, мы не сразу решились поделиться её содержанием с нынешними шаляпинскими поклонниками, но, вспомнив завет выдающегося танцовщика прошлого века Сергея Лифаря, утверждавшего, что «в писаниях о великих людях, о людях, принадлежащих истории, не должно быть ничего, кроме правды, не должно быть никаких прикрас, никакой ретуши и никаких умолчаний»[72], и не соглашаясь во многом с мнением Л. Леонидова, мы приняли решение главу «Шаляпин» (помимо неё ещё немало страниц в этой книге тоже посвящены великому певцу) включить в раздел «Воспоминания импресарио», снабдив объяснительными комментариями.

Однако, коль скоро заключительные разделы этой главы, по меткому замечанию одного из героев бессмертного романа М. Булгакова, могут «оставить тягостное впечатление», мы были вынуждены если не «незамедлительно разоблачить» перед читателями «технику фокусов» давно почившего автора, то по крайней мере предложить им документальные свидетельства того времени. Современный читатель — мы, как и Иван Бездомный, в этом уверены «на все сто!» — без труда разберётся в сём хитросплетении событий и фактов.

Начнём с концерта в Варшаве. Согласно «Летописи жизни и творчества Ф. И. Шаляпина» — самой полной на сегодняшний день «энциклопедии шаляпинской жизни», после отъезда из советской России Шаляпин выступил в Варшаве только с одним концертом, а именно 28 мая 1929 года. За три недели до этого русская газета в Париже «Возрождение» (№ 1437, 9 мая, с. 2) писала: «В конце мая Варшава услышит Шаляпина, который, по словам польских газет, уже подписал контракт на несколько концертов в Варшавской филармонии. Гонорар Шаляпина за один концерт установлен в размере 5500 долларов — сумма совершенно неслыханная для Варшавы».

А 1 июня в отчёте той же газеты (№ 1460, с. 3), озаглавленном «Шаляпин в Варшаве», сказано: «Несмотря на высокие цены на билеты — до 10 долларов за место, — зал был переполнен. **Шаляпин приехал на концерт простуженным, пел, всё время откашливаясь, и, наконец, просил прощения у публики за то состояние, в котором он вышел на эстраду.** […] Несмотря на недочёты, о которых сам Шаляпин говорил в своём обращении к публике, певец **имел успех, и по окончании концерта публика его долго не отпускала** [выделено мною. — *И. Д.*]». Конечно, давным-давно известно, что газеты часто, мягко говоря, подвирают, но такое огромное расхождение в фактах можно выявить только доскональным анализом местных источников информации того времени.

Согласно Леонидову, «концерт начинался выступлением шаляпинского аккомпаниатора, весьма посредственного пианиста». Пианистом этим, оказывается, был не кто иной, как постоянный шаляпинский аккомпаниатор в течение восьми (1921–1929) лет Макс Рабинович. Здравый смысл подсказывает, что вряд ли Шаляпин терпел бы возле себя так долго «весьма посредственного пианиста», про которого дочь Шаляпина, Марина Фёдоровна, вспоминала: «А Макс вообще дразнил нас и был тоже просто как часть семьи. […] Макс — просто был с утра до ночи. Он обожал нас и веселился с нами»[73]. Говоря же об его профессиональной подготовке, не будем забывать, что ещё в пятнадцатилетнем возрасте в Риге он сыграл G-minor фортепианный концерт Мендельсона и что в Петроградской консерватории он был принят в класс мировой звезды профессора Анны Есиповой, ученицы — и второй жены — одного из столпов пианизма, польского профессора Теодора Лешетицкого.

Так что Макса Рабиновича с полным правом можно считать фортепианным «внуком» самого Лешетицкого.

Задолго до того, как в моей библиотеке появилась книга Л. Леонидова, копию главы «Ф. И. Шаляпин» мне присылали дважды: сначала — дочь Шаляпина, Татьяна Фёдоровна, а чуть позднее — ныне, к сожалению, покойный музыковед и критик Алексей Скидан. Почти каждая страница копии, полученной от Татьяны Фёдоровны, испещрена её пометками и комментариями, порою довольно резкими. Так, о последней встрече Леонидова с Шаляпиным Татьяна Фёдоровна высказалась без обиняков: «Врёт! Я была всё это последнее время с отцом. Он никого не хотел и не мог видеть, только Рахманинова». А заключительный рассказ Леонидова про пластинку на отцовских похоронах она прокомментировала ещё короче: «На похоронах я его не видела».

Окончательную точку в вопросе о шаляпинской пластинке на клиросе церкви во время отпевания поставил Алексей Скидан: «Отпевали его... с клироса вдруг послышался голос Шаляпина...» — ЭТО НЕПРАВИЛЬНО. В тот момент, о котором пишет Леонидов, пел «Ныне отпущаеши» не Шаляпин (пластинка), а известный бас Русской оперы в Париже Георгий Дубровский, который потом много пел и в Америке и умер несколько лет тому назад в Нью-Йорке. Об этом свидетельствовал Николай Афонский в НРС'ве [ежедневная газета «Новое русское слово». — *И. Д.*] ещё в год появления книги Леонидова. (Афонский дирижировал своим хором в церкви, а «хор русских артистов», если не ошибаюсь, под управлением Аристова (?) спел только «Вечную память», и то на площади у *Opera*, во время процессии по дороге на кладбище.)

А вот что вас может заинтересовать, это то, что когда умер Афонский (май 1971 г.), я как раз вспомнил об этом случае и в Нью-Йорке, в Св. Покровском Соборе, в котором отпевали Афонского, в конце службы получил разрешение поставить пластинку Шаляпина с хором Афонского, и **тогда** [выделено А. Скиданом. — *И. Д.*] Шаляпин «спел» «Ныне отпущаеши». [...] За всё сказанное полностью отвечаю.

Иосиф Кашук[74]

ШАЛЯПИН НА РАБОТЕ[75]

Воспоминания импресарио,
сопровождавшего Ф. И. в гастрольных поездках

Во французской провинции

Выступления Ф. И. Шаляпина во французской провинции состоялись по инициативе самих французов. В 1932 году несколько муниципальных театров предложили организовать у себя серию спектаклей. Речь шла о «Борисе Годунове» и «Севильском цирюльнике».

Первым городом была Тулуза, где назначен был «Севильский цирюльник».

На первой репетиции выяснилось, что все мизансцены, обычные в этой опере во французских театрах, не удовлетворяют Шаляпина, и он, не знавший уступок в вопросе постановки, требовал перемен, десятки раз репетировал все сцены, всё переделывал по-своему, пока кое-как не удалось наладить.

По окончании репетиции Фёдор Иванович жаловался:

— Опять скажут: «Шаляпин самодур», «Шаляпин капризничает», «у Шаляпина скверный характер». А что же получается? Артисты недовольны, они привыкли работать от такого-то до такого-то часа, а тут какой-то русский человек заставляет работать сверхурочно, да они и не верят, что это лучше!..

Надо правду сказать, что Шаляпин преувеличивал недовольство французских артистов. В действительности они понимали, кого они видят перед собою, какую честь им оказывает Шаляпин своим участием, и по мере сил всячески старались исполнять его указания.

На второй день, накануне спектакля, — вторая репетиция, показавшая, что артисты очень внимательно отнеслись к его требованиям, и Ф. И. остался доволен:

— Как будто будет неплохой спектакль… Только, вообще, как можно показать меня впервые в городе в «Севильском цирюльнике»? Они ведь думают, что у меня голос, как иерихонская труба, и ждут чего-то особенного, а фактически этого нет, петь нечего — и будет провал… Не отменить ли, как вы думаете?

«Не отменить ли?»

Этот мотив — «не отменить ли?» — вследствие ли фактической или мнимой болезни повторялся постоянно перед каждым спектаклем или концертом. Чувство ответственности перед публикой было так велико, страх не быть на высоте был так силён, что у Фёдора Ивановича на нервной почве очень часто действительно начиналось заболевание горла, появлялись признаки ангины, трахеит и т. п., и часто из-за этого приходилось откладывать гастроли.

На гастроли Шаляпина сопровождали всегда в общем не менее 4–5 человек… Поездка стоит дорого: лучший отель, масса расходов… Приезжаем за 3–4 дня до выступления — приёмы, визиты, интервью, репетиции. Наконец приближается день спектакля. Атмосфера становится всё более и более напряжённою. Во время репетиций и работ по подготовке спектакля Фёдор Иванович буквально всем и каждому, начиная от дирижёра и кончая рабочими сцены, делает указания и поправляет, поёт вместе с артистами и с хором всё от начала до конца. В результате он действительно переутомляется, и накануне спектакля опять начинаются сомнения относительно здоровья, состояния горла и т. п. Начинается лечение. Визит врача, волнения директора театра и всех окружающих. Чаще всего всё проходит благополучно после первого появления на сцене, после первой взятой ноты, после первого определённого успеха. И всё кончается триумфом.

Но тема — «не отменить ли?» — доминирует постоянно и нервирует всех невыносимо.

И когда на самом деле приходилось действительно отменять спектакли, с Фёдором Ивановичем моментально происходила метаморфоза, он весь преображался: болезни как рукой снимало, появлялся аппетит, начиналось ликование, веселие. Самые весёлые ужины бывали именно после того, как заветное желание — «не отменить ли?» — исполнялось… Какие блёстки остроумия, какая гениальная импровизация, какие детские шутки! — и всё потому, что гроза миновала!..

В голосе Фёдора Ивановича звучали уже не просительные нотки — «не отменить ли?», — а твёрдые и определённые: «К чёрту!»

На работе

В Тулузе «Севильский цирюльник» собрал переполненный театр, а успех Ф. И. был так велик, что после бесчисленных выходов на сцену по окончании оперы публика долго не расходилась, и артисту пришлось ещё несколько раз выйти на сцену в уже разгримированном виде.

Из Тулузы мы поехали в Лион, где был назначен «Борис Годунов». Для исполнения партии Шуйского с нами ездил всегда Г. М. Поземковский[76]. Здесь произошёл инцидент: директор театра отказал в дорого стоящей оркестровой репетиции, ссылаясь на то, что опера прошла в сезоне много раз, оркестр состоит из первоклассных музыкантов, дирижёр Версегерс прекрасно знает своё дело, нет для этого времени и т. д. Во время черновых репетиций Версегерс произвёл на Фёдора Ивановича хорошее впечатление, он ручался за оркестр, но всё же Ф. И. заявил, что без оркестровой репетиции спектакль состояться не может.

Начались переговоры, волнения… Все билеты по сильно повышенным ценам проданы, приезжает много публики из окрестностей Лиона, а состоится ли спектакль — неизвестно… Вечером накануне спектакля Ф. И. велит звонить по телефону в дирекцию и потребовать присылки врача, который должен удостоверить заболевание горла и необходимость отмены спектакля.

До 3-х часов ночи играем в беллот. Беллот — любимая игра Шаляпина, беллот его успокаивает. В обыкновенные дни у него можно выигрывать, в день спектакля — спаси Бог, выиграть хоть одну партию! Он обязан выигрывать, и он выигрывает. Когда приходят четыре валета, не знаешь куда деваться и как их скрыть! Курьёзно — все игроки меня поймут! И сколько нужно выдумки, чтобы суметь проиграть при этом!.. Играем в беллот и ложимся спать.

К счастью, Ф. И. прекрасно выспался, проснулся в 2 часа дня, стал рассматривать многочисленную почту, среди которой были письма префекта, мэра города и других высокопоставленных лиц. Ф. И. вслух читает письма — в них выражается благодарность за его приезд и восторг перед предстоящей радостью впервые услышать и увидеть в своём городе знаменитого артиста. Закончив чтение, Ф. И. говорит задумчиво:

— Что ж, эти люди ждут меня с таким нетерпением!.. Нехорошо было бы с моей стороны отказать… придётся петь!

Я немедленно звоню в дирекцию театра… Радость необыкновенная! Все облегчённо вздохнули.

Спектакль вышел на редкость удачным, Ф. И. благодарил дирижёра Версегерса, выводил его с собой на сцену. Впоследствии Версегерс дирижировал в Опера-Комик в Париже в одном из русских сезонов с участием Шаляпина.

Сесиль Сорель[77]

Одновременно с шаляпинскими спектаклями в Лионе выступала в другом театре труппа «Комеди-Франсез» с участием знаменитой Сесиль Сорель. В этот день труппа начала свой спектакль раньше обычного, сократила время антрактов и закончила раньше, чтобы успеть приехать и послушать

Шаляпина в сцене смерти царя Бориса. По окончании оперы Сесиль Сорель пришла в уборную Фёдора Ивановича. Она была охвачена неописуемым волнением, чувствовался художественный восторг — руки её дрожали. Со слезами на глазах благодарила она Фёдора Ивановича за доставленное наслаждение. Ф. И. был тоже сильно взволнован. Когда она ушла, он нервно заговорил:

— Ведь вот, французская актриса и — русский. А были сейчас как брат и сестра! Как мы понимаем друг друга, ведь сейчас мы были как один! А в политике — болваны! Во главе международных конференций надо бы поставить большого артиста. Только искусство может объединить людей, и объединить в самом прекрасном.

Два дирижёра

Через две недели мы снова попали в Тулузу, где были объявлены два представления «Бориса Годунова». Начались репетиции. Ф. И. видит, что дирижёр совершенно не знает оперы: не соблюдает ритма, не указывает точно вступлений. Ф. И. с ним долго работал, все мелочи объяснял, нарисовал в партитуре фигурки Бориса и Шуйского с указанием всех вступлений. Разошлись до следующей репетиции, назначенной назавтра. Увы, эта репетиция — уже с оркестром — показала, что дирижёр ничего не понял из того, чему Шаляпин обучал его накануне. Кончилось тем, что Ф. И. ушёл с репетиции, заявив, что спектакля не будет! Начались волнения, переговоры, поиски дирижёра. По телефону звоню: Версегерсу — в Лионе, Штейману — в Монте-Карло. Безрезультатно — оба заняты в эти дни и приехать не могут. Наступает день спектакля. Ф. И. не встаёт с постели, ничего не ест, мрачнее тучи… Приходит директор театра, просит, умоляет. Ф. И. гневно, горячо доказывает, что нельзя петь с этим дирижёром. Директор (сам певец) не может не согласиться с доводами Шаляпина. Наконец, как спасение, выдвигается такой план: пригласить другого дирижёра, с которым Ф. И. всего две недели до того пел «Севильского цирюльника» и которым остался доволен. Оказалось, что тот дирижёр ещё меньше знает «Бориса Годунова», но, чтобы спасти спектакль, скрывает это, соглашается дирижировать и приходит к Ф. И. в отель, чтобы получить от него нужные указания. Ф. И. с карандашом в руке проходит с новым дирижёром все свои сцены, опять всё объясняет, рисует, и так уходит весь день до 7 часов. Пора готовиться к спектаклю!

Слегка закусив и одевшись, едем в театр на этот единственный в своём роде спектакль, в котором за дирижёрским пультом сидят: в сценах с Шаляпиным один дирижёр, а в остальных — другой!..

Первая же шаляпинская сцена — коронование царя Бориса — показала полнейшую беспомощность второго дирижёра. Ф. И. взбешён: в антракте сорвал с себя бороду, стал разгримировываться, просил, умолял прекратить спектакль… Так продолжалось во всё время спектакля. В сцене с Шуйским (Поземковским) Ф. И. остановил дирижёра и довольно громко сказал ему: «Повторите сначала!…»

Нужно было много труда и такта, чтобы убедить Ф. И. довести спектакль до конца. Последний акт[78] — смерть царя Бориса — Ф. И. согласился закончить в том только случае, если дирекция освободит его от второго спектакля, который должен был состояться через три дня. Пришлось согласиться, и — несмотря на огромный успех и на то, что в остающиеся три дня можно было бы устроить ещё несколько репетиций, — Ф. И. ни за что не захотел остаться на второй спектакль и рано утром уехал, оставив меня улаживать с дирекцией дальнейшее. Надо добавить, что гонорар Шаляпин получал в то время очень большой, время всё равно уже [было] потеряно, но он предпочёл отказаться от гонорара, но [только] не участвовать в спектакле, художественный уровень которого не отвечал его требованиям.

На могиле раввина

Пребывание Шаляпина в Чехословакии отмечалось всегда совершенно исключительным вниманием со стороны и публики, и прессы, и административных властей. За два часа до Праги, в Пильзене, уже встречали нас журналисты и фотографы, сопровождавшие затем до Праги. В Праге, на вокзале, как и возле отеля, — масса народу, приветствующая Шаляпина. Чехи гордились тем, что знаменитый артист — «свой», славянин. Насколько простирались внимание и любовь к нему, можно судить по тому, что в отеле, где нам (нас было 5 человек) был отведён почти целый этаж и где мы прожили в общем недели две, — отказались получить с нас плату, и Шаляпин вынужден был компенсировать этот жест поднесением хозяевам подарка. На дверях комнат, где Шаляпин жил, золочёными буквами обозначено было: «Апартамент „мистра" [так в тексте. — *И. Д.*] Шаляпина». Эта надпись — как и портреты Шаляпина, многочисленные фотографии в ролях и в жизни — сохранялась до последнего времени (не знаю, как сейчас!..).

Концерт в Праге состоялся с опозданием — по болезни Ф. И. — на 10 дней и прошёл с огромнейшим успехом как материальным, так и художественным. По окончании концерта друзья Шаляпин и некоторые артисты чествовали его банкетом. За столом Ф. И. рассказал:

— Состояние моего здоровья было нехорошее, и я думал, что придётся вновь отложить концерт, и вот я посетил вчера могилу раввина Леви[79] на древнем еврейском кладбище. Мне говорили, что многие несчастные и страждущие приходят на эту могилу и находят исцеление и утешение. Я просил раввина помочь мне спеть концерт и не быть вынужденным отложить его вновь. Вы слышали сегодня, как я пел, и видели, какой я имел успех. «Прошу вас, — обратился он ко мне, — напомнить мне завтра, перед отъездом поехать вновь на это кладбище и поблагодарить раввина Леви за исполнение моей просьбы».

Назавтра, перед отъездом в Брно, мы поехали на кладбище, и Ф. И. несколько минут стоял перед могилой раввина Леви.

В Брно в течение одной недели[80] состоялись два представления «Бориса Годунова». Там оказался прекрасный дирижер чех, и спектакли прошли превосходно.

Во время последнего спектакля 6 мая, в то время, когда Ф. И. перегримировывался, местные газеты выпустили экстренную телеграмму, сообщавшую об ужасном злодеянии в Париже: президент Думер убит Горгуловым…[81] А через десять дней — 16 мая — предстояло в Париже, в «Опера-Комик», открытие русского оперного сезона с участием Шаляпина…

Михаил Кашук (Michel Kachouk)[82]

БОЛЕЗНЬ И СМЕРТЬ ШАЛЯПИНА[83]

По поводу пятилетия со дня кончины

А. Н. Бенуа как-то сказал, что, создавая Шаляпина, Господь Бог, вероятно, находился в особенно хорошем расположении духа и поэтому наградил его многочисленными преимуществами перед другими смертными. Одним из преимуществ Ф. И. Шаляпина было его завидное здоровье, необыкновенная в ы н о с л и в о с т ь. Казалось, этому колоссу суждено прожить на земле не один век, радовать своим искусством, своим гением, всем своим существованием не одно поколение, а вот едва достигнув 65-летнего возраста, он стал хворать и сошёл в могилу полный творческих и физических сил, не выпуская [из рук? — *И. Д.*] знамени прекрасного русского искусства.

Последние годы Шаляпину пришлось особенно много петь. Он был в каком-то особенно художественном расположении и в каждом концерте или спектакле превосходил самого себя. Приближался сезон 1937–38 гг., а в 1939 году предстояло праздновать **пятидесятилетие** артистической его карьеры: ведь Шаляпину было всего 16 лет от роду, когда он начал выступать на сценических подмостках в качестве хорового певца. Был уже образован Юбилейный комитет, и известный французский писатель Клод Фаррер[84] возглавлял его. Английский комитет находился под председательством Томаса Бичема[85], а почётным председателем согласился быть Принц Уэльский, личный друг и почитатель Шаляпина. Распределялись спектакли и юбилейные празднества в разных странах. Лондон настаивал на своём старшинстве и требовал, чтобы первое юбилейное выступление Шаляпина состоялось именно в Лондоне, где имя нашего великого артиста было особенно популярно, где его выступления с первого же знакомства с ним носили характер мирового события, триумфа.

Осенью 1937 года Ф. И. должен был петь в Америке. С. И. Юрок[86] приезжал летом в Париж, и там было решено, что зимний сезон Ф. И. Шаляпин откроет в Нью-Йорке. Первый концерт здесь был уже объявлен, все билеты на этот концерт были распроданы, как вдруг, во время своего летнего отдыха в путешествии по балканским странам[87], Шаляпин почувствовал себя плохо. Врачи не нашли ничего угрожающего и посоветовали продолжительный отдых. Решено было ехать в Вену, где Шаляпин любил иногда в одном санатории отдыхать под наблюдением хороших врачей. Облегчения он не почувствовал и заявил жене и врачам, что хочет ехать домой, в Париж, где ему приятнее, чем где бы то ни было и где он надеется лучше всего отдохнуть.

Никогда из моей памяти не изгладится впечатление от внешнего вида Шаляпина в то осеннее утро, когда я увидел его выходящим из вагона. Мы не виделись всего два месяца, а постарел он лет на 20.

Были приглашены лучшие парижские врачи, состоялся консилиум, и установлено было, что у Шаляпина переутомлённое сердце и что ему [необходим] только отдых… [Дальнейший текст в нашей копии, отпечатанный в 2006 году с микрофильма в одной из библиотек Манхэттена, повреждён, и можно прочесть лишь отдельные слова. — *И. Д.*] …констатировал полное восстановление деятельности сердца, и нам казалось, что Шаляпин спасён. Но как-то незаметно не только для близких, но и для врачей в состоянии здоровья Шаляпина произошло какое-то новое ухудшение: он потерял аппетит, стал терять в весе, и цвет его лица стал опять жёлтым. После целого ряда анализов и консультаций было установлено, что великий певец страдает редкой в Европе, почти невиданной болезнью крови. Стали прибегать к переливанию. Кроводателем («донатором») [так в тексте. — *И. Д.*] оказался какой-то француз по имени Шьен (в переводе на русский язык: собака). У Шаляпина хватило юмора каждый раз, когда он садился рядом с этим французом для получения его крови, говорить: «Ну, после этого раза я, наверное, уже залаю»… До появления этого француза самая младшая и самая любимая дочь Шаляпина, 16-летняя Дася, упросила врачей взять у неё кровь для больного отца…

Увы, профессор Абрами оказался прав. Болезнь была неизлечима. Шаляпин на наших глазах таял, как громадная восковая свеча, как светильник, из которого убывает священное масло…

12 апреля 1938 года, днём, после мучительнейших дней агонии, окружённый женою и теми детьми, которые в то время находились в Париже, один из величайших русских людей испустил последний вздох…

Мы все знали и видели, как популярно имя Шаляпина не только в России, но и далеко за пределами её. Мы побывали с ним незадолго до этого в далёкой Японии, в Китае, в Манчжуко [Манчжурии. — *И. Д.*] и были свидетелями трогательнейшего внимания к нему везде… [текст оригинала неразборчив. — *И. Д.*], но не видели его агонии. Предсмертные дни и похороны его показали нам ещё, какой **любовью** [выделено автором. — *И. Д.*] покойный пользовался во всех слоях общества. Запросы о состоянии здоровья, молебны о даровании исцеления, телеграммы буквально со всех концов света, а затем грандиозные похороны, каких до сих пор не удостоился [так у автора. — *И. Д.*] ни один, даже французский, артист. Приостановлено было движение на огромном пространстве величайшей столицы мира — Парижа, десятки тысяч людей стояли на пути процессии; в церковь, на отпевание, пришлось впускать только по специальным билетам, которых было роздано 2000, а просьб получено было 10 000… По распоряжению французского Министра народного просвещения, у здания Большой Парижской Оперы процессия была остановлена, и отслужена была православная лития при участии двух хоров: церковного, под управлением Афонского, и оперного, под управлением Аристова.

Прах великого Русского человека и патриота Фёдора Ивановича Шаляпина покоится временно на одном из парижских кладбищ и ждёт момента, когда он найдёт вечное упокоение в родной русской земле, которую покойный так любил и так прославил…

Глава 3

Воспоминания певцов

Владимир Верещагин[88]

ВСТРЕЧИ С ШАЛЯПИНЫМ[89]

Судьба не была ко мне благосклонна и не одарила меня голосом, который дал бы мне право выступать на сцене вместе с Шаляпиным. Зато в частной жизни мне пришлось нередко встречаться с ним. В кругу друзей, в минуты его отдыха, я не знал человека милее и добродушнее, так охотно теплом и лаской дарившего каждого, кто бескорыстно подходил к нему…

Было время, когда Фёдор Иванович не имел своей постоянной квартиры в Петербурге. Приезжая из Москвы на гастроли в Мариинском театре, длившиеся иногда по несколько недель, он останавливался и подолгу гостил у наших общих друзей — Фельдбергов.

Доктор Давид Владимирович Фельдберг славился в Петербурге как замечательный ларинголог и считался «придворным врачом» Шаляпина. Когда Ф. И. бывал не в голосе, он брал с собой в театр своего «ангела хранителя» вместе с его огромным портфелем с каплями, мазями и всякими горловыми инструментами.

По примеру Шаляпина, почти все певцы как Мариинской оперы, так и Народного дома, лечились у Фельдберга. Жена его — Александра Михайловна — первым браком была замужем за известным музыкантом, инженер-генералом Миклашевским — участником квартета, в котором Император Александр III играл на контрабасе. Когда генерал служил в Тифлисе, у них в доме постоянно бывал совсем ещё юный и начинающий певец Федя Шаляпин, и с тех пор его и Ал. Мих. связывала тесная и нежная дружба. В прошлом превосходная певица, А. М. прервала свою сценическую деятельность[90].

Когда из Москвы приезжал Фёдор Иванович, громадная докторская квартира на Жуковской улице, увешанная его многочисленными портретами, переворачивалась вверх дном. В столовой, за длинным столом, уставленным винами и разными яствами, с кипящим самоваром, толпа знакомых с утра и до поздней ночи пила и закусывала…

Небольшой кружок молодёжи — учениц и одного ученика, меня, — целый день проводил в этом гостеприимном доме, с нетерпением ожидая минуты, когда наш общий кумир — Шаляпин, освободившись от докучливых посетителей, в халате и туфлях, сядет играть по двугривенному в «шестьдесят шесть» со своим неизменным адъютантом Исайкой[91]. Мы все усаживались вокруг стола и с великим наслаждением следили за перипетиями игры. Проигрывать Ф. И. не любил и сердился, но зато, когда выигрывал, становился весёлым, милым и ласковым дядей Федей, шутил с нами, рассказывал анекдоты и забавные случаи из своей жизни. А рассказчик он был превосходный!

Иногда, по субботам, мужчины всей компанией отправлялись в ближайшие Бассейные бани [так назывались бани купцов Целибеевых, получившие в народе новое название по своему расположению на Бассейной улице; с 1922 года — улица Некрасова. — *И. Д.*]. Ф. И., в валенках и серой на меху поддёвке, его друг и юрисконсульт М. Ф. Волькенштейн[92], доктор Фельдберг и я. За нами торжественно шествовал Вася, шофёр доктора, с простынями и мочалками. Мы сразу же направлялись в горячую, забирались на полки и парились берёзовыми вениками. Обыкновенно Ф. И. начинал запевать какую-либо русскую песню и непременно требовал, чтобы мы все подпевали хором. Среди клубов пара на диво сложенная фигура Шаляпина казалась каким-то сказочным видением.

Из бани шли домой, где милая хозяйка ждала с кипящим самоваром. Сидели поздно. Шаляпин любил чаёвничать. Был обаятельно прост, смеялся и говорил без конца о чём угодно, но только не о театре. Тут он весь менялся, становился грозным и каким-то чужим.

В сочельник, под Рождество, у Фельдбергов устраивалась грандиозная ёлка. Гостей собиралось около ста человек, всё больше из артистического мира: чета Фигнеров, Липковская, Кузнецова, Тартаков, Давыдов, Большаков, Андреев — тенор, Андреев — арфист, профессор Ауэр, а также много артистов Александринского и Михайловского французского театров. В карты не играли, только иногда ставили один стол для Шаляпина. Он любил сыграть два-три роббера в винт. Как-то удалось и мне сыграть в особенно знаменитой компании с А. М. Давыдовым и Н. Н. Фигнером. Последний был весьма скуповат, ему не везло, и, проиграв однажды пять рублей, он страшно расстроился. Шаляпин его дразнил и хохотал.

Между тем в большой гостиной шло концертное отделение и экспромтом составлялись такие дуэты, которых простым смертным и не услышать… Революция всё это разметала и унесла.

* * *

Уже при большевиках я случайно попал в Михайловский, бывший французский театр, превращённый в Малый Оперный. Была зима, стояли холода, и в нетопленом зале все сидели в шубах. Шёл сборный спектакль с Шаляпиным. Как всегда, публика бесновалась. Впервые увидел я его в небольшой роли Варлаама, но этот созданный им гениальный образ потряс меня во много раз сильнее, чем все виденные Шаляпинские коронные роли. Как завороженный сидел я, внимая широкой и разгульной песне грязного бродяги-монаха, и вставали перед глазами видения древней Руси, такой далёкой и такой близкой и родной русскому сердцу. В антракте я пробрался за кулисы. На сцене суетились какие-то типы во френчах. В своей уборной Ф. И. раздевался. Он был мрачен и озабочен.

Больше я в России с ним не встречался. Попав в эмиграцию, я услышал об его триумфах в Европе и Америке.

* * *

В 1929 году я с моим квартетом пел в Лондоне в одном модном кабаре. Однажды во время нашего выступления в дверях показался Фёдор Иванович во фраке и цилиндре. Окружен он был элегантными дамами и блестящими кавалерами. Услышав русское пение, он подошёл к нам, узнал меня и дружески поздоровался.

— Шаляпин… Шаляпин! — пронеслось по залу. Все глаза устремились на него, и вмиг были забыты все присутствующие «именитые гости». А было их в зале в этот вечер немало: принц Уэльский, будущий король Георг VI с женой, принцессой Елизаветой, и многие представители лондонского высшего общества.

Когда, по английским правилам, около часа закрылось кабаре, Шаляпин и вся компания перешли наверх, в отдельный салон. Прихватили и нас четверых с собой. Полилось шампанское, а с ним и песни. Ф. И. уселся на диван, посадил нас по двое около себя, обнял своими широкими, мягкими руками, закрыл глаза и запел «Вниз по матушке, по Волге». Мы вторили ему. Запел он ведущий голос — мою партию первого тенора в невысоком тоне — и окончил песню на таком си-бемоль и таком пианиссимо, о каком нам и во сне не снилось. В этот памятный вечер Ф. И. был на редкость в духе.

* * *

В январе 1932 года в Амстердаме была организована «Русская неделя». В драматическом театре играла Пражская труппа Московского художественного театра с Греч и Павловым, в Королевской опере — гастроли Шаляпина с труппой Церетели[93], на несколько концертов был приглашён и наш квартет. На первое представление «Бориса» нам удалось попасть благодаря Ф. И. Он взял нас с собой, поставил за кулисы среди декораций, а сам пошёл проверить сцену. Из наших кулис мы видели, как на авансцене Ф. И. как-то странно махал руками и крепко по-шаляпински бранился. Проходя обратно мимо нас, сердито пробурчал: «Что же они, такие-сякие, думают, что я за те же деньги буду им по микрофону на всю их Голландию петь? Ну, так я же им все провода пооборвал!»

Много раз я видел и слышал «Бориса», но так близко, как в этот вечер, ещё не приходилось никогда. Каждый жест, мельчайшее движение каждого мускула запечатлелось в памяти навеки. Незабываемое, чудесное видение!

* * *

В последний раз я встретил Шаляпина на Больших Бульварах. Был вечер. Он медленно шёл, останавливаясь и рассматривая витрины. На нём была широкополая бархатная шляпа и жёлтое кашне. Прохожие узнавали его и оглядывались. Меня поразила его бледность. На мой вопрос о здоровье он только вздохнул и заговорил о другом. Я проводил его до площади Мадлен и долго смотрел ему вслед, пока его высокая, но уже слегка сгорбленная фигура не скрылась в парижских сумерках.

* * *

Утром, на другой день его кончины, я вошёл в комнату, где он лежал. Кругом не было никого. Я долго всматривался в черты его лица, спокойного и торжественного. Я встал на колени, горько заплакал и горячо молился. Я благодарил Господа за то, что Он сподобил меня слышать и видеть Шаляпина.

Елизавета Эверт[94]

Я ПЕЛА С ШАЛЯПИНЫМ[95]

Отрывки из воспоминаний

В 1920 году родители привезли меня из России, и я очутилась на «Принцевых островах» около Константинополя, а затем поселилась в Италии, в Риме. Там я начала учиться пению. В 1926 году я переехала в Прагу, вышла замуж и продолжала занятия пением с Софьей Ивановной Тимашевой[96] — артисткой [Театра] Музыкальной драмы в Петербурге. В 1930 году мы с мужем решили навестить в Париже моих родных. Там я продолжала своё вокальное образование в Русской консерватории имени С. В. Рахманинова и пошла на пробу к Марии Александровне Славиной[97]. Она очень сердечно отнеслась ко мне и после прослушивания взяла в свой класс на стипендию. С ней я имела счастье работать два года. Счастье потому, что то, чему она меня научила в смысле исполнения арий и романсов, осталось на всю жизнь. […]

Однажды, после ученического отчётного концерта в консерватории, Мария Александровна позвонила мне утром по телефону в отель, в котором я жила с родными, и сообщила, что мной заинтересовался Михаил Эммануилович Кашук и предлагает участие в предстоящем оперном сезоне в театре «Шатле» совместно с Фёдором Ивановичем Шаляпиным. У меня затряслись ноги, и я ещё раз переспросила Марию Александровну. Она засмеялась и сказала: «Приезжайте, всё расскажу подробно». […] Судьба моя была решена — я подписала контракт и, не веря ещё своему счастью, начала серьёзные занятия с Марией Александровной. Мы проходили роли не только вокально, но и сценически. […]

Все четыре роли были проработаны до малейших деталей, и, когда начались репетиции в театре, я уже знала, что мне делать на сцене. Первой ролью была Марина в «Борисе Годунове». Дирижировал Анатолий Фистулари[98], в то время ещё молодой, но уже отмеченный Шаляпиным. На генеральной репетиции я впервые увидела Фёдора Ивановича. У меня было чувство, которое испытывают скаковые лошади у барьера — или перескочить, или разбиться. Однако я перескочила, никаких замечаний со стороны Фёдора Ивановича не было ни до, ни после репетиции. Правда, он знал, что я проходила эту партию с Марией Александровной Славиной, а её он весьма уважал.

После прослушивания устроили приём с шампанским в фойе театра. Славина пригласила меня к своему столику и подозвала проходившего мимо Шаляпина, познакомила меня с ним и поинтересовалась, что он думает обо мне. Я была тогда очень молода. Он посмотрел на меня с высоты своего роста и с улыбкой сказал: «Талантливая девочка!» Сердце у меня забилось страшно, а Славина развеселилась и поздравила меня. Потом, позднее, она говорила мне, что она отрицательно относится к Шаляпину как к человеку, но преклоняется пред ним как величайшим артистом.

Когда начался оперный сезон 1933 года, партию Феодора в «Борисе Годунове» постоянно пела М. Давыдова[99], а я исполняла роль Марины. Однажды позвали меня в кабинет М. Э. Кашука и предложили мне поменяться ролями с М. Давыдовой, ей захотелось петь Марину. М. Давыдова была много старше меня и с большим оперным стажем, а я была ещё «желторотым птенцом». Конечно, я согласилась. Кто бы отказался спеть Феодора с самим Шаляпиным?! Кстати, в этот день у меня был урок у М. А. Славиной, и я ей всё рассказала. Мои новости её очень обрадовали, и она стала готовить со мной эту партию вокально и сценически. Надо заметить, что Славина была прекрасной пианисткой и постоянно аккомпанировала своим ученикам. А когда случалось её ученицам петь на концертах в консерватории с другим аккомпаниатором, ему уже не требовались дополнительные репетиции, настолько хорошо мы были подготовлены.

Назначили день репетиции с Шаляпиным. А перед этим днём Шаляпин обратился к нашему режиссёру А. М. Давыдову с просьбой приехать к нему домой со мной и с аккомпаниатором И. К. Базилевским[100]. Шаляпин жил в то время на авеню Эйло. Он любезно встретил нас, проводил в столовую, угостил чаем. Дом Шаляпина был очень красивый. В гостиной находился превосходный рояль. Хотелось поближе подойти к стенам и поглядеть, чем они украшены. Но мне было не очень удобно откровенно всё рассматривать, так как я очень близорука. После чая Шаляпин сказал: «Ну, приступим к работе». Мы перешли в гостиную. Шаляпин указал мне на кресло и произнёс:

— Представь себе, что я буду сидеть здесь, но, пожалуйста, не делай так, как поступают все Феодоры — сразу бросаются ко мне, как будто заранее знают, где я сижу. На самом деле ты не можешь знать, где я. Ведь если даже Феодор и знал, где стоит трон и скамьи, он не мог знать, где находится его отец. Чем ближе мы понимаем роль, тем яснее представляем себе обстановку и взаимоотношение изображаемых персонажей, тем жизненнее будут оперные роли. К Феодору прибегают сказать, что отцу плохо, что он умирает. Ты вбегаешь на сцену и ищешь его — где отец? Ах, вот он! Ты как бы спрашиваешь — где у тебя болит? Что с тобой? При этом ты ощупываешь мою шею, голову. Тут я покажу тебе на скамейку возле трона, ты сядешь, и я начну петь — «Прощай, мой сын, умираю…» и т. д. — и больше ничего уже не делай, только внимательно слушай, а когда я уже упаду, тогда бросайся мне на грудь.

Надо заметить, что Шаляпин был со своими коллегами на «ты», а Славину величал по имени и отчеству и на «вы».

Наконец дождалась я сценической пробы с Шаляпиным. На репетиции он почти не пел, только подавал реплики. Относительно первого [ошибка мемуариста; сцена в Кремле — это второе действие. — И. Д.] действия, в тереме, Шаляпин особенного ничего не высказывал, только просил, чтобы я всё время смотрела на него не только с почтением, но и с большой любовью. Наш гримёр надел мне чёрный парик и придал моему лицу слегка монгольский тип. Когда же во время спектакля Шаляпин появился на сцене и приблизился к столу, у которого стояла я и рассматривала географическую карту, он внимательно взглянул на меня, и лицо его выразило удивление при виде моего грима. А в антракте после второго действия на вопрос режиссёра, доволен ли он своим новым сыном, Шаляпин сказал: «Да, кажется, первый законнорожденный!»

В день спектакля я страшно волновалась, боясь что-нибудь забыть из того, что говорил мне Шаляпин. Старалась возможно естественнее войти в роль Феодора, незначительную по объёму, но такую важную для меня. Прощание с сыном — это истинный шедевр певческого и сценического искусства, и я, слушая Шаляпина, даже забыла, что это он, что это я, и мне начало казаться, что действительно он мне близкий человек — отец умирает. Слёзы покатились у меня из глаз. Когда же при словах Бориса: «Крылами светлыми вы охраните моё дитя…» — он прижал к себе своего сына и поцеловал в лоб, я уже еле сдерживала рыданья, и моя фраза «Государь, успокойся, Господь поможет…», видимо, прозвучала очень искренно. В дальнейшем, когда по ходу действия мне пришлось упасть на грудь лежавшего на полу Шаляпина, он тихо сказал мне: «Не дави мне диафрагму, подвинься выше!» Эта фраза немного отрезвила меня. Славина была в театре и осталась мною довольна. А это было так много, ибо она была очень скупа на похвалу.

В «Князе Игоре» у меня не было общих сцен с Шаляпиным, и я только всегда из-за кулис наблюдала с огромным удовольствием за его игрой. Он пел и Галицкого, и Кончака — обе роли в одном спектакле — и поражал всех, и меня в том числе, различием этих двух персонажей, даже голос его менялся, находя необходимую окраску для каждой роли.

В моём первом оперном сезоне я спела Марину, Феодора, Кончаковну, Любашу и Полину. Как зритель в зале я слышала Шаляпина в «Моцарте и Сальери» Римского-Корсакова и неизменно получала огромное наслаждение от его пения и сценической игры. Славина, сидевшая со мной в ложе, не отрывала глаз от бинокля во время всего действия оперы. После окончания сезона Русской оперы в Париже в 1933 году (это оказался, к величайшему нашему огорчению, последний сезон с участием Ф. И. Шаляпина[101]) я больше не выступала в составе этой труппы. Ф. И. Шаляпин предпринимал концертное турне по всему свету. А потом он выступал всё реже и реже. К нему подкралась тяжелая болезнь… […]

Никогда в жизни мне не забыть великое счастье петь вместе с великим Фёдором Ивановичем Шаляпиным.

Дмитрий Смирнов[102]

ВОСПОМИНАНИЯ[103]

Избранные неопубликованные страницы

От автора

На эти страницы я заносил всё, что вспомнилось: и значительные события, и отдельные эпизоды. В жизни и на сцене я встречал выдающихся людей искусства, великих мира сего, и эти встречи и беседы, думалось мне, должны быть интересны читателю, тем более что всё это — уже неповторимое, уплывшее прошлое. Однако я неоднократно отбрасывал мысль о мемуарах. Это казалось мне приевшейся банальностью — ведь кто только не пишет воспоминаний?! Всё же я решил осуществить это намерение и, главным образом, потому, что те, которые не только хотят стать певцами, но и готовы серьёзно работать, найдут в этих записках ценные советы, руководящие вехи, указания на характерные промахи и поучительные примеры. […]

Юношеские воспоминания

Летом, в свободное от гастролей время, я жил в моём имении под Москвой, находившемся в 16 вёрстах от города Клина. Там был дом-дача П. И. Чайковского, впоследствии превращённый в музей его имени. Когда я жил у себя в имении, то часто ездил туда, любил погулять в саду, видел, конечно, и внутренность дома. С приходом к власти большевиков я больше там не был.

83

Я неохотно выезжал из своего именьица, которое очень любил, но мне нравились поездки на Кавказ. В Кисловодске в течение летнего сезона была опера, которую держал сперва Форкатти[104], а потом Валентинов[105]. Спектакли шли ежедневно, труппа была хорошая, и на гастроли Валентинов приглашал меня почти каждый год. Там я встречал много друзей и знакомых, и поэтому пробыть в этом чудесном месте три недели и спеть восемь-десять спектаклей было приятно. Как-то, не помню точно, в каком году, я приехал на гастроли в Кисловодск, а в это время в Ессентуках и Кисловодске отдыхали Шаляпин и Собинов. […] Любимым развлечением публики была езда верхом в горы. Жил в Кисловодске [некий] Степанов, казак из станицы. Имел много хороших лошадей и трёх из них, лучших, назвал именами: Шаляпин, Собинов и Смирнов. Однажды, ничего об этом не зная, сидел я в компании моих друзей в парке, в кафе, и вдруг слышу разговор: «Так решено, господа, мы едем завтра, но уж твоему Смирнову я здорово намылю голову, а мой друг вчера так отделал Шаляпина, что, наверно, он и сегодня ещё лежит». Я и мои друзья были ошеломлены этим разговором, тем более что ни с кем из той компании, откуда доносились эти фразы, мы не были знакомы, да и нас они не могли видеть, так как сидели в беседке, почти совершенно закрытой.

Молодые люди, барышни и какие-то военные из той компании, которая ругала Смирнова и Шаляпина, поговорили ещё о чём-то весьма нелестном в наш адрес и наконец ушли. Я послал своего секретаря проследить, кто такие эти люди, сам же с друзьями пошёл в Гранд-Отель, но от слышанного у меня осталось очень неприятное впечатление. При входе в отель я встретил знакомого, который сказал, что Шаляпин в Ессентуках лежит больной. Я положительно был сбит с толку.

На другой день я должен был петь «Ромео» и весь день и вечер накануне провёл в отеле с друзьями за игрой в карты. Когда вернулся мой секретарь, всё объяснилось, и мы хохотали до слёз. Оказывается, лошадь, именуемая «Шаляпин», сбросила своего седока, а лошадь «Смирнов» никак не хотела везти какую-то даму, и та была очень этим огорчена. Позднее я увидел хозяина этих лошадей, Степанова, и он мне сказал: «Дорогой господин Смирнов, мой конь „Смирнов“ — кровный и смирный, и все очень любят на нём кататься, но я не каждому его даю. Тому господину, который хотел намылить голову „Смирнову“, я дал „Шаляпина“, а тот его сбросил». […]

Европа

В Париж я был приглашён С. П. Дягилевым на его ставшие историческими концерты. […] С. П. Дягилев много помог мне в моей карьере, но ему обязаны все — и балет, и опера, и Шаляпин, и Павлова, и Нижинский. В Париже со мной произошло какое-то чудо: в Москве пресса меня бранила, здесь же редактор газеты «Фигаро» — Mr. Calmette — дал обо мне хвалебную рецензию на первой странице своей газеты после того, как я спел Баяна в опере «Руслан и Людмила» под управлением Артура Никиша[106]. Он написал, что за одного Смирнова отдаст четырёх Карузо. […]

В июне 1909 года в Гранд-Опера, в Париже, был большой вечер — galla, в котором участвовали такие артистические силы, что этот спектакль останется незабываемым. Выступила в своей лучшей роли Сара Бернар[107], Шаляпин пел в одноактной опере «Старый орёл»[108], танцевали Анна Павлова и Нижинский, участвовали знаменитые французские артисты Коклен[109] и Гитри[110]. Я пел вторую картину из оперы «Ромео и Джульетта» с таким исключительным успехом, которого до тех пор не знал. […]

Шаляпин приехал в театр позднее, когда уже начинался «Князь Игорь»[111]. Не знаю, почему он был в тот вечер в плохом настроении, но во время всего действия «Князя Игоря» Шаляпин бранил Дягилева, говоря, что он из оперы сделал балет, выкинув все чудесные арии и каватины, оставив только одну теноровую каватину. И по моему адресу он громко сказал: «Ну, пусть теперь Митя покажет, как надо петь в опере, а не делать из неё пляску».

После спектакля мы все поехали в ресторан, и в начале ужина разговор зашёл, конечно, о спектакле. Зная со слов моего секретаря и по рассказу княгини [имя не установлено. — *И. Д.*], что Шаляпин весьма не одобрял Дягилева, я заговорил с ним об этом и сказал: «Как тебе нравится, Федя, что Дягилев переделал оперу „Князь Игорь“ в балет? Просто обидно за Бородина. Я еще могу понять, что Дягилев хотел выдвинуть балет, хотя он и без этого мог иметь успех, но выкидывать все арии всё же не следовало». Шаляпин посмотрел на меня и сказал: «Ну, и что же?» — «Как что же? — ответил я ему. — Насколько мне известно, ты был тоже недоволен этим и громко в театре осуждал Дягилева». Шаляпин ответил: «Ну, да, это я могу так говорить, но если всякий птенец с жёлтым носом полезет в критику…»

После этих слов наступила пауза. Я сперва думал, что Шаляпин шутит и хотел всё обратить в шутку, но Шаляпин продолжал всё в таком же тоне. Я тогда обратился к княгине и сказал: «Извините, княгиня, но я должен уехать, я не могу оставаться у вас». Тогда Шаляпин сказал, что пришлёт ко мне завтра секундантов. Я ответил ему: «Пожалуйста, я к вашим услугам». Княгиня, тоже сначала думавшая, что это шутка, обратилась теперь к Шаляпину с возмущёнными словами. Жена Шаляпина сидела [рядом] со мной в страшном волнении и шептала мне: «Что с ним сегодня? Ради Бога, Дмитрий Алексеевич, не обращайте внимания».

Всё это произошло в начале ужина, и хорошее настроение было испорчено. До этого инцидента у нас с Шаляпиным были самые дружеские отношения — кроме императорских театров мы всё время пели вместе в Монте-Карло. Осенью я вернулся в Петербург, и директор Теляковский[112] спросил меня, правда ли, что я Шаляпина обидел. Я ему всё рассказал в присутствии управляющего театрами А. Д. Крупенского[113] и заметил, что он может спросить жену Шаляпина и убедиться в правдивости моих слов.

В результате чуть не состоялась дуэль. Но в эту историю вмешался директор В. А. Теляковский и однажды сообщил мне:

«Я обещал министру Двора исполнить желание Государя, а именно, чтобы вы спели вместе с Шаляпиным в „Фаусте“». Я ответил, что не имею ничего против и спою с удовольствием. Были объявлены три спектакля «Фауста» по особо возвышенным ценам, и, конечно, билеты были распроданы. Мы с Шаляпиным пели и проводили все сцены, не разговаривая, но наконец, чуть ли не по требованию Государя, помирились после третьего спектакля. Весной, в апреле, нам пришлось вместе ехать в Брюссель[114] из Москвы, там мы пели в операх «Мефистофель» и «Севильский цирюльник». Это было перед моим отъездом в Буэнос-Айрес.

Никогда не забуду я изумительный вечер-galla в Париже. Это было в 1909 году в прекрасном особняке Эфрузи. На эстраде, в саду, при роскошном освещении, выступали: балет С. П. Дягилева, Анна Павлова, Нижинский и в качестве певца Д. Смирнов. Собралась самая элегантная публика Парижа, многие приехали и из Лондона.

Вспоминается и другой вечер, весной 1912 года. Рауль Гюнсбург [он же — Гинсбург, в русском переводе это имя имеет два написания. — *И. Д.*], этот монте-карловский врун [в нашей копии воспоминаний два последних слова перед квадратной скобкой зачёркнуты; не зная, кем это было сделано, и потеряв связь с падчерицей Д. Смирнова, владелицей оригинала, в интересах истории мы решили их восстановить. — *И. Д.*], директор оперы, организовал в Гранд-Опера в Париже спектакли в пользу французских авиаторов при участии квартета: Энрико Карузо, Титта Руффо, Д. Смирнов и Фёдор Шаляпин. Шли отрывки из опер: «Мефистофель», «Севильский цирюльник», «Риголетто» и «La Fanciulla dell West» («Девушка с Запада» Пуччини).

Успех был громадный. Публика в театре — самая блестящая. Пластинки, напетые нами, были впоследствии замурованы в стене Гранд-Опера, и было решено, что они увидят свет только через сто лет, чтобы дать возможность потомкам услышать нас. […]

Жорж Цехановский[115]

ИЗ ВОСПОМИНАНИЙ[116]

— Вам известно, конечно, что в те годы Метрополитен Опера периодически выезжала на гастроли по Америке. Это были специальные поезда со спальными вагонами для артистов, хора и оркестра, а также для декораций и реквизита. Однажды на пути в Филадельфию мы сидели в drawing room [салон-гостиная. — *И. Д.*] специального вагона для ведущих солистов. Рядом со мной сидела блондинка, исполнявшая роль Марины[117]. Вошёл Шаляпин: «Могу я сесть с вами?» — «Конечно», — отозвался я. Шаляпин говорил по-английски медленно, но прилично. Напротив сидел чем-то расстроенный Пинца[118], сказавший: «У меня кто-то украл часы». В ту же минуту Шаляпин снял свои ручные часы и, протягивая их Пинце, с пафосом произнёс: «Мне очень неприятно, что в моём спектакле случилось такое. Эти часы не золотые, но я хочу, чтобы у Вас были эти часы. Придёт день, когда и Вы будете петь Бориса!» Пинца был очень этим тронут…

— Вторая запомнившаяся встреча была в феврале 1927 года после премьеры «Бориса Годунова»[119]. Шаляпин, сказав: «Хочу подышать свежим воздухом», пригласил меня прогуляться с ним вокруг театра. Он шел, спрятав нос в воротнике, а я даже не попросил у него фотографии…

— Как-то в Филадельфии он сказал мне: «Пойте сегодня Щелкалова по-русски»[120]. И вдруг во время спектакля я увидел удивлённые глаза дирижёра, хотя Шаляпин сказал мне, что он уговорил дирижёра. Он всегда шутил…

— В «Лакме»[121] он умел спрятаться в толпе, и его высокая фигура то появлялась, то исчезала, и он затем неожиданно выскакивал и поражал Джеральда ножом.

Александр Александро́вич[122]

ИЗ КНИГИ «ЗАПИСКИ ПЕВЦА»[123]

Сенсационное «открытие».
Новые горизонты

Приближалась Всероссийская выставка 1896 года в Нижнем. Город оживал. […] И объявили оперу. Надолго! На целое лето — с половины мая по октябрь. […]

Наконец — афиша открытия: «Жизнь за Царя» и за ней ряд других опер, чередующихся со спектаклями балета.

Накануне открытия прибежала ко мне Надя С. и сказала, что «всей нашей компании можно сегодня попасть на репетицию завтрашнего спектакля… Архитектор — строитель театра — устроил нам это!»

Разумеется, я мигом согласился, и мы «полетели». В театре уже все «наши». Театр как игрушечка. Сидим с креслах (раньше никогда не сиживали — в первый раз в жизни!). Открыт занавес… Декораций нет: голые каменные стены. На сцене и в оркестре — люди! Но люди как люди — в пиджаках и самых обыкновенных платьях… Сейчас начинают.

Увертюра… Хороший оркестр (капельмейстер Зелёный[124]). Интерлюдия «В бурю, во грозу» — запели на сцене люди… Мы всё это знаем. […] Для нас ничего особенного: ждём тенора. Но его всё нет… Вместо него в толпе (даже не отделяясь от неё) кто-то, какой-то высоченный, худой блондин пропел басом фразу: «Что гадать о свадьбе? Свадьбе не бывать! За валом вал идёт, а за грозой — гроза…»

И — хотите верьте, хотите нет! — так пропел, что поразил меня ею на всю жизнь, он в меня эту фразу «втемяшил»… В ней ничего нет, это — не ария, только речитативная фраза («короче комариного носа»), но я сохранил её в себе, и, по-видимому, до гроба.

Поразил меня прежде всего голос — таких голосов раньше я никогда не слыхивал. Раньше для меня бас — только треск один. Но этот значился-то басом (пел низко), а треску-то и не было. А было что-то, чем я сразу залюбовался. Он попросту зачаровал меня… Голос — колокол с серебром. Какая мягкость, трогательность! Проникает в душу! И всё пропетое — выпукло, понятно и ясно — ни одного слова не пропало. Никогда — ни раньше, ни позже — я не выносил, казалось бы, «от такого пустяка», такого необыкновенного впечатления… Но кто же это?

Однако я не подал вида ни себе, ни другим по поводу того, что почувствовал. Да и не осознал сначала, ни в чём не сознался даже самому себе…

Всё внимание было обращено на тенора[125].

А вот и он! Эффектнейший выход: пение за сценой. Ближе, ближе… Лодка… Он… Вышел… Здоровенный, но обыкновенный мужчина. Запел… Прекраснейший голос! Силища! Хватает безумно высокие ноты… «Перекликается» с басом. Но — странное дело — ловлю себя на том (как сейчас помню), что любуюсь-то тенором, а слушаю-то баса (раньше никогда не слушал), и он всё больше мне нравится.

Подошли к первому ансамблю — трио «Не томи, родимый…», — который мы хорошо знали. Дивная кантилена тенора… За ней — дуэт с сопрано — упоение. И затем — изумительное вступление баса. Бас так красиво, так просто и ласково, так убедительно запел, что снова поймал себя на том, как мало я слушаю тенора с «тенорихой» и всё моё внимание обращено на баса. И так потом прошла для меня вся репетиция. В первый раз в жизни бас обратил на себя моё внимание, приковав его к себе, и отвёл от всех других!

Конечно, мы все были в восторге от репетиции, видели всю «кухню» оперы, узнали, как в ней всё слаживается. Узнали и фамилию баса… Оказался никому неведомый Ф. И. Шаляпин.

Возвращаясь домой, мы, как всегда, делились впечатлениями и мечтали послушать завтра и спектакль. Но не удалось — «пороху не хватило». Зато сразу потом схватились за газеты (они расхваливали спектакль), расспрашивали тех, кто спектакль видел… Читали… Слушали… Носились… Гордились («Это-де мы раньше всех всё это открыли»). […] Больше всего мы носились с нашим кумиром — Шаляпиным. Он (я сознался, конечно, перед всеми «нашими» в своих переживаниях по отношению к нему; оказалось, что мы все от него без ума) затмил всех и всё… И хотя мы посещали и те спектакли, где он не участвовал, но их почти не ценили… А с ним — праздник!

Мы слушали его, затаив дыхание, и пожирали глазами. Ни одно его движение, ни одна поза, выражение лица — ничто не ускользало от нас. Всё мы наблюдали, вспоминали, смаковали, восхищались. Ничего подобного не давал нам раньше ни один оперный артист… Иногда после спектакля, светлой ночью, мы украдкой поджидали его у театра, пока он выйдет с компанией товарищей и отправится на откос[126].

Молодой (ему было 23 года), весельчак, огромного роста… Всё что-то напевает и всех смешит. Вечно поднятая голова. Шляпа — то красиво набок, то на затылок… Кругом него обычно артистки балета — итальянки. На одной из них (Торнаги) он следующей осенью и женился…[127] Мы шли следом, всё подмечая, но таясь и прячась — как бы не заметили. Робки мы были. […]

* * *

Великим постом 1897 года[128] Ф. И. Шаляпин с тенором Секар-Рожанским[129] и с сопрано Эберле[130] приехал в Нижний на концерт. Какой это был праздник! Какой успех! И как он был хорош даже на эстраде (других мы и не слушали). «Чуют правду» [ария Сусанина из оперы Глинки «Жизнь за Царя». — *И. Д.*],

«Трепак», «Блоха» Мусоргского. «Ночной смотр» Глинки, «Старый капрал» Даргомыжского, его же комические вещи — «Червяк», «Титулярный советник», «Мельник», «В путь» Шуберта, «Два гренадера» Шумана и проч.

До чего он был прост и непосредственен! Выйти, запеть — ему как будто бы ничего не стоило. Никакого усилия… Раскрывает рот и поёт с такой же непринуждённостью, как говорит. И как ново было для всех его лицо на эстраде! Эта выразительность. Эта подвижность мышц лица. Глаза. Выпуклость каждой фразы… Разберёшь (и это тебя переворачивает) всё до последней согласной[131]. И при всём этом — голос, чарующий бархатный голос! Наслаждение бесконечное!..

С приездом Шаляпина на концерт мы осмелели и в большую перемену побежали к нему «знакомиться» (гимназия была напротив его гостиницы). Он ещё не одет… В белье… Сидит на кровати. Но нас принял. А мы с поручением от барышень. Улыбнулся. Обещал подпись на карточке к вечеру, к концерту…

Боже, как вспоминали мы потом разговоры с ним (пустяковые, конечно!). А вечером мы «создавали успех» и знакомили с ним барышень. На другой день к вечеру все мы — на вокзал, за реку, провожать уезжающих, «на правах знакомых». Глупо?.. Но сколько и это нам дало после воспоминаний! Конечно, не «ему» — чем могли быть для него интересны мальчишки-гимназисты?! Позже, встретившись с ним на сцене, я даже и заикнуться боялся о былом моём с ним «знакомстве»…

Первый спектакль с Шаляпиным

Но судьба меня баловала и дальше: после «Тангейзера» мне дали ответственную роль в спектакле с Ф. И. Шаляпиным — в опере «Юдифь» Серова, роль хранителя гарема Олоферна — Вагоа.

Если не изменяет мне память, объявили о приезде Шаляпина, и начались репетиции «Юдифи». Репетируют Куза, Славина.

Но ждут и Литвин. За Олоферна всё время поёт Д. И. Похитонов (тогда — репетитор театра, любимец Направника)[132].

И вдруг однажды, в разгар репетиции, раскрылась дверь репетиционного зала и появилась огромнейшая фигура Ф. И. Шаляпина. Как давно я его не видел! Как он ещё вырос — ну, колосс, да и только! Белокур до чрезмерности. Бархатная куртка. Чудно вообще одет. Сердечная встреча с Э. Ф. Направником… Троекратный поцелуй… Направник так мал ростом, что, казалось, его, как маленького мальчика, Шаляпин может поднять до своей головы… Несколько минут разговора, расспросов. Но репетицию надо продолжать.

Шаляпин здоровается с партнёрами. Очень нежен с «Кузочкой-Уточкой». Это шуточное, но ласковое прозвище прекрасной артистки Куза-Блейхман. Она ходила, переваливаясь, как уточка. Ему представляют и меня как новенького… Дух захватило… Подал руку… Посмотрел внимательно и пытливо. Конечно, не узнал, слава Богу! Но какая у него маленькая (чуть не нежная) ручка. Укладывается в моей почти, как дамская.

Приступили к репетиции IV акта. После балета начинается пение Олоферна фразой: «Пой, Вагоа, ты много песен знаешь», и мне предстояло сразу запеть мою «Индийскую песню» («Люблю тебя, месяц…»), но меня пощадили — песню пропустили. Запел Фёдор Иванович (воинственную песнь Олоферна), делая переходы, сценируя. Как я пожирал его глазами! Незабываемые, ни с чем не сравнимые минуты! Чарующий мягкий тембр голоса. Его! «Того самого!..» Здесь вот, тут! Рядом со мной. И я около него на законном основании…

Кое-где ошибся… Его поправили… Репетиция шла, что называется, полным ходом. Пришлось сценировать и мне. Я старался делать всё так, как мне предварительно было указано. И всё с моей стороны шло ладно. Лишь в одном месте Ф. И. попросил меня подальше отойти от него — освободить ему пространство. В общем он остался доволен мною и против меня не возражал. На следующий день — оркестровая репетиция. Волнуюсь. Огромная сцена… Оркестр… Балет… Столько участвующих…

Но вот и IV акт… Олоферн (Ф. И.) возлежит на троне. Кругом — свита, рабы с опахалами, одалиски. Снова фраза Олоферна ко мне, и я должен был запеть… Чрезвычайно волнуюсь. Но дальше… Дальше… Чудесна музыка «Индийской песни». Она то нарастает, то упадает… Петь её — наслаждение. Она кончается эффектным спуском с верхнего си-бемоля вниз… И дальше — заключение оркестра. Не успел я ещё и «очухаться», кончив песню, — не понимаю ещё, где я и что со мной, — как вдруг слышу какой-то странный шум, непонятно откуда идущий, и ряд каких-то обращений ко мне из толпы, меня окружавшей. Их я тоже не понимал… Всё разъяснила раздавшаяся вдруг реплика Фёдора Ивановича: «Браво, браво, Александрович! Очень музыкально поёте!» И репетиция пошла дальше. Слышу Олоферн поёт: «Пусть эти бабьи песни там поют, в гаремах вавилонских».

Оказывается, мне (а что такое — я?) зааплодировал оркестр Мариинского театра, застучав по скрипкам смычками [очевидно, опечатка или ошибка мемуариста — струнники выражают одобрение, стуча смычками по нотам на пюпитре, а не по скрипкам. — *И. Д.*] и затопав ногами. Оттого и странен был для меня этот шум! Оттого я его и не понял!

Ну, и поздравляли же меня потом! И со всех сторон.

— Цените, — говорят, — оркестр аплодирует лишь в очень редких, исключительных случаях. А тут ещё в присутствии самого Ф. И., когда всё внимание — на нём!

Боже мой, как я был тогда счастлив! Как лестно было быть ну хоть замеченным, что ли, таким оркестром. Ведь в нём приблизительно половина состояла из профессоров… Я узнал это потом и очень стал с ними дружить.

— Запишите, отметьте себе на всю жизнь эту дату, — сказал мне по окончании репетиции покойный теперь суфлёр Н. М. Сафонов, — это ваш праздник! Неожиданный! Ишь, как растерялись… Ничего и не поняли. Но не гордитесь, а неустанно работайте. Дай вам Бог, по крайней мере, удержаться на том уровне, на каком вы сейчас…

Мудрый совет. И мудрое правило. И как оно гармонировало с атмосферой репетиций Мариинского театра.

Описать спектакль «Юдифи» с Шаляпиным я не берусь. Я могу лишь попробовать кое-что отметить в нём в том виде, как я наблюдал всё происходившее, находясь не в публике, а на сцене. Как я счастлив, что мои наблюдения за Ф. И. Шаляпиным начались именно с «Юдифи»[133], с оригинальнейшей и характернейшей его роли Олоферна, с оперы, где я почти всё время находился около него. Мне легче было наблюдать потом другое.

Никогда прежде этой оперы я не видел, не знал её совершенно. Она мне понравилась и по музыке, и выпуклостью (характерностью) её персонажей. Роль Олоферна характерна и ответственна в высшей степени. В моё время никто из басов за неё не мог взяться.

Меня поразила прежде всего «сделанность», разработанность этой партии Шаляпиным. Не сталкиваясь профессионально с театром, я не представлял себе её элементов. Ф. И. их замыслил и выполнил.

Общий замысел (по его собственным словам) состоял в том, чтобы найти от чего оттолкнуться в этой роли. Он «оттолкнулся» от «каменности» ассирийских изображений. Особенно характерны при этом — руки (четыре пальца сложены вместе и смотрят прямо ладонь раскрыта — пятый палец, большой, по отношению к ним — под прямым углом. Вся рука часто согнута в локте и в таком согнутом виде движется либо внутрь — к телу, либо наружу в сторону от тела).

Сразу поразила и меткость его сценического образа. Не говоря уже о дивном костюме, сандалиях и проч., узнать его под гримом было совершенно нельзя: густо чёрен, большая борода с бирюзой поперёк, глаза, ярко красные, толстые губы.

Движения его — как у зверя, — походка, при остановке быстрый поворот, объятия «каменной» рукой, локоть под прямым углом… Пьёт вино из огромной чашки (вернее — плошки), держа её на ладони и поднося ко рту всё тем же локтевым движением.

Необычайная спаянность движений с музыкой и её ритмом: идёт ли, вскакивает ли с места, останавливается ли, делает ли поворот, впрыгивает ли на колесницу, фиксирует ли взглядом Юдифь, отворачивается ли, взмахивает ли мечом, наносит ли огромным ножом смертоносный удар, требует ли вина и т. д. Ну, просто удивительно!

И какая во всём точность расчёта! Всё он вымерил, всё заранее сообразил… Наблюдаешь его не издали, а вблизи, в двух шагах от него, а — иллюзия… Берёт ужас! И не можешь освободиться от ужаса и в следующих повторных спектаклях! Каждый раз — ужас!

А сцена безумного его опьянения… Дикий крик: «Вина!..» с чашкой на ладони вытянутой руки… Пьёт вино, не отрываясь от чашки… Взмах меча… Падение стола со всей посудой и скатертью…

Ритмическая пауза, как у зверя перед прыжком. Всеобщее оцепенение… Ещё взмах. И полный хаос на сцене… Всё бежит, кто куда… Олоферн остаётся один. Около него лишь его верный Вагоа. И, наконец, его невероятные по силе слова: «Не вижу!.. Свету!.. Свету!..» И он падает…

Какой это изумительный работник сцены! У него не только его роль сработана и отшлифована (ничего лишнего, ни прибавить, ни убавить, всего в меру), но он умел и весь спектакль превратить в единое прекрасное целое. Все мы вокруг него подтянуты, все мы — трепет, все изо всех сил стараются, чтобы вышло в общем, в целом.

Совершенно исключительное и неописуемое напряженное праздничное настроение! Никогда и ни с кем и ни в каких других спектаклях, кроме шаляпинских, я не переживал ничего подобного.

Юдифь прошла несколько раз. Меня неизменно назначали в ней участвовать…

Боевое крещение вне театра

В Петербурге устраивались великолепные симфонические концерты А. И. Зилоти[134]. […] Он предложил мне участие в декабрьском симфоническом концерте — исполнить небольшое, но ответственное теноровое соло в симфонии «Фауст» Листа. […]

Я с восторгом ухватился за предложение… Мне — «желторотому» — выступить в таком концерте в Дворянском собрании — это, что называется, не фунт изюма. В театре мне многие, конечно, позавидовали… Я совсем уже потерял голову от радости, когда узнал, что в этом же концерте[135] выступит и Шаляпин[136]. Ведь это значило, что концерт-то «монстр», участвовать в нём — это удел не многих.

Трепетно ждал я репетиций. Они в концертах Зилоти происходили всегда утром.

Около 11-ти появился Шаляпин… Аплодисменты, овация со стороны оркестра. Он — весёлый, огромный. И белый-белый… Многократно во все стороны кланяется, благодарит за привет и, конечно, сыплет шутками.

—Извините, — говорит, — что малость запоздал. На проходившую красавицу загляделся. Глаз не мог оторвать. Обворожительна!

Репетицию своих «блох» Ф. И. провёл вполголоса. Но я (да и все) и этим заслушались.

Но вот и вечер субботы. Я забрался в артистическую рано. Там уже сам А. И. Зилоти, жена, дети — барышни и юноши — пять человек. Удивительно ласковые, приветливые, воспитанные. […]

И вдруг отворяется дверь. Входит Фёдор Иванович. Чудесная шуба. Огромная скунсовая шапка. (В этой шапке Ф. И. изображён на знаменитом портрете работы Кустодиева.) Раздевается… Дурит с горничной, старающейся всячески ему услужить. На нём чудный фрак, безукоризненное бельё, белый галстух [так, по-старинному, у Александровича. — *И. Д.*].

Садится в благодушии на диван. Руки на спинку дивана, раскинув их в стороны. Горничная приносит нам чаю. […]

Меня всё тянуло воспользоваться случаем (пока мы одни и никто не мешает) и обратиться к Фёдору Ивановичу с вопросом, который тогда меня очень волновал. Осторожненько я и спросил его: «Правда ли, что в этом году в Париже у Дягилева ставили „Князя Игоря“ без Игоря, купируя арию „Ни сна, ни отдыха“?» Ф. И. пристально посмотрел на меня и сказал (глаза у него голубо-зелёные):

— Вы рассуждаете слишком молодо. Как это так «без Игоря»? Игорь был… Пропущена была лишь его ария. Но надо же знать Париж и его публику… Чуть не так, можно всё провалить.

Я не унялся, разумеется, и настаивал на том, что ария-то — самое главное в партии князя Игоря… Кроме того, ведь это же чудная музыка, и петь её было кому, и хорошо петь.

— Ну, вот видите — какой вы молодой! — заговорил опять Шаляпин. — Нельзя в Париже петь… — И он запел музыку арии «О, дайте, дайте мне свободу», произнося не слова, а всего только «та-таа, тар-ра-ра-ра-та-та-тарра-та, та, та-та-та-та!» и проч. — Ведь это же мотив самого избитого, банального и всем надоевшего французского марша… Разве мыслимо это со сцены?

— Как? — говорю. — Неужели только из-за этого и пропустили арию? Да ведь это значит не верить в то, что делаешь! Как же такой человек, как С. П. Дягилев, пошёл на это?..

— Это не только Дягилев… На это пошли мы все — дирижёр, режиссёр, артисты… Все мы боялись испортить и погубить дело русской музыки за границей. Лучше пока не исполнить одной арии, но показать всё другое. А потом, со временем, когда публика оценит вообще музыку Бородина (о которой она не имеет понятия), можно будет и прибавить лишний нумер [так в рукописи. — *И. Д.*] и преподнести ей всю оперу целиком…

К сожалению, этот интереснейший для меня разговор был прерван. Меня позвали петь симфонию и страшно заторопили при этом. […] Спел я — говорили — неплохо. Но долго всё-таки не мог опомниться от происшедшего. В первый раз в жизни ощутил, что значит иногда всего только выйти на эстраду, на трёхтысячную толпу в освещённом зале.

После меня и после антракта пел Ф. И. Шаляпин… Непревзойдённо! Успех настоящий, «Шаляпинский».

Александр Александро́вич

ИЗ ГЛАВЫ «Ф. И. ШАЛЯПИН»[137]

Об искусстве Ф. И. Шаляпина

Имя Ф. И. Шаляпина известно всем. Его искусство завоевало весь мир. По мере того, как время и события уносят от нас его образ, становится необходимым вызвать в памяти как его самого, так и элементы его искусства. К сожалению, у нас нет иных средств для этого, кроме всего лишь рассказа о нём. Вот и на мою долю выпадает нелёгкая задача рассказать об искусстве этого изумительного человека. (И многие говорят, что это должен сделать именно я, потому что судьба подводила меня к нему довольно близко.)

Когда-то, ещё мальчиком, я случайно «открыл» его для себя и разинул рот от изумления: для меня перестало существовать всё другое… Позже мы целой компанией моих сверстников следили за ростом, как нам тогда казалось, «нашего» Шаляпина, и мы гордились им, как кем-то, кого будто открыли-то именно мы… Потом я потянулся за ним. И наконец, сам того не заметив, я очутился около него, на сцене. На мою долю выпало особенное счастье: я много-много раз участвовал вместе с ним как в России, так и за границей (Париж и Лондон) в прекраснейших, настоящих «Шаляпинских» спектаклях-празднествах, ни с чем не сравнимых и непревзойдённых.

Кроме того, мне приходилось бывать и у него в доме, общаться с ним в обстановке самой обыденной, человеческой. Я знаю его, например, в огромных охотничьих валенках, сидящим на стуле и всегда что-нибудь интересно рассказывающим со всей непринуждённостью и юмором настоящего русского человека. Таким образом, выходит, что материала для рассказа у меня много, рассказать есть что. Я не только много раз видел и слышал Шаляпина в разных партиях, но я мог и наблюдать его, мог сравнивать, а в некотором роде и изучать его творчество на протяжении очень большого количества времени — в общей сложности в течение приблизительно сорока лет.

Тем не менее при всём этом я в данную минуту чувствую смущение. Меня смущает прежде всего объём темы, исчерпать которую сегодня не только мне, но и никому не по силам. Далее я задумываюсь над вопросом — как, каким образом можно рассказать об искусстве человека, которого надо было видеть и слышать?

И ещё: откуда взять слов для этого? Ведь за пятьдесят почти что лет шаляпинского искусства слова-то уже все сказаны, их больше нет… Им изумлялась не просто публика, но среди неё лучшие люди — знатоки и ценители: художники, музыканты, скульпторы, историки искусства, профессора, писатели, психологи, короли и императоры. Признание абсолютное и во всём мире… Критика отскакивала от Шаляпина.

Но как странно, как удивительно, что часто самые лучшие слова восхищённого мира по адресу Шаляпина не отражают его искусства.

Не знаю, как кому, а мне всегда кажется неподходящим называть Шаляпина «знаменитейшим певцом», «всемирно-известным могучим басом», «громовым голосом» и проч. Несмотря на внешнюю правильность подобных выражений (басом-то он обладал, конечно, могучим, и известность-то у него мировая!), всё-таки дело ведь не только в этом, а в некотором смысле даже и совершенно не в этом.

В искусстве Шаляпина едва ли не самые впечатления были построены совсем не на силе голоса. Наоборот! Скорее на мягкости, почти на слабости (!) голоса. А вернее, что зрители и отчёта себе в такие моменты не отдавали — какой у него голос. Кто видел Шаляпина хотя бы в «Русалке» или в «Борисе Годунове», тот помнит, конечно, как потрясал своей беспомощностью безумный мельник и решившийся на схиму царь Борис.

Одной «громовостью» голоса, разумеется, не объяснишь и ещё многого. Почему, например, Париж, французский Париж, воздал нашему Шаляпину-иностранцу громадные почести при его погребении? Или почему инициатива чествования его памяти во многом принадлежала и драматическим театрам Европы? В некоторых из них в день смерти Шаляпина представления прерывались и публика приглашалась встать и сохранить минуту молчания, чтобы почтить память только что скончавшегося величайшего актёра нашей эпохи? Но, главное, если идти путём оценки Шаляпина всего как «баса», то непременно наталкиваешься на какие-то пустяковые разговоры… Начинают, например, спрашивать, неужели его голос был лучше, чем у Котоньи, или у Титта Руффо, или у Маттиа Баттистини?

Всё это бесконечно далеко от искусства Шаляпина. В том-то и дело, что сравнивать его не с кем. Сравнение возможно лишь с теми, кто неизмеримо ниже его. Его искусство стоит совсем особо, и наши слова — бедные человеческие слова! — совершенно не в силах его объять.

Шаляпина надо приять как-то по-иному, счесть за какое-то из ряда вон выходящее явление. Может быть, даже причислить к некоторому чуду, совершавшемуся в области театра на наших глазах.

Однако говорить о Шаляпине всё-таки приходится. Говорить и рассказывать словами о том, что надо было слышать и видеть.

Как приступить к этому?

Мне думается, что задача моя сколько-нибудь облегчится, если я попробую подойти к вопросу несколько кружным путём и взглянуть на Шаляпина в некоторой исторической перспективе.

Появление Шаляпина

Шаляпин появился на театральном горизонте как-то неожиданно, сначала незаметно. И главное, в какую-то неподходящую пору… В то время (это было в девяностых годах прошлого столетия) в публике серьёзно ставился вопрос о праве оперы на существование… Опера не удовлетворяла. Её персонажи казались нежизненными и ходульными. От неё веяло ложноклассицизмом. Большого интереса это не вызывало. И вдруг где-то сбоку, сначала в провинции и лишь позже в столицах, но тоже в сторонке, в частных оперных предприятиях стал выступать молодой артист, о котором сразу заговорили.

И произошло нечто необычное. Он начал с того, что казалось неинтересным, выступал в ролях давно всем известных и приевшихся всюду, но выступал так, что эти роли ожили, перестали быть ходульными, а вся опера, весь спектакль из нелепости, из незначащего зрелища с музыкой превратился в театр художественной правды со всеми присущими ему эмоциями.

В то время было неслыханным, чтобы зрители в опере, например, содрогались, плакали и уходили растроганными и потрясёнными… А вот с появлением Шаляпина (в возрасте всего только двадцати трёх лет) всё это оказалось возможным. Стали следить за его образами и убедились, что этот «оперный певец» возвышает оперу до уровня даже не драмы, а трагедии (т. е. самого трудного в искусстве театра), а его персонажи превосходят всё до него виденное где бы то ни было. Образы, созданные трагическими артистами с мировым именем, оказались слабее оперных персонажей Шаляпина.

Если вы видели Шаляпина, то, разумеется, никогда не забудете его образов. Если вы сами не видели, то знаете, что другие видевшие не забудут, и ничьи иные образы не заменят Шаляпинских. Многие называют себя счастливыми, что видели Шаляпина. Я встречал и таких, которые говорили, будто они с п о д о б и л и с ь его видеть…

Шаляпинские Иван Сусанин («Жизнь за Царя»), Мельник («Русалка»), Нилаканта («Лакме»), Дон Кихот, Дон Базилио («Севильский цирюльник») и другие были изумительны по своей человечности.

Его Сатана («Фауст» Гуно и «Мефистофель» Бойто), наоборот, поражал отсутствием человеческого чувства в образе — один голый анализ, ирония, бездна зла…

А его властелины — Олоферн («Юдифь» Серова), Иоанн Грозный («Псковитянка» Римского-Корсакова), Борис Годунов — каждый по-своему, но вызывали ведь мурашки на спине у зрителей…

Помню, как сейчас, что в ту пору публика растерялась. Она была и восхищена, и ошеломлена, и подавлена… Она не могла понять, откуда это всё в «оперном певце»?.. Таких мы никогда не знали. И вот из уст в уста стали переходить слова «талант»… «самородок»… «гений»… И люди делали вид, будто этим они что-то себе объясняют. На самом деле никто и ничего не мог объяснить. Оставалось только, не отрывая глаз, смотреть на Шаляпина и переполнять до отказа все театры, где бы он ни выступал.

И такое состояние продолжалось весьма долго, пока Шаляпин не справил своего сорокалетнего юбилея пребывания на сцене (в 1933 году) и пока не вышла в свет (в 1934 году)[138] его замечательная книга «Маска и душа». В ней Шаляпин как бы приоткрывает завесу и проливает некоторый свет на тайну своего искусства.

Тайна искусства Шаляпина

Оказывается, талант-то пришёл к нему не сразу. В молодости Шаляпин обнаруживал в себе лишь некоторые довольно обыкновенные способности. У него был хороший голос, слух, и музыку он постигал быстро. И только!.. Однако при первых же попытках применять это на практике целый ряд несчастий обрушился на его бедную голову. То он замечал оскаленные на него зубы дирижёра и от него отнимали полученное с большим трудом соло. То его попросту выталкивали со сцены и даже «без всякой деликатности».

Шаляпин стал было приходить к заключению, будто искусство… не его сфера.

«Осрамился опять! Куда же мне? Где же мне? И кто сказал, что я артист? Это всё я сам выдумал. Однако в глубине души я всё-таки на что-то ещё надеялся, хотя сам видел, что человек я к этому делу неспособный».

Если всё это так, если подобные приговоры когда-то выносил себе наш великий Шаляпин, то сами собой возникают вопросы: «В чём же дело? Каким же образом позже-то он превратился в фигуру незабываемую? Каким путём он пошёл, из каких элементов складывалась и в чём состояла его работа, о которой он постоянно говорит и к которой всех призывает? Какими приёмами учился он достигать?» К сожалению, прямых ответов на такие вопросы в его книге мы не находим. Его книга всё-таки не курс и не трактат. Но в ней много ответов косвенных. По ним и по тому, что мне лично известно о театральной работе Шаляпина, я постараюсь на всё ответить.

Прежде всего заметим, что Шаляпин, несмотря на свою исключительную одарённость (изумительной красоты певучий бархатный голос, рост, сложение, пластичность, сценическая сосредоточенность, ритм, углублённость переживаний и проч.), нашёл в себе силы не преувеличивать представления о своей избранности. Он начинал скромно и сразу понял, что «искусство — вещь трудная» и одного голоса и вообще одних выгодных природных данных для сцены мало.

И таланта мало… Сценический талант, как и всякий талант, это — не всё. Он — не всеобъемлющ. Он — только «яркая видимость искусства», а искусство требует выучки, мастерства. «Я не верю в одну спасительную силу таланта без упорной работы, — [писал в своей книге Шаляпин] — выдохнется без неё самый большой талант, как заглохнет в пустыне родник, не пробивая себе дороги через пески»… Шаляпин лишь на склоне дней убедился в том, что он «одарён на все сто процентов… Не могу же я хоть теперь-то не понимать этого». Вся жизнь Шаляпина была упорной работой над самим собой — подвижнической, вдали от людей. «Если я что-нибудь ставлю себе в заслугу и позволяю себе считать примером, достойным подражания, то это самоё движение моё, неутомимое, беспрерывное. После успехов, достаточных для того, чтобы вскружить голову самому устойчивому молодому человеку, я продолжал учиться у кого только мог — и работал».

Далее отметим, что из множества связанных с искусством театра проблем Шаляпин сумел выделить две самые главные и осветить их себе с исчерпывающей ясностью. Первая из них — где начинается искусство? Шаляпин узнал и понял, что искусство начинается там, где кончается всякое «ваше», всё вам присущее, ваше привычное, повседневное, обычное. Нет никакого искусства в том, если крестьянин изображает крестьянина, аристократ — аристократа, весельчак — весельчака, толстяк — толстяка и т. д. Выходя на сцену, нужно совершенно измениться, позабыть, оставить всё своё, всю свою «манеру быть» — ходить, слушать, говорить, смеяться, плакать. Необходимо найти и изобразить именно «не своё» — принадлежащее роли, персонажу.

И вот все, видевшие Шаляпина на сцене, хорошо знают, в какой мере он научился изображать «не своё». Будучи всего только мещанином[139] Суконной Слободы города Казани, выросши в обстановке, в которой он «видел лишь грубые поступки и слышал лишь грубые слова», — до чего, например, он был благороден на сцене! Каким величием, какой «царственностью» отличались и осанка, и поступь, и все движения его царей! Или как оригинален он был в роли Олоферна («Юдифь»), где он подражает каменным ассирийским изваяниям (барельефам). Или как замечательно была эффектнейшая, классическая по пластичности («ловок, как чёрт»), но жуткая фигура его Мефистофеля, ни одной округлости, сплошные острые углы, заострённая костлявость… От Суконной Слободы — ни следа… Перевоплощение — абсолютное!

А как сливался он во фраке с обществом лордов на великосветских вечерах Лондона… Не отличишь, где — лорд, а где — Фёдор Иванович! С не меньшей полнотой Шаляпин справлялся и со второй проблемой, так называемого вдохновения, до конца постигнув природу этого «краеугольного камня» сценического творчества. Обычно в театрах его только и ценят, и о нём только и говорят, и даже учат молодых: «почувствуй роль и играй себе с вдохновением». Шаляпин, как никто, чувствовал свои роли и, пожалуй, тоже, как никто, бывал вдохновенен на сцене. Но знаете ли, каким путём он до этого доходил?

Случалось, что во время репетиций в театре кто-нибудь из артистов говорил: «Оставьте меня сегодня! Сегодня у меня не выйдет… Вот завтра во время спектакля, когда я буду в костюме и гриме и когда придёт вдохновение…» Шаляпин совершенно не переносил подобных разговоров и резко прерывал их. Он хорошо знал, что у того, у кого «не выходит» сегодня, — «не выйдет» и завтра, и потому он требовал, чтобы «вышло» немедленно — «сейчас, сию минуту, вот здесь, не сходя с места, и в том платье, в каком ты есть»…

«А вдохновение, — говорил он, — это дар Божий! Оно может и посетить вас завтра (если вы „сегодня“ достаточно для этого себя подготовите), но может и не посетить. Во всяком случае это — дело позднейшее. Сейчас, во время подготовительной работы на репетиции, об этом и думать не нужно. Сейчас нужно знать — именно знать, что собирается делать „завтра“ на сцене ваше тело? Какими приемами выразит оно то или иное переживание персонажа — ласку, любовь, гнев, презрение, ненависть? [Три последующие предложения, к сожалению, мы вынуждены пропустить, поскольку из-за дефекта в наборе в нашем экземпляре книги Александровича они не читаемы. — И. Д.] Всё ваше „завтрашнее“ сценическое поведение должно „сегодня“ принять определённую и продуманную (отнюдь не выдуманную!) пластическую форму. Поздно искать её, будучи уже на сцене! А без формы искусство существовать не может!»

Таким образом, тайна искусства Шаляпина сводится к громадной и кропотливой п р е д в а р и т е л ь н о й (т. е. прежде, чем выйти на сцену) работе над каждой ролью. И работа эта состояла в разгадывании и установлении (чисто практически, в мелочах и деталях) «манеры быть» каждого персонажа «завтра»…

Вообще Шаляпин отрицал всё, что существует на сцене вне разума и контроля: «Я никогда не бываю на сцене один… На сцене два Шаляпина. Один играет, другой контролирует». Он изгнал из своего рабочего обихода тлетворное русское «авось». «Авось выйдет!..» «Авось придумаю что-нибудь в нужный момент!..» На актёрском языке это «авось» именовалось и иначе: «игра нутром», «творчество прямо на сцене» без предварительного продумывания и приготовления. Шаляпин полагался на волевое сознательное творческое усилие, зная наперёд, что именно он сделает на сцене в каждый данный момент.

Как видите, Шаляпин изучал искусство театра в высшей степени основательно: не всякий доходит в своём анализе до такой глубины! Есть все основания предполагать, что, не будь у Шаляпина певческого голоса — кто знает, может быть, он создал бы театр трагедии? Но он был всего только… «оперным певцом» и всего себя отдал опере.

Разумеется, он всё в опере и перевернул, дал ей совсем иное направление, создал «Новую школу». Правда, он никогда и никому не дал ни одного урока, но он был замечательным учителем всеми своими суждениями, поправками, мыслями, мнениями и, конечно, главным образом, своим собственным примером: «Пусть каждый учится не у меня, а ч е р е з м е н я!»

От него всегда точно исходило что-то. Его пожирали глазами как тысячи зрителей, так и сотни участвовавших с ним в спектакле и находившихся на сцене.

Все мы учились!

Вспоминая теперь Шаляпина в его театральной работе, я попытаюсь сформулировать хотя бы несколько главнейших его заветов.

Заветы Шаляпина

Основным и общим заветом Шаляпина является его безграничная, единственная в своём роде любовь к театру.

Для него самого Театр есть нечто священное, нечто, на что только и отзывается душа (конечно, не считая религии, молитвы). Театр уводит человека от эгоизма и грубости и показывает, что жизнь наша может быть иной. В театре даже обычные наши слова превращаются в поэзию, а обыденные поступки — в прекрасные действия.

Шаляпин считал, что оперное представление должно быть настоящим театральным действием. Большая ошибка думать, будто в опере «только бы петь хорошо». Для сцены этого недостаточно: даже красивейшее пение может оказаться и неверным по отношению к персонажу.

Будучи сам певцом изумительным, Шаляпин искал и других постоянно приглашал искать и находить в опере и еще что-нибудь, кроме красоты звука, чтобы оправдать своё пребывание на сцене. Иначе для чего же ставить оперы в театрах, а не исполнять их, скажем, в концертных залах?

Шаляпин редко был удовлетворён сценическим поведением оперных певцов. Его раздражали эти «манекены» и «картонные рыцари» с их дамами и с их манерой ходить, двигаться, жестикулировать — всегда неестественно, искусственно и вечно с одними и теми же приёмами выражать чувства и переживания. Он считал это всё трафаретом, «штампованной игрой», а говоря вообще — «ложью, тянущейся со сцены в зрительный зал». Сам же он всю жизнь учился только простоте и естественности и искал на сцене правды, одной только правды, в изображении человеческих чувств и к этому постоянно всех призывал.

Одним из приёмов эту правду найти Шаляпин считал необходимость знать не только свою, но и все партии в опере. Он сам мог пропеть всю оперу один за все персонажи и не считал это трюком, а относился к этому серьёзно, считал обязательным. «Иначе не охватишь оперы и будешь выпадать из действия. Чего доброго, сочтёшь, что те места, где не поёшь, тебя не касаются».

И, конечно, он требовал, чтобы всё совершающееся на сцене было спаяно с музыкой и её ритмом: шаги, жесты, движения и даже остановки — решительно всё. Всюду, во всём царствует чёткий ритм. И всё сценическое поведение оперного певца должно быть предварительно вымерено. Необходимо в точности знать число нужных шагов, силу удара, размер и время размаха (например, кинжала), число ритмических ударов для поднятия или опускания руки или во время остановки (паузы). Сам Шаляпин в своих сценических измерениях доходил до виртуозности и в своих действиях (конечно, условных, например, убийство) достигал полнейшей иллюзии и не прощал никому из партнёров, если замечал, что те предварительно ничего не рассчитывают и не вымеряют.

Мне лично много раз и во многих операх приходилось быть близко от Шаляпина на сцене. И, например, в «Юдифи» Серова я и сосчитать не могу, сколько раз я находился в двух шагах от Шаляпина-Олоферна, убивающего страшным ударом огромного кинжала одного из своих приближённых — Асфанеза. Движения Олоферна при этом были настолько точны, настолько связаны с музыкой, что мне — человеку посвящённому во все детали «убийства», знающему и видящему, как обречённый Асфанез подставляет для удара левую «подмышку», — казалось, что случилось несчастье и что Шаляпин-Олоферн потерял голову и самообладание и всадил кинжал в самое сердце Асфанеза. Я каждый раз дрожал от ужаса и обливался холодным потом…

Но едва ли не самым замечательным заветом Шаляпина является его, я бы сказал, учение о паузе. Он постоянно утверждал, что пауза есть тоже музыка, а не исчезновение музыки. Она имеет и форму, и размер, и даже… движение. И плох тот певец, который не умеет использовать паузы. Пауза создаёт величайшие произведения искусства. Сам Шаляпин умел использовать паузу совершенно изумительно. Если бы кто-нибудь спросил, в чём именно его искусство является непревзойдённым, то пришлось бы ответить — в его сценической остановке (в паузе).

Он учился прежде всего появляться на сцене (во время паузы — часто пока другие поют) и молчать на сцене (это в опере-то!..). Поражая всегда зрителя меткостью своих образов (зрители их воспринимали сразу и нацело соглашались с ними), Шаляпин с первого же момента своего появления на сцене приковывал к себе внимание всего зала. Ещё не поёт, всего только стоит или идёт, а его уже заметили, наводят бинокли…

Целый ряд Шаляпинских появлений (Борис Годунов, Иоанн Грозный в «Псковитянке», Мефистофель, Дон Базилио в «Севильском цирюльнике», Варяжский гость в «Садко», даже Гремин в «Евгении Онегине») оставляли у публики незабываемые впечатления.

А как он умел слушать партнёра во время своей паузы! Шаляпин пронизывал его необычайно сильным, острейшим взглядом (и, конечно, зверел, если партнёр не отвечал ему таким же) и застывал в соответствующей позе, как ценнейшее изваяние.

А его «ферматы»! Не говоря уже про то, что они всегда были безупречны со стороны музыки (т. е. идущего в них ритма, — никогда «не сорваны» и не передержаны), — во время них от Шаляпина нельзя было оторвать глаз.

А уходы Шаляпина со сцены! Кто не помнит, например, третьего акта «Хованщины» (уход с Марфой) или третьего акта «Юдифи» (перед вскакиванием на колесницу), да мало ли что ещё! Во всём удивительнейшая спаянность движений с музыкой — в походке, в шагах, часто синкопических, в оглядываниях, в остановках. Публика, наблюдая это, всегда приходила в неизменный восторг и часто слышались восклицания: «Боже, как он хорош, даже в своём уходе!»…

Вот именно этим-то всем, помимо замечательного пения, Шаляпин и восхищал всегда самую избранную, «искушённую» публику. Всегда, в каждый данный момент, — любовались Шаляпиным. Говорили, что он как будто рисует, он лепит на сцене. И это было верно!

* * *

Всё сказанное я мог бы подтвердить множеством примеров, вспоминая, каким именно был Шаляпин на сцене и что именно делал он, из чего слагалась его игра в отдельные моменты каждой оперы. Но это, разумеется, выходит за рамки настоящего очерка. И потому я ограничусь лишь двумя следующими выводами.

Во-первых, всё то, чему учил и что заповедал всем нам Шаляпин, открыто, конечно, не им и не является чем-то новым. Мы это знаем и слышали и от других специалистов и знатоков театрального искусства. Но всё это и всегда казалось чересчур трудным, далёким от театральной «практики» — особенно оперной. Во всяком случае, казалось чем-то ненужным оперному певцу, чем-то таким, что будто бы «никогда не принесёт ему успеха». Шаляпин своим искусством воочию доказал, что это совсем не теория, а именно театральная «практика». В то же время он показал всему миру, что такое успех и каковы могут быть его размеры.

Во-вторых, мне не кажется преувеличением, если я скажу, что второго Шаляпина человечество не увидит долго… Фёдоры Шаляпины появляются, может быть, один раз на протяжении столетий и оставляют по себе глубочайший след. В этом смысле наш великий Шаляпин представляет собою эпоху, от которой пойдёт некоторое летоисчисление — мы давно уже научились говорить: «Так повелось со времен Шаляпина». И я думаю, что не ошибаюсь, говоря, что эпоху Шаляпина в истории не только оперного, но и общетеатрального искусства будет изучать не одно, а несколько поколений.

Варвара Страхова-Эрманс[140]

ВОСПОМИНАНИЯ О ШАЛЯПИНЕ[141]

Впервые я увидела Фёдора Ивановича в Тифлисе из окон особняка моих родителей, расположенного у «пяти углов» скрещивающихся улиц. Против наших окон был небольшой домик с балкончиком; девочкой, я любила между делом сидеть у окна и наблюдать за прохожими. Однажды я увидела необыкновенно высокого молодого человека, одетого, несмотря на знойное лето, в длинное, коричневого цвета пальто; нёс он большую связку нот и остановился у подъезда этого маленького домика. Очень высокий молодой человек оказался одной вышины с подъездом домика, и это меня весьма насмешило. Почему-то этот «длинный» человек вызвал мои симпатии, и я часто поджидала его прихода и ухода из домика.

Наступила осень, и я, окончив гимназию, училась пению у профессора Д. А. Усатова[142] в отделении Росс[ийского] Муз[ыкального] Общества. Уроки он давал у себя на дому. Однажды после урока Усатов задержал нас, учащихся, предложив послушать нового ученика, и прибавил: «Он считает себя баритоном, по-моему, у него „басок“». Вскоре открылась дверь, и, к моему изумлению, появилась та же «длинная» фигура, так меня заинтересовавшая у наших «пяти углов». Усатов предложил ему спеть, и мы услышали красивый мягкий «басок». После пения Усатов отпустил нас, а «длинному» сказал: «А ты, Федя, оставайся у нас обедать».

Усатов очень любил Федю и делал для него всё, что мог: выхлопотал ему ежемесячную стипендию в 10 рублей — деньги немалые в те времена — и этим обеспечил ему комнату; учил, кормил, поил и по возможности одевал «Федю» он сам. Нового коллегу мы все полюбили; со всеми он был ласков, весёлого нрава, а когда улыбался, казалось, что весь светился. Усатов усиленно занимался с нами, он очень любил русских композиторов (Чайковского, Глинку, Даргомыжского он исполнял изумительно). Пели мы сцены из опер, пели квартеты, трио. Среди зимы Усатов задумал с нами поставить «Севильского цирюльника»; партию Розины он отдал мне. У него в квартире была устроена сцена, на которой он вёл с нами занятия. А когда задуманный спектакль наладился, был снят клубный театр, и репетиции начались на сцене. Дон Базилио должен был петь некий Стариченков. Помню темное зальце клуба, за пультом Усатов и оркестр из учеников Музыкального Общества. Мы все — учащиеся и участники спектакля — сидели в зале во время репетиции. Вдруг, после первого акта, началось какое-то недоразумение, неожиданно раздался гневный оклик Усатова и резкие ответы Стариченкова; а затем вспоминаю охвативший нас ужас, когда все мы увидали, что Стариченков снимает «балахон» и уходит прочь со сцены. Прошло несколько томительных секунд. Усатов, повернувшись в нашу сторону, спросил:

— Федя, ты знаешь Дон Базилио?

Федя негромко ответил:

— Кажется.

— А сможешь сейчас репетировать?

— Думаю, могу.

— Ну, иди на сцену.

И вот наш мачтообразный коллега на сцене. На следующий день усатовский «Федя» пел в первый раз Дон Базилио. Он обратил на себя внимание публики, и к осени дирекция Тифлисского оперного театра подписала с ним контракт.

Рассказанное мною — первая страничка чудесной сказки о жизни нашего богатыря в искусстве, Фёдора Шаляпина. Если меня спрашивают: «учился Шаляпин петь у Усатова?», отвечаю: «Да, учился, но наиболее ценное он без учёбы получил в дар от Господа Бога». И тем не менее роль Усатова в начальной стадии артистической карьеры Шаляпина огромна, а самое главное — это «басок», правильное определение Усатова, сохранившее чудесный голос в его естественных границах; к тому же — музыкальная, моральная и материальная помощь в период бедности Шаляпина. Я особенно счастлива засвидетельствовать, как горячо любил Шаляпин Усатова и с какой нежной любовью он всегда вспоминал его. Жене Усатова он до самой её смерти оказывал денежную помощь и всегда спрашивал домашних, не забыли ли про Марью Петровну?

Шаляпин начал свой оперный сезон в Тифлисе, а я той же осенью уехала в Петербург и поступила в консерваторию в класс Ферни-Джиральдони; мои встречи с Шаляпиным временно оборвались. Кажется, через год мы встретились на Невском. Я еще издали заметила высокую фигуру, пластично двигавшуюся мне навстречу, как бы плывшую, — это был Фёдор Иванович, хорошо уже экипированный. Мы очень обрадовались встрече, вспоминали прошлое, и он позвал меня послушать его в Панаевском театре, в антрепризе И. Соколова, где он пел в опере «Фра-Дьяволо»[143]. Замеченный петербуржцами Шаляпин из этого театра был приглашён в Мариинский. Однако в те времена на казённой сцене, как известно, в нём не распознали «Шаляпина», и он выпускался только по воскресным утренникам.

Люди моего поколения хорошо знают и помнят ещё, что рядом с «Художественной драмой» Станиславского годом раньше возникла в Москве и заняла своё большое место в истории русского искусства не менее ценная в художественном смысле — Частная русская опера Мамонтова.

Савва Мамонтов, многогранный по талантам русский самородок, человек большой культуры, был на редкость любителем и ценителем искусства. Это он извлёк из библиотечных шкафов покрытые пылью с 1875 года гениальные творения Мусоргского и Бородина; он научил ценить красоты «Бориса Годунова», «Хованщины», «Князя Игоря» так же, как и «Псковитянку» и «Садко» Римского-Корсакова; это он распознал Фёдора Шаляпина, уплатил неустойку за нарушение контракта с государственным театром и, изъяв его из казённой, чиновничьей рутины, привлёк в свой театр, где в соответствующих условиях разросся шаляпинский талант во всём своём объёме.

И вот на эту-то сцену Русской частной оперы я попала по окончании консерватории и вошла в основное ядро труппы артистов в момент её формирования. […] Варяжского же гостя пел Шаляпин. Когда над «торжищем» поднялся занавес, публика, переполнившая театр, прервала музыкальное вступление и грянула овация… Из литерной ложи показалась клинообразная борода Римского-Корсакова — овация усилилась. Публика встаёт, но Николай Андреевич уже на сцене среди нас (он обожал выходить на вызовы). Музыкальная Москва, вся московская интеллигенция, в приподнятом, праздничном настроении взволнованно принимает композитора и всех участников спектакля. Но С. И. Мамонтова — нигде не видно…

Кстати отмечу, как на генеральной репетиции «торжища» я убедилась в особой остроте глаза большого художника: во время перерыва репетиции, которая шла очень долго, к варягу-Шаляпину, опиравшемуся до локтя обнажёнными руками на свою секиру, из зрительного зала быстро подошёл художник В. Серов и говорит ему: «Федя, твои руки слишком женственны и не соответствуют монументальной фигуре и суровой песне. Пойдём к тебе, я подправлю руки», — и через несколько минут «варяг» появился с великолепной мускулатурой рук, вполне подходящей к воинственной «песне Варяга».

Авторитет Мамонтова как художественного критика, а часто и учителя, был для нас, артистов, не исключая и Шаляпина, непререкаем. Помнится мне, случалось, у кого-нибудь из артистов во время репетиции что-то не ладилось, не удавалось, чувствовалась фальшь; беспомощен оказывался и режиссёр, и получалась досадная задержка. Оба — артист и режиссер — нервничают, и чем дальше, всё менее понимают друг друга, репетиция останавливается, и вот как-то нежданно из недр огромного, мрачного, пустого зрительного зала по лесенке, перекинутой со сцены на перегородку оркестра, покашливая, к нам подымался Савва Мамонтов и быстро, словно волшебник, сам перерождался, и артист в его фигуре и позе находил то, что так упорно не давалось ни ему, ни режиссёру. Случалось это иногда и с вокальной фразой: Мамонтов, бывало, так её скажет, что засветится новая мысль, мелькнет и зародится новый образ. Артист счастлив, а Мамонтов… по лесенке спускался со сцены и незаметно исчезал из театра. […]

По окончании мною консерватории меня в Петербурге молча прослушал и ничего не сказал С. И. Мамонтов, а через 3–4 недели я получила письмо за подписью С. Н. Кругликова[144], приглашавшее приехать в Москву для получения партий. В письме предлагалось мне остановиться у К. С. Винтер, официальной директрисы Русской оперы в Петровском парке. […] К. С. Винтер по-московски гостеприимно меня встретила, познакомила с будущими товарищами и, к моему великому удовольствию и радости, сообщила, что членом труппы состоит Фёдор Иванович Шаляпин, который и живёт сейчас у них. После перерыва — новая встреча, опять его ласковые глаза, чудесная улыбка, и моё трусливое чувство начинающей артистки улеглось. Начались разговоры о партиях в операх «Хованщина», «Борис Годунов», «Садко», «Майская ночь».

С этого времени началась наиболее насыщенная художественным творчеством жизнь Фёдора Ивановича. Своим прекрасным голосом, на редкость чудесной фигурой, пластикой движений (достаточно вспомнить сказочную красоту и как бы «игру» его рук в партии Олоферна), своим умением по-новому освещать музыку словом, которое тоже было музыкой, он ошеломил театральную Москву, привыкшую к традиционным приёмам оперных «героев». Сезон открылся в Каретном ряду, в театре Щукина, так как наш театр в здании Солодовникова не был ещё готов (там М. А. Врубель[145], тоже «открытый» Мамонтовым, писал свой великолепный плафон и занавес).

Великие дары Шаляпина обнаруживались постепенно, возрастая могучей волной, не знавшей, казалось, пределов, особенно в русском репертуаре, в операх «Хованщина», «Борис Годунов», «Псковитянка», «Вражья сила». Всё великое, таившееся в этом человеке, нашло здесь свой выход, чему в большой степени способствовала и среда, в которую попал Фёдор Иванович. В центре её стоял С. И. Мамонтов, окружённый выдающимися людьми искусства, среди которых были Поленов, В. Серов, М. Врубель, С. Кругликов; приезжали иногда Антокольский, Павел Трубецкой, Дягилев, К. Коровин, Римский-Корсаков, Глазунов, Рахманинов, Кюи. Вот то общество, в котором Шаляпин вращался в начальные годы своей московской жизни. В такую среду избранников Шаляпин попал впервые, и она не могла не захватить его, жадно ловившего всё интересное и новое. Будет верно, если признать годы, проведённые Шаляпиным у Мамонтова, периодом его наивысшего духовного напряжения и великого творчества — качественно и количественно. Это был момент буйного расцвета его гения. Здесь он создал свои гениальные сценические образы и именно здесь и тогда Фёдор Иванович стал Ш а л я п и н ы м, одно имя которого так много говорило впоследствии всему миру.

Вспоминаю одну из бесед Шаляпина — у него на квартире перед постановкой «Бориса Годунова» — со знаменитым историком В. О. Ключевским[146], при которой и я присутствовала. Не пропуская ни одного слова Ключевского, я в то же время не могла оторвать глаз и от Шаляпина, который поглощал слова Ключевского не только ушами, но как бы ловил их и ртом, и мне казалось, что Шаляпин тут же претворяет мысли Ключевского, облекая их в художественную форму для сцены. В. О. Ключевский рассказывал нам образно о Борисе Годунове, о людях эпохи царя Бориса, и, когда историк уехал, Шаляпин обмолвился фразой: «Вот бы мне такого Шуйского!»

Я коснусь лишь некоторых основных черт характера Фёдора Ивановича. Много говорилось и немало писалось о столкновениях, которые бывали у него с дирижёрами, товарищами по сцене, партнёрами по спектаклю. Да, бывали истории, о которых он потом, успокоившись, всегда сожалел. Человек он был вспыльчивый, но в сущности побудительной причиной всех этих историй и недоразумений была величайшая нелюбовь, нетерпимость Шаляпина к «ремесленникам» — там, где творилось искусство. Искусство требует мастерства, и этого «мастерства» он требовал от всех окружающих не только на сцене, но и в жизни. Каждый обязан уметь х о р о ш о делать своё специальное дело: мастер-сапожник должен хорошо шить сапоги, портной — платье и т. п. Когда он, разбогатев, стал одеваться у первоклассных лондонских портных, они не всегда его удовлетворяли, и он ворчал: «Материал хорош, а шьют так себе». Обладая безошибочным искусством целостного анализа исполняемого им творения, не только в границах своей роли-партии, он — этот сверххудожник, — случалось, действительно расходился со своими дирижёрами и партнёрами, вернее, я сказала бы, что они не всегда шли с ним в ногу: по-разному понимали и чувствовали написанное в нотах; в результате — скандал, а он, разводя руками, искренне наивно спрашивал: «В чём дело?»

Бессменная партнёрша Шаляпина в спектаклях Мамонтовской оперы в Москве и Петербурге, в «Хованщине», «Борисе Годунове», «Псковитянке», «Русалке» и других, встречаясь с ним дома и часто на пирушках в излюбленном им «Континентале», близ Охотного ряда, я не припомню случая его несдержанности в обращении с кем-либо. Подчеркну ещё: Шаляпин, этот баловень женщин, вёл себя с нами, артистками, за кулисами необычайно корректно. Когда ему случалось столкнуться на сцене с настоящим мастером-партнёром, он, словно наэлектризованный, сам подымался и являлся во всём блеске своего гения, и о скандалах не было речи. Приведу следующий характерный случай с европейски известной певицей Ван-Занд[147], приглашённой Мамонтовым на гастроли. Это была молодая, красивая, скромная девушка. Я раньше с ней встречалась у С. И. Мамонтова, её выступление в партии Лакме слушала, сидя в публике. Помню её выход, её красивый голос и большое искусство пения; она очаровала и покорила публику. После первого действия она имела огромный успех. Когда она во втором действии появилась со стариком-отцом — Шаляпиным, я, зная, что ему сейчас петь, испытала какое-то странное тягостное чувство страха. Но вот со сцены пронёсся в зал могучий, полный благородства и красоты звук, один, другой, всё нарастая в блеске бесподобного мастерства; и когда он пел-произносил по-шаляпински слова: «Я хочу, чтобы ты улыбалась[148], в твоих очах дай видеть мне сияние небес!», казалось, что он, «старик-отец», сам сверкал… Это был триумф… и Ван-Занд, эта первоклассная европейская [американская. — *И. Д.*] певица заняла своё место на втором плане.

Ещё один пример. Тогда у нас был дирижёром С. В. Рахманинов, который на протяжении года дирижировал «Русалкой». Я, постоянная участница этих спектаклей (в роли Княгини, а затем — Наташи/Русалки), всегда восторгалась и упивалась гармонией этих двух мастеров искусства, которые создавали великолепный праздник музыки, — и опять без каких-либо недоразумений. Должно отдать Шаляпину справедливость: он и к себе во всём предъявлял не менее строгие требования и сам всегда замечал свои относительные неудачи. К своим обязанностям он относился с величайшим вниманием и сосредоточенностью. Так, в дни больших спектаклей он, не обедая, приезжал в театр часа за два до начала и немедленно приступал к гриму. Делал он всё сам: он не только изучил и хорошо знал каждую линию и складку своего лица, но и линии головы и затылочной части (свой затылок он превосходно и быстро набрасывал карандашом или пером, и всякий, взглянув на набросок, узнавал в нём Шаляпина), а техникой и тайной грима он владел в совершенстве. Я, глядя, как он гримируется, говорила себе: «Большой художник Шаляпин гримирует Шаляпина-артиста». Парики, бороды, усы ему подавались готовые, но налаживал он их сам — подстригал, подкрашивал, поправлял и т. п. Вообще, нужно сказать, что результаты, которых он добивался, сидя и стоя часа два перед зеркалом, нельзя определить одним словом «грим»: он старался создавать внешний образ, соответствующий духовной личности исполняемой им роли; он стремился, чтобы «царь Борис» пел Бориса Годунова. Покончив с гримом лица и головы, он — уже с помощью портного или служащего при гардеробе — начинал одеваться; но и тут он каждую мелочь сам оглядывал и строго следил за всем: каждая складка должна была быть на своём месте. Добиваясь в исполнении музыкальной партии неразрывной связи звука, слова и мысли с чувством, он в гриме добивался органической связи формы с содержанием и этим дополнял музыкальное исполнение, создавая ряд изумительных образов: «царь Иван Васильевич» пел Грозного в «Псковитянке», и «русский крестьянин» со всем ему присущим пел Мельника в «Русалке» и т. п. Кончак с непокрытой головой — без традиционного головного убора — от начала до конца — великолепная пластическая фигура воина, военачальника, а не татарского наездника, предводителя орды. Храбрый сам, он ценит доблесть врага. Он — военачальник-политик и желает, хотя поверженного, но сильного, врага иметь «своим союзником». Все эти оттенки мыслей и чувств выражались у Кончака-Шаляпина и во внешнем его образе, и в звуках, в полном соответствии с гениальной музыкой Бородина. Все действия и движения Шаляпина на сцене были связаны между собой художественной необходимостью и реальными переживаниями лица, им изображаемого. Его сценические образы неповторимы и останутся великими образцами гармонии внутренней и внешней правды на сцене. В этом — непокупаемая благодать Гения!

После перехода Фёдора Ивановича на казённую сцену[149] наши частые встречи в Москве не прекращались. На новоселье[150] в его доме присутствовал А. К. Глазунов, что было особенно отмечено хозяином дома. Помню частые сидения за поздним вечерним чаем в столовой у Шаляпина, очень часто в обществе художников В. А. Серова и К. А. Коровина; все трое — Шаляпин, Серов и Коровин, счастливые, прославленные, молодые, радостные. За столом они безудержно веселились и веселили нас, слушателей. Все они любили рассказать о замеченном смешном в жизни и доводили рассказ до анекдота. К. Коровин мог, не умолкая, часами «рассказывать» хорошим языком русской деревни, но в его рассказах всегда чувствовался гротеск. Шаляпин, если можно так выразиться, живописал свои рассказы-анекдоты. Запомнился мне один такой его рассказ-шедевр, схваченный кусочек быта тех времён и поразительный по акцентировке. Отец диакон засиделся в трактире своего прихода со своим закадычным другом-приятелем, «вольтерианцем». Попили чайку и перешли на более серьёзные напитки. Всё шло у них по-хорошему, как полагалось, пока «вольтерианец» не пустил ехидной шпильки по философическому вопросу мироздания. О. диакон возражает, но приятель всё язвит, да язвит. О. диакон, рассвирепев, ударил кулаком по столу и вопрошает: «А кто создал-то? Нет, ты скажи, кто создал-то? А? Создал-то кто?» Вопросы ставились с шаляпинской гениальностью, и перед нами были взъерошенный, победоносно гремевший отец диакон и иронически улыбавшийся «вольтерианец»… Но любопытнее всего, что В. Серов, этот сосредоточенно-корректный джентльмен, как рассказчик превосходил их обоих и оставлял Шаляпина и Коровина за флагом.

Москва всегда умела любить своих выдающихся артистов. […] Совершенно исключительной любовью и популярностью пользовался Шаляпин: его везде и всюду, где бы он ни появлялся, знал и узнавал весь народ московский; при встречах с ним все ему улыбались, смотрели вслед. Его узнавал и также улыбался ему старый сановник в отставке, живший в одном из переулков близ «Неопалимой купины»; знавал его и старик извозчик, никогда в театре не бывавший; знали его и «молодцы» из Охотного ряда, и банщики из «Сандуновских» бань. А как волновалась вся Москва, когда, по выражению одной приятельницы Ф. И., «наш Малый»[151] был приглашён на гастроли в Италию, в Ла Скала. Русский человек поёт по-итальянски в стране, привыкшей к установившейся традиции «экспортировать» своих певцов! «Наш Малый» должен был выступить в партии Мефистофеля в опере Бойто. Наконец Москва получила из Милана блестящий фельетон в «Русском слове» В. М. Дорошевича[152], командированного туда Сытиным. Влас Дорошевич под влиянием всего виденного рассказал, со свойственным ему талантом, о холодно настроенной публике и последующих овациях, закончившихся великим триумфом «нашего Малого» в Италии.

Это была первая гастроль Шаляпина в Европе, и он её победил, а за Европой пошла Америка и другие части света. Когда он «удостоил» своим приездом Страну восходящего солнца — Японию, школьники шпалерами были выстроены по всему пути его от порта до гостиницы, где он остановился, и кричали: «Банзай!»

Мировая слава, окружавшая Шаляпина повсюду, выявлялась иногда в самых неожиданных формах: например, чех, хозяин лучшей гостиницы в Праге, где он гастролировал, не пожелал получить денег по счетам и повесил плакат: «Здесь жил Шаляпин». Шаляпин, конечно, знал себе цену, эту славу он принимал с достоинством, но в то же время простота вырывалась, и тогда обнажался добрый и хороший, временами наивный Фёдор Иванович.

Говорили, что Фёдор Иванович был скуповат, но это не совсем верно. По натуре он был добрый и отзывчивый человек, и мне известны случаи, когда он широко помогал обращающимся к нему за помощью. Но у него от малых лет и юности — за годы нищеты — осталось чувство «уважения к пятаку», в котором он тогда так часто нуждался. Этих времён он не забывал и, прибавлю, даже боялся, когда у него завелись уже сравнительно большие средства: «а вдруг он не сможет работать, наступит нужда, а семья-то велика».

Он чтил право собственности, добытой личным трудом, и искренно радовался успехам настоящего работника. Получать огромные гонорары за свои выступления, за свою «работу», как он выражался, он считал совершенно естественным и бывал сердит, если импресарио не выполнял своего обязательства. Согрешил как-то в расчёте с ним добрейший князь А. А. Церетели, и Шаляпин заявил, что он не желает встречаться с ним в театре. Спектакли под антрепризой Церетели с участием Шаляпина всё же продолжались. Недели через две, в Прощёное воскресение, Шаляпин просил передать Церетели, что он сегодня всех прощает, чему бесконечно обрадовался провинившийся князь, глубоко любивший Шаляпина.

Закончив в Румынии серию спектаклей и концертов при полных сборах, Шаляпин в день отъезда в Париж узнал, что вывоз денег из Румынии за границу воспрещён. Последовал взрыв: «Что же это такое? Я обязан даром веселить их?» Из Парижа было послано им письмо королю Каролю, и недели через две деньги были получены.

В Японии концерты его прошли с колоссальным успехом, художественным и материальным. Накануне отъезда в гостиницу явился чиновник Министерства финансов, спросил о размере сумм, полученных от продажи билетов, и объяснил, что Министерство, по закону, обязано удержать известный процент. Импресарио, не докладывая Шаляпину, заявил чиновнику: «Не советую поднимать этого вопроса — г. Шаляпин обидится». Чиновник ушёл, вернулся через час и, низко кланяясь, заявил, что всё в порядке.

После Москвы — наши свидания в Ялте, затем встреча в Берлине и в Париже. Я пишу «свидания», потому что, отдыхая летом 1916 года на южном берегу Крыма в замечательно расположенном имении «Форос», он наезжал оттуда в Ялту, где я живала летом с моим мужем К. А. Эрманс[153] (он был давно хорошо знаком с Шаляпиным, ещё до моего замужества), и зачастую ночевывал у нас и проживал по несколько дней. Однажды, ранним летним утром, в восьмом часу меня разбудила наша старая служащая, преданный друг, безграмотная крестьянка Тульской губернии Наталия Павловна Степановская, превеликая умница и человек благородного характера, хорошо знавшая Шаляпина ещё в Москве, — со словами: «Вставайте, Варвара Ивановна, Фёдор Иванович приехали с каким-то господином. Самовар готов, накрываю в столовой, а они сидят на террасе». Господин — бритые щёки, длинные усы, волосы на голове острижены под гребёнку; некрасивое лицо украшали светящиеся добротой и умом глаза. Это был Максим Горький, который сразу и завладел разговором. Горький мастерски рассказывал, а время было интересное, знал он много. Интересно было наблюдать и слышать обоих вместе — Шаляпина и Горького, — сродство между ними было большое, это чувствовалось.

За столом мы сидели долго, уходить не хотелось, забыли даже про чудесные ялтинские панорамы, пока за гостями не приехала машина из «Фороса». Кто мог предвидеть, что это была наша последняя встреча в России! Наталию Павловну Фёдор Иванович очень любил и из Парижа посылал ей деньги. Она, между прочим, побывав в Большом театре, в ложе наших знакомых, когда Шаляпин пел Бориса Годунова, сказала мне на следующее утро: «Что ж, Фёдор Иванович хорошо докладает», — она не сказала «поёт».

За границей мы встретились в Берлине. Из утренних газет я узнала, в каком отеле остановился Шаляпин, приехавший накануне вечером. На мой телефонный звонок ответил его импресарио, которому ещё накануне Шаляпин поручил отыскать меня. Телефонная трубка — в руках Шаляпина, и опять мы радуемся предстоящей встрече; за завтраком вспоминаем старое, расспрашивая про новое, и опять расстаёмся, на сей раз надолго. Я закончила академический год занятий в Берлинской консерватории и уехала в Париж, где жила в одной из его квартир[154] 15 лет, и оттуда, к великому горю, пришлось проводить его прах на место упокоения.

Глава 4

Воспоминания драматических артистов

С. И. Браиловский[155]

ВОСПОМИНАНИЯ СТАРОГО АКТЁРА[156]

В 1922 году в СССР вернулся Ф. И. Шаляпин[157]. Первый свой концерт в Москве он отдал нашей организации (ОХМАТМЛАД)[158] в Большом зале консерватории.

Выпустили афишу, цены на места назначили от 1 руб. до 10 руб. (в золотом тогда исчислении), и оказалось, что мы просчитались. Билеты стоимостью до 5–6 рублей были раскуплены в какие-нибудь 2–3 часа.

Это собрало всего лишь немного больше 3000 рублей (гонорар Фёдора Ивановича). Небольшое количество билетов было раскуплено и по более дорогой цене. Расходы уже были все почти обеспечены, но получился большой, небывалый скандал.

Почти все передние места, свыше 400 — пустуют. Это на Шаляпина! А до концерта остался только один день. Около 800 билетов было продано немедленно благодаря выпущенному анонсу, извещавшему о поступлении в кассу разбронированных билетов. А неорганизованный зритель не мог рассчитывать достать билет в день концерта.

Остаток же свободных мест был отдан студентам консерватории по 1 рублю, и, таким образом, Большой зал консерватории был набит до отказа.

После первого отделения концерта к нам в контору пришёл Исай Дворищин, личный секретарь и друг Фёдора Ивановича, принёс расписку Шаляпина о получении им гонорара в сумме

3000 рублей и отнёс деньги за кулисы. Мы посвятили Дворищина в нашу неудачу.

Не приходится говорить, с каким успехом, с каким подъёмом прошёл первый концерт Шаляпина по возвращении его из-за границы. Осталась небольшая прибыль, но далеко не та, на которую рассчитывали.

На самой эстраде, в тылу у концертанта было расставлено 3 ряда стульев, свыше 150; сюда мы разместили обязательную для тех времён контрамарку.

Фёдор Иванович остался очень доволен приёмом, переполненным залом и пел с шаляпинским воодушевлением.

По окончании концерта я с М. А. Униговским вошли в уборную к Фёдору Ивановичу, который обнял нас, расцеловал и пригласил к себе поужинать. Мы вчетвером отправились к нему на квартиру на Новинском бульваре, близ площади Восстания. Иоле Игнатьевна (супруга Фёдора Ивановича) встретила нас весьма радушно в столовой, где уже был накрыт ужин.

Шутили, смеялись, Фёдор Иванович рассказывал анекдоты из своей недавней поездки по Европе и Америке. Все были веселы. Один только М. А. Униговский, товарищ мой по управлению театральной секцией ОХМАТМЛАДА, сидел насупившись, с мрачным лицом.

— Ты что, Миша, нос повесил? — обратился к нему Фёдор Иванович.

— Нет, ничего… — ответил Униговский.

Но тут Исайка, как звали его многие его друзья, заметил с усмешкой:

— А он войдёт в историю русского театра.

— Как это? — спросил Фёдор Иванович.

— Они вот, первые импресарио, которые понесли убытки на Шаляпине, — сказал Дворищин, указывая на нас.

— Убытки? — переспросил удивлённый Фёдор Иванович. — Какие убытки? Ведь у вас всё было переполнено?

И Дворищин, в шутливой форме, выдал ему нашу тайну.

— Ну, ладно, что поделаешь? У каждой старухи бывает своя проруха, — и налил всем ещё по стаканчику токайского…

Посидев ещё немного времени, мы около двух ночи разъехались по домам.

На другой день, около часу дня, является к нам в контору Дворищин и говорит:

— Так или иначе, но Фёдор Иванович решил ещё до концерта внести свой гонорар в кассу помощи беспризорным детям.

Вот вам и пресловутая шаляпинская жадность.

Григорий Хмара[159]

ШАЛЯПИН[160]

Отрывки из воспоминаний[161]

> Русь… в тебе ли не родиться беспредельной мысли,
> когда ты сама без конца, здесь ли не быть богатырю,
> когда есть место, где развернуться и пройтись ему…
>
> *Н. В. Гоголь*

Только в России, безбрежной, беспредельной, с её глубочайшими горизонтами, девственными лесами и полноводными широчайшими реками, в России, где «немолчно раздаётся в ушах её тоскливая, несущаяся по всей длине и ширине её от моря до моря песня», только в такой стране мог родиться величайший театральный гений и богатырь — Фёдор Иванович Шаляпин.

В Шаляпине — вся Россия: её песня, пейзаж, бури и грозы, разгул, снежные метели и бураны, захлёстывающие душу лихие зимние тройки со сверкающей «сребристой мглой из-под подков». Шаляпин воплощал в себе всё русское, богатырское, мощное, былинное. По своей неукротимо-необузданной натуре он сродни таким народным героям, как Разин и Пугачёв, и, если бы ему пришлось воплотить эти фигуры в искусстве, это, думаю, было бы высшим достижением его гения.

Как-то при встрече здесь, в Париже, Конст. Алексеевич Коровин сказал: «Ведь у Шаляпина разбойничий глаз — белый, вы заметили?!» В этих словах о Шаляпине звучала та же оценка, что и у Гоголя, когда он говорил о степи: «Чёрт вас побери, степи, как вы хороши!» От стихии шаляпинского искусства

130

веяло разбойничьей удалью, первобытной, могучей, народной силой. Всем известна любовь Шаляпина к простонародной русской песне. Любил он также петь и каторжные сибирские песни в домашней и дружеской обстановке. Пел их просто, без оперных приёмов.

Уже при большевиках, в 19-м или 20-м году, жена Горького, Ек. П. Пешкова, работавшая в Красном Политическом Кресте, устроила концерт для заключённых в Бутырской тюрьме[162]. В концерте согласился принять участие и Ф. И. Шаляпин. После исполненных им серьёзных музыкальных номеров Фёдор Иванович обвёл глазами собравшихся заключённых и запел «Дубинушку». Впечатление получилось потрясающее. Вся тюрьма подхватила припев. Пели в каком-то экстазе — многие со слезами на глазах. Я никогда не видел Ф. И. таким вдохновенным, грозным, могучим, властным — настоящим «атаманом». Его голос гудел, как колокол, гремел и заполнял собой всю огромную тюрьму, набитую до отказу заключёнными, среди которых были и приговорённые к расстрелу. Растроганные и взволнованные, смертники бросились к Ф. И. с мольбой о заступничестве.

И, я знаю, — Ф. И. откликнулся на мольбу, хлопотал и добился сохранения жизни нескольким приговорённым.

* * *

Моё первое впечатление от Шаляпина относится к ранней юности и связано с ощущением не от живого Шаляпина, а от его изображения на открытке рядом с Горьким: Горький сидит, а Шаляпин, наклонившись над ним, стоит. Оба кумира того времени в широкополых — «шаляпинских» — шляпах.

Передать овладевшее мною чувство, когда я в первый раз увидал Шаляпина, я не в состоянии. Я могу лишь сравнить его с тем состоянием, которое охватило Николая Ростова в «Войне и мире», когда он впервые увидел императора Александра I. Как и Ростов, я готов был отдать свою жизнь за того, в кого я был влюблён ещё до того, как я его увидал. Ещё не видя его ни разу ни в жизни, ни на сцене, — я готов был ему поклоняться: от одних рассказов о его прошлом и головокружительной карьере захватывало дыхание у юноши, решившего посвятить себя артистическому служению.

Это было за кулисами Московского художественного театра, в котором я уже служил сотрудником. Давали «Царя Фёдора Иоанновича» с Москвиным. Я исполнял в спектакле роль, в которой была всего одна фраза, — но и это наполняло меня гордостью и счастьем. На сцену и за кулисы из уст в уста передавалась радостно-волнующая мысль: в зрительном зале Шаляпин — «пришёл смотреть спектакль». В антракте он появился за кулисами в уборной Ив. Мих. Москвина, — которого, как я позднее узнал, Ф. И. очень любил, высоко ценил его огромное сценическое дарование, был с ним на «ты» и часто проводил вместе досуги.

Сотрудники театра столпились около уборной Москвина. Дверь была затворена, но всё же доносился бархатный голос Шаляпина — священный трепет охватил меня. Вдруг дверь распахнулась — спасибо тебе, Иван Михайлович (Москвину, очевидно, стало нестерпимо жарко в его царском облачении). Мы поспешно отпрянули, но всё же увидали Ф. И. сидящим на диване в углу, заложив ногу на ногу, — великолепный, прекрасный, озарённый особым светом, исходящим от него. Всё в нём было замечательно: как он сидел и как был одет — рубаха, галстук, визитка, ботинки с гамашами, брюки в полоску, всё выглядело не так, как у других. Даже белизна его носового платка белела не так, как у других, и самый платок в его руках казался живым существом. Жесты и движения, как у самых пластичных зверей: не то лев, не то тигр, не то породистый скакун. Говорил он с Москвиным вполголоса — Ф. И. всегда говорил вполголоса: точно боялся оглушить слушателя, если дать голосу волю. Он смеялся глубоким смехом на низких басовых нотах. Когда присутствовал на спектаклях в Художественном театре или Студии и что-либо его смешило, Ф. И. смеялся так, что весь зрительный зал оборачивался в его сторону и уже не сводил глаз.

* * *

Я спросил однажды Ф. И., ощущает ли он, что он гений? И что чувствует, когда находится на сцене и играет роль?

— Что чувствую?.. (*Подумав.*) Вот вы заказываете хорошему столяру шкатулку и просите её сделать так и эдак, чтобы и форма была такая, и закрывалась она особенно. А он, выслушав, отвечает: «Будьте спокойны! Будьте уверены — всё будет сделано как надо! Не извольте беспокоиться!..» Вот так и я, когда берусь за роль, я говорю мысленно публике: «Будьте спокойны! Не извольте беспокоиться! Всё будет сделано как полагается!»

Это простое сравнение раскрывает многое в искусстве. Вероятно, и Микеланджело, и божественный Рафаэль, и Бенвенуто Челлини, и все великие мастера поступали так же, вдохновлялись тем же — не извольте беспокоиться, будет сделано, как полагается!

Шаляпин терпеть не мог людей, которые, не владея чарами искусства, любили рассуждать об искусстве. Когда в присутствии Ф. И. какой-то музыкант, не то полуграмотный любитель музыки, стал развенчивать Мусоргского и доказывать, что такой-то гораздо выше и талантливее Мусоргского, — Шаляпин не выдержал и закричал: «Послушайте, вы, развязный с. с., — довольно! Мне надоела ваша наглость!»

Он остро ощущал всякое оскорбление его художественных чувств и натуры и легко давал в таком случае выход раздражению и презрению, что, конечно, только увеличивало число его недругов и врагов. Как-то в Петербурге, во время гастролей Художественного театра, я встретился с Ф. И. на улице около Дациаро[163]. Поздоровавшись, я пошёл с ним рядом. Встречные глядели на Ф. И., оборачивались и останавливались. Я заметил Ф. И-чу, что все счастливы его видеть. А он: «А вы знаете сколько у меня врагов? Какое огромное количество оскорбительных писем я получаю?.. Дошло до того, что я перестал просматривать свою почту и поручил это Исаю (исполнявшему секретарские обязанности при Шаляпине). Он отбирает злые и дурные, а хорошие мне отдаёт».

Глубокая горечь звучала в его словах.

* * *

В театре Зимина ставили «Бориса Годунова». Накануне собрались у меня на Малой Дмитровке, неподалёку от Страстного монастыря: И. М. Москвин, Николай Крымов, известный художник и чудак, страстно влюблённый в Москвина и ни разу его не видавший на сцене — не хотел (и не такие оригиналы были в Москве!); А. И. Южин, директор Малого театра, М. М. Климов — блестящий кулинар и страстный охотник, очень хорошо исполнявший цыганские песни пушкинских времён; Миша Шуванов[164], бас Зиминской оперы, влюблённый в Шаляпина до утраты равновесия и подражавший ему во всём в жизни и на сцене, что не мешало ему, однако, считать, что сам он поёт лучше Шаляпина; он приходил в гости в ярко-палевой шёлковой косоворотке, играл недурно на гармонике и пел большей частью фабричные песни — «Глаза вы карие, большие»… Потом — Фаина Шевченко[165], артистка М. Х. Т., теперь заслуженная, — ярко выраженный тип русской красавицы с изумительным грудным голосом, очень хорошо певшая русские и цыганские песни, — Александр Блок очень любил слушать в её исполнении «Две гитары»; Жуков[166] из балета; Рейзен[167]; ещё некий Менделевич[168] — остряк и балагур, умевший выпить четверть водки и не быть пьяным, а откалывать такие остроты, что присутствовавшие до корчи смеялись.

Фёдор Иванович, конечно, как всегда и везде, где бы он ни был, — центр внимания, радость вечера. Артистическая среда вдохновляюще действовала на него. Удалью и красотой веяло от его прекрасного облика. Помню, он пришёл в этот вечер в меховой поддёвке, в высоких белых валенках, вокруг шеи свободно брошенный алый шерстяной шарф, весь запушённый снегом в крупных звёздах: стояла зима, снежная, московская, лютая, трескучая. Ф. И. пришёл последним, все его поджидали. Сели за стол, выпили с холоду по стопке, закусили «Климовской» ветчиной, и потекли часы беспечной радости и веселья. Шумели, прерывая друг друга. Спели несметное число песен и, главное, о н [здесь и далее разрядка Г. Хмары. — *И. Д.*] тоже пел. При н ё м стеснялись петь, хотя бы пение и не имело ничего общего с искусством: все знали, что для н е г о главное — не ч т о поют, а к а к.

Любил Ф. И. очень петь старый романс «Глядя на луч пурпурного заката…» Пел он его, конечно, изумительно, вкладывая в романс столько чувства и выразительности, что он приобретал необычное значение. Нельзя было его слушать без слёз. Ф. И. любил петь перед артистами: тут могли оценить то, что ускользало от обычных слушателей, и, кроме того, обстановка создавала особое настроение и самочувствие. Ф. И. был неотразимо прекрасен во время такого пения. Чуть откинувшись на спинку дивана, голова слегка наклонена набок, волосы несколько спутаны со свисающим на лоб «шаляпинским» коком; на всём лице печать вдохновения. А у слушателей выражение восторга и настороженное внимание к каждому оттенку шаляпинской фразировки.

Никто не заметил, как засинел за окнами снег, всё стало голубым, начало светать. Ф. И. спохватился: «Господи, ведь сегодня вечером ещё петь „Бориса“!.. Скорей домой, домой!»

Я был свободен в тот вечер и пошёл к Зимину слушать — в который уже раз! — Шаляпина в «Борисе». Чтобы повидать его до спектакля, я отправился к нему за кулисы. Когда я вошёл в его уборную, он и не взглянул на меня, а продолжал сидеть за роялем, распевать голос. Но всякий раз, когда доходил до верхних нот, голос его не достигал привычной гибкости и эластичности: ночь, проведённая без сна, и усталость давали себя знать. Проделав упражнение несколько раз и убедившись, что голос не удаётся наладить, Ф. И. встал, захлопнул крышку рояля и заявил, что сегодня петь не будет! Спектакль необходимо отменить!

Забегали какие-то люди, каждую минуту раздавался стук в дверь уборной Ф. И., туда входили и выходили, шептались, но никто не осмеливался настаивать, чтобы Ф. И. всё-таки пел. Спектакль уже отменили, а он всё ещё сидел в уборной — злой и раздражённый. Когда я осмелился высказать предположение, что, может быть, он всё-таки напрасно отменил спектакль, — он заметил: «Вы, может быть, видели когда-нибудь, как борцы-гимнасты поднимают в цирке тяжести, штанги? Подымет с земли, донесёт в уровень плеч, потом легко и свободно выжмет вверх. А я сегодня в таком состоянии, что поднять голос с земли могу, а вот выжать легко и свободно вверх сил не хватает. А пение, как и всякое искусство, не терпит напряжения!»

Потом встал и пошёл обозлённый, что позволил себе накануне спектакля провести ночь без сна и отдыха.

* * *

В Москве и Петербурге передавали много историй о Ф. И., в частности, о скандалах, которые он устраивал дирижёрам, актёрам, хористам, статистам, вообще всем, с кем доводилось сталкиваться на сцене. Многое в этих рассказах было преувеличено, многое бывало искажено. Всегда держали сторону того, с кем происходил скандал: «Вы же понимаете, что во всём виноват Шаляпин…» Не берусь судить об этих историях, но знаю, что все они происходили на почве художественных требований, предъявляемых Шаляпиным, и что всегда против него были враги и завистники.

Могу рассказать о случае из частной жизни Ф. И., свидетелем коего мне самому пришлось быть. Это было в Москве в самое ужасное и тяжёлое время большевизма. Зима, холод, голод, обыски, реквизиции. Спектакли начинались в 5 часов пополудни и кончались с таким расчетом, чтобы к 8 часам публика могла вернуться домой. Позже становилось опасным появляться на улице: прохожих грабили, раздевали до нитки на 25-градусном морозе. Как-то во время спектакля Москвин говорит мне, что нас пригласили сегодня в гости к колумбийскому консулу. Будет и Фёдор Иванович.

— Захвати гитару, говорят, хорошее угощение будет. Ведь — консул, у него всего вдоволь, дом — полная чаша!..

По окончании спектакля у ворот театра нас ждала машина, которая отвезла нас за город, в Сокольники. У подъезда крупными буквами на доске значилось: «Колумбийское консульство — не подлежит реквизиции». Тёплый, уютный дом. Я представлял себе, что нас встретит человек южного типа, плохо изъясняющийся по-русски. Каково же было удивление, когда вместо южанина-иностранца навстречу вышел человек, близко напоминавший тип московского купца, с русой бородкой и светлыми, голубого цвета глазами. Накрыт стол. Много красивых и хорошо одетых женщин. Мы уже отвыкли к тому времени от такого общества и зрелища.

Ф. И. уже тут — в гостиной, с хозяйкой, женой консула, тоже русской, ещё совсем молодой и пышной блондинкой с розовым свежим цветом лица и белоснежными зубами, ярко сверкавшими при каждой улыбке. Окружённый хорошенькими женщинами, Шаляпин ласково ворковал с ними — видимо, был доволен и в хорошем настроении. Он любил видеть себя в женском окружении, был одинаково приветлив со всеми, но каждая склонна была думать, что именно её Ф. И. предпочитает прочим.

Сели за стол, и языки развязались. Стало шумно и весело: где бывал Ф. И., там не могло быть скучно. Остроумные замечания, песни, хохот — всё смешалось воедино. От выпитых напитков женщины казались краше, мужчины интереснее и остроумнее, песни вдохновеннее, глаза у всех — значительнее. Хозяйка не отходила от Ф. И. Он умел чаровать, когда обстановка к тому располагала и он того хотел. Незаметно засиделись до глубокой ночи. Возвращаться в темноту было рискованно, и стали поджидать рассвета. Стали пить утренний кофе со свежим хлебом. Опять появились закуски и водка. Хозяин налил рюмки.

Он был возбуждён и мрачен: очевидно, всерьёз приревновал свою пышную блондинку к Ф. И., которому наливал и предлагал выпить, но тот отказывался. Обращаясь к нему на «ты», хозяин настаивал:

— Пей!..

— Нет, не буду, что-то не хочется, — возразил Ф. И.

— Пей, чего там!.. Пей, тебе говорят! — не унимался консул.

— Да нет же! Говорю, что не буду пить!

— А я говорю тебе — пей!.. Подумаешь, Шаляпин?! Все пьют, а он не хочет! Я, может, сам лучше Шаляпина?!. Мне наплевать на него...

Смотрю, у Ф. И. бледнеет лицо и задрожала ноздря — дурной признак, будет гроза.

— Послушайте, — начал он сдержанно, — я же ж вам уже несколько раз сказал, что пить не буду — не хочется, а вы всё настаиваете, зачем же ж это? И при чём тут Шаляпин?.. Ведь я же ж гость у вас — здесь нет ни Шаляпина, ни Москвина, — мы все гости, а то я же ж вас... (последовали непечатные выражения) возьму за шиворот и выброшу в окно!.. Я же ж не боюсь. Исай, куда ты меня привёл? Это ж нахал какой-то... Я же ж его совсем и не знаю, кто он такой...

Потом свирепо поднялся и стал собираться. Хозяйка принялась умолять его остаться, не обращать внимания на мужа, который пьян. Ф. И. опять обронил замечательное слово: «Пьян?.. А почему же он мне злые слова говорит, а не хорошие, добрые, ласковые?..»

Исай хлопотал возле него, и забавно было видеть их рядышком: маленький, тощий Исай и огромный, широкий Ф. И. — настоящие Дон Кихот и Санчо Панса.

Вмешался Москвин, и все стали упрашивать Ф. И. не разрушать компании и ехать домой вместе. Успокоившись, он снял пальто и сел за пианино в гостиной, тихонько напевая под [собственный] аккомпанемент «Элегию» Массне: «Нет прежних дней»...[169] Я сидел рядом и слушал. Вдруг он обернулся и сказал: «Всё это зависть... Только от зависти всё».

* * *

Помню ещё другой случай. Февральская революция. Вся Россия в бреду от счастья. Мы в гостях у очаровательной Х., любившей артистов, которые были частыми её гостями. На сей раз стол убран красными гвоздиками, повсюду цветы, увитые красными лентами. Все радостно возбуждены — теперь победим немцев, и войне скоро конец.

Фёдор Иванович делится впечатлением от приёма, который ему устроили в казарме, куда его пригласили петь. Вдруг с противоположного конца стола раздался голос: «Да брось же, Фёдор, распинаться теперь перед народом, когда сам ты пел на коленях перед царём…»

Все за столом притихли — ждали отклика Ф. И. на эту выходку. Но он ничего не ответил, только слегка побледнел. Часа через два Ф. И. вызвал обидчика в смежную комнату, и оттуда раздался придушенный хриплый крик. Все бросились туда и увидели, как Ф. И. обеими руками душит свою жертву, а та судорожно отбивается. Прямо сцена из «Бориса Годунова» — Годунов душит Шуйского…

Не явись мы вовремя, Ф. И. мог бы задушить обидчика насмерть. Уж очень его терзали воспоминанием о неприятном факте. Никакие личные его объяснения, как он очутился на коленях перед царской ложей, — не принимались во внимание.

* * *

Как-то я заметил Ф. И-чу, что все оперные артисты — и не только басы, но и тенора — стараются подражать ему в манере петь, в жестах, движениях, и насколько эта манера, присущая Ф. И., восхищает и волнует в нём, настолько же она отталкивает в других. Зачем они это делают? Он дал своё объяснение: «Гений губит искусство на целых тридцать лет. Его индивидуальность настолько сильна, его мастерство настолько совершенно, что не подражать ему почти нет возможности.

Не в том беда, что подражают; беда в том, что ухватывают только внешнюю манеру, не думая вовсе о внутренних источниках творчества. Вот почему это и отталкивает и делает смешным…»

Этот разговор мы вели после исполнения Шаляпиным «Бориса» в особой обстановке. Это было в 20-м году. По неожиданной случайности в первой картине, перед самым выходом Бориса из собора, внезапно погасло электричество. Однако дирекция театра предусмотрительно озаботилась запастись свечами. Каково же было удивление — и восхищение, — когда после короткой паузы снова взвился занавес и народ, толпившийся на паперти, держал в руках свечи. Мерцание свечей, блики от неровно падающего освещения создавали исключительный эффект. Вся сцена приобрела иконописный стиль и особую выразительность. Сам Ф. И. говорил мне позднее, что, увидев толпу со свечами в руках, ярче ощутил эпоху и обстановку и по-новому пережил в этот вечер многократно сыгранную им роль.

Может быть, и в самом деле, эту сцену в «Борисе Годунове» вообще следовало бы играть не при искусственном освещении?!.

В том же 20-м году группа артистов и художников в Москве, встречаясь часто друг с другом, решила наименовать себя «Клубом идиотов». Название, кажется, придумал Москвин — большой мастер на всякие выдумки. Нормальные люди в то страшное время избегали встречаться и собираться, не просиживали вместе до утра, не шутили, не острили, не смешили других и сами не смеялись, не предавались приливам художественного вдохновения и творчества; раз мы способны всё это проделывать в такое время, значит, мы — идиоты, и пусть наш клуб так и называется!

Были градации: одни назывались просто «идиотами», другие имели право именоваться «всероссийскими» и даже «мировыми». Ф. И., как один из главных затейщиков, причислен был, конечно, к «мировым». Пересказать о всех проделках членов клуба, иногда весьма высокой художественной ценности, нет возможности. Невозможно передать и содержание тех бесчисленных сценок в стиле *commedia dell'arte*, которые Ф. И. разыгрывал со своим постоянным и излюбленным партнёром — Москвиным. Москвин легко откликался и талантливо реагировал на все импровизации Шаляпина.

Помню сценку, разыгранную ими однажды, — встреча безработных цирковых артистов в городском парке на скамейке. Декорацией парка служил хилый комнатный цветок в горшке, поставленный на полу. Сначала оба долго гуляли по «парку», потом уселись на скамью, и начался диалог в стиле цирковых актёров. Что говорилось, я уже не помню, но помню, как говорилось. Москвин изображал клоуна, Шаляпин — артиста в большой цирковой пантомиме. Каждый рассказывал другому о гениальных трюках, которые он вносил в свои номера. При этом они обменивались такими репликами, что все мы, сидевшие рядом, помирали от хохота. Откуда всё бралось? Один импровизирует, другой подхватит ещё остроумнее и находчивее. В конце концов Шаляпин, как правило, обрывал игру: Москвин такое скажет или так посмотрит, что Ф. И. не выдержит и, обнимая и целуя Москвина, капитулирует: «Довольно, не могу больше!..»

* * *

Расскажу ещё об одной талантливо разыгранной Ф. И. сцене. В Москве жил некий Семён Аверьино [правильно — **Авьери**но — *И. Д.*][170], друг и приятель артистов. Кто только не бывал у «Сени»! К нему шли «на огонёк» и в пять-шесть часов утра, и в поздние вечера. Горит огонёк — значит дома и, стало быть, весело, уютно, тепло, сытно. Авьерино умел принять гостей, любил богему и не скупился — чтобы потешить пришедших, вызывал цыган из «Яра» в полном составе.

Однажды, когда часть гостей уже разошлась по домам и на покой удалилась и уставшая хозяйка, остались только Шаляпин, Москвин, Климов[171] и предводитель дворянства Тучков[172] — большой любитель старинных цыганских романсов, остатками своего хрипящего голоса сам певший их под гитару. Тучков был навеселе и уже плохо соображал, что говорил и делал. Шаляпин стал напевать «Пару гнедых». Вдруг Тучков набросился: «Врёшь — неправильно поёшь!..» Шаляпин зло на него взглянул и, увидав, в каком тот виде, улыбнулся и спросил:

— То есть как вру?..

— Да так, врёшь!.. Это тебе не опера… Цыганский романс надо уметь петь!..

Слово за слово — Шаляпин решил разыграть Тучкова и как гаркнет:

— Как ты смеешь мне, Шаляпину, говорить, что я не умею петь, что я вру?!. Обиду, которую ты мне нанёс, ты можешь смыть только кровью. К барьеру — стреляться! И тот час же!..

Хозяин понял шутку, принёс два старых пистолета, приобретённых на Сухаревке, и пошла потеха. Чтобы не разбудить детей и хозяйку, решили отправиться на чердак. Москвин — секундант Шаляпина, Авьерино — Тучкова. Отмерили шаги. Всех душил смех. Лишь Тучков не заметил розыгрыша. Когда противники уже стояли друг против друга с поднятыми дулами, ворвалась внезапно с плачем хозяйка, упала к ногам Шаляпина и стала умолять его прекратить поединок. Шаляпин окинул её патетическим взглядом, опустил пистолет и трагическим тоном обратился к противнику: «Благодари её, она спасла тебе жизнь; не то подстрелил бы тебя, как куропатку!..»

Оказывается, горничная, свидетельница всего происшествия, приняла всё всерьёз и, когда компания отправилась на чердак, бросилась в спальню к барыне и так её напугала, что та в одном белье понеслась на чердак. Все спустились вниз, в столовую, отпраздновать мировую. Тучков раскис окончательно и, плача, просил у Шаляпина прощения.

* * *

Общепризнан громадный драматический талант Ф. И., и часто приходилось слышать, что, не будь Шаляпин гениальным певцом, он завоевал бы великую славу как блестящий драматический артист. Ф. И-чу самому хотелось попробовать свои силы в этой области. Москвин мне как-то говорил, что был бы счастлив сыграть с Ф. И. в «Фёдоре Иоанновиче»: Москвин — Фёдор, а Шаляпин — Годунов; какой бы был спектакль! Но мечте Москвина не суждено было осуществиться.

Случай привлечь Ф. И. на сцену Художественного театра представился, когда Станиславский поставил байроновского «Каина» в переводе Бунина. Спектакль был уже сыгран, но особого успеха не имел, так как роль Люцифера, на которой держится вся драма, — роль необычайно трудная и требующая мощного голоса и выразительности — была поручена ещё совсем молодому и малоопытному актёру. После первого или второго представления игравший Каина Леонидов захворал, и его роль была передана мне. Тут у меня и родилась мысль привлечь Ф. И. на роль Люцифера. Идея показалась мне столь блестящей, а желание очутиться рядом с Шаляпиным на подмостках Художественного театра было столь неудержимо, что, не говоря ничего Станиславскому, я помчался со своим предложением к Ф. И-чу.

Оно сначала его озадачило, но потом он попросил оставить ему книгу, так как не был знаком с «Каином».

— Оставьте, прочту, подумаю и дам ответ…

Не без тревоги, но окрылённый надеждой, прождав две недели, я вновь отправился к Ф. И. Меня ждало разочарование. Возвращая книгу, Ф. И. сказал: «Нет, не буду играть! Не знаю вашего р е м е с л а. Спеть я бы мог, а вот играть — боюсь. Ещё потому боюсь, что, если у меня не выйдет, враги будут радоваться моему провалу и торжествовать».

Я был огорчён. Другого такого случая, казалось, уже не представится. Прошли годы, и вот уже за месяц до кончины Ф. И. пожелал меня увидеть. Было около девяти часов вечера, когда я к нему пришёл. Он сидел в правом углу столовой в широком просторном кресле, освещённый настольной лампой, — похудевший, постаревший, но такой же обаятельный и обольстительный, как всегда. Очень много говорил о России. Охотно смеялся, говоря на политические темы и жестикулируя своими прекрасными руками. Много говорил о смерти, точно предчувствовал её близость. Потом встал и повёл показывать, какие у него чудесные музейные вещи. «Вот этот комод — наш, петербургского нашего „Эрмитажа“. Этот стол — тоже. Умру и завещаю Парижу обратить этот дом в музей...»

Вещи были действительно стоящие. Пошли дальше, в комнату, где висел огромный портрет Ф. И. работы Кустодиева: мальчуганы на салазках, какие-то парни с гармониками, девушки в пёстрых ситцевых платьях, а на этом фоне — России — на первом плане Шаляпин во весь свой богатырский рост. Там же, на стенке, фотографии с надписями великих и знаменитых современников: Толстого, Чехова, Горького, Андреева, Сальвини, Мазини, Дальского, многих других. Вернувшись в столовую, Ф. И. сел на прежнее место, а я расположился слушать, зачем меня позвали.

Ф. И. читал в газете о том, что я работаю здесь, в Париже, в Русском театре. «Послушайте, Хмара, хотелось бы перед смертью попробовать сыграть драматическую роль. Хочу сыграть Несчастливцева в „Лесе“, а вы чтоб помогли поставить эту пьесу. Помните, в Москве вы соблазняли меня „Каином“? Тогда не хватило мужества, испугался, а теперь, пожалуй, смог бы... А? Как вы думаете?»

Эта идея, конечно, несказанно меня обрадовала и одновременно — ошеломила. Забегали в голове различного рода предположения и планы постановки «Леса». Шутка ли: Шаляпин — Несчастливцев! Кто же будет играть, чтобы ему под стать было, Аркашку? Кто — Ксюшу?.. Тут открылась дверь и вошла любимица Ф. И., его младшая дочь Дася — очаровательное существо, воплощение благоуханной юности. «А вот она, — указывая на дочь и точно читая в моих мыслях, — будет Ксюша!.. Хорошо будет?.. Хочешь со мной играть на сцене?..» Вся зардевшись, Дася прильнула к отцу. Он обнял её и расцеловал.

Еще много говорили мы с ним на эту тему, но судьба не дала осуществить мечту на этот раз. Месяц спустя я увидел Ф. И.

в той же столовой, только не в шёлковом халате сидящим в кресле, а в противоположном углу, под образами, где он, уже мёртвый, лежал облечённый во фрак, и весь Париж, русский Париж, приходил поклониться тому, кто был и остался славой и гордостью России. Из несчётного числа пришедших проститься с прахом Шаляпина один из посетителей догадался привести 7-летнего сынишку. Спускаясь с ними по лестнице, я слышал, как отец наставлял ребёнка:

— Видел, Коля? Это наша русская гордость, наша национальная слава — Фёдор Иванович Шаляпин. Повтори — Фёдор Иванович Шаляпин! Величайший мировой артист. Ты его видел уже мёртвым. Но когда вырастешь, часто будешь слышать его имя, о нём много будут говорить. Помни, что ты его видел и что ты был свидетелем если не его жизни, то смерти!..

Слава Шаляпина прейдёт в грядущие поколения.

Отрывки воспоминаний[173]

Париж… Апрель прошлого года, солнечный, неприветливый, холодный день.

Хороним Фёдора Ивановича Шаляпина. Все мы расходились с кладбища, погружённые в уныние, унося с собой печаль и великую скорбь. Скорбела душа о том, что кроме него самого, кроме его смерти, со смертью его исчезнут и гениальные образы, созданные им на сцене. Скорбела душа, что не увидим больше ни Бориса Годунова простёртым, умирающим у подножья царского трона, не увидим тоскующих, печальных глаз Дон Кихота и, главное, его самого, его прекрасного лица, самого прекрасного, какое я когда-либо видел в жизни. Не увидим лица и не услышим его божественного голоса. Но единственное, что нам осталось, нам, современникам его, — при всяком удобном случае рассказывать, вспоминать и снова рассказывать о нём; осталось напрягать нашу память, чтоб не пропустить и припомнить хотя бы случайные наши встречи с ним, стараться не забыть всё то, что при встречах этих было им сказано и рассказано, ибо всё, что он ни говорил, ни рассказывал, как при этом сидел, как двигался, как поворачивалась его голова, как подымались, опускались руки, — всё это было полно исключительной красоты и ослепительного блеска. Он был в полном смысле слова чародеем, обладал сверхчеловеческой обаятельной, магической силой. Волшебство приносил он на сцену и зачаровывал в жизни.

* * *

Фёдор Иванович не любил говорить об искусстве выспренными словами: ясно, точно и, главное, просто он выражал свою мысль, когда возникал разговор об искусстве театра. Бывало, иногда одним только словом он уже мог дать ясное понятие о том или другом спектакле и свою оценку о нём. Как-то в кругу артистов драматического искусства — а бывал он охотно среди этих артистов — я никогда не видел его в кругу певцов — он стал делиться своим впечатлением, которое он вынес от спектакля «Горе от ума», шедшем в то время в Московском художественном театре. Первое и самое главное, что ему бросилось в глаза, это то, что артист, исполнявший роль Чацкого, лишён был того мужского начала, того мужского темперамента, той горячности, которыми, по его словам, должен обладать артист, исполняющий [роль] Чацкого. Ни прекрасная декорация, ни талантливые мизансцены, ни исключительное художественное освещение не смогли спасти, по его мнению, суть самого спектакля.

—Какой же ж это Чацкий? — говорил он. — Ведь всё негодование Чацкого, его страстность, его «миллион терзаний», его пламенные, бичующие монологи оттого так больно и хлещут общество, что он, Чацкий, — обманутый, влюблённый, разочарованный в Софье. Чацкий обрушивается на всё окружающее **только поэтому** [выделено Г. Хмарой. — *И. Д.*]. Здесь, в этом надо искать ключ к его роли, тогда как артист, исполнявший эту роль, производит впечатление существа, лишённого пола. Со сцены артист должен излучать в зрительный зал огромный поток могучей силы и только тогда зритель будет захвачен его искусством.

Тут же он привёл в пример буддийскую бронзовую скульптуру:

— Вы видели какое количество рук у этой богини, символизирующей собой акт зарождения человека? Четыре, восемь, двенадцать — не знаю сколько. Это есть символ того, что для творческого акта зарождения человека двух рук мало.

Говорил всё это Фёдор Иванович вдохновенно, убеждённо. Шаляпин ненавидел пошлость, презирал тех людей, которые вносили в искусство пошлость. С негодованием рассказывал он однажды, как Мамонт Викторович Дальский[174], этот гениальный трагический актёр, в последние годы его жизни, на закате его славы, выходя на сцену, приносил с собой вместе с ролью закулисную пошлость. «Чувствовалось, — говорил он, — что перед самым выходом Дальский любезничал с какой-нибудь девчонкой, статисткой, и эту атмосферу пошлости он приносил с собой на сцену…» А это Фёдора Ивановича глубоко оскорбляло. «Искусство не выносит этого. Играя Отелло, нельзя заниматься этой гадостью! Оскорблённый, я ему перестаю верить, перестаю верить в его чистую любовь к Дездемоне…»

* * *

Напомню случай с дирижёром Большого московского театра Вячеславом Ивановичем Суком[175], происшедший у Фёдора Ивановича при постановке оперы «Хованщина» М. П. Мусоргского. Передаю его со слов его лучшего друга, связанного с ним долголетней дружбой, чуть не с юных лет, Семёна Константиновича Авьерино.

Приехал Фёдор Иванович в Москву ставить «Хованщину», которая перед этим прошла в Петербурге с огромным успехом. Недоразумения и столкновения, происходившие у Фёдора Ивановича с дирижёрами, всем известны. В Москве дирижировать

«Хованщиной» должен был Сук, известный дирижёр, прекрасный музыкант, всеми ценимый и глубоко чтимый старик[176].

Ещё до приезда Фёдора Ивановича в Москву все, кто только мог, стали подзадоривать Сука и восстанавливать его против Шаляпина. «Уж погодите, он вам покажет, как нужно дирижировать! Он вас научит! С ним вам будет нелегко сладить!» На все эти поджучиванья Сук только отмахивался, всякий раз повторяя: «Что он мне может показать? Я сорок[177] лет машу палочкой, и никто мне ничего ни сказать, ни показать не может».

Наступили, наконец, репетиции. В первом акте «Утро в Москве»[178] на сцене толпится народ на Красной площади, у храма Василия Блаженного. Фёдор Иванович Шаляпин вопреки тому, что было до сих пор, — хористы привыкли стоять и следить за дирижёрской палочкой — заставил всю эту массу двигаться и суетиться, как того требовала сцена. Но дирижёр Сук никак не мог справиться с толпой, мятущейся по сцене, так как он в свою очередь привык, чтобы хор стоял на одном месте и следил за ним.

Всё не ладилось. Пробовали несколько раз, но всё шло вразброд, никак не совпадало. Фёдор Иванович подошёл к Суку и довольно спокойно заметил ему:

— Вячеслав Иванович, что ж это не ладится? Не ладится наша сцена.

На что Сук ответил:

— И не наладится, потому что они суетятся по сцене, а не стоят на одном месте. Пусть не двигаются, и всё выйдет.

— А вот у нас в Петербурге выходило и когда двигались, и когда суетились. Я же этого только и хочу.

— Ах, у вас в Петербурге? И вы так хотите? Вы, значит, хотите учить меня? Так вы мной недовольны? Так дирижируйте сами.

Встал и ушёл с дирижёрского места. Фёдор Иванович растерялся, стал ему объяснять, что он хочет добиться полной художественной иллюзии, но тот и слушать не захотел, положил палочку и ушёл.

На следующий день вся Москва говорила об «очередном скандале» Шаляпина. Все московские газеты полны были подробностями, конечно извращёнными, о происшедшем[179].

Артисты, музыканты, даже московское общество — всё это было против Шаляпина. Сук дирижировать наотрез отказался, и театральной дирекции ничего другого не оставалось, как вызвать дирижёра из Петербурга.

Наконец наступил день спектакля. Настроение возбуждённое, повышенное. Все ждали, как-то пройдёт спектакль.

И вот в день спектакля Авьерино пошёл к Фёдору Ивановичу Шаляпину — он больно переживал эту неприятную историю и всей душой был на стороне Шаляпина. Ему хотелось знать, как чувствует себя в этот день Фёдор Иванович.

Войдя к нему, он увидел Шаляпина лежащим в постели, всего обложенного московскими газетами, бледного, нервного, с холодными руками. Поздоровавшись, он спросил его:

— Ну, как, Фёдор, чувствуешь себя?

Шаляпин:

— Да ничего. Вот все газеты просматриваю. Жду скандала во время спектакля. Какой-нибудь «Сук-ин» сын, — он не мог отказать себе в удовольствии не сострить по поводу фамилии дирижёра, — свистнет. Ну, ничего, посмотрим.

Наконец, спектакль… Настроение в театре за кулисами необычное, возбуждённое, напряжённое. Все чего-то ждут. Зрительный зал настроен враждебно. Взвился занавес. На сцене смешанная толпа: дьяки, подьячие, стрельцы, купцы, бояре — всё это гудит, движется, суетится, тревожится у храма Василия Блаженного, и, как известно, старец Досифей — Шаляпин появляется в конце лишь акта, выходя на сцену с фразой: «Почто мятётеся, окаянные?»[180] Наступает момент его выхода. Появляется Шаляпин и выкрикивает эту музыкальную фразу с такой могущественной силой, с такой мощью, что весь зрительный зал грохнул восторженными аплодисментами. Вызовам не было конца. Победа осталась за ним.

* * *

Другой случай с Фёдором Ивановичем, на этот раз — забавный.

У С. К. Авьерино собрались гости. А если вы меня спросите, когда у него не было гостей, то, пожалуй, не смогу вам ответить, так как у него всегда собирались артисты, художники, друзья артистов и художников. Все сидели за столом, но настоящего веселья ещё не было, так как не было Шаляпина, — ожидали его приезда. Шаляпин в этот вечер пел Мефистофеля в «Фаусте» в Частной опере Зимина. Нетерпение, с каким его ждали, чувствовалось во всех. Желание скорее увидеть его среди нас было так велико, что Авьерино вместе с оперным артистом «Мишей» Шувановым поехали в театр с целью как можно скорее по окончании спектакля привезти его с собой. Проникли за кулисы в тот самый момент, когда Мефистофель — Шаляпин пел Маргарите арию «Мой совет: до обрученья не целуй его».

Дойдя до высокой ноты в этой арии, Фёдор Иванович вдруг пустил, что называется, «петуха».

Шуванов испуганно поглядел на Авьерино и тихо шепнул ему на ухо:

— Зря стоим, не поедет.

Дело в том, что Шуванов знал хорошо, что, когда Фёдор Иванович бывал не в ударе и пел не так, как ему этого хотелось, он становился буквально бешеным от злобы, и уж в этом состоянии заполучить его в гости не было никакой возможности.

Оба стояли поникшие и печальные, надежда рушилась. Но по окончании арии публика всё же зааплодировала.

Тут Фёдор Иванович решил повторить её, желая исправить, очевидно, свою неудачу. Шаляпин обладал особенным свойством: когда был взбешён, он мог доставать откуда-то, из какого-то ему самому неведомого места голос с удесятерённой силой. И он снова запел. И, дойдя до роковой ноты, так её взял, так раздул, с такой невероятной мощью, что весь зрительный зал был захвачен и затрещал от аплодисментов. И Шуванов, потирая руки, торжествующе воскликнул:

— Поедет! Теперь поедет!

— Так, — рассказывал Авьерино, — протомились мы оба до конца спектакля, стоя за кулисами и гадая: поедет или не поедет? При всякой неудачно спетой Шаляпиным фразе мы, глядя друг на друга, повторяли: «Не поедет!» При удачной же: «Поедет!» В конце концов они всё же привезли его с собой и потом, сидя за столом, рассказывали Шаляпину этот смешной эпизод, причём Шаляпин хохотал до упаду.

* * *

Ещё случай.

Был я на гастролях в Риге, когда прочёл в местной печати, что завтра пойдёт в лучшем здешнем кинематографе картина: «Дон Кихот» — и Шаляпин в главной роли. Обрадовавшись бесконечно этому известию, я решил немедленно же запастись билетом на первый сеанс. Наплыв публики был огромный. Но после сеанса большинство из зрителей расходились разочарованные картиной, я бы сказал даже — Шаляпиным. Я был очень огорчён, до последней степени. Негодование душило меня. Я почувствовал, что гениального Шаляпина режиссёр подчинил своей воле, и от этого Фёдор Иванович не покорил нас на этот раз.

Встретившись года три назад с Шаляпиным в Нью-Йорке на выставке картин[181], устроенной им своему сыну, художнику Борису, я возвращался с ним домой.

Мы жили в одном и том же отеле. По дороге я осторожно навёл его на разговор о «Дон Кихоте», так как на выставке я видел прекрасные эскизы его сына на эту тему.

Фёдор Иванович заволновался и начал со слов:

— Я же ж не знаю этого ремесла! И потому я всецело подчинился указаниям режиссёра. И моё подчинение ему началось уже с того момента, когда я загримировался и вышел на съёмку. Режиссёр, увидев меня в гриме Дон Кихота, закричал на всё ателье:

— Нет, нет, нет! Этот грим никуда не годится! Я вам дам нашего гримёра, он вас загримирует.

Шаляпина будет гримировать гримёр режиссёра!

— Я, — рассказывал он, — недоумевал, но покорился его распоряжению и направился обратно в свою уборную, где стал снимать мой грим. Через минуту вошёл гримёр и начал на мне «являть своё искусство». Я и это снёс покорно. Глядя в зеркало, я видел, что это совсем не то, что нужно, что это не тот грим, к которому я уже привык на сцене, и что в этом гриме похожу на Дон Кихота, как гвоздь на панихиду. Неужели же ж можно этот бездарный грим предпочесть моему? Но я всё же вышел в нём опять в ателье и показался режиссёру. Но и этот грим был отвергнут. Я торжествовал. Пошёл снова в уборную и опять стал сам накладывать грим по-своему. И так это было не только в отношении грима. Проявлению моей воли, моим желаниям здесь не было места. Я понял ясно: или мне порвать контракт, или продолжать выполнять всё то, что повелевает мне режиссёр. И вот вы видели результат моего повиновения? Так и есть, так и есть! Всё, как я предполагал. Я тогда обрушился на режиссёра, как мог.

И тут Фёдор Иванович вдруг загорелся, стал рассказывать мне, как ему — Дон Кихоту — хотелось умереть. Это была совершенно гениальнейшая идея!

— Я хотел, — говорил он, — уйти в скалы и там, в скалах, окаменеть, стоя подле одной из них, и, только лишь когда Санчо Панса ищет меня, зовёт и, не слыша моего отклика, находит меня, подходит ко мне ближе, дотрагивается до моего плеча, и в это время я падаю, как отколовшийся кусок скалы, наземь… Тогда он видит, что Дон Кихот умер. Какая сила! Такая Смерть Дон Кихота!

— Представьте себе, — продолжал рассказывать Фёдор Иванович, — что моя покорность и моё смирение во время работы простирались до того, что режиссёр часами держал меня верхом на лошади безо всякой надобности, совещаясь в это время о чём-то с оператором, а я покорно сносил и это…

* * *

Ещё одно воспоминание по поводу Фёдора Ивановича приходит мне на память, не лишённое известного интереса. Москва. Двадцатый год. Нас, нескольких московских артистов — из певцов: Собинова, Нежданову, Мигая; балетных: Балашову, Рейзен, Жукова; из драматических я был единственным — пригласила какая-то организация в Петербург [Петербург с 1914 года уже назывался Петроградом. — *И. Д.*] на концерт. В Петербурге нас всех разместили в каком-то богатом особняке на Английской Набережной. Узнав, что Шаляпин в Петербурге, я выразил желание повидаться с ним. Балашова одобрила моё намерение и позвонила ему по телефону, сказав, что мы хотим его видеть.

Был назначен день, Фёдор Иванович пришёл и не один, а в сопровождении какого-то фокусника, очень неприятного на вид, чванного господина. Ещё бы не быть чванным, когда сам Шаляпин заинтересовался его фокусами! Но и время ведь было какое! Не забудьте — двадцатый год! Действительность была такая, что самое лучшее, что можно было делать тогда, — это увлекаться фокусами.

— Вот привёл вам очень интересного человека, — представляя его, сказал Фёдор Иванович, — он нас потешит своим искусством.

И надо правду сказать, фокусник был замечательный. Всё, что он ни проделывал, было блестяще. Ловкость рук — необыкновенная. Шаляпин радовался, как ребёнок, и требовал всё новых и новых фокусов.

Наконец фокусник, утомившись, ушёл. Присутствовавшая при этом Жданова [видимо, опечатка, ибо вначале упоминается не имя Ждановой, но — **Не**ждановой. — *И. Д.*] ушла на покой, и мы остались одни: Балашова, Рейзен, Жуков и я. Фёдор Иванович ласково ухаживал за Рейзен, а Жуков её тайно ревновал.

Появилась гитара, стали петь цыганские песни. Фёдор Иванович любил их слушать в интимном кругу, за стаканом вина.

Лишь под утро Фёдор Иванович тоже спел «Пару гнедых», известный романс. Пел он его своеобразно, выделяя в нём силу трагедии брошенной в старости куртизанки. Я аккомпанировал ему на гитаре. А когда уже совсем рассвело, я случайно спел казачью походную песню, которая начинается словами: «Потеряла я колечко, потеряла я любовь». Фёдору Ивановичу эта песня так понравилась, что он в одну душу хотел её выучить тут же. Сначала попробовал на слух, но, когда ему это не удалось, он решил её записать. Вынул и надел очки, отчего сразу всё выражение его чудесного лица резко изменилось и стало мягким, добродушным, и немножко стал похож он на уютного славного дедушку. Старательно начертил он на листе линии и заставил меня напевать до тех пор, пока не записал в точности.

Было уже часов восемь утра, солнце поднялось уже так высоко, что заглянуло в окна; проворный луч упал на лицо Шаляпина, забегал по нём, как бы говоря: «Пора домой, друг любезный!» Фёдор Иванович встал и стал прощаться. Мне не хотелось с ним расставаться.

Была весна, петербургская, бледная, со свежестью, которая чувствуется в портовых городах. Опустевший Петербург всё ещё спал. Улицы были пустынны. Ни извозчиков, ни трамваев в то время уже не было. Торжественную тишину тогдашнего петербургского утра нарушали одни только воробьи, громко чирикая и возясь в кустах. Очевидно, они жаловались на голод, ибо в лихое то время не только люди, но и птицы голодали. Улицы поросли травой и от этого казались ещё более пустынными и печальными. Мы шли долго молча. Наконец Фёдор Иванович заговорил:

— В русском человеке есть очень много от Разина. Всё самое дорогое, самое любимое он любит уничтожать.

Позднее подробно он об этом сказал в своей книге «Душа и маска»[182].

* * *

На наших вечерах, на которых мы часто собирались, Фёдор Иванович однажды рассказал маленький забавный эпизод из того времени, когда он репетировал «Мефистофеля» Бойто в Миланской опере. Он привёл образец итальянского темперамента. Рассказывая этот эпизод, он очень хохотал.

— Репетируем «Мефистофеля», и в каком-то месте я никак не могу сойтись с оркестром. Оркестр сам по себе, а я сам по себе. И я вижу, что дирижёр не хочет уступить мне. Приходилось по несколько раз останавливать оркестр. Вдруг дирижер свирепеет, наливается весь кровью, орёт благим матом на своём языке, срывает с ноги лакированную туфлю, кусает её и швыряет её в меня. Всё это произошло так внезапно, так неожиданно, что я оторопел и не нашелся, что ответить ему на его выходку. Спустя минуту он уже был в моих объятиях, извинился за свой поступок, и мы продолжали репетировать.

* * *

У меня дома хранятся два восковых огарка от свечей, которые горели у изголовья умершего Фёдора Ивановича, когда он лежал под образами. Я их храню как символ вечной памяти о нём, вечного восхищения моего перед ним, вечного восторга, поклонения. Всякий раз, когда я буду вспоминать, говорить или писать о нём, мне бы хотелось зажигать остатки этих свечей и в их пламени видеть его лицо таким, каким я знал его в жизни…

Какое счастье, что есть возможность вспоминать его и рассказывать о нём! Хочется ещё, и ещё, и ещё… Безграничен был его гений и безгранично хочется говорить о нём.

Глава 5

Прочие воспоминания

Минай Бедросов[183]

ИСТОРИЯ ОДНОГО АВТОГРАФА[184]

Гениальный артист и певец Ф. И. Шаляпин был большим любителем книги и имел хорошую библиотеку.

В этой библиотеке было много интересных книг, и многие из них имели автографы их авторов.

Показывая свою библиотеку, Шаляпин очень бережно и как-то особенно любовно относился к одной из книг в красном сафьяновом переплёте.

Любовь эта была вполне понятна, так как эта книга имела автограф великого русского писателя, поклонником и почитателем которого был Шаляпин.

Интересна история этого автографа.

В начале девятисотых годов в Москве существовало Общество взаимопомощи учащимся женщинам г. Москвы.

Общество было организовано прогрессивной интеллигенцией г. Москвы и ставило своей задачей помощь молодым женщинам и девушкам, которые обучались в различных учебных заведениях г. Москвы. Материальной базой этого Общества были членские взносы, пожертвования, а также сборы от лекций и концертов, которые устраивало Общество.

Для того чтобы пополнить свою кассу, Общество решило устроить концерт с участием Ф. И. Шаляпина, так как его участие гарантировало большой сбор.

Одному из членов Общества было поручено переговорить с Ф. И. Шаляпиным и просить его принять участие в концерте.

Когда с этой просьбой обратились к Шаляпину, то он, всегда охотно приходивший на помощь молодёжи, и на этот раз немедленно согласился принять участие в концерте.

Этот концерт состоялся 3/XII-1902 года[185].

Шаляпин имел громадный успех, и в кассу Общества поступила весьма крупная сумма сбора от концерта.

Вполне понятно, что организаторы концерта пожелали как-то отметить участие Шаляпина в концерте, его постоянную помощь Обществу, а потому решили преподнести ему какой-нибудь памятный подарок.

Было известно, что Шаляпин является большим почитателем гениального русского писателя Л. Н. Толстого. Стало также известно, что в библиотеке Шаляпина нет полного собрания сочинений Л. Н. Толстого, и в связи с этим было решено восполнить этот пробел и преподнести ему полное собрание сочинений великого русского писателя с его автографом.

Получить автограф поручили одному их членов Совета Общества, который был знаком и находился в дружеских отношениях с семьёй писателя, П. А. Сергиенко, написавшего в своё время книгу «Как живёт и работает Л. Н. Толстой».

Сын писателя в то время работал секретарём В. Г. Черткова, ближайшего друга и последователя Л. Н. Толстого. При его содействии обратились к Черткову, который передал просьбу Общества Толстому, и таким образом на первой странице первого тома «Сочинений графа Л. Н. Толстого» (изд. 1893 г.) появился размашистый автограф великого русского писателя: «Лев Толстой».

Полное собрание сочинений Толстого было переплетено в красный сафьяновый переплёт, в первый том был вклеен специальный лист с адресом Ф. И. Шаляпину от Общества следующего содержания: «Великому таланту и отзывчивому другу учащихся женщин от благодарного Общества взаимопомощи учащимся женщинам г. Москвы». Адрес этот был подписан многими членами Общества, среди которых были подписи С. А. Толстой, писательницы А. Вербицкой, Е. Гиацинтовой, матери Народной артистки СССР С. В. Гиацинтовой, и др.

После окончания концерта полное собрание сочинений Л. Н. Толстого с его автографом было преподнесено Шаляпину, который с большим волнением, благодарностью и радостью принял этот подарок.

Вот как появился в библиотеке великого Шаляпина автограф великого писателя земли русской Л. Н. Толстого.

Бедросов М. Г.

История одной концертной программы

Передо мной лежит концертная программа, на лицевой стороне которой имеется портрет Ф. И. Шаляпина с его автографом.

Интересно происхождение этой программы, составленной и написанной рукой гениального певца и артиста.

Шёл 1911 год. Лето выпало жаркое, сухое, совершенно не было дождей. Страшное бедствие обрушилось на заволжские земли. От засухи погиб весь урожай, и народ многих волжских губерний остался без хлеба. Тяжёлое было время, ужасные вести поступали из голодающих деревень.

Правительство и земство не могли справиться с бедой, постигшей народ, и тогда на помощь голодающим пришла общественная инициатива.

Всюду и везде стали создаваться комитеты и всякого рода комиссии по оказанию помощи голодающим. Для сбора денег устраивались концерты, лекции, благотворительные лотереи и т. д.

В Москве в то время существовало Общество взаимопомощи учащимся женщинам г. Москвы (иначе оно [ещё] называлось «Обществом образованных женщин г. Москвы»). Вполне понятно, что эта прогрессивная организация не могла остаться в стороне от всенародного движения помощи голодающим. Для того чтобы помочь голодающим, Общество решило организовать большой концерт в бывшем Дворянском собрании (ныне

Колонный зал Дома союзов) с участием Шаляпина и весь сбор от концерта направить голодающим.

Одному из активных членов Общества — большому другу семьи Шаляпиных Марии Минаевне Дюльбенчи [? — фамилия, вписанная чернилами, неразборчива. — *И. Д.*] — было поручено переговорить с ним и просить его принять участие в концерте.

Когда с этой просьбой обратились к нему, то Фёдор Иванович не только охотно согласился принять участие в концерте, но и попросил организаторов возможно скорей устроить концерт, сказав, что с этим делом надо торопиться.

Шаляпин так был увлечён желанием скорей помочь голодающим, что тут же взял лист бумаги и составил черновик программы будущего концерта. Этот черновик программы выглядел следующим образом:

«Программа к концерту Шаляпина в пользу голодающих 29 декабря 1911 г. в 2 часа дня»[186]

Отд. I

№ 1 Charité (Милосердие). Муз. Фора
Исп. Ф. Шаляпин и вокальный квартет.
№ 2 а). Трепак (Из «Песен и плясок смерти»)
б). Забытый соч. Мусоргского
Исп. Ф. Шаляпин
№ 3 Баркаролла [так у Шаляпина. — *И. Д.*]. Муз. Шопена
Исп. Ф. Кенеман
№ 4. Вокальный Квартет Исп.
Чупрынников, Сафонов, К. Кедров и Н. Кедров.

Антракт 15 мин.

Отд. II
№ 5. а. Вакхич. песнь Муз. Глазунова
б. «Алладин» баллада Муз. Кенемана

в. Ох и честь ли то молодцу [так у Шаляпина. — *И. Д.*]
Муз. Ю. Сахновского
№ 6. а) Прелюды Соч. Кенемана
б) Этюды Соч. Скрябина
Исп. Кенеман
№ 7. Вокальный квартет Исп.
Чупрынников, Сафонов, Кедров и Кедров
(предполож. отрывок из «Былины об Илье Муромце»
кв. с Шаляпиным)
№ 8. Семинарист соч. Мусоргского
Исп. Ф. Шаляпин.

Рояль фабрики (кажется, Бехштейн) из магазина Дидерихс.

Текст этой программы свидетельствует о том, что это был лишь черновик программы, так как в нём были и ошибки, и пропуски. Однако организаторы концерта, получив этот черновик программы, написанный рукой Шаляпина, отпечатали его литографским способом и продавали на концерте как программу.

Составив программу концерта, Шаляпин заявил устроителям концерта, что хлопоты по приглашению остальных участников концерта он берёт на себя и чтобы организаторы концерта не беспокоились по этому поводу.

26 декабря 1911 года в б. Дворянском собрании состоялся концерт, и Шаляпин имел, как всегда, огромный успех. Публика встречала и провожала его овациями не только потому, что исполнение Шаляпина доставляло огромное наслаждение, но и потому, что он так горячо откликнулся на народное горе.

Он много пел на бис и на этом концерте исполнил 16 произведений. От продажи билетов было получено 16 тысяч рублей. К сбору от продажи билетов прибавили и суммы от продажи программ, написанных рукой Ф. И. Шаляпина[187].

Эти программы до начала концерта и во время антракта продавала, сидя за специальным столиком, известная балерина

Большого театра А. Балашова. Ей помогали дочери Шаляпина — Ирина и Лида.

Шаляпин охотно и очень часто выступал на благотворительных концертах, которые устраивало «Общество взаимопомощи учащимся женщинам г. Москвы».

(Подпись) Бедросов М. Г.

Эпизод одного спектакля с участием Ф. И. Шаляпина

В первых числах февраля 1917 г. на сцене Большого театра была поставлена Ф. И. Шаляпиным опера Верди «Дон Карлос». Ф. И. Шаляпин был не только режиссёром этой оперы, но и исполнял в ней роль Филиппа II.

Спектакль был организован с благотворительной целью, и весь сбор от этого спектакля в сумме свыше 42 000 рублей был передан Ф. И. Шаляпиным соответствующим общественным организациям. С этим спектаклем связана одна любопытная история, о которой мне хочется рассказать.

Спектакли с участием гениального певца всегда вызывали огромный интерес у московской публики. Театр был переполнен; как говорили тогда — была «вся Москва».

В этот вечер даже людям, имевшим билеты, трудно было попасть на спектакль, так как толпа народа буквально окружила здание театра и все подступы к входам в театр были заполнены молодыми и старыми поклонниками Фёдора Ивановича.

Спектакль имел громадный успех. Ф. И. Шаляпину устроили бурную овацию и долго не отпускали со сцены.

После спектакля Ф. И. Шаляпин устроил у себя дома банкет, на который были приглашены его друзья, а также участники спектакля, представители хора, оркестра и технического персонала.

Среди собравшихся были: известный художник К. А. Коровин, постоянный аккомпаниатор Шаляпина — пианист и композитор

Ф. Кенеман, мастер хорового пения и композитор М. А. Слонов, секретарь Фёдора Ивановича И. Г. Дворищин и участники популярного в то время квартета Чупрынников, Сафонов и братья Кедровы. Ожидали С. В. Рахманинова, который должен был приехать с минуты на минуту.

Фёдор Иванович, большой любитель всяких сюрпризов и шуток, попросил участников квартета спрятаться за портьерой и, когда в зал войдёт Сергей Васильевич, протрубить ему на губах приветственный туш.

Вскоре раздался в передней звонок — это приехал Рахманинов. Фёдор Иванович пошёл встретить гостя, а участники квартета спрятались за портьерой. Когда Сергей Васильевич вместе с Фёдором Ивановичем вошли в зал, раздались громкие, торжественные звуки приветственного туша. Сергей Васильевич с удивлением смотрел на зал: никто не играл на рояле, не было никаких инструментов, а звуки музыки всё неслись и неслись. Наконец участники квартета покинули своё убежище за драпировкой и вместе со всеми присутствующими весело приветствовали замечательного композитора.

После взаимных приветствий все уселись за стол. Ужин прошёл весело и непринуждённо. Рахманинов дал очень высокую оценку исполнению Фёдором Ивановичем роли Филиппа II в опере «Дон Карлос». За столом шла шумная, оживлённая беседа. Своими планами на будущее делились Фёдор Иванович и Сергей Васильевич.

После ужина, когда был подан крюшон, начался «вечер художественной самодеятельности». Пел Шаляпин, играли Рахманинов и Кенеман, пел квартет, показывал какие-то фокусы Дворищин. Оживлённый вечер продолжался очень долго. Уже начало светать, когда гости покинули гостеприимный дом Шаляпина.

Спустя две недели[188] после премьеры и этого незабываемого вечера ко мне на квартиру позвонила супруга Шаляпина, Иола Игнатьевна, и сказала, что Фёдор Иванович хочет со мной говорить по какому-то юридическому вопросу и чтобы я немедленно приехал к нему.

Можно представить себе моё волнение, когда я узнал, что Фёдор Иванович желает советоваться со мной, совсем тогда ещё молодым адвокатом, по какому-то «юридическому вопросу». Я летел, как сумасшедший, и через каких-нибудь полчаса был в особняке на Новинском бульваре[189].

Кабинет Ф. И. Шаляпина помещался на первом этаже. Когда я вошёл, хозяин лежал на диване и читал какую-то книгу. Ответив на моё приветствие, Фёдор Иванович показал мне на стол, где лежали разные бумаги, и сказал:

— Смотри, пожалуйста, вот ведь какая получается петрушка. Меня вызывают в суд и хотят судить за оскорбление какого-то Серебряникова. А я и не знаю, кто такой Серебряников. Вот только сейчас Исай [И. Г. Дворищин. — *И. Д.*] мне сказал, что это фамилия суфлёра, который суфлировал во время спектакля «Дон Карлос».

— Ты ведь был на спектакле, — продолжал Фёдор Иванович, — помнишь, во втором акте я один на сцене и пою свою арию. Только начал петь, как слышу, что суфлёр подаёт неправильный текст. Во время паузы я тихо ему шепчу, чтоб он остановился, а он — то ли разволновался, то ли не слыхал меня, продолжает подавать ошибочный текст. Это мне мешает петь. Ответственный момент спектакля. Весь театр следит за мной и слушает меня, а эта история с суфлёром мешает мне, выбивает из колеи. Положение ужасное, и тогда я подхожу ближе к рампе и тростью, которая была у меня в руках, прикрываю клавир суфлёра.

— Какое же это оскорбление? Ведь я его даже не знал. И отнюдь не думал его обидеть… А теперь меня хотят обвинить в оскорблении. Опять всё та же история… Интриги, зависть… Травля. Не могут оставить меня в покое. Это, конечно, не суфлёр сам додумался подать на меня в суд, это его научили мои «приятели».

— Мне рассказывали, — продолжал Фёдор Иванович, — что аналогичный случай произошёл с Сарой Бернар. Ей пришлось носком сбросить суфлёрский экземпляр, так как суфлёр путал текст, но там никто не стал обвинять её в том, что она оскорбила человека. Наоборот, сам суфлёр немедленно после спектакля явился к Саре Бернар и попросил у неё извинения за свою ошибку. А меня в суд… Ты уж меня, пожалуйста, «защити», — с усмешкой произнёс Фёдор Иванович и передал мне повестку из суда.

Для меня было ясно, что вся эта история инспирирована теми, кто постоянно травил гениального артиста, что это происки тех, кто рассматривает как каприз и самодурство Шаляпина его исключительно высокую требовательность к себе и другим.

Шаляпин физически, до боли, не переносил фальши в искусстве. «В искусстве надо быть честным», — вот о чём постоянно твердил Фёдор Иванович. Он был нетерпим ко всякой неряшливости в театре.

Фёдор Иванович, конечно, не придавал серьёзного значения возникшему делу. Это было понятно уже по тому, что за «защитой» по этому делу он обратился ко мне, ещё совсем молодому адвокату, а не к известным и опытным адвокатам того времени, которые были приятелями Фёдора Ивановича.

Я немедленно направился в мировой суд и ознакомился с содержанием заявления Серебряникова о привлечении Шаляпина к уголовной ответственности по ст. 135 Устава о наказаниях за нанесённое оскорбление. В голове у меня рождался план защиты Ф. И. Шаляпина. Я уже видел себя защитником гениального певца…

Но… наступила революция, суд над Шаляпиным не состоялся, и моя «юридическая помощь» великому артисту не понадобилась.

Александр Эйхенвальд[190]

«КОЛБАСА В СУДОРОГАХ»[191]

От составителя

В 1920 году Эйхенвальд был командирован в Берлин на работу и лечение. Из Берлина он переехал в Прагу, затем — в Милан, где продолжал заниматься научными исследованиями. Там же, после кончины Шаляпина, Эйхенвальд выступил с докладом, о котором во вступлении к приводимым ниже воспоминаниям писал: «29 мая 1938 г. состоялся здесь, в Милане, мой доклад, посвященный памяти великого русского артиста Фёдора Ивановича Шаляпина (сбор предназначался в пользу здешней русской библиотеки). После кратких биографических сведений на экране были продемонстрированы портреты Шаляпина в главных его ролях (это тоже суть личные воспоминания: я рассказывал, как Шаляпин пел и играл) и прочитаны некоторые рецензии русских и иностранных выдающихся критиков. Во второй части доклада я привел некоторые личные воспоминания, выяснил вопрос, что, собственно, означает слово „гениальный" в применении к Ф. И. Шаляпину, и закончил словами А. Т. Гречанинова, сказанными им в Париже вскоре после кончины Ф. И. Шаляпина». Здесь я привожу только личные воспоминания.

* * *

Насколько я помню, это было летом 1896 года [описываемое событие могло иметь место не летом, а только после 17 сентября, когда Шаляпин перешел в труппу Мамонтовской оперы. — *И. Д.*]. Я зашел к моему другу композитору Н. Р. Кочетову[192], родные которого были в отъезде. Кочетов сам отворил мне дверь, сказав: «Пойдем в кухню, мы готовим себе завтрак». В кухне я застал высокого молодого блондина, стоявшего у плиты и внимательно наблюдавшего за сковородкой, на которой жарились какие-то ломтики, показавшиеся мне грибами. «А почему не пахнет грибами?» — спросил я. На это высокий блондин расхохотался и многозначительно заявил: «Какие же это грибы! Это, сударь мой, — колбаса в судорогах!» При этом он всем своим телом скрючивался, показывая, как колбаса на сковородке при жаренье свертывается. Я, конечно, попробовал кусочек и похвалил поваров, а когда уходил, спросил в передней у Кочетова:

— По-видимому, у тебя там в кухне какой-то артист? Уж очень он картинно изобразил колбасу в судорогах.

— Нет, — ответил Кочетов, — это начинающий бас из Мамонтовского театра по фамилии Шаляпин…

* * *

Однажды моя мать[193], вернувшись с репетиции (она играла на арфе в Большом театре) и садясь за стол завтракать, задумчиво заявила: «Да, сегодня я видела большого артиста! Представь себе, репетировали „Русалку“, и вот Мельник[194] сел на какой-то табурет и начал чинить свой лапоть. Дирижер Альтани, видя, что Мельник не обращает на него никакого внимания, постучал пальцем по пюпитру и проговорил: „Внимание“. Однако Мельник и не двинулся с места, а спокойно продолжал чинить свой лапоть. Тем не менее он вступил в такт в должном месте».

Вы спросите, почему поведение Шаляпина (а именно он выступал в главной партии) показалось моей матери настолько необычным, что даже по такому незначительному признаку она причислила его к великим артистам? Но ведь моя мать имела уже опытный глаз и видела на своем веку много артистов, выступавших на оперной сцене, поэтому она сразу же и выделила самобытный шаляпинский талант. И дело тут не только в лапте, а во всей манере, с которой Шаляпин приступил к своей арии. Кроме того, нужно иметь в виду, что в те годы Большой театр был приучен совсем к другому, и примером тому мнение одного из видных певцов, который одно время был даже режиссером оперы и учил своих учеников следующему: «Когда вы выходите из кулис, протягивайте правую руку закругленно вперед, сделайте любезную улыбку, поверните голову и смотрите на дирижера. Это есть <u>первое и самое важное</u> [подчеркнуто Эйхенвальдом. — И. Д.] правило, как нужно себя держать на сцене». Мне кажется, комментарии здесь излишни.

* * *

Наконец, вспоминаю 1902 год, когда Шаляпин уже был знаменитостью. Однажды на Петербургском съезде физиков я демонстрировал «говорящую вольтову дугу». Вольтова дуга, как известно, представляет собой яркое пламя, которое образуется между углями при пропускании электрического тока. В то время вольтова дуга часто употреблялась для освещения улиц и больших зал. А у меня эта самая вольтова дуга передавала речь и пение, слышимые даже в большой аудитории. Другими словами, вольтова дуга служила тем, что в настоящее время называется громкоговорителем. Но в то время никаких громкоговорителей ещё не было, а потому громко говорящее и поющее пламя производило известную сенсацию.

Мне пришлось прочесть на эту тему ряд благотворительных лекций. Очевидно, слух об этой дуге дошел и до Шаляпина, и он попросил моего брата Антона (оперного дирижера)[195] выхлопотать сеанс с «поющим пламенем» у меня на квартире. Я, конечно, ответил: «Милости просим». И вот как-то вечером приехала ко мне целая компания с Шаляпиным во главе, причем, кроме моего брата, прибыла жена Шаляпина Иола Торнаги[196], ее молодой брат[197], одна балерина из Большого театра (если не ошибаюсь, Гримальди) и тенор Михайлов-Стоян[198].

Так как я жил в Институте путей сообщений в Москве, то я провел всю компанию в аудиторию, где уже была приготовлена демонстрация «говорящей вольтовой дуги». Мой помощник регулировал пламя, а я уходил в отдельную комнату и говорил там в микрофон приветственные слова, но впечатление было такое, будто вольтова дуга говорит от себя лично. Вернувшись в аудиторию, я предложил собранию, не хочет ли кто сказать или спеть для воспроизведения вольтовой дугой. Тогда Фёдор Иванович обратился к Михайлову-Стояну: «Иди ты, Стоян, а я здесь послушаю». Это было исполнено, причем Стоян спел арию Левко из «Майской ночи» Римского-Корсакова. Когда мы с Михайловым-Стояном вернулись в аудиторию, вся компания была в веселом настроении и встретила его аплодисментами. Однако Шаляпин заметил: «Хорошо-то хорошо, только у тебя, Стоян, что-то голос гнусавый». Я заступился за Стояна, сказав, что в этом отчасти виновата сама вольтова дуга, которая не в состоянии передать тембр голоса в точности. Но Шаляпин возразил, что в микрофон нужно петь иначе, и пошел петь сам. В результате оказалось, что пение Шаляпина (он спел начало пролога из «Мефистофеля» Бойто и затем «Дубинушку») вольтова дуга передала так превосходно, что аудитория стала аплодировать ещё раньше, чем мы успели вернуться. Случай этот показывает, что Шаляпин чётко понимал особенности звукопередачи и сумел поставить свой голос так, чтобы и при передаче он звучал прекрасно.

После сеанса с вольтовой дугой, желая угодить присутствовавшим итальянкам, я спроектировал на экран аудитории несколько фотографий, снятых мною в Италии, и в частности на озере Комо. Обе итальянки, увидя свои родные места, даже прослезились и выразили мне свою несказанную благодарность.

Само собой разумеется, что после этих демонстраций я пригласил дорогих гостей поужинать. На большом лабораторном столе, кроме обычных закусок и вина, стояли две электрические кастрюльки, в которых варились сосиски. Шаляпин очень заинтересовался необычным для того времени способом приготовления и спросил меня: «А электричество при этом тоже входит в сосиски?» Я ответил, конечно в шутливом тоне, что электричество несомненно входит, отчего сосиски делаются ещё вкуснее. А когда Шаляпин захотел их попробовать, я добавил: «А вон там, Фёдор Иванович, стоит горчица, вы попробуйте с горчицей». Тогда Фёдор Иванович взял одну сосиску в руку, встал и торжественно заявил: «Господа, смотрите, я ем электричество с горчицей!» И когда он глотал, то как-то особенно содрогался. Я вспомнил «колбасу в судорогах» и напомнил ему это наше первое свидание. Конечно, итальянки тоже захотели попробовать «электричество с горчицей». Шаляпин же, развеселившись, начал шутить. Он наклонялся к дамам и вскрикивал: «Ahimè, Elettricità!»[199] А когда итальянки, вздрогнув, отнимали руки от тарелки, Шаляпин спокойно брал у них сосиску с тарелки и клал её себе в рот. Этот приём он сумел повторить три раза и каждый раз с неожиданными вариантами. «Наша беседа, — как говорили когда-то в Москве, — затянулась далеко за полночь».

Сергей Виноградов[200]

С СЕРОВЫМ И ШАЛЯПИНЫМ В ИМЕНИИ К. А. КОРОВИНА «РАТУХИНО»[201]

Из моих записок

Как-то Савва Ив. Мамонтов подарил Конст. Ал. Коровину пустошь десятин в 65–70. Пустошь звалась «Ратухино», была недалеко от Ростова Великого по Московско-Ярославской железной дороге. Дорога эта была Мамонтовская. Прошло время, Коровин никогда этой пустоши не видел и, завтракая как-то у Кюба с приятелем-инженером, — продал ему эту пустошь. Прошло ещё порядочно времени, и, опять же за завтраком у Кюба, Коровин купил пустошь у инженера, но дороже, чем когда-то получил за неё. Оказалось, эта пустошь — чудесное место: вёрстах в 4-х от станции Итларь, на красивой речке Нерле, вытекающей из озера Неро, что в Ростове, и впадающей в Клязьму.

Нерля — поэтическая речка с замечательно чистой водой, так что на большой глубине дно видно; и — рыбная река, а Коровин — искусный рыболов-удильщик. На противоположном берегу красивая живописная деревня Старово по горе расположена. Это будет Ярославская губерния уже, а Ратухино — во Владимирской, Нерля-то — граница между губерниями. В Старове нашли мы чистую просторную избу, и хозяин её — молодой умный мужик, ярославец Иван Васильевич Блохин, — симпатичный. Стали мы с Костей наезжать в Старово, останавливались у Ив. Вас., и всё больше и больше Ратухино по сердцу становилось нам. Я был связан такой горячей, долголетней дружбой с Конст. Алксеевичем, что принимал участие во всех его пережитиях. Стали гадать, где в пустоши строиться; решили — на берегу, ближе к реке. С весны явились плотники, застучали топоры, из Москвы приехал красивый большой камин, и к середине лета готова была просторная мастерская и две жилые комнаты.

И началась хорошая, поэтическая жизнь в Ратухине. А на следующий год построился второй рядом — зимний домик. Вёрстах в двух оказалась мельница «Кусковка» с хорошим омутом, всё по той же красивой и рыбной реке; поблизости были и так называемые глубокие ямы на реке, а вёрстах в 6–7 — старая водяная мельница с большим глубоким — аршин в 16 — омутом. Называлась она «Новинькая» [так в тексте. — *И. Д.*], была в глуши, угрюма, уединённая и поэтичная. Особенно хороша!

Всё это для нас, удильщиков, было чудесно. Живопись чередовалась с поездками на мельницы. Особенно хороши поездки были на «Новинькую». Брали с собой складную палатку с двумя кроватями, со столом, погребец и жили иногда суток по трое на мельнице. Брали с собой краски, холсты, и за всё время немало было написано вещей на «Новинькой».

Мельник был старик — Конóн Никоныч — большой, медлительный, грузный, заросший, сивый — прямо оперный мельник. Всегда в поездках был с нами Иван Васильевич — его подводы были. У Коровина жил в Москве, а летом в деревне был ещё примечательный тип — Василий Князев. Ничего, кроме рыбной ловли, реки, озера — вообще вод, для него не существовало. Поэтическая душа! Правда, ещё существовала водка, но это периодами и нечасто. В московской квартире Коровина была Василию отведена комната — мастерская рыболовных принадлежностей. […]

Славные зимние вечера были в комнате у Василия. Серов написал [там] хорошую картину, она так и называлась «Рассказы о рыбе и о прочем»: на кровати лежит Коровин, а в ногах у него стоит Василий Князев и рассказывает… Картина эта принадлежит Ф. И. Шаляпину. […] Стали в Ратухино наезжать приятели-друзья: приехал как-то и Фёдор Иванович Шаляпин на отдых. И уж действительно отдохнул. Спал он в сенном сарае, и здорово же спал — не добудишься, бывало, его к обеду. Полюбилось ему и на рыбную ловлю на мельницу ездить, но если рыба скоро не клевала — скучал он, и посмотришь, уже спит Фёдор Иванович: голова в тени, в тальнике, и могучая его фигура раскинулась на песке. Всё же потом, побывав на гастролях в Англии, привёз он оттуда замечательные удочки и всякие рыболовные снасти и всегда ездил с ними на омут, когда приезжал в деревню, а из Москвы — и на Синеж озеро. Ах, какое чудное это время было! Всё-то радовало тогда!..

Понравилось Ратухино Фёдору Ив., так что вдруг он к Коровину: «Костенька, продай мне Ратухино». Костя озадачен: «Как, зачем продавать?» И пошли тут забавные разговоры: один убеждает продать, другой убеждает не покупать.

В обоих случаях доводы были серьёзны: переходили из дружеского тона на холодный и на «вы»: «Вам, Константин Ал., Ратухино совсем не нужно; если вам очень нравится тут, вы можете приезжать и жить в этих ваших домах. Я себе построю большой дом, прикуплю ещё соседние земли, и это будет настоящее имение, а у вас это что же — вздор, вы ведь этого не можете сделать» и т. д.

Коровин отвечал: «Вы, Фёдор Иванович, купите в другом месте себе большое имение и скупайте там что хотите. Почему вам непременно хочется у меня этот кусочек взять маленький? Здесь же „Кусковка“, здесь „Новинькая“, здесь я построился» и т. д. И иногда расходились не друзьями, чтобы потом опять начать: «Всё же, Костенька, ты Ратухино мне продай, тебе оно не нужно, ты же замечательный художник, ты должен ездить путешествовать, писать в разных местах» [далее текст в ксерокопии неразборчив. — *И. Д.*]… опять доводы, убеждения; наблюдать было забавно эти переговоры.

А ведь в конце концов Костя не выдержал натиска — продал Ратухино, а Фёдор, когда ударили по рукам, бросился на землю, начал целовать землю — моя, — мол, приговаривал. А Коровин всем жаловался, что от Шаляпина никак не мог отстоять Ратухино, и вот теперь у него уже нет его.

Фёдор Ив. действительно купил у соседа, барина Полубояринова, его имение, а у богатого мужика Глушкова — ещё десятин 125, и Ратухино разрослось в порядочное имение. Полубояринов продал имение без усадьбы, а через некоторое время в усадьбе сгорел барский дом и все хозяйственные постройки, осталась только беседка. Тут-то Коровин и купил это усадебное место десятин в 7–8, красивый кусок на той же речке Нерли, и снова начал строиться по соседству с Шаляпиным. Усадьба эта называлась по деревне — «Охотино». А Фёдор Ив. затеял большую стройку по рисункам Коровина: палаты, как в «Садко», и хозяйственные службы в том же духе — высокие, рубленые, с окошечками где-то наверху под крышей. Потом сам Коровин посмеивался: «Что это, ведь это слоновники какие-то построены у Фёдора», — говорит. Во время этого строительства появился в Ратухино наш приятель архитектор В. А. Мазырин, ему поручил Фёдор Иванович постройку усадьбы.

Забавный был Виктор Александрович Мазырин: маленький, страшно горделиво выгнут вперёд, грудь колесом, шепелявил и похож был в профиль на морского конька. Очень иронический человек был, наблюдательный, слушать его иронические рассказы без скуки можно было. Прозван он был Анчута[202]. […] Был он член спиритического общества и так увлечён был «потусторонностью», что только и говорил о разных чудесах, духах, привидениях, летающей гитаре и т. д. Мы посмеивались, много острот сыпали по его адресу, но Виктор Ал. не смущался и горел прямо этой «потусторонностью».

Понадоели что ли эти его рассказы, только решили его разыграть: стали говорить, что и здесь, на кургане, видели будто охотники по ночам какой-то таинственный бледный огонёк. Анчутка прямо загорелся — и во что бы то ни стало к кургану идти. Стали отговаривать: «Ерунда, мол, откуда, какой может быть огонь?» — куда там, и слушать не хочет — непременно идти к кургану! Мы все отговаривали, убеждали, что это глупости, но распалился спирит и слушать ничего не хочет — на курган, и конец, скорее, хоть сегодня!

Приехал Серов. Человек угрюмого вида, но под угрюмостью его таился большой юмор. Серов мало говорил, но его короткие вставки в разговор были всегда метки и остры. С его приездом ускорилась шутка — шалость с Анчуткой на кургане с таинственными огнями. Пошли всей компанией ночью, часов

12, к кургану, августовской тёмной ночью. А раньше туда отправился с сухим спиртом, с простынёй наш Иван Васильевич.

Темно. Добрались в потёмках до кургана, все разговаривая, посмеиваясь над спиритом, и вдруг на кургане видим синеватый огонёк, а затем поднимается еле освещённая неясная фигура в белом. И то видится, то исчезает. Мазырин прямо в неистовстве: «Видите — дух, дух! Ясно, видите и огонь, дух, дух!..» Мы смеёмся, говорим, что ему кажется, ничего мы не видим. […] Анчутка в неописуемом раже, в волнении, в трепете уверяет, что видит и огонь, и духа, и вдруг… Шаляпин закричал: «Вижу, вижу!» — и грохнулся на землю. Анчутка восторженно: «Медиум, сильный медиум, Фёдор Иванович медиум!..» Шаляпин через минуту, как будто очнувшись, стал подниматься и бормотать: «Где я, что было, что-то особенное, я не понимаю, Анчутка, что такое, что я видел?..» — «Дух видели, Фёдор Иван., Вы сильнейший медиум, это замечательно, — к нам в общество непременно…»

На кургане всё потухло, дух исчез… Мазырин уехал в Москву и в обществе спиритическом сделал обстоятельный доклад о духе на кургане в Ратухинском лесу. Сведения об этакой истории появились в московских газетах, и даже в петербургском «Новом времени» была напечатана большая корреспонденция из Москвы. Вскорости я приехал из деревни в Москву, иду, вижу, бегут с Никольской улицы по Воскресенской площади московские гамены[203] — мальчишки с тощими книжонками, обложка лимонного цвета и на ней портрет Шаляпина, — выкрикивают: «Чудо с Фёд. Ив. Шаляпиным!» Оказалось, наша шалость-шутка напечатана в книжонке…

В это время шла тяжёлая война с Японией; стало как-то всем неловко, совестно, что в такое время мы дурачимся, решили обратиться с письмом в редакцию «Русского слова» и в «Новое время» объяснить нашу шутку, из которой вышла такая ерунда, что даже вот книжонка появилась. Рассказали всё начистоту, и Мазырин так обиделся, что раззнакомился со всеми нами. Это, конечно, понятно[204].

Пётр Пильский[205]

ШАЛЯПИН В ЖИЗНИ И НА СЦЕНЕ[206]

«Замечательный артист»… «Бархатная мягкость голоса»… «Великий певец»… Все об этом говорят, все это знают, все так пишут и оценивают. Надо бы разобраться в этих определениях. Тогда окажется, что много дал Бог — много, но не всё: не меньше сделал и сам человек. Шаляпин — это не только большой труд, — он ещё и большой ум, т. е. проницательность, талант обобщений, большое воображение. Выражаясь терминами Канта, можно сказать, что в Шаляпине соединились в одинаковой степени и «чистый разум», и «практический».

* * *

— Не до ста лет ему же петь!.. Когда-нибудь кончится и это…

— Я знаю все роли во всех операх, — как-то сказал он.

И тут нет никакого преувеличения. Не все знают, что великим режиссёром может быть только умница. Для руководительства театром нужно не только знать материал, роли, силы труппы — нужно обладать ещё и тактом, раздобывать людей, побеждать шаблон и в то же время не опрокидывать и не калечить по-своему авторского замысла. Режиссёру предоставлены неограниченные возможности, его фантазии открыт бесконечный простор, и всё-таки без настоящего глубокого ума опасности в этой области подстерегают на каждом шагу. «Страсти —

архитекторы мира», но с этими архитекторами нужно вести борьбу, их контролировать. Лучший пример — покойный Марджанов[207], никогда не знавший предела и меры своим страстям, реже всего призывавший на помощь ум. Результат — громоздкая пышность, азартная вычурность, всепожирающий огонь и быстрое охлаждение — проблиставший и сразу сникший эффект. На эту удочку Шаляпина не поймать. Полновесная рассудительность живёт и в нём — режиссёре.

* * *

1918 год. Петербург. В белом доме Шаляпина разговор:

— Вот предлагают мне стать во главе оперного театра… Шутка сказать, на это надо бросить все свои силы, и я бросил бы… Но в театре мало быть только режиссёром, указывать, показывать, поправлять. Хотелось бы большего. Вот было бы хорошо привлечь к нашему делу учёных. Всякая опера нуждается в комментариях, даже в строго научном освещении.

И Шаляпин начинает перечислять тех, кого желательно было бы пригласить, заманить на репетиции. Ему мечталось о предварительных лекциях, хотелось, чтобы учёные делали доклады: как помогли бы они актёрам, исполнению, театру, новому умному пониманию и пьесы, и отдельных ролей, и общей постановки! Мечты остались мечтами. Шаляпин покинул родную сцену — другого выхода у него не было.

* * *

С ним всегда и считались не только как с артистической силой — его уважали, опять-таки, за ум. Директора императорских театров Теляковского не бранил только ленивый. Сейчас ясно, до какой степени это было ошибочно и несправедливо. Шаляпин ценил Теляковского, и Теляковский, в свою очередь, не делал ни одного решительного шага, не посоветовавшись с Шаляпиным. Во всех важных случаях, при всех затруднительных обстоятельствах директор императорских театров вызывал к себе великого артиста, и, кажется, разногласий между ними не было никогда: так верил Теляковский Шаляпину. Точно так же, при всех возникавших недоразумениях и спорах, Теляковский неизменно становился на сторону Шаляпина. Уже за одно это Теляковского следует упомянуть добрым словом, признательно и с уважением.

* * *

Шаляпин много читал, интересовался всем тем, что так или иначе возбуждало его мысль или просто попадало на слух, — всегда учился. Я говорю не только о Ключевском — с ним Шаляпин много беседовал о Борисе Годунове, — русского певца притягивали и звали к себе интересные и, прежде всего, умные люди. И сами они охотно тянулись к Шаляпину, тоже чувствуя, что тут — ум.

Конечно, Бернард Шоу — позёр, Бернард Шоу заражён недугом и потребностью публичного острословия, рисуется своей парадоксальностью, [но] всё-таки никто не может отрицать его ума. Бернард Шоу очень хотел познакомиться с Шаляпиным, и они встретились. Шаляпин обедал у Бернарда Шоу и даже запомнил маленькую подробность. Шоу во время еды никому не позволял курить. Кто-то спросил у него разрешения, вынув из портсигара папиросу:

— Можно?

— Когда кончится обед, тогда — пожалуйста!

Разумеется, и Бернард Шоу сразу подметил в Шаляпине исключительную наблюдательность художника. Шаляпин — прекрасный рассказчик. Передать в печати все оттенки этих рассказов — эти подмеченные мелочи, подслушанные интонации, воспроизведённый говор, — какая это безнадёжная затея! Его надо слышать, чтобы оценить, видеть его экономную скупую жестикуляцию, чтобы перед глазами сразу встала целая картина. И до сих пор я не могу забыть [его пантомимы] «Пробуждение на постоялом дворе»:

— Жаркое летнее утро, муха садится на нос то одного из спящих, то другого. Они отмахиваются, гримасничают во сне их лица. Наконец все просыпаются. Почти нет слов, — только мимика, только жесты, а картина такая живая, будто сам всё это видел и, может быть, даже сам сгонял эту муху.

* * *

…Как это бывает… Сидим вдвоём с Шаляпиным в Риге, в номере гостиницы «Метрополь». Разговор идёт об Амфитеатрове[208]. Вспоминаем, как он разгневался, когда побежала сплетня о «коленопреклонённом Шаляпине», как вернул ему фотографическую карточку. Тогда Амфитеатров был «левым» и никак не мог простить преступления Шаляпина: разве можно было опускаться на колени перед царской ложей?

История эта давно разъяснена.

Вот об этом мы и говорили. Докладывают, что пришёл Сергей Арс. Виноградов[209]. Оба москвичи, они были связаны дружбой. Посидели втроём.

За самый короткий срок я похоронил сейчас и Виноградова, и Амфитеатрова, и Шаляпина.

* * *

Вот и не верьте приметам. Среди пакетов и писем, дорогих мне и составляющих мой архив, есть, конечно, и конверт с письмами Шаляпина. На днях жена открывает сумочку и находит в ней открытое письмо Шаляпина, присланное мне из Гонконга[210]. Как оно могло попасть в сумочку? Жена изумилась. Пожал плечами и я. Из запертого ящика вдруг выпрыгнула эта открытка — странно! Я подумал, что это недобрая примета, — её зловещее появление оказалось пророческим.

* * *

А давно ли Шаляпин шутил, беззаботно говорил о том, что он сочинил себе эпитафию [в оригинале статьи напечатано — «эпиграфию», и подобные ляпсусы довольно часто встречались в русской прессе тех годов. — *И. Д.*] и на его надгробном камне будут следующие стихи:

> Прохожий, стой,
> Вот, между прочим, и
> Шаляпина могила.
> Скончался и оставил он
> другому место.
> Он жил, любил, страдал,
> ругался, плакал, врал,
> божился.
> Он с женщинами разных стран,
> как бес перед заутреней кружился.
> Теперь он, наконец, нашёл
> себе покой.
> Вот недвижимый [он лежит][211]
> под сей плитой,
> Старушки лишь своей да
> детскими слезами облитой.
> Так скажем же ему — мир
> праху твоему, —
> Из века в век актёр, певец,
> солист и вообще
> Народный бывший человек…

Читать сейчас это стихотворение страшно.

* * *

Долгие годы Шаляпин мечтал создать в России большой театр — со зрительным залом на 10 000 человек. Если б не война, ему бы это, вероятно, удалось. Но он мечтал не только о вместительном театре, но ещё и о прекрасном. В парижском бюро Астрюка[212] ему пришлось познакомиться с Габриэле Д'Аннунцио[213]. С ним он поделился своими планами, мечтами о том, как бы изгнать из оперы шаблон, как бы добиться слияния в строгой гармонии всех искусств. Д'Аннунцио зажёгся этой идеей, и они решили встретиться в следующем году. Но разговор происходил также за месяц до начала войны, и из всех этих планов ничего не вышло.

* * *

Всегда Шаляпина раздражал шаблон постановок. Сколько раз он говорил:

— Решил через год, самое большее — через два, сказать оперной сцене «прости»!

Это «прости» он так и не сказал до самого конца, когда уже этого «прости» не надо было говорить.

* * *

Шаляпин умер, и теперь многие спрашивают:

— А как было у него с сердцем?

Что на это ответить? Конечно, оно изнашивалось. Некоторые удивлялись:

— Неужели же он волновался?

Однажды за кулисами балерина Анна Павлова шепчет Шаляпину: «Бог знает что! Всегда перед выходом волнуюсь, как гимназистка перед экзаменом». Шаляпин ответил:

— Мы с вами не были бы тем, что мы есть, если бы не волновались.

* * *

Сам был размашистый и неугомонный, эту ширь любил и в людях. «Наши страсти и порывы напоминают русскую метель, когда человека закружит до темноты». И его самого кружило, иногда делало его совершенно безрасчётным. Таким он был в делах, таким — и в веселье. В 1902 г. [опечатка, правильно — в 1901. — *И. Д.*] Шаляпин выступил в миланской Ла Скала. Шёл на великий риск. Не то чтобы — провал, а просто полууспех мог испортить всю карьеру. Сам Бойто[214], автор «Мефистофеля», волновался так, что не решился идти в театр — остался дома, лёг, закрылся с головой, чувствовал себя, как перед казнью.

Легко представить себе волнение молодого Шаляпина! Всё кончилось великолепной победой русского певца. В чинном и строгом зале миланского театра впервые действие прервалось аплодисментами. На радостях Шаляпин пригласил всех актёров и повёл их в ресторан: «Дюжину шампанского!» Скромные итальянцы смутились. Ещё более неожиданным для них показалось то, что за весь ужин Шаляпин расплатился сам, не позволил никому принять в этом участие. Итальянцы раскрыли глаза и восторженно зашептали: за границей такие жесты были неприняты — широкие размахи шаляпинской «русской натуры» там не в моде. У Шаляпина безудержные порывы были часто.

* * *

Есть у меня портрет Шаляпина. Там он снят вместе со своей собакой. Надпись мне: «От двух друзей — третьему». Когда Шаляпин уезжал на гастроли, пёс тосковал, и его мне было жаль; господин был в отъездах почти всегда. Но вот Шаляпин возвращался домой в Париж, пёс от счастья чуть не валился в обморок, и всякий раз с ним случалось маленькое несчастье: после каждого такого приезда надо было вытирать пол. Представляю себе, как безутешно горюет сейчас этот пёс.

Не он один безутешен. Кто близко знал Шаляпина, тот его любил, кто его любил и знал, тот не забудет этого человека никогда.

Полишинель[215]

О ВЕЛИКОМ АРТИСТЕ[216]

Шанхайские зарисовки

Несколько оставшихся неотмеченными штрихов из шанхайских встреч с Ф. И. Шаляпиным.

Во время чая в гостиной «Катей Отеля»[217] Шаляпину подносят два увесистых свёртка:

— Это, Фёдор Иванович, вам русский окорок и сосиски от фабрики «Ланг и Семин». И вот, пожалуйста, подпишите счёт… Нет, нет, это только для автографа… Это, так сказать, исторический счёт с подписью самого Шаляпина! Такой счёт фирме надо застеклить и в рамочку вставить!..

Шаляпин юмористически разводит руками, подписывает счёт и потом замечает:

— Однако это совершенно, как у Хлестакова, выходит…

Шаляпин прищуривается и, делая непередаваемую хитрецкую мину, обращается к своему уполномоченному М. Э. Кашуку, которому только что передали подношение:

— Эй, Осип, отнеси-ка, братец, окорок ко мне в каюту!.. Да, и верёвочку, веревочку не забудь!..

Посмеиваясь только глазами, в том же тоне Шаляпин продолжает:

— А городничий у вас тут, однако, не скверный человек!..

Взгляд в сторону одного из представителей Эмигрантского комитета:

— И судья Ляпкин-Тяпкин тоже, право, хороший человек!..

Взгляд в сторону другого из встречавших…

* * *

Шаляпину предлагают занять место среди дам.

Лицо великого артиста принимает лукавое выражение.

Он как-то особенно, по-шаляпински, проводит рукой по щеке и вокруг рта и протяжно говорит:

— К дамам, говорите?.. Уж не знаю, угожу ли?..

Потом в разговоре держит к окружающим его дамам шуточную речь:

— Дамы, искренно говорю вам — не верьте, ох, не верьте артистам!.. Это тако-ой народ, всё равно обманут. Я сам, бывало, говаривал: «Ну, зачем, зачем ты мне поверила?..»

— Но ведь вы примерный семьянин? — парируют дамы.

— Пожалуй. Тридцать два года со своей женой, вот с этой милой женщиной живу… (жест в сторону М. В. Шаляпиной) — она у меня тоже казанская…

— А сколько у вас детей, Фёдор Иванович?

— Десять[218]. Три сына. Один умер, самый старший. Ему бы сейчас лет тридцать семь было… Два других сына сейчас в Америке. Ну а в Европе у меня разное дочерьё…

* * *

Отрывок из рассказа о себе и сцене:

— Вот говорят: «Шаляпин деспот». Пишут: «Ещё один скандал с Шаляпиным…» А как же не быть деспотом, если иногда бывает, что за дирижёрским пультом лошадь сидит? С лошадью-то ведь трудно по-человечески разговаривать?!

— Я очень понимаю всякие режиссёрские искания… Ну, хочешь ты, чтобы лес лиловым был… Пожалуйста, пусть будет лиловым… Но зачем же вместо леса на сцене какие-то лестницы громоздить?.. Или — артистку заставляют по проволоке спускаться… Господа, но ведь это же в цирке гораздо лучше делают… Пойдёмте тогда в цирк…

— Мне в Копенгагене говорили о сцене в «Фаусте»: «Вы, пожалуйста, не пугайтесь, когда огонь будут пускать…» А я этот самый «огонь» ещё в 1890 году в Уфе делал. Был у нас такой помощник режиссёра. Кадык у него был во-от, а живот во-от! Так вот он не только замечательный помощник режиссёра был, а ещё и замечательный пиротехник… Бывало, говорит мне: «Пойдём, Федя, вниз — бенгальский огонь тереть…» Я его и растирал в ступке, этот самый «огонь»… А они мне теперь, через сорок пять лет, говорят: «Не пугайтесь?!»

* * *

Вечером, 21 января, Ф. И. Шаляпин ужинал в семье своего импресарио Строка[219].

Во время ужина сделал тушью портрет великого артиста молодой художник, член содружества богемы ХЛАМ[220] А. Ярон[221].

Шаляпин одобрил работу молодого художника, а затем взял рисовальную доску с бумагой и карандаш. Прищурился, откинул голову назад и не более чем в три минуты набросал свой портрет. И как набросал — с каким сходством, с какой выразительностью, с какой великолепной небрежностью штриха!

Впрочем, о своём таланте художника Шаляпин отзывается сам так:

— Я себя только умею хорошо рисовать. А остальное рисую плохо.

Но это, конечно, — великая скромность великого артиста.

Б. С. Утевский[222]

ВЕЧЕР С ШАЛЯПИНЫМ[223]

Воспоминания юриста

У меня в Петербурге был полуприятель, полудруг — Яша Марголин[224] (я писал о нём в связи с делом Бейлиса). Он страстно любил все виды искусства, в особенности живопись. Он все свои немалые заработки тратил на картины и на помощь своим друзьям — начинающим, талантливым художникам, которых он умел отыскивать. На ниве любви к искусству и тонкого понимания живописи у него были добрые личные связи со многими художниками. Постоянным гостем его был тогда ещё молодой Исаак Бродский с красавицей женой. У него бывали многие крупные и даже знаменитые артисты. Вечера у него бывали интересные, в особенности для меня, имевшего возможность лично познакомиться со многими замечательными артистами и художниками.

Яша не любил хвастать своими знакомствами и не делал ничего, чтобы заводить связи с известными артистами. Эти знакомства и связи складывались как-то сами собой, и Яша часто не знал, с каким новым человеком придут к нему его старые друзья и знакомые. Вечера собирались всегда экспромтом. Заходили «на огонёк», перезваниваясь с друзьями. Если у кого-либо были гости, говорили: «Приезжайте с гостями». Часам к 12 ночи в небольшой квартире Яши было уже шумно и весело.

Была у Яши ещё одна страсть — картишки. Тогда в Петербурге была распространена азартная игра — покер. Выигрывали в этой игре те, у кого было больше выдержки и кто умел не показывать ни на лице, ни своей игрой, какие у него на руках карты.

На вечерах у Яши в одной комнате всегда играли в покер. Играли азартно, никогда не играли крупно.

Однажды я приехал к Яше уже после 12 ночи, и, зайдя в комнату, где шла игра, я в числе партнёров увидел настоящего, живого Фёдора Ивановича Шаляпина.

Шаляпина слишком много и хорошо описывали, чтобы я мог ещё что-нибудь добавить. Да и его портреты говорят достаточно много. И всё же — это была из тех исполинских (не по размерам) фигур и одно из тех редко даруемых природой лиц, на которые мы, маленькие люди, могли безмолвно смотреть часами. Всё в нём — голос, игра лица, движенья рук, смех, манеры, движения прекрасной головы — было исполнено особой силы. Он играл в карты с несдерживаемой страстью. Улыбался, когда шла карта, хмурился, когда карты не было, т. е. делал всё, что влекло за собой неизбежный проигрыш. Но судьба безмерна и в плохом, и в хорошем. Шаляпину она щедро давала всё, что только мог пожелать человек на Земле. Ему везло и в картах. Когда встали, чтобы идти ужинать, Шаляпин был в выигрыше. Он выиграл ничтожную сумму, но был по-детски счастлив. За ужином он был весел, много ел и пил. Я, да и не только я один, не отрывал от него глаз. Я навсегда запомнил его таким, каким видел в тот день: прекрасным гением, великим в малом и в обыденном, любимцем муз и людей.

Ужин затянулся. Кое-кто ушёл. Сквозь окна уже брезжило раннее петербургское утро. Никто не просил Шаляпина петь. Но он сам, повинуясь какому-то внутреннему зову, запел.

Но не моему слабому перу описывать его песни…

Благодарен судьбе, давшей мне возможность провести часы в обществе Шаляпина.

Мендель Могилевский (М. Гурвич)[225]

ИНЦИДЕНТ НА КОНЦЕРТЕ Ф. И. ШАЛЯПИНА В ПЕТРОГРАДЕ В 1918 ГОДУ[226]

Осенью 1918 года в Петрограде, в помещении «Аквариума» (в настоящее время — студия Ленфильма — *Прим. автора*) на Каменноостровском проспекте состоялся сольный концерт Ф. И. Шаляпина. К участию в нём был привлечён лишь один исполнитель-декламатор. Имя артиста выпало из моей памяти, поэтому считаю, что он не относился к категории известных. Аккомпанировала на рояле пожилая женщина (имени не помню). Концерт состоялся, по-видимому, ранней осенью, ибо в то время рано вечерело, но вместе с тем погода была ещё не очень холодная[227].

Время было во всех отношениях трудное: экономическая разруха, резкая нехватка продовольствия. […] Парадные домов были заколочены, магазины закрыты. У некоторых подъездов подозрительные молодые люди выкрикивали: «Кому „Совет“? Кому папиросы „Совет“? Кому — „За что боролись, на то и напоролись“?» Или: «„Жизнь Самгина“ — две копейки!» Или: «Кому „Совет?“ — Король чайный — Высоцкий, Король сахарный — Бродский, Король русский — Троцкий?»

В городе часто бывали облавы на дезертиров. Озабоченные, голодные люди были плохо одеты. […] Люди жили в страхе. Казалось, кто мог думать тогда о чём-либо другом, кроме как только о куске хлеба и о сохранении жизни. Между тем концертный зал в «Аквариуме» был полон.

Не могу вспомнить, каким образом и где я и мой брат, скульптор Наум[228], достали билеты на концерт. В первом отделении выступил Шаляпин. Он пел, как обычно, с большим вдохновением. Слушатели принимали его исключительно тепло. Каждый выход встречали бурной овацией, его награждали продолжительными аплодисментами, и почти каждый раз публика вскакивала с мест и аплодировала стоя. И вдруг, совершенно неожиданно в поведении публики произошла перемена. По рядам прошло какое-то волнение, начали перешёптываться. Мой сосед шепнул мне, что по окончании концерта нас ждёт сюрприз — облава на дезертиров. У ворот «Аквариума» — отряд красногвардейцев…

По-видимому, Шаляпин знал об этом. Он вышел к публике озабоченный, подал знак рукой прекратить аплодисменты и объявил следующий номер программы, назвав имя декламатора. Публика встретила артиста настороженно, без энтузиазма. Он начал декламировать под аккомпанемент рояля, но через несколько минут остановился и вступил в пререкания с аккомпаниаторшей. Она порывисто встала и быстрыми шагами покинула сцену. За ней последовал декламатор.

В зале началось замешательство. Многие начали было покидать свои места, но через минуту вышел Шаляпин и с ним — пианистка. Лицо у Шаляпина было злое, сосредоточенное и холодное. Спокойным голосом он принёс извинение пианистке и публике и объявил: «Концерт продолжается!» Наступила полная тишина и спокойствие. Шаляпин исполнил несколько арий и романсов и тепло поблагодарил публику.

Как и ожидали, у ворот «Аквариума» публику ждала облава на дезертиров…

Зинаида Кривошапко[229]

ВОСПОМИНАНИЯ О ШАЛЯПИНЕ[230]

Шаляпина я начала слушать очень рано, ещё девочкой, и мои детские впечатления, конечно, во внимание не принимаю. Но могу судить с 1914 года, когда я уже была на пятом курсе Московской филармонии по классу фортепиано, и с 1915 года, кроме рояля, — на драматическом отделении той же Московской филармонии[231]. Шаляпину тогда исполнилось 42 года, он был в полном расцвете своего могучего гения.

Голос Шаляпина нельзя сравнивать ни с кем — такого певца не было, нет и, я думаю, не будет. И при феноменальном по мощности, красоте и какой-то необыкновенной выразительности голосе он обладал поистине необыкновенной музыкальностью и необыкновенным слухом. Много было в Большом театре случаев, когда Шаляпин поправлял оркестр. Сердились на него за это дирижёры, такие крупные дирижёры, как В. И. Сук[232]. Естественно, не могли они себе представить, чтобы певец со сцены слышал лучше них, что делается в оркестре. Возникали из-за этого большие неприятности. В конце концов оказывалось, что прав был всё-таки Шаляпин. Я сама была свидетельницей, как на генеральных репетициях, после долгого препирательства по поводу какого-то замечания оркестру со стороны Шаляпина, после большой обиды дирижёра и обиды некоторых музыкантов из оркестра, когда наконец это замечание разбиралось и прав оказывался Шаляпин, весь оркестр Большого театра, т. е. 120 человек хороших музыкантов, — весь этот оркестр вставал, как один человек, и аплодировал Шаляпину!

Ф. И. Шаляпин не кончил никакой консерватории — это верно, но работал и учился Шаляпин всю жизнь. Мой профессор по классу фортепиано, А. Н. Корещенко[233], иногда бывал его аккомпаниатором и много рассказывал нам, ученикам, о том, как работал Шаляпин. В операх, которые он пел, он знал все партии. Он вырабатывал в своей партии каждую фразу. Если ему не нравилась какая-либо фраза, он пел её бесконечное количество раз — и стоя, и сидя, и ходя по комнате, и даже лёжа, пока не добивался желаемого результата. Такого же отношения он требовал и со стороны всех певших с ним. Не всем это нравилось и не все это понимали, но в конце концов он всё же побеждал, и все, даже самые строптивые, склонялись перед силой его гения.

Это, конечно, абсурд, что Шаляпин завоевал Россию и Европу только потому, что он в опере играл, как драматический артист, замечательно гримировался, хорошо подбирал свои костюмы и т. д. Всё это имело большое значение, но не это было главным — главным был голос и мастерство пения. Много было в то время очень хороших певцов — и русских и иностранных, — и, когда вы их слушали, вам казалось, что лучше спеть невозможно. Но попробуйте после них послушать Шаляпина, и всё пропало, всё бледно и скучно. Он был загадкой, но нечего пытаться разрешить её обыкновенным способом. Этому человеку Богом было дано всё, что можно дать артисту, и всё — в превосходной степени! Кто не слышал и не видел его, тому ничего объяснить нельзя. Я много раз имела счастье слышать и видеть Шаляпина, а я вовсе не была тем, кого в то время называли «психопаткой».

Я в то время была ученицей Московской филармонии, одной из лучших учениц серьёзного музыканта и композитора А. Н. Корещенко. И вот этот уже сорокалетний профессор, очень серьёзный и строгий, когда его вызывал иногда Шаляпин к себе на квартиру для аккомпанирования, на другой день уже заниматься с нами не мог. Весь следующий день проходил в восторженных рассказах о Шаляпине. Да что говорить!

Достаточно вспомнить любой спектакль в Большом театре с участием Шаляпина. Публика Большого театра, публика партера и бенуара, публика строгая, взыскательная, очень много видевшая и слышавшая и вообще очень сдержанная, немного даже чопорная, приходила в неистовый восторг: весь партер поднимался, в ложах кричали, махали шарфами, платочками…

Раз за время учебного сезона Фёдор Иванович приезжал к нам в филармонию, как бы в гости. Эти его приезды — незабываемы. Своего рода паника начиналась с утра. Может быть, теперь это покажется смешным, но тогда это нам смешным не казалось; начиналась в н е о ч е р е д н а я уборка, занятий не было, но все с утра были в филармонии, а приезжал он чаще всего часа в 4–5 дня. Все ученики, всех специальностей, вплоть до драмы, были там, все преподаватели и профессора во главе с директором, известным в Москве музыкантом-виолончелистом А. А. Брандуковым[234], и инспектором И. Р. Кочетовым[235] встречали Шаляпина в вестибюле. Он был всегда очень приветлив, улыбался, разговаривал, шёл с нами в зал и проводил у нас полчаса-час в совершенно посторонних разговорах.

Здесь как раз уместно будет сказать, что у нас в филармонии всегда было 10 человек стипендиатов Шаляпина, за учение которых он платил и давал каждому по 50 рублей в месяц на жизнь. Мы их знали, но это никогда не подчёркивалось; он не спрашивал о них отдельно и не интересовался их успехами, он просто и тихо давал им деньги через своего секретаря. Такие же стипендиаты были у него и в Консерватории, и в Московском университете. А его смеют упрекать, что он не пел в благотворительных концертах! Да разве это было возможно? Ведь никаких сил и никакого времени не хватило бы у него; ведь если спеть у одних, то надо спеть и у других. В письме детей Шаляпина [см. ниже примечание № 236 о Л. Сабанееве. — *И. Д.*] было упомянуто о лазаретах во время войны, а вот об этой его благотворительности, вероятно, даже и его дети не знали.

Я пишу это не для того, чтобы в чём-то оправдывать Шаляпина — не нам его оправдывать, его гений оправдывает всё. Его хотелось слушать без конца, если бы он пел целый день — его бы слушали целый день, если бы он пел целые сутки — его бы слушали целые сутки, и притом всё, что бы он ни пел. Ничего у него не было лучше или хуже, всё было чудесно и необыкновенно. И не только в опере, где, по мнению г-на Сабанеева[236], помогала игра, грим и т. д.

А Шаляпин в концерте — разве это не чудо? Он в концертах редко пел оперные арии, он пел больше романсы. Вот вы сидите на концерте, Шаляпин поёт. Если это один из драматических романсов, например, «Двойник», «Ночной смотр», «Лесной царь»[237] — вы видите, просто-таки видите перед собой то, о чём или о ком он поёт. Шаляпин кончил… Вы немного очнулись, взглянули на эстраду и вместо смерти или дьявола, которые вам сейчас представлялись, видите красивого, высокого роста, с прекрасной фигурой блондина в элегантном фраке, с маленькой смешинкой в глазах, с гордо поднятой головой, и стоит он спокойно, не мотаясь по эстраде и не шевеля руками. Всё выражение было дано голосом, только одним голосом. Вот именно поэтому сейчас, когда голос Шаляпина остался только на пластинках, всё-таки иногда, если, конечно, пластинка хорошая, можно слышать подобие голоса Шаляпина.

Г-н Сабанеев в своей статье пишет: «…талант его ещё до большевиков уже поблёк», — это неправда. Когда Шаляпин уезжал, ему было 48[238] лет. Его ли голосу, его ли таланту поблёкнуть в таком возрасте? Я его слышала совсем перед отъездом в концерте в Большом зале консерватории[239]. Он пел так же, как всегда, как мог петь только Шаляпин, и я имела счастье скоро после него тоже выехать из Советского Союза и слышала его уже за рубежом.

Ужасна фраза Сабанеева: «…он привёз за границу только свой труп и немного денег». Ну, насчёт денег я не знаю, хотя, правда, сомневаюсь, что можно было вывезти от большевиков, но написать, что привёз только свой «труп», можно только по каким-то личным причинам. Ах, если бы все певцы были такими «трупами»! Впечатление создаётся, как будто бы г-н Сабанеев что-то перепутал и пишет о каком-то другом человеке.

Приложение

РЕЧЬ ОЛИНА ДАУНСА[240]

— Я пришёл сюда, — заявляет г-н Даунс, — не только для того, чтобы произнести речь, но и для того, чтобы сказать несколько слов о Шаляпине и как любитель музыки, и как американец, лично знавший этого артиста и до сих пор сохранивший память об его выступлениях и об его универсальном искусстве.

От Шаляпина-человека и от Шаляпина-артиста всегда веяло чем-то мощным, чем-то от русских степей и от наших собственных великих гор и прерий, чем-то всеобъемлющим, демократически — человеческим и человечески — доступным.

В своём искусстве Шаляпин выражал всю свою жизнь, а не отдельную её частицу. Для него искусство было не воздушным замком, куда можно было бы сбежать от повседневной жизни. Нет, он всегда претворял самоё жизнь в искусство, а искусство перевоплощал в жизнь с размахом подлинного гения.

Пуристы временами критиковали Шаляпина за то, что он преступал те рамки, в которых, по их мнению, должно оставаться искусство артиста. Они не поняли всей сути шаляпинского гения, настолько близкого самой Природе, что законы вкуса и формы для него писаны не были.

Шаляпин создавал собственные формы. Иного пути у него не было и быть не могло.

Нередко личное знакомство с каким-либо великим артистом вас разочаровывает: настолько велика разница между артистом и человеком. Шаляпин был олицетворением своего искусства, а его искусство было олицетворением Шаляпина.

Он мог смешить до упаду и приводить в содрогание от ужаса. Я помню два случая. Первый произошёл за обеденным столом. Шаляпин неожиданно вскочил и стал изображать льва за решёткой клетки, но так ярко, так живо, что вся публика буквально помирала со смеху.

А второй инцидент произошёл в 1936 году в Зальцбурге, в отеле «Эстеррайх», за два года до смерти Шаляпина. Я собрался уезжать. Распрощался с Шаляпиным, и он так тепло пожал мне руку, что я расчувствовался до слёз. Я уселся в такси. Вдруг Шаляпин с демоническим выражением лица подбежал к такси, распахнул дверцу, схватил мои чемоданы и стал выбрасывать их на тротуар. Я пришёл в ужас. Я был уверен, что Шаляпин сошёл с ума. Неожиданно этот демонический гигант разразился хохотом, схватил все мои вещи, бросил их обратно в такси, крепко пожал мне руку и воскликнул: «Я только хотел выразить моё негодование по поводу вашего отъезда».

— Но самым характерным, по моему мнению, является история о Шаляпине, рассказанная мне д-ром Кусевицким.

Оба отдыхали на каком-то курорте. Шаляпин был в подавленном настроении.

— Работаешь, трудишься, не щадишь своих сил, — жаловался он Кусевицкому, — а какой от этого толк? Ничего путного.

Даже мечта юности, мечта, зародившаяся уже в первые дни его артистической карьеры, не осуществилась. Собственного театра ему, Шаляпину, создать не удалось. Театра, в котором он мог бы претворить в жизнь свои идеи об искусстве, осуществить на практике свой опыт.

На эти жалобы Кусевицкий ответил: «Фёдор, разве ты не понимаешь, что твой театр — весь мир, что он — в сердцах и умах всех людей, везде, где для человечества открываются более благородные и более широкие горизонты?!»

Кусевицкий был прав. И мы, собравшиеся здесь, должны воздать должное не только памяти, но и вечно живому духу Фёдора Шаляпина.

ЧАСТЬ ВТОРАЯ

Известно, нет событий без следа[241]

Статьи и эссе И. Дарского

HABENT SUA FATA LIBELLI[242]

Интродукция

Американская оперная дива и кинозвезда 30-х годов Грейс Мур (*Grace Moore*), начиная свои мемуары, заявляет с места в карьер: «Every Prima Donna has to write her memoirs» («Каждая примадонна должна написать свои мемуары»)[243]. Видимо, внемля этому обычаю, другая американская оперная дива минувшего века Джеральдина Фаррар (*Geraldine* Farrar), написала свои воспоминания дважды, хотя и с разницей более чем в двадцать лет. Не избежал подобного соблазна и Фёдор Иванович Шаляпин, он тоже стал автором двух книг своих воспоминаний, увидевших свет с разницею в пятнадцать лет. Каждый, кто прочёл хотя бы несколько оперных автобиографий, заметит, что в целом у всех у них была и есть более или менее одинаковая судьба и довольно схожая фабула, а именно: детство, семья, кто учил пению, дебют, первый успех или первый провал, любимая роль, закулисные скандалы, если таковые были, любовные связи, если не страшно в этом признаться, и в приложении к книге — перечень стран и оперных театров, ролей, партнеров по сцене и т. д. После выхода такой книги в свет следует её успех-признание у критики, а может, и наоборот — полный провал, и в конце концов она занимает достойное место на библиотечной полке, где её изредка находят оперные фанаты или музыковеды, чтобы процитировать тот или иной пассаж в своей толстой диссертации.

Нечто похожее произошло и с книжками шаляпинских воспоминаний, однако у обеих его книг были существенные отличия в сравнении с другими авторами — не в их содержании, хотя это тоже весьма характерно для книг Фёдора Ивановича, особенно для его второй книги, а в том, какие события предшествовали этим шаляпинским творениям до их создания и какая судьба была суждена им после появления на свет Божий.

Разрозненные факты, относящиеся к избранной автором данного эссе теме, можно отыскать во многих, в основном русскоязычных публикациях о Шаляпине, в том числе и в сочинениях вашего покорного слуги, а именно, в его книгах на русском и английском языках и в некоторых давних статьях русскоязычной зарубежной периодики. Сегодня же, собрав воедино максимально доступные ему материалы, «ваш автор желает вам показать», как поётся в прологе к «Паяцам», а точнее, предложить вниманию многочисленных поклонников великого певца все эти факты, определившие судьбу шаляпинских книг, сопроводив их довольно редкими иллюстрациями. Но прежде чем сделать первый шаг нашего путешествия в эпоху столетней давности, необходимо сделать одно короткое отступление.

Замысел данного эссе возник лет десять назад одновременно у меня и моего самого близкого друга в Америке Марка Свойского, профессора филологии и уникального знатока истории книги и книгопечатания, а также автора многих научных и научно-популярных публикаций. Пока мы обсуждали с ним содержание нашего будущего проекта, случилось непоправимое — у Марка обнаружили неизлечимое заболевание, и после пяти лет неравной борьбы с недугом его не стало.

1. «Страницы из моей жизни»

Согласно устоявшемуся и общепринятому мнению, летом 1916 года, по инициативе Горького, Шаляпин уединился с ним в Крыму, в Форосе, и, пригласив стенографистку, друзья приступили к работе над автобиографией Шаляпина. Не вдаваясь в детали этого сотрудничества, речь о нём впереди, напомним, что в январе следующего года в журнале «Летопись», издаваемом Горьким, стали печататься главы шаляпинской автобиографии, название которой и определило заголовок первой части данного эссе. Однако сегодня, спустя более века после событий, предшествовавших этому предприятию, следует признать, что подобная история, мягко говоря, выглядит весьма упрощенной и не совсем точной, а может быть, и совсем не точной. «Разберёмся», — как любил говаривать Владимир Высоцкий.

В сентябре 1909 года Константин Петрович Пятницкий, журналист и издатель, соучредитель товарищества и журнала «Знание», навещая на Капри Максима Горького, сообщил ему, что **Шаляпин хочет написать и издать** [здесь и далее выделено мною. — *И. Д.*] **свою автобиографию**. Узнав об этом, Горький немедленно пишет Шаляпину письмо, потому что это сообщение его «очень взволновало и встревожило». Весь тон несколько сумбурного, написанного в спешке письма Горького — тому свидетельством, и Горький усердно втолковывает Шаляпину причину такого ажиотажа. Вот несколько отрывков из его письма: «Ты затеваешь дело серьёзное, дело важное и общезначимое, то есть интересное не только для нас, русских, но и вообще для всего культурного — особенно же артистического мира! […] Я тебя убедительно прошу — и ты должен верить мне! — не говорить о твоей затее никому, пока не поговоришь со мной. […] Ты можешь поверить мне — **я не свои выгоды преследую**, остерегая тебя от возможной — по доброте твоей и по безалаберности — ошибки.

Я предлагаю тебе вот что: или приезжай сюда на месяц-полтора, и *я сам напишу твою жизнь под твою диктовку* [здесь и далее курсив М. Горького. — *И. Д.*], или — зови меня куда-нибудь за границу, я приеду к тебе, и мы вместе будем работать над твоей автобиографией часа по 3–4 в день.

Разумеется — я ничем не стесню тебя, а только укажу, что надо выдвинуть вперед, что оставить в тени. Хочешь — дам язык, не хочешь — изменяй его по-своему. […] Поверь, что **я отнюдь**

не намерен выдвигать себя в этом деле вперёд, отнюдь нет! Нужно, чтобы *ты* говорил о себе, *ты сам!*

О письме этом никому не говори, никому его не показывай! Очень прошу! […]

По праву дружбы — прошу тебя — не торопись, не начинай раньше, чем переговоришь со мной!

Не испорчу ничего — поверь! — а во многом помогу — будь спокоен!

И еще раз — молчи об этом письме, убедительно прошу тебя!»[244]

Однако ближайшая встреча друзей смогла состояться только два года спустя, в сентябре 1911 года, после печально известного скандала, связанного с так называемым коленопреклонением Шаляпина перед царской ложей в Мариинском театре. Об этом мнимом коленопреклонении уже так много написано, что говорить о нём сегодня — это значит ломиться в открытую дверь. Желающие узнать подробности этого происшествия вольны ознакомиться с неустаревающим двухтомником «Летопись жизни и творчества Ф. И. Шаляпина» (составители и редакторы Ю. Котляров и В. Гармаш) [в дальнейшем — «Летопись»], или с главой «Шаляпин и Горький» в моей книге двадцатилетней давности «Народный артист Его Величества… Шаляпин». Во время той встречи Шаляпин гостил у друга на Капри ровно две недели, и надо думать, что среди многих вопросов обсуждалась и их совместная работа над шаляпинской автобиографией, потому что ровно через год после встречи с Горьким Шаляпин посетил место своего рождения, город Казань, где приступил к сбору материалов для этой книги. Он побывал во многих местах как в самом городе, так и в окрестностях, связанных с его детством и юностью; встретился со своими бывшими сослуживцами, друзьями, знакомыми, бывшими соседями, и в ходе этого визита его сопровождал нанятый фотограф, сделавший большую серию фотоснимков, украсивших впоследствии шаляпинские мемуары не только на русском языке, но и на многих европейских. Среди этих фотографий выделяется одна, заслуживающая особого комментария; её можно видеть, к примеру, на вкладке рядом со 160-й страницей первого тома «Летописи» (не следует путать этот двухтомник с горьковским журналом того же названия, где мемуары Шаляпина были впервые напечатаны). На этом фотоснимке опирающийся на палку в правой руке Шаляпин запечатлён возле дома, в котором он родился, и при всей обыденности этого момента обращает на себя внимание незаметный шаляпинский розыгрыш, прикол, на что он всегда был большим мастером. Рядом с его левой ногой, около стены дома, на уровне земли можно видеть продолговатый ящик, являющийся не чем иным, как крышкой выгребной ямы, или просто-напросто — коммунальной уборной для жильцов обоих этажей. В конце далёких 1940-х годов мне довелось провести детские годы в очень похожем на шаляпинский двухэтажном деревянном доме в Невском районе Ленинграда, и забыть это чудо природы с его «фантастическими запахами» — особенно летом во время его очистки — невозможно даже по прошествии семидесяти лет. Ведь мог же Фёдор Иванович сфотографироваться, скажем, перед входом с свой бывший дом, но нет, он не сделал этого вполне сознательно, и откровенный символизм того далёкого момента остался запечатлённым на века.

«Скоро сказка сказывается, да не скоро дело делается», — гласит народная мудрость, и оспорить её правдивость — невозможно. Бесконечная занятость, заграничные гастроли и начавшаяся вскоре Первая мировая война, сделавшая Шаляпина хотя и не в современном смысле этого слова, но «невыездным», — всё это, как в том старом анекдоте, создало ситуацию, когда у артиста появились, наконец, и время, и место для осуществления давно задуманного проекта; и оба друга поселились в Форосе, в имении мужа старшей сестры Марии Валентиновны Петцольд [в ноябре 1927 года она станет второй, официальной, женой Шаляпина, но годы их предшествовавшего сожительства в России принято называть «гражданским браком». — *И. Д.*]. Её сестра, Тереза Валентиновна (1878–1931), во втором браке была замужем за московским капиталистом-миллионером и известным меценатом Константином Капитоновичем Ушковым (1850–1918). В его московском доме, согласно семейным источникам, и познакомился Шаляпин со своей будущей второй супругой. Имение Ушкова в Форосе, двухэтажный дворец в стиле русского классицизма, сохранилось до наших дней. В советское время особняк стал санаторием Управления делами ЦК КПСС для номенклатурной элиты. Сейчас во дворце, согласно «Википедии», размещены библиотека и конференц-зал санатория «Форос».

Итак, летом 1916 года соавторы первой шаляпинской автобиографии поселились в роскошном имении К. Ушкова и приступили к работе. «Но по чьей инициативе свершилось сие уединение?» — может спросить дотошный читатель, и он окажется прав. Вот отрывок из письма Фёдора Ивановича от 14 апреля 1916 года к своей старшей дочери Ирине: «…поеду с тем же Максимом [Горьким] в Крым. Он чувствует себя в смысле здоровья отвратительно и должен обязательно побыть в тепле на солнце, […] — **вот я и решил** прибегнуть к — так сказать — военной хитрости, то есть **предложить ему следующее**. Я, мол, буду писать книгу моих воспоминаний, а он будет написанное редактировать. Печатать же написанное будем в его журнале под названием „Летопись“. **Идея эта ему понравилась**, и он решил поехать со мной в Крым»[245].

А в конце того же года, в интервью московской газете «Время», Шаляпин высказался хотя и несколько по-иному, но тоже вполне определённо: «Эти мемуары **я начал писать** ещё **несколько лет назад**. Постепенно систематизировал и в начале этого года закончил их. **Летом их просмотрел Алексей Максимович**. Он же их и будет печатать в журнале, в котором принимает ближайшее участие. […] Я тщательно обрабатывал свой труд и только после того, как Алексей Максимович взялся их проредактировать, я решил их опубликовать»[246]. Несмотря на разночтения в двух последних источниках, суть дела не меняется — инициатива их возникновения целиком и полностью, как мы видим, принадлежала Шаляпину.

Горький гостил у Шаляпина до самого конца июля, пробыв с ним в общей сложности **около полутора месяцев**. В своих письмах оба сообщали: «…очень усиленно работаю с Алексеем Максимовичем» (письмо Шаляпина от 20 июня к дочери Ирине)[247]; «Работаю ежедневно несколько часов…» (письмо Шаляпина от 6 июля к его другу и адвокату М. Волькенштейну)[248]; «Напечатано 500 страниц, а дошли только ещё до первой поездки в Италию! Я очень тороплюсь, но существует непобедимое техническое затруднение: барышня может стенографировать не более двух часов, а всё остальное время дня, до вечера, у неё уходит на расшифровку» (письмо Горького к книгоиздателю И. П. Ладыжникову)[249]. И 2 августа 1916 года Горький сообщает К. А. Тимирязеву: «Только вчера возвратился из Крыма, где жил в Форосе у Фёдора Ивановича, **помогая ему** в работе над его автобиографией. За **семь недель** очень отдохнул от Петербурга…»[250] Таким образом, работая над книгой ежедневно хотя бы по два часа, соавторы затратили на это без малого (7 недель или 49 дней по 2 часа) 100 часов! Не станем придираться к тому, что редакторы горьковских писем прозевали неточность в названии столицы России, ибо к тому времени Петербург уже два года как был переименован в Петроград, а также заметим, что, введя произвольную поправку, скажем, в 20–25 процентов на то время, когда, вероятно, работа всё же не велась, думается, что окончательная цифра в **75–80(!) часов** работы над книгой — вполне правдоподобна. Запомним её, ибо подобная скрупулёзность, равно как и все слова выделенные в нашем эссе жирным текстом, приобретут важное значение, когда эта, так сказать, «история с автобиографией» приблизится к своему завершению. Но сначала необходимо остановиться ещё на одном, ставшем известным совсем недавно, свидетельстве о том, как писалась шаляпинская книга в Форосе. Средняя дочь певца в его втором браке, Марина Фёдоровна Фреди (Шаляпина), в одном из своих интервью Николаю Горбунову заявила: «Ничего они вместе не писали. Горький приехал раза два, и он помог сложить в книгу написанное папой. Папа один писал. Я даже это помню. Он не писал, он диктовал. […] А я сидела где-то в углу и всё видела»[251]. Это заявление дочь Шаляпина повторила с различными вариациям трижды на одной и той же странице. Так кто же прав? Пусть решает читатель, но мы привели почти все широко доступные документы и свидетельства участников этого события и считаем, что Марина Фёдоровна ошиблась в своих воспоминаниях детства, и не мудрено, если вспомнить, что в тот год, когда её отец и Горький работали над книгой, ей, родившейся в 1912 году, было всего четыре (!) года.

Мемуары Шаляпина, как и было объявлено в рекламах того времени, начали печататься в 1917 году: в первом, январском, номере ежемесячного журнала «Летопись». В объявлении о годовой подписке на журнал, предваряющем титульный лист, значится: «Ф. Шаляпин. Автобиография. Редактированная М. Горьким». Такое же название было видно и в разделе «Содержание». И только на странице 53, с которой, собственно, и начинались первые двадцать страниц шаляпинской книги, под тем же самым заголовком «Автобиография» впервые появился подзаголовок: «Страницы из моей жизни». Но ещё раньше, чем текст шаляпинских воспоминаний увидел свет, после первого же анонса в редакцию посыпались многочисленные протесты «прогрессивной общественности», выступившей против публикации этих мемуаров, не забывшей и не простившей Шаляпину его пресловутого «коленопреклонения» в 1911 году и спешившей ещё раз лягнуть своим ослиным копытом гордого льва, не склонившего головы пред мерзкою толпою. В ответ на этот вой Горький от имени Шаляпина написал к автобиографии предисловие. Опубликовано оно не было, но сохранилось в горьковском архиве и было обнародовано впервые, согласно автору комментария к более позднему шаляпинскому трёхтомнику «Фёдор Иванович Шаляпин» Е. А. Грошевой[252], только в первом издании одноименного, выпущенного в 1957–1958 годах двухтомника. Не имея под рукой самого первого издания двухтомника, нам не остается ничего иного, как воспользоваться тем же источником, но изданным в 1959–1960 годах, а также его повторением 1960 года. И вынуждены будем признаться, что, как мы ни старались, но ни в одном из них горьковского обращения к читателям отыскать не удалось, поэтому, по совету Остапа Бендера, нам «придется удовлетвориться квасом», иными словами, обратиться к первому тому трёхтомника «Фёдор Иванович Шаляпин», в котором текст горьковского предисловия вновь увидел свет. Е. Грошева предупреждает, что в основу воспроизведенного текста положен черновой вариант, прочитав который мы поневоле испытали некоторую благодарность к Горькому за то, что тот избежал искуса и не опубликовал сего сочинения, которое вряд ли принесло бы ему дополнительную славу. Не только содержание предисловия, но и его стиль — достаточно сказать, что из семи его параграфов пять начинаются с местоимения «я», — звучат резким диссонансом с текстом шаляпинской автобиографии. Не станем утомлять читателя его полным текстом и приведём лишь небольшие отрывки:

«Я считаю нужным предупредить читателя, что автобиография написана и печатается мною не в целях саморекламы — я вполне достаточно и всюду разрекламирован моею четвертьювековой работой на сценах русских и европейских театров. Я написал и печатаю правдивую историю моей жизни не в целях самооправдания... […]
Я знаю: никто не поверит мне, если я скажу, что не так грешен, как обо мне принято думать. И если порою у меня невольно вырывалась жалоба или резкое слово — я извиняюсь. [Ах, Алексей Максимович! В литературном языке глагол «извинять» не имеет возвратной формы в настоящем времени. Следует писать и говорить: «извините», иначе получается, что вы извиняете самого себя. Такая форма самовыражения приличествует, скажем, местечковому королю подтяжек Пине Копману из «Искателей счастья», но отнюдь не «основателю соцреализма». — И. Д.]. *Что делать? Я — человек и чувствую боль, как все.*

Я написал эти, может быть, скучные страницы для того, чтобы люди, читая их в это трудное время угнетения духа и тяжких сомнений в силе своей, подумали над жизнью русского человека, который… [«Скучно, девушки», — повторил бы здесь вновь Остап Бендер, скучно, но не от чтения Шаляпинской книги, а от этой горьковской проповеди. — И. Д.] […] В книге моей много недосказано, о многом я нарочито умолчал. Это сделано не из желания спрятать себя — я ведь не исповедовался, а рассказывал. Это сделано по силе некоторых внешних причин, и пока я лишён возможности устранить их своей волей.

Я просил бы верить, что мне нет надобности кривить душою, прятать свои недостатки, оправдываться и вообще выставлять себя лучше, чем я есть»[253].

Ссылка на литературные источники современных шаляпиноведов, дающих оценку первой автобиографии Шаляпина, конечно, широко доступна, но как было бы здорово представить читателям отзывы из той периодики, когда с шаляпинской «Автобиографией» впервые встретились его современники. Но где же найти такие источники, сидя в Америке «за семь тысяч вёрст» от России? И тут, почти буквально, «в кустах случайно оказался рояль». В моём архиве уже больше двадцати лет хранятся две журнальные вырезки, присланные моими коллегами-шаляпинистами из России. Первая из них была помещена в разделе «Маленькая хроника» журнала, выходившего в Петрограде, и посвящена как раз правомерности публикации «Автобиографии» в горьковской «Летописи». Она невелика и стоит того, чтобы привести её полностью:

«Допустимо ли в демократическом органе участие в качестве сотрудника Ф. И. Шаляпина? Этот вопрос ставит группа рабочих редактору „Летописи“ М. Горькому, обещающему в объявлениях о подписке на журнал печатание автобиографии Шаляпина. „Шаляпин на общественном поприще

прославился только тем, что пел стоя на коленях… В области профессиональной Шаляпин тоже прославился грубым отношением к младшим артистам и мелким театральным служащим, например, к капельдинерам", — так аттестуют Шаляпина рабочие. Любопытно, что ответит редакция „Летописи" на этот своеобразный „протест"»[254].

Редакция, а точнее, лично М. Горький, как было сказано выше, сначала сгоряча написал предисловие к шаляпинским воспоминаниям, но, «по размышленьи зрелом», печатать его передумал.

Иную точку зрения на вопрос о печатании шаляпинских мемуаров и связанных с этим протестах высказал в феврале 1917 года в своём обзоре «Среди журналов» не кто иной, как знаменитый в то время литературовед и пушкинист Н. О. Лернер[255]. Так, в обзоре январского номера «Летописи» он говорит, что обещанные воспоминания Ф. И. Шаляпина появились, и:

«…этому не помешали, — продолжает Лернер, — ни демонстративно-рекламный уход г. Никандрова[256]*, ни наивные протесты некоторых читателей журнала, заявлявших, что в „Летописи" Шаляпину не место, ибо сие место свято, на что редакция, надо отдать ей справедливость, столь же наивно отвечала, что печатание автобиографии Шаляпина отнюдь не знаменует собою какой-либо перемены ни в составе редакции, ни в той общественно-политической позиции, какую журнал до сих пор занимал. […] Нам, признаемся, мало понятны мотивы, подвигнувшие г. Никандрова и прочих протестантов на бойкот „Летописи", и мы довольны, что редакция хоть малость и струсила, но не была совсем запугана. Прежде всего, г. Шаляпин — великолепный певец и хороший актёр: и с него, и с нас этого предостаточно. Никакого политического значения его личность не имеет, а жизненный путь его, как всякого талантливого человека, не может не быть интересен. […] Если же за г. Шаляпиным числятся какие-нибудь политические грехи и какая-то группа «рабочей*

демократии» не хочет выдать ему удостоверения в политической благонадёжности, то это нас как читателей нисколько не трогает. В самом деле, Шаляпин не член Государственной думы, не народный избранник, а Божий избранник, и личность его в смысле общественном совсем не «репрезентативна». […] Я… утверждаю, что в своих политических убеждениях — предполагая, что у г. Шаляпина таковые имеются, — он не обязан отчётом читателям, и судить и приговаривать его к бойкоту не совсем разумно»[257].

В конце 1917 года журнал «Летопись» прекратил своё существование, и поэтому продолжение истории с шаляпинской «Автобиографией» случится почти целой декадой позже, когда ни Шаляпина, ни Горького уже не будет в советской России. Горький, как известно, с начала 20-х годов сидел в добровольном затворе в Сорренто, а Шаляпин в поисках заработка мотался по белому свету, и в середине 1926 года актёрская судьба занесла его ни больше ни меньше как в Австралию и Новую Зеландию. По пути, после пяти лет разлуки, друзьям наконец довелось увидеться вновь. «Третьего дня, проездом в Австралию, был здесь Фёдор с Марией Валентиновной и четырьмя дочерьми, — сообщал Горький своей жене Е. П. Пешковой. — Мы с Максом [их сыном, гостившим у отца. — *И. Д.*] ездили к нему на пароход, провели с ним часов пять. Постарел Фёдор. Очень. И — не столько телесно, сколько — душевно. Устал человек. Ему бы следовало отдохнуть год, два»[258].

Но о таком отдыхе Шаляпин не мог даже мечтать. Незадолго до этой, ставшей их предпоследней встречи в письме к дочери Ирине он сетует: «Работать приходится каторжно. Жизнь страшно дорога, налоги всюду ужасные, а тут никто ещё не встал на ноги, и нужна всем помощь — ничего не поделаешь — работать надо…»[259] И Шаляпин использует малейшую возможность, чтобы не только заработать денег для собственной семьи, но и помочь уже взрослым детям, живущим самостоятельно, но весьма бедно, и многим друзьям, в том числе и Горькому. Поэтому он весьма обрадовался предложению американских издателей опубликовать на английском языке его «Автобиографию», ту самую, что в 1916 году он вместе с Горьким, отдыхая в Форосе, подготовил к печати, и в течение последующего года она частично печаталась в журнале «Летопись». Этой приятной новостью Шаляпин поделился с Горьким ещё во время краткой остановки в Неаполе, ибо знал, что Горькому, из-за разных литературных неурядиц и затруднений, была необходима хорошая материальная поддержка.

И вдруг как гром среди ясного неба, находясь на гастролях в Сиднее, Шаляпин узнаёт из газет, что его «записки уже кем-то напечатаны» в России, о чём немедленно 7 сентября 1926 года он пишет Горькому: «Я не поверил бы, если б не прочел выдержки как раз из той части, которая не была ещё никогда и нигде напечатана. Ты, конечно, знаешь наше российское положение в отношении международного права, и поэтому я, вероятно, не смогу уже продать их в Америке, как хотел. Все издатели откажутся купить и, возьмут, и просто переведут на англицкий язык сами и будут печатать где и как хотят»[260]. Опасения Шаляпина оказались пророческими. Через год он жаловался в письме к Ирине: «Книгой моей торгуют вовсю разные купцы Франции, Германии, Австрии и проч. За исключением Америки и Англии, где за эту книгу мне что-то платят. Остальные же аппрофитируют [т. е. „извлекают выгоду“. Как и многие люди русской диаспоры во Франции, Шаляпин переделывает здесь на русский лад французский глагол profiter. — И. Д.] закон и под покровительство „нет авторских контактов с Россией“ зарабатывают за мой счёт огромные деньги. Жульё!»[261]

И уж коль скоро мы упомянули выход книги Шаляпина на английском языке, то необходимо сделать ещё одно «лирическое отступление» и сказать несколько слов об этом издании. Ещё в 1926 году, будучи в Нью-Йорке, Шаляпин заключил договор с американским издательством «Харпер энд Брозерс Паблишерс» (Harper & Brothers Publishers) на перевод и издание своей «Автобиографии». После того как его книгу незаконно напечатали в России, а потом — в Европе в переводах на многие языки, чтобы не понести дальнейших финансовых потерь от продажи книги в Америке и Англии, Шаляпин добавил к своей монографии ещё две главы, доведя содержание книги до времени своего пребывания в Америке уже в начале 1920-х годов, поскольку оригинал русскоязычной рукописи заканчивался 1914 годом. Американский секретарь Шаляпина, мисс Катарина Райт (Katharine Wright)[262] [Шаляпин на немецкий манер ошибочно пишет её английское имя по-русски — «Врайт». — *И. Д.*], предоставленная в его распоряжение шаляпинским импресарио в Америке Солом Юроком[263], не только внесла в книгу необходимые дополнения и изменения, сделанные самим Шаляпиным, но и отредактировала весь английский текст. В благодарность за её неоценимый вклад Шаляпин посвятил ей немало добрых слов в добавленных к книге страницах, а также передал авторские права (copyright) на английский вариант своей книги. И прежде чем вернуться к переписке Шаляпина с Горьким, ещё одно — техническое — замечание: в английском варианте, так же как и в советском издании, которое вызвало законное возмущение Шаляпина, воспоминания певца вышли в свет под названием «Страницы из моей жизни».

Помимо удивления самовольным актом советского государственного издательства, игнорирующим волю автора, удивление Шаляпина в связи с выходом в свет его мемуаров было вызвано ещё и тем, каким образом ленинградские издатели получили доступ к его рукописи. Поэтому в уже упомянутом письме к Горькому из Сиднея он спрашивает: «Экземпляр мой хранится у меня в железном ящике в Париже. Не было ли где-нибудь у тебя второго? и, может быть, в особенности если ты оставил его в России, — какой-нибудь человече выкрал его из твоей библиотеки и сорудовал?»[264] Ответ Горького не заставил себя долго ждать. Да, у него в России был рукописный экземпляр «Записок» [так Горький продолжает называть шаляпинские воспоминания. — *И. Д.*], но перед самым отъездом за границу он был «сожжен вместе с другими рукописями. Возможно, что копия была у стенографистки», — высказывает он предположение[265]. Но совсем иное предположение может высказать и любознательный читатель, а именно — а не кривит ли здесь душой Алексей Максимович, а также сжег он второй экземпляр шаляпинских «Записок» или просто уходит от ответа? Если таких экземпляров было и в самом деле только два, то, как это выяснилось почти сорок лет спустя, у стенографистки, имя которой Евдокия Петровна Сильversван[266], второго экземпляра не сохранилось по той простой причине, что у неё долгие годы хранилась стенограмма шаляпинского рассказа в Форосе. После смерти Евдокии Сильверсван её родная сестра, Мария Петровна Струкова, почти тридцать пять лет хранила эту стенограмму и в декабре 1961 года передала её Корнею Ивановичу Чуковскому с припиской, в которой, в частности, сказано: «…у меня хранится стенограмма автобиографии Ф. И. Шаляпина. Стенографировала моя сестра Евдокия Петровна Струкова (Сильверсван) летом 1916 г., в Крыму, в Форосе, где был и А. М. Горький. Стенограмма — по системе Паткановой. В архиве А. М. Горького, по всей вероятности, хранится расшифрованный текст биографии, она печаталась в журнале „Летопись“, выходила и в изд[ательстве] „Прибой“ — в сокращенном виде. Но стенограмма остаётся стенограммой, и мне хочется передать её в Ваше распоряжение»[267]. Нам очень хотелось бы ошибиться, но, насколько нам известно, за минувшие с того момента годы — более полувека — никто в России не почесался расшифровать текст стенограммы, хранящий подлинные слова шаляпинских рассказов в Форосе, и сравнить его с тем, что вышло потом из-под пера Максима Горького… Как известно, приближается 150-я годовщина со дня рождения Ф. И. Шаляпина. Неужели же трёх лет не хватит для того, чтобы кто-нибудь из российских исследователей набрался наконец смелости, чтобы восполнить этот исторический пробел и дать нам возможность прочесть подлинные слова гения?

Волею случая в нашем архиве оказался первый, подлинный январский номер журнала «Летопись», но мы пока не можем ни согласиться, ни отвергнуть утверждения Шаляпина о том, что советское издательство «Прибой» хотя и выпустило его записки в сокращённом виде, но все же в целом текст «Прибоя» превосходил текст напечатанного в «Летописи». Ехать ради этого изучать архивы в России у нас не только нет никаких возможностей, но и желания, и поэтому предоставим право проведения такого же сравнительного анализа, как и в случае со стенограммой, нашим российским коллегам. А мы, мой читатель, лучше сделаем краткое сопоставление двух различных, но тоже подлинных, экземпляров шаляпинских воспоминаний, выпущенных «Прибоем» и тоже хранящихся в нашем архиве. Нет, нет, мы не оговорились, именно двух, ибо на поверку выходит, что в 1926 году «Рабочее издательство „Прибой“» (таково его полное название) сделало, по меньшей мере, два выпуска шаляпинской книги, каждый по 15 000 экземпляров. Обе книжки — карманного размера, примерно 11x15 см. Одна, объёмом 13 печатных листов, была отпечатана в типографии имени Евг. Соколовой, принадлежавшей непосредственно «Прибою», а вторая, из-за размера шрифта объёмом 14 печатных листов, была отпечатана в типографии — о, ирония судьбы! — носившей в те годы имя, согласно меткому выражению самого Фёдора Ивановича, «самовластного феодала недавно ещё блистательной северной столицы» (см. вторую книгу Шаляпина «Маска и душа») Григория Зиновьева и размещавшейся в доме 14 по Социалистической улице города Ленинграда.

В течение следующего года Шаляпин не оставляет попыток выяснить, кто же всё-таки и как умудрился отпечатать его книгу без его разрешения. Закончив выступления в Австралии и Новой Зеландии, он теперь продолжает свои гастроли в Америке и из Нью-Йорка шлёт телеграммы протеста редактору «Прибоя» и наркому Луначарскому, о чём телеграфно информирует Горького. Последнее упомянуто в опубликованной переписке друзей, хотя тексты ни одной из этих телеграмм так до сего дня и не обнародованы. Пока Шаляпин борется с «ветряными мельницами», назревают события намного значительнее: советское правительство лишает его звания Народного артиста и, согласно некоторым источникам, советского гражданства, после чего по всей стране начинается вакханалия по преданию шаляпинского имени анафеме.

В то же самое время советское правительство завершает секретные переговоры с Горьким, собиравшимся после семилетнего отсутствия в свою первую поездку на родину, где вся страна готовилась торжественно отметить его 60-летие. Видимо, этим и следует объяснить его явное нежелание помочь Шаляпину в поиске справедливости. Если в начале 1927 года он ещё проявлял какой-то интерес к пиратскому поступку российского издательства, спрашивая Шаляпина в письме от 21 января, выяснилась ли история с «Записками», то его июльское письмо коротко, сухо и чётко отражает его позицию:

«Дорогой друг, как я уже писал тебе, „Прибой“ издал только ту часть твоих „Записок“, которая была напечатана в „Летописи“, не помню, сколько листов там напечатали, но гонорара ты получил 6500 — шесть тысяч пятьсот, — кажется. „Записки“ не были допечатаны до конца, потому что „Летопись“ закрыла цензура. Я не знаю, кто работает в „Прибое“, и никакого отношения к этому издательству не имею, это я тебе тоже, помнится, писал, но считаю нужным повторить, ибо до меня дошли слухи — может быть, неверные, — будто бы ты говорил, что книга „Прибою“ продана мной. Это, разумеется, неверно, повторяю. Тебе следует написать в „Прибой“, чтоб издательство это выслало тебе гонорар за книгу или же передало этот гонорар лицу, которое ты укажешь. Я к этому делу и вообще к „Запискам“ не хочу иметь никакого отношения и от тех американских денег, которые ты отчислил на мою долю, — отказываюсь. […] Деньги — 1200 дол[ларов] — из Москвы я ещё не получил, получу на днях и немедленно переведу в банк, указанный тобою. Будь здоров.

А. Пешков.
14.VII.27.
Sorrento»[268].

Разговор о деньгах в письме Горького не случаен. За два года до этого он занял их у Шаляпина, но отдать всё никак не мог. Теперь же — в ожидании скорого гонорара [в долларах(!), да ещё из нищего Советского Союза(!). — И. Д.] — он готов погасить свой долг. Но деньги в этом вопросе волнуют Шаляпина меньше всего. Если он и заботился о том, чтобы продать подороже свою книгу, то только для того, чтобы материально помочь именно Горькому. Не следует забывать, что те пять-шесть тысяч долларов, о которых идёт речь в переписке, были довольно солидной суммой для Горького, в то время как повсюду в мире Шаляпин получал минимум три тысячи долларов за каждый выход в опере или в концерте. Потому-то его больше заботят не деньги, но — истина, и письмо Горького не могло не задеть его чувств:

*«Дорогой Алексей Максимович, — отвечает он другу, — слухи, дошедшие до тебя о том, что я говорил будто бы, что книгу „Прибою" продал ты, — абсолютно неверны [...], — и продолжает, — редактор „Прибоя" прислал мне извинительное письмо и предложения уплатить гонорар, а также сообщил, что дальнейшее печатание приостановлено впредь до моего особого согласия. На предложение о гонораре я ничего не ответил, так как никакого гонорара с них брать не хочу. Из этого ты увидишь, что, если б я и хотел бросить в тебя столь хамским обвинением, — я бы уже этого сделать не мог. [...] Гонорар от Тихонова[269], если ты хорошенько припомнишь, **я получил в размере, кажется, 600 рублей** и то по твоему же настоянию, потому что я, как и сейчас, считал совершенно неуместным брать деньги за книгу. Это меня никогда не интересовало. Тихонов несколько раз говорил мне потом, что он должен заплатить мне ещё какие-то деньги, но я никогда ничего больше не получал и также никогда ему не напоминал.*
На днях m-elle Врайт из Америки сообщила, что имеет от проданной книги чистой выручки 5000 долларов, и я ей послал телеграмму, чтобы она перевела тебе 2500 долларов.

Тон твоего письма показался мне обидным. Если я заботился и беспокоился о материальной стороне этой книги, то это было для того, чтобы ты получил несколько тысяч долларов, которые, как я предполагал, для тебя, вероятно, были бы не лишними. […]

Я уверен в том, что ты сам знаешь хорошо: недостатков у меня много, но мерзости в душе я никогда не ношу, а всегда тебя люблю и уважаю»[270].

Горький, конечно, понял, что перегнул палку, и, не желая ссориться с другом, он моментально шлёт ответ:

«— Милый друг, Фёдор Иванович, я ведь в письме моём писал, что не считаю тебя творцом слуха о моей афёре с книгой и „Прибоем“. Кротенькое письмо моё могло задеть тебя — как я думаю — только его сухим тоном и заявленным мною нежеланием говорить о книге и т. д. Тон объясняется тем, что у меня в душе черти в чехарду играют и что я до безумия устал от глупости и подлости человеческой. Устать — пора, 60 лет прожил. Разумеется, у меня не было и не могло быть сознательного желания обидеть тебя, и, если ты думаешь так, это — грустно.

Снова — всё-таки! — приходится писать тебе о „долге“. […] Чудак ты. Прочитал я твоё письмо и, хотя мне невесело, хохотал. Пожалуйста, кончим эти смешные счёты, к чёрту их»[271].

На этот раз ссоры между друзьями не произошло, но размолвка не прошла бесследно, и через три года её рецидив привёл к полному разрыву их более чем тридцатилетней дружбы.

Следующей встрече Шаляпина с Горьким, 18 апреля 1929 года, имевшей место после спектакля «Борис Годунов» в Риме, куда Горький приехал из Сорренто, где завершал все свои дела перед окончательным возвращением в Россию, суждено было стать их последней. После спектакля оба друга и их сопровождающие пришли на ужин в таверну «Библиотека». Во время ужина Горький, уже побывавший на родине и пришедший в восторг от достижений советского режима, «всё ещё дружески снова тогда сказал, — вспоминал Шаляпин в своей второй книге „Маска и душа“, которой будет посвящена вторая часть нашего эссе, — что **необходимо** [выделено Шаляпиным. — *И. Д.*], чтобы я ехал на родину. Я снова и более решительно отказался, сказав, что ехать туда не хочу. Не хочу потому, что не имею веры в возможность для меня там жить и работать, как я понимаю жизнь и работу. И не то, что я боюсь кого-нибудь из правителей или вождей в отдельности, я боюсь, так сказать, всего уклада отношений, боюсь „аппарата“. […] Я почувствовал, что Алексею Максимовичу мой отказ не очень понравился. И когда я потом, вынужденный к тому бесцеремонным отношением советской власти к моим законным правам даже за границей, сделал из моего решения не возвращаться в Россию все *логические* выводы и „дерзнул“ эти мои права защитить, то по нашей дружбе прошла глубокая трещина»[272].

Как уже было сказано выше, интенсивная переписка обоих друзей по поводу неизвестного источника шаляпинской рукописи, использованной издательством «Прибоя», ни к чему не привела. Тем временем это издательство не только самовольно отпечатало шаляпинские мемуары, но и через своих партнёров, как Шаляпин и предвидел, стало продавать их за границей. Шаляпин был удивлён, может быть, даже и обижен, но отнюдь не расстроен из-за потери звания Народного артиста, но наглое попирательство «советами» законных прав артиста переполнило чашу его терпения. И когда он «дерзнул» защитить свои права, «по его поручению, — как писала эмигрантская газета „Возрождение“, — доктор прав Парижского университета Д. В. Печорин[273] предъявил иск к французскому издательству „Плон“ за перевод и печатание автобиографии без ведения и согласия автора»[274]. Шаляпин знал Печорина превосходно не только потому, что тот и ранее оказывал артисту различные адвокатские услуги, но еще и потому, что Печорин был просто членом шаляпинской семьи, и Шаляпин любил его и полностью ему доверял. Аналогичные иски в феврале 1930 года были предъявлены к французским журналам, перепечатавшим отрывки из книги. А месяцем позже та же газета сообщала: «Дело о мемуарах Ф. И. Шаляпина принимает неожиданный оборот. Независимо от предъявленного в парижском суде иска к издательству „Плон и Нурри“, адвокат Шаляпина доктор прав Д. В. Печорин наложил арест на появившееся в продаже в Париже с о в е т с к о е издание этих мемуаров, выпущенное без разрешения автора. На днях комиссары полиции соответствующих аррондисманов [*arrondicement municipal* — единица административно-территориального деления крупнейших французских городов. — *И. Д.*] явились по требованию Д. В. Печорина в магазины на ул. Бонапарт и на ул. Дюппюитрен и, отобрав имеющиеся налицо экземпляры советского издания мемуаров, увезли их с собой»[275]. При этом, добавим от себя, коль скоро у нас имеется экземпляр этой книги, отметим забавную деталь, что на титульном листе, точнее — на его обороте, французское издательство «скромно» отметило, что «Права на воспроизведение и перевод защищены для всех стран»[276]. И впрямь, «умри, Денис, лучше не напишешь!» В мае того же года Печорин «предъявил во французском суде иск к советскому правительству, обвинив советские учреждения» в незаконном ввозе во Францию шаляпинских мемуаров и продаже их в Париже[277]. Материальные убытки Шаляпина, согласно всем русским газетам, оценивались в размерах от ста до пятисот тысяч франков. Моральный урон, причиненный советским правительством, определялся суммой в два миллиона франков[278].

Суд тянулся долго. Дело из Коммерческого суда перекочевало в суд Апелляционный, потом обратно, но юридические перипетии этого процесса не важны для данного эссе, нас интересует окончательный результат. Все литературные источники советского периода в России, описывающие иск Шаляпина, в один голос утверждают, что Шаляпину в этом иске французским судом было отказано. Ну, это как смотреть. Вот что, к примеру, писала по этому поводу одна из русскоязычных газет в Париже: «Коммерческий суд признал советское правительство в лице главы парижского торгпредства виновным и […] присудил „советы“ к уплате Шаляпину убытков в размере 10 000 франков и судебных издержек по ведению дела»[279]. В то же время только что цитированный выше советский юридический сборник [см. сноску 278. — *И. Д.*], выходивший в свет под эгидой «Научно-исследовательского института монополии внешней торговли», утверждает, что согласно суду ущерб, понесённый Шаляпиным вследствие действий СССР, следует «определить» в размере 100 000 франков. Сегодня совершенно неважно, с кого и сколько денег получил Шаляпин. Суть дела заключается в том, что он не проиграл, но ВЫИГРАЛ этот иск к «советам». А для нас с читателями гораздо интереснее — разобраться в том, какую роль сыграло это событие в том, что дружба Шаляпина с Горьким дала после этого, по словам Шаляпина, «глубокую трещину».

В ходе суда советской стороной была оглашена переписка Шаляпина с издательством «Прибой» в 1926 году, а также письмо Горького к советскому послу во Франции и его письма в газеты «Правда» и «Известия». Все три последних официальных письма Горького примерно одинаковы, но известинское письмо короче, поэтому приведем здесь некоторые выдержки из него и при этом, не вступая в запоздалый спор с Горьким, коль скоро мы постарались подготовить все материалы, попросим самих читателей провести сравнение фактов и данных, выделенных жирным шрифтом при описании событий 1916-го и последующих годов, с представленными ниже. И ещё просим обратить внимание на то, что в ранние годы Горький в своих письмах постоянно называет шаляпинские воспоминания «Записками», беря их при этом в кавычки, что как раз и говорит о том, что «вначале было Слово», т. е. Шаляпин и в самом деле ещё до начала работы с Горьким немало своих воспоминаний уже перенёс на бумагу, и Горькому оставалось только отредактировать эти записки и включить их в рукопись. Теперь же Горький предпочитает многое из прошлого «в упор не видеть», а то и просто он беззастенчиво передергивает факты. Итак, в кривом зеркале заявлений пролетарского писателя уже знакомые нам события не столь отдалённого прошлого предстают в таком виде: «**Записки эти возникли по моей инициативе** и при непосредственном моём участии. В 1915 [следует читать — 1916. — *И. Д.*] году **я уговорил Шаляпина** рассказать мне его жизнь в присутствии стенографистки Евдокии Петровны Сильверсван. Он это сделал в несколько сеансов, **затратив на рассказы не более 10 часов.** После того как эти **хаотические рассказы** [а ведь в 1916 году сам Горький писал в одном из писем, что Фёдор Иванович нередко „рассказывал, как Бог“. — *И. Д.*] были стенографисткой расшифрованы, я придал им связность, переписал, добавил всё то, что знал раньше по рассказам Шаляпина. В 1916 [следует читать — 1917. — *И. Д.*] году он разрешил печатать их [„их“ — это **хаотические рассказы или** законченную **рукопись**? — *И. Д.*] в „Летописи“, за что ему упло́чено [именно так, упло́чено. — *И. Д.*] **6500 рублей**»[280]. А в письме к самому Шаляпину ничтоже сумняшеся, выражая — пока ещё другу — своё возмущение его иском к «советам», Горький заявил даже так: «**Записки твои на три четверти — мой труд**», что позже повторил и в письме к советскому послу во Франции. Кто знает, если бы все приведённые нами ранее факты, особенно те, что выделены жирным шрифтом, фигурировали во французском суде, размер присуждённой Шаляпину компенсации мог бы, наверное, быть намного больше.

Победа в суде если не принесла Шаляпину финансового удовлетворения, то уж моральное — несомненно. Но больше, чем эта победа, его волнует вопрос — что же произошло с его многолетним другом А. М. Горьким, почему так резко изменилась его моральная и политическая позиция в жизни? Но при этом он категорически отказывается допустить мысль, «что этот человек мог бы действовать под влиянием низких побуждений», — и найти этому логического объяснения Шаляпин не в состоянии, — «...всё, что в последнее время случалось с моим милым другом, я думаю, имеет какое-то неведомое ни мне, ни другим объяснение, соответствующее его личности и его характеру»[281]. Однако эти мысли Шаляпина относятся уже к более позднему времени, когда он приступил к работе над своей второй книгой воспоминаний, вышедшей в Париже спустя несколько лет после описанных событий. А это означает, что и нам пора перейти к изложению событий, предшествовавших появлению его второй книги на свет, но, как показали события тех далёких дней, гораздо важнее — к тому, что за этим последовало.

2. «Маска и душа»

Судебная тяжба, порождённая книгой «Страницы из моей жизни», как наверняка заметил читатель, растянулась на долгих четыре года, и, естественно, Шаляпину даже в голову не могла прийти мысль о том, чтобы взяться за новые мемуары. К тому же необходимость обеспечивать свою огромную семью продолжала гнать его из дома в Париже на заработки. Он не только колесит по всей Европе, но и ежегодно пересекает Атлантический океан, гастролируя в Америке и Канаде, а в 1930 году в течение почти четырёх месяцев Шаляпин выступал в Южной Америке, добавив к Аргентине, где в 1908 году он уже покорил своим искусством оперных фанатов Буэнос-Айреса, ещё три страны: Уругвай, Чили и Бразилию.

Во время этих разъездов Шаляпин встречался со старыми друзьями и заводил новые знакомства. Так, в конце двадцатых годов судьба свела его с популярным в русском Париже журналистом, писателем и драматургом С. Л. Поляковым-Литовцевым (1875–1945), поместившим многочисленные рецензии, статьи и интервью с Шаляпиным в русской периодике зарубежья, главным образом, в газете «Последние новости» и в журнале «Современные записки». Сведения о Соломоне Львовиче Полякове[282] (литературный псевдоним — Литовцев) весьма скудные: родился в ортодоксальной еврейской семье и до семнадцати лет не владел русским языком. В дореволюционные годы в России был думским корреспондентом либеральной газеты «Речь». После революции эмигрировал и в 1921 году в Берлине вышла его драма «Лабиринт», написанная им в двадцатипятилетнем возрасте ещё в Петербурге. С началом Второй мировой войны перебрался из Парижа в США, где постоянно сотрудничал с газетой «Новое русское слово», журналом «Новоселье» и т. д. Во время многочисленных встреч с Шаляпиным, восхищённый его увлекательными устными рассказами, Поляков-Литовцев не раз спрашивал певца, почему бы ему не продолжить рассказ о своей жизни в новой книге и не описать те события, которые остались за бортом, а также ретроспективно пересмотреть по-иному некоторые спорные моменты прошлого. Но Шаляпин, ссылаясь на бесконечную занятость и на отсутствие у него литературного таланта, только отнекивался. И вдруг, а может быть, как результат событий, связанных с его первой книгой, в начале 1931 года Шаляпин понял, что Поляков-Литовцев прав, что время для новых воспоминаний пришло и что тянуть больше нельзя, и если журналист согласен, то Шаляпин готов с его помощью приступить к работе над новыми мемуарами. Что стало поводом такого решения, сказать со стопроцентной вероятностью трудно, но единственным логичным, с нашей точки зрения, объяснением могло быть только одно — его желание рассказать миру правду не только о событиях, повлиявших на него, и о людях, встретившихся на его долгом актерском пути, но и о его жизненной драме, последнее действие которой лишь недавно завершилось во французском суде. История сотрудничества Шаляпина с Поляковым-Литовцевым над новым творением певца показалась нам достойной быть выделенной в отдельный рассказ, что мы и попытались сделать, включив его тоже в этот же сборник. Содружество Шаляпина с Поляковым-Литовцевым оказалось весьма плодотворным, и уже в начале следующего года счастливые читатели держали в руках новое сочинение Шаляпина, получившее название «Маска и душа» с подзаголовком «Мои сорок лет на театрах». Предваряя своё литературное детище, Шаляпин писал: «Если автору уместно говорить о качестве своего труда, то я позволю себе указать только на то, что в моей работе я стремился прежде всего к полной правдивости. Я выступаю перед читателем без грима…»[283]

Каждый, кому довелось прочесть эту книгу, не мог не убедиться в том, что Шаляпин ни разу не изменил обусловленному принципу. Это отмечала и русскоязычная пресса за рубежом, об этом писала и многочисленная критика после выхода в свет переводов этой книги почти на все европейские языки. Из русских рецензентов особое внимание привлекает неординарный обзор писателя Георгия Гребенщикова в нью-йоркской газете, писавшего в частности: «Если бы Шаляпин не написал всей этой второй книги, а написал бы только своё к ней предисловие в 5 страниц, всякий грамотный читатель, на всех языках, понял бы, что имеет дело с опытнейшим, замечательным психологом и мастером слова. Я уж не говорю о том, как умно, в смысле практическом, написано это предисловие. Оно охватывает в двух словах всю суть задачи, волю автора, интригу, автобиографию, располагающую шутку и глубокую творчески волнующую идею. Его встречи с самим собою через 40 лет при посредстве зеркала — содержат глубокую сущность, целый роман, сразу охватывающий все пять чувств. Нельзя после такого предисловия не схватиться за всё остальное, нельзя этого забыть, нельзя не увлечься всякой мелочью, им самим рассказанной… И сколько содержания в 5 страницах, сколько хаоса и пафоса, любви, скорби и укора миру, этакому всегда до тупости нечуткому», — и в заключение Гребенщиков провозглашает: «Да, Шаляпин — как писатель — новое огромное литературное явление. Книга его — великий праздник для читателя. […] Большой мастер слова обогатил двумя незабываемыми книгами Великую Русскую Литературу»[284].

Не утруждая себя приверженностью к авторскому заголовку, под примитивным названием «Ma Vie» («Моя жизнь») первое издание новых шаляпинских мемуаров в переводе Андре Пьерра (André Pierre) вышло в 1932 году и на французском языке, сначала в твёрдом переплете, а затем в мягком (по-английски это называют — paperback), что, как правило, уже говорит о коммерческом успехе книги. По совершенно непонятной причине с французского языка были сделаны и переводы мемуаров на английский и в таком виде этот двойной перевод до сего дня используется в научной литературе всех англоязычных стран; прямого же перевода с русского как не было, так и нет. Заглавие книги на этот раз оказалось чуть ближе к оригиналу, но тоже не совсем идентичным шаляпинскому: вместо того чтобы назвать её «Mask and Soul», в англоязычном мире мемуары получили «улучшенное» название — «Man and Mask» («Человек и маска»). Дефекты перевода, конечно же, были замечены многими критиками, которые хотя и хвалили книгу и приводили в своих обзорах отрывки из неё, но тем не менее отмечали, как, например, Винсент Шин из газеты «Нью-Геральд Трибьюн», что «некоторые шероховатости перевода вызывают сожаление, но „Маска и душа“ Шаляпина — это сильная, искренняя и интересная работа»[285].

Хочется надеяться, что переводу мемуаров Шаляпина на итальянский повезло больше, чем всем остальным, ибо перевод этот делал не кто-нибудь, а сам Эрмете Либерати. Это имя мало что говорит неискушенному читателю, но оно весьма уважаемо исследователями жизни и творчества певца и любимо шаляпинскими потомками. Раскроем секрет: итальянский музыкант и композитор Эрмете Либерати был женат на дочери Фёдора Шаляпина, Татьяне Фёдоровне, и даже некоторое время, как, например, в 1930 году, во время гастролей певца в Южной Америке был не только его зятем, но и личным секретарём. Ему и поручил Шаляпин сделать перевод своей книги на итальянский, а также хотелось бы снова надеяться, что он одобрил и перевод названия своих мемуаров, который в обратном переводе на русский означает — «По дорогам жизни». Предваряя шаляпинское собственное вступление, в кратком обращении к читателю Либерати писал: «С особой тщательностью взялся я за перевод этой книги воспоминаний знаменитого певца Фёдора Шаляпина. В написанном им самим предисловии автор откровенно говорит о целях и причинах, побудивших его завершить эту злосчастную рукопись. Что до меня, то хотелось бы, чтобы читателю было видно, что я методично следовал за каждой мыслью артиста и человека, даже иногда намеренно скрытой в форме литературного высказывания.

Шаляпин, мой тесть, с которым я общался многократно как профессионально, так и по взаимной привязанности, хотел бы, чтобы его книга, вероятно единственная, искренняя и полезная, добавлю я, была понятна публике всего мира. Переводя её, я уважительно следовал его желанию. Читатели заметят также, что в этом переводе я использовал никогда не применяемый стиль написания русских слов. Я не утверждаю вовсе, что открыл новую „Америку“, абсолютно нет, но мне кажется, что мой „метод“ устраняет все, или почти все, трудности точного произношения. А давать читателю правильное произношение иностранных слов всегда было и будет желанием всех переводчиков, [и] я хотел дать читателю полное представление о каждом звуке русского языка, насколько это было возможно»[286].

Как ни парадоксально, но название мемуаров Шаляпина «Маска и душа» послужило удобным перифразом для названия фельетона, появившегося 24 декабря 1932 года в московской газете «Правда». Его автором был небезызвестный журналист Михаил Кольцов, представлять которого нет никакой нужды. Небезызвестность его заключалась не только в его профессионализме и идеологической направленности, но ещё и в том, что пятью годами раньше, а точнее 2 июня 1927 года, после выше описанных событий, связанных с первой книгой шаляпинских воспоминаний, всё в той же alma mater, т. е. в газете «Правда», он уже «разоблачал» грех Шаляпина, пожертвовавшего деньги на голодных детей из русской эмиграции. Если первый его фельетон назывался иронически «Широкая натура», то на сей раз — не в бровь, а в глаз — свой новый фельетон Кольцов озаглавил с «большевистской» прямотой — «Маска и человек». В полном соответствии с учением «классиков марксизма-ленинизма», вырывая нужные ему шаляпинские слова из контекста книги, Кольцов не жалел дёгтя для своей мазни: «Господин Шаляпин — бывший солист его величества [читатель, несомненно, заметил, что в полном соответствии с новой советской грамматикой не только слова „Его Величество“, но и „Бог“ стали писаться не с прописных, а со строчных букв. — *И. Д.*], а затем гражданин Шаляпин — в своей книге „Маска и душа“ разделся и оголился перед современниками без всякой скорби, — декларирует Кольцов во вступлении и продолжает в той же тональности: — Книга „Маска и душа“ — страшная книга. Страшна не какими-нибудь трагическими откровениями или разоблачениями. Она страшна спокойной мерзостью человека, похабно оголившегося, выставляющего напоказ некоторые части тела». Чем дальше в лес, тем больше дров, или «Остап ничего не ел с утра, и его понесло», как писали в популярном сатирическом романе знаменитые современники этого фельетониста, который, брызжа слюной и прочими псевдолитературными выделениями, в открытую переходит на панибратско-гаерский тон, и вот несколько тому примеров: «Всех оболгал, всех обхамил, всех обслюнявил опошлившийся старенький Федя Шаляпин», «Федя скачет и играет», «Кокетство шантанной девочки он совмещает с мёртвой хваткой блатного молодца из тёмных переулков» — это только избранные ярлыки из фельетона, который, словно некое патетическое сочинение, завершается надрывным воплем: «Нет, хватит. Тошнит. Захлопнем страшную книжку. Это писал даже не белогвардеец».

Михаилу Кольцову («нам жаль по-человечески его», — пел когда-то великий бард, ибо плохо кончил товарищ Кольцов, хотя и служил режиму верой и правдой), как и некоторым другим «стоящим у трона», доверили «захлопнуть страшную книжку», не довелось этого сделать только всему российскому народу, поскольку при жизни Шаляпина книга его издана в России не была, и только после смерти тирана первые читатели смогли ознакомиться с шаляпинским созданием, да и то с огромными купюрами, но об этом речь пойдет чуть позже.

Увы, руку, анатомически точнее было бы сказать — копыто, к процессу лягания Шаляпина приложил и его ближайший многолетний друг Максим Горький. Когда «Маска и душа» вышла в свет на русском языке, Горький находился в Сорренто, куда Кремль выпустил его в последний раз, и ему удалось прочесть эту книгу. В письме к Ромену Роллану — переписка с которым шла у Горького в течение уже не одного десятилетия, и в ней он делился своими мыслями о многих сторонах жизни своих соотечественников как в советской России, так и за рубежом, — 27 ноября 1932 года, клеймя «бездарные выдумки эмигрантов», многих из которых он лично знал и в них разочаровался, Горький не просто выражает своё возмущение шаляпинскими мемуарами, но и беззастенчиво лжёт, искажая общеизвестные и нынче опубликованные факты, очерняя Шаляпина и его книгу и обвиняя его во всех смертных грехах: «Стыдно читать „воспоминания“ бывшего друга моего Фёдора Шаляпина. Он пишет: „У меня отняли всё, я выехал из России нищим [это, между прочим, подтверждает в своих воспоминаниях и друг Шаляпина, англичанин Фред Гайсберг, который описывает встречу с певцом в 1922 году, одетым в потрепанный костюм сразу же после отъезда из России. — *И. Д.*]. Это — ложь, и очень глупая ложь. Обстоятельства его отъезда хорошо известны мне [Горький, по совету Ленина, сам бежал за границу „на лечение“ ещё за год до отъезда Шаляпина. — *И. Д.*]. Его дом в Москве не был национализирован как „бездоходный“, в этом доме и до сего дня живёт жена Фёдора [дом был уплотнен и превращён в коммунальную квартиру ещё до отъезда Шаляпина из России, и *бывшая* жена Шаляпина проживала теперь в коммуналке. — *И. Д.*]. [...] Он вывез из Союза два вагона вещей, среди которых были гобелены, которые, по его словам, стоили 2 милл. франков [Шаляпин, видимо, „вывез два вагона“, погрузив их при этом на корабль, отплывая из Петрограда? — *И. Д.*]. [...] Но меня лично возмущает не столько эта ложь, сколько общий тон его „воспоминаний“, тон, недостойный великого артиста, хвастливый, мелочный, грубый. К тому же Шаляпин не очень грамотно и умело излагает факты, мысли… […] Очень тяжёлая вещь эти воспоминания, и я уверен, что Шаляпину внушают их паразиты, окружающие его, внушают для того, чтобы окончательно преградить ему дорогу на родину. Его новая жена [Шаляпин зарегистрировал свой брак с Марией Валентиновной в 1927 году, но проживал с нею вместе с 1904(!) года, и к моменту отъезда из России у них было трое дочерей, и Горькому всё это было прекрасно известно. — *И. Д.*] бесстыдно говорит: „Федя поедет к большевикам только через мой труп“. А его, как я слышал, терзает „тоска по родине“»[287].

Похоже, что письмо Горького к Роллану было только репетицией кипящего горьковского гнева, потому что последовавшее за ним 17 января 1933 года письмо из Сорренто к самому Шаляпину не только порою слово в слово повторяет текст письма к Роллану, но и ставит последнюю точку в отношениях бывших друзей. Но прежде чем обратиться к этому письму, мы вновь вынуждены сделать ещё одно отступление и рассказать давно забытую историю публикации этого письма, которая в некотором роде напоминает историю небезызвестного подпоручика Киже.

Текст этого письма впервые увидел свет в сборнике «Горьковские чтения» (1954 год), а также был включён в раздел «Переписка с Горьким» в первом томе двухтомника «Фёдор Иванович Шаляпин», выпущенного в 1959 году. Однако из издания 1960 года оно без каких-либо объяснений исчезает, но при этом в оглавлении (с. 761) исчезает и порядковый номер письма (42), поэтому в оглавлении за письмом № 41, в нарушение правил элементарной арифметики, сразу следует № 43! Примечания же [Ну, скажите, сколько людей читают все примечания? — *И. Д.*] к этой переписке сообщают, что, мол, не удалось установить, было ли это письмо отправлено к Шаляпину или же оно осталось у Горького в черновом наброске. Вот поэтому-то и было принято решение это злополучное письмо в раздел шаляпинской переписки с Горьким не включать. И [о, советская изобретательность!] в существующих гранках предыдущего набора вместо письма Горького, носившего вначале № 42, помещена фотография (см. с. 367) обложки сборника «Горьковские чтения», которого не было в предыдущем издании и в котором, согласно подписи под ней, «впервые и была опубликована переписка М. Горького и Ф. Шаляпина». Упомянутый же «черновой набросок», согласно авторам комментария в правом углу первой страницы, имеет горьковский автограф, гласящий: «3 копии. Одну на папиросной». При этом интересно отметить, что из третьего издания шаляпинского многотомника, так называемого зелёного трёхтомника, вдобавок к исчезновению пресловутого письма № 42 исчезли и эти комментарии к горьковскому автографу.

Зная сегодня из многочисленных литературных источников об условиях содержания в «золотой клетке» окончательно возвратившегося в СССР Горького, нетрудно сделать вывод, что все приведенные комментарии о «черновом наброске» якобы неотправленного письма Горького есть не что иное, как «детский лепет на лужайке в жаркий солнечный денёк», ибо без разрешения или одобрения властей в последние пять лет своей жизни Горький не мог сделать ни шагу. К тому же в опубликованной литературе имеется по меньшей мере три свидетельства, опровергающие и слова, и действия комментаторов из шаляпинского многотомника.

Так, Е. П. Пешкова, жена Горького, вспоминала: «**Алексей Максимович**, прочтя книгу Фёдора Ивановича „Маска и душа“, вышедшую в Париже, **написал ему суровую отповедь** [читатель помнит, что и здесь, и далее жирным шрифтом выделено мною. — *И. Д.*], в которой вылилось его возмущение»[288]. Тенор А. М. Давыдов, выдающийся русский певец и режиссер, а также добрый приятель Шаляпина, вернувшийся из эмиграции в советскую Россию, вспоминал: «**Горький**, невзирая на прежнюю дружбу, на любовь к Шаляпину, **написал ему очень резкое письмо. […] Я сам наблюдал его удручённое состояние после этого письма**»[289]. Забавно отметить, что в комментарии к письму Давыдова редакция шаляпинского многотомника указывает, что поводом для письма Горького послужила публикация шаляпинских мемуаров «Маска и душа». И в то же самое время, как мы только что отмечали чуть ранее, та же редакция уверяла нас, что ей «не удалось установить, было ли это письмо отправлено к Шаляпину или же оно осталось у Горького в черновом наброске». Воистину, правая рука не ведает, что творит левая… И, наконец, третье свидетельство — солистки Большого театра В. А. Давыдовой, которая пользовалась некоторыми привилегиями «при дворе». В 1935 году в гостях у Е. П. Пешковой ей довелось петь для А. М. Горького, к которому допуск посторонних лиц был строго ограничен. Давыдова рассказывает: «Растроганный писатель вспомнил Ф. И. Шаляпина, назвал его „забубённым другом“, „несмышлёной головушкой“.

— Обиделся на меня Федя за одно письмо, не понял, что власть строки продиктовала.

— А. М., вам нельзя расстраиваться, — сказала я.

Горький, как маленький ребёнок, заливался слезами»[290].

Но довольно отступлений, пора обратиться непосредственно к последнему письму Горького, писавшего Шаляпину: «Мне кажется, что лжёте Вы не по своей воле, а по дряблости Вашей натуры и потому, что жуликам, которые окружают Вас, полезно, чтоб Вы лгали и всячески компрометировали себя. Это они, пользуясь Вашей жадностью к деньгам, Вашей малограмотностью и глубоким социальным невежеством, понуждают Вас бесстыдно лгать. Зачем это им нужно? Они — Ваши паразиты, вошь, которая питается Вашей кровью. Один из главных и самый крупный сказал за всех остальных веские слова: „Федя воротится к большевикам только через мой труп“». И заканчивая свою отповедь бывшему ближайшему другу, обращаясь к нему на «Вы», автор многих известных пьес впадает в рутинную театральную патетику, восклицая: «Зачем Вам понадобилось сочинять это? Эх, Шаляпин, скверно Вы кончили»[291].

Обращение к ближайшему другу на «Вы», к человеку, который, кроме многолетней дружбы, был ещё и, согласно христианскому закону, близким родственником Шаляпину, став крёстным отцом его младшей дочери Даси, а также содержание и весь тон письма, в котором не было ни «здрасьте», ни «до свидания», говорят о том, что Горький и впрямь просто «выполнил задание партии и правительства». Ссылаясь на лживость книги, в подтверждение своей политической платформы Горький приводит лишь мелкие и второстепенные факты, да вдобавок и сам делает ошибки (а может быть, и намеренно страдает неточностью, когда «цитирует» слова супруги Шаляпина: ведь она во время последней, римской, встречи друзей в 1929 году «большевиков» даже не упоминала, а просто сказала: «В Советский Союз ты поедешь только через мой труп»[292]), но, главное, Горький **нигде и ни разу не опровергает описываемые Шаляпиным зверства большевистского режима** после октябрьского переворота 1917 года. А про вторую жену Шаляпина, ещё после событий 1911 года, когда случилось то печально знаменитое «псевдоколенопреклонение» перед царём, сам же Горький говорил: «Великое счастье, что рядом с ним такая умная и спокойная женщина, как Мария Валентиновна, — вот чудесная фигура и милый товарищ»[293].

«Письмо-отповедь» Горького стало последним прямым контактом между друзьями, но мы уверены, что сопоставление всех приведенных выше фактов подтверждает наш вывод двадцатилетней давности[294], согласно которому, клеймя Шаляпина вслух, в душе, понимая сложившуюся ситуацию, Горький не порицал друга…

Эпилог

Мы надеемся, что из нашего рассказа стало самоочевидно, что при жизни Шаляпина ни один читатель в России, не считая избранных «особ, приближённых к императору», не смог прочесть полностью ни одной из книг его воспоминаний, и понадобились десятилетия после кончины певца, чтобы его «труд с трудом» — просим прощения за этот каламбур одной из строк В. Маяковского — «прорвал громаду лет». И первой ласточкой этого процесса, согласно утверждению составителя ещё двухтомного сборника «Ф. И. Шаляпин», стала публикация полного, подготовленного в 1917 году Горьким текста его автобиографии «Страницы из моей жизни», а также избранных глав из книги «Маска и душа»[295]. Тот же составитель во вступительной статье к трёхтомному сборнику «Ф. И. Шаляпин» (с. 41) в 1976 году говорит, что ряд местных издательств, как, например, пермское, киевское и другие, не однажды использовали отдельные материалы двухтомника, в основном воспоминания Шаляпина. Это, конечно, верно, но на поверку оказывается, что не совсем так. Ещё за год или два(!) до выхода в свет шаляпинского двухтомника, после знаменитого XX съезда партии, на котором не только «разоблачили культ личности Сталина», но и впервые заговорили о запрещенных произведениях многих писателей, — нам неизвестны детали, — но в 1956 году был снят запрет и с первой книги Шаляпина. В результате в г. Ленинграде тиражом 115 120 экземпляров была выпущена факсимильная копия издательства «Прибой», отпечатанная за тридцать лет до этого в типографии имени Евгении Соколовой. О том, чтобы выпустить факсимильную копию с варианта, отпечатанного в типографии «им. тов. Зиновьева», естественно, не могло быть и речи. В том же 1956 году аналогичную книжку выпустило и Государственное издательство изобразительного искусства и музыкальной литературы в Киеве. Правда, тираж этой книги был увеличен почти вдвое — 200 000 экземпляров и к шаляпинскому тексту была ещё добавлена давняя статья В. В. Стасова о молодом Шаляпине «Радость безмерная». Второй отличительной чертой этого издания стала досадная опечатка на 197 странице, где вместо даты венчания Шаляпина в1898 году сказано: «Летом 89 г. […] я обвенчался…» Двумя годами позже, не исправив указанной опечатки, то же киевское издательство повторило выпуск шаляпинской книги, но уже половинным тиражом.

После выхода в свет двухтомного шаляпинского сборника, «Страницы из моей жизни» были переизданы в России много раз, но из всех этих изданий особой похвалы заслуживает издание «Страниц» ленинградским издательством «Музыка» в 1990 году со вступительной статьёй Юрия Котлярова и его высокопрофессиональными, великолепными комментариями, а также первым случаем в России, когда к книге первых мемуаров Шаляпина были добавлены в переводе на русский язык две главы из его нью-йоркского издания 1927 года. Если «Страницы из моей жизни» дошли до российских читателей целиком без особых препон, не считая бюрократической волокиты и затягивания времени, то его второй книге суждено было продираться к читателям в России, как говаривали в Древнем Риме, *per aspera ad astra* («через тернии к звёздам»).

Публикация в шаляпинском сборнике избранных глав из его второй книги «Маска и душа» стала, естественно, только «второй» ласточкой, но еще не принесшей долгожданной весны. При этом следует отметить, что как в двухтомный, так и в последовавший за ним в 1976 году трёхтомный сборник «Ф. И. Шаляпин» попали только три раздела из первой части книги «Маска и душа», причем первый раздел — «Моя родина» — вообще не был включён в сборник, разделы второй и четвёртый были сокращены советской цензурой, и только третий — «Вдохновение и труд» — уцелел в цензурной мясорубке. Зато из пяти разделов второй части книги были полностью выброшены первый — «Кануны», второй — «Под большевиками» и четвертый — «Горький». А разделы третий — «Любовь народная» и пятый — «На чужбине» были зверски урезаны.

Но, как верёвочка ни вейся, первый, тонкий ещё ручеёк, несший в себе только малую каплю, украденную цензорами из второй шаляпинской книги, смог пробиться к советскому читателю уже после выхода в свет первого шаляпинского сборника. Это удалось сделать только одной из центральных газет, редактор которой не боялся себе этого позволить. Вот как это было: скомпоновав выдержки из второй части «Маски», писатель

Лев Никулин, будучи автором собственной книги о Шаляпине и знавший его лично, назвал свою компиляцию «Штрихи воспоминаний» и предпослал ей небольшое вступление, а 19 октября 1962 года редактор газеты «Известия» Алексей Аджубей бесстрашно поместил этот материал, занявший почти целиком последнюю полосу газеты. Имя редактора «Известий» хорошо известно людям моего поколения, но тем, кто его теперь уже не знает, скажем просто, что он был женат на Раде Никитичне, дочери Никиты Хрущёва. И недаром поэтому в те далёкие 60-е годы гуляла по стране «улучшенная» народная мудрость: «Не имей сто рублей, а женись, как Аджубей»!

Во второй половине восьмидесятых годов («Википедия» ограничивает этот период 1985–1991 годами) в СССР началась знаменитая «Перестройка», ознаменовавшаяся не только экономическими и политическими изменениями в стране, но и резким литературным всплеском, когда граждане страны получили наконец доступ к ранее запрещённым книгам, в том числе и к шаляпинской «Маске и душе». Нам представляется, что «зачинателем», а точнее продолжателем, этого движения стал советский журнал на английском языке The Soviet Union, служивший рупором советской пропаганды за границей, но, как утверждают, использовался чаще в качестве пособия для изучавших английский язык внутри страны. И коль скоро не каждый читатель газеты «Известия» свободно владел тогда «вражьим голосом» и потому не мог прочесть этой статьи или просто не имел доступа к этому журналу, чтобы заметить перепечатку, редакция журнала, изменив заголовок четвертьвековой давности в «Известиях», перепечатала её в шестом номере журнала за 1987 год[296]. Заголовком этой статьи в журнале стала цитата — правда, в довольно корявом переводе — из заключительной главы книги Шаляпина: «FEODOR CHALIAPINE: „But Where Would **You** Get Hold of the Pushkin Cliff?“», что в дословном обратном переводе на русский должно звучать как: «Но где бы **вы** взяли Пушкинскую скалу?» В то время как у Шаляпина сказано: «Иногда люди говорят мне: ещё найдется какой-нибудь благородный любитель искусства, который создаст вам ваш театр. Я их в шутку спрашиваю: — А где **он** возьмёт Пушкинскую скалу?» Журнальный перевод на английский весьма выиграл бы, если б переводчик не поленился заглянуть в готовый перевод этой книги, сделанный г-жой Филис Мегроз (Phylis Mégroz) более полувека назад, а книга эта наверняка до сей поры имеется в коллекции бывшей Ленинской библиотеки, где сказано: «...whereupon I ask jestingly: „To what part of the world will **he** transport Poushkin's Rock?“» Тоже немного коряво, но хотя бы не перепутаны местоимения, и если читатель ещё помнит, перевод этот делался не с русского оригинала, а с французского перевода...

Ещё годом позже с предисловием К. Л. Рудницкого небольшой отрывок из известинской публикации появился в одном из сентябрьских номеров журнала «Театральная жизнь» за 1988 год[297]. Предваряя эту публикацию, Рудницкий, известный театральный критик, к сожалению, допустил ошибку, утверждая, что «...у нас [т. е. в России. — *И. Д.*] **никогда** не публиковался рассказ о встрече Шаляпина с В. И. Лениным...» Отнюдь, рассказ этот, как только что видел читатель, публиковался в газете «Известия», только двадцать шесть лет назад шаляпинская цитата обрывалась на его словах, что «...[Ленин] меня сразу покорил и стал мне симпатичен». Последующая фраза без какого-либо объяснения в «Известиях» была опущена, а в «Театральной жизни» — сохранена. Вот она: «„Это, пожалуй, вождь“, — подумал я». Причина такой купюры в «Известиях» 1962 года ясна и младенцу — для шаляпинского сомнения в ленинском вождизме тогда ещё «не настал исторический момент».

Зато год 1989 ознаменовался выходом в свет шаляпинской книги «Маска и душа» сразу в двух издательствах: во Всесоюзном объединении «Союзтеатр» и в «Московском рабочем». Оба издания получили великолепный положительный отзыв критика Александры Тучинской в пятом номере газеты «Литературное обозрение» за 1990 год. Разделяя мнение уважаемого критика, нам тем не менее хочется отметить, что в книге издательства

«Московский рабочий», несмотря на высокопрофессиональные комментарии Виктора Гармаша, мы обнаружили, к великому огорчению, целых пять досадных опечаток и это при том, что над книгой работало три(!) корректора. Это сегодня наличием опечаток в русскоязычной печати никого не удивишь, но в те годы, помнится, качество печатной продукции было намного выше и «очепятки» бывали весьма редким явлением. Но Бог с ними, с опечатками, в главе 71 нам бросился в глаза, иначе не назовёшь, настоящий подлог шаляпинского текста. Сегодня трудно сказать, кого следует в этом винить — редактора, составителя или «указания сверху», — но в середине страницы 239 читаем шаляпинские слова: «Заиграла во мне *актёрская кровь. Грозного и Бориса…*» В то время как в тексте оригинала книги 1932 года слова мемуариста звучат по-иному: «Заиграла во мне **царская кровь Грозного и Бориса**». Говорят, что из песни слова не выкинешь, а вот из книги, оказывается, можно. У нас нет под рукой книги, изданной «Союзтеатром», поэтому мы не можем провести сравнения обоих текстов, но по меньшей мере в трёх последовавших изданиях «Маски»: 1997 года («Вагриус»), 2000-го («Локид») и 2008-го («СПб Государственный музей театрального и музыкального искусства») подобной вольности заметить не удалось.

А БЫЛ ЛИ СОЧЕЛЬНИК[298] В КОЛОМБОСЕ, ФЁДОР ИВАНОВИЧ?

История эта началась без малого девяносто лет назад, а точнее 25 декабря 1931 года, почти «в ночь перед Рождеством», правда, не православным, а католическим, когда выходившая в Париже русскоязычная газета «Последние новости» в номере 3929 опубликовала рождественский рассказ Фёдора Ивановича Шаляпина, озаглавленный «Сочельник в Коломбосе». Фабула этого рассказа заключалась в том, что повара ресторана в американском отеле, в котором остановился певец, как ни старались, не смогли, приготовить ему после концерта самый заурядный куриный суп. В отместку ли за это, или был к тому и другой повод, как, например, трудно воспринимаемое для русского уха английское название города, о котором пойдёт речь, но только, вспоминая тот вечер, наша знаменитость решила почему-то переиначить название города Columbus в штате Охайо, превратив его из Колумбуса, как того требуют географические справочники, в уродливый Коломбос.

Но не будем придираться к такой мелочи, как одна неправильная буква в названии города, — нам достаточно головной боли оттого, что вот уже почти десять лет мы не можем разрешить проблемы с двумя неизвестным в шаляпинском «уравнении», скрытом в заголовке его рассказа. То есть в какой именно день Шаляпин давал упомянутый концерт, что совершенно необходимо знать исследователям творчества певца для хронологии его выступлений в Америке, и состоялся ли он действительно в «уездном городе» Коломбусе/Колумбусе, или же сие место просто стало плодом шаляпинской творческой фантазии? Именно такие вопросы возникли у пишущего эти строки, когда он ещё работал над своей первой книгой на английском языке[299], но все поиски не принесли тогда, к сожалению, положительного ответа ни на один из этих вопросов. В действительности получалось так, что, согласно всем доступным нам источникам, за годы пребывания в Америке Шаляпин дал в Колумбусе один-единственный концерт, а именно 29 апреля 1924 года, да ещё в декабре 1926 года посетил этот город со своей оперной труппой, выступив в роли Дона Базилио в опере «Севильский цирюльник». Уже после выхода той первой книги в свет мой российский коллега Ю. А. Пономаренко, работавший тогда над составлением своей «Шаляпинской энциклопедии» и тоже нуждавшийся в той же информации, в своей «емеле» от 25 января 2016 года убедил меня продолжить поиск. Коль скоро в тот момент я заканчивал мою следующую книгу о Шаляпине на английском языке, к исполнению просьбы моего коллеги и друга я смог приступить только через два года.

Нам с Пономаренко было ясно, что, прежде чем ответить на вопрос о месте этого концерта, следует сперва установить его дату, т. е. в какой из многих сочельников в Америке — а Шаляпин гастролировал здесь в десятках городов между 1907 и 1935 годами — мог он дать описываемый концерт. Но сначала — несколько слов о хронологии появления шаляпинского рассказа в печати. Российский читатель смог ознакомиться с шаляпинской миниатюрой только с наступлением перестройки, когда журнал «Музыкальная жизнь», выходивший в те годы дважды в месяц, воспроизвёл «Сочельник в Коломбусе» в заключительном, декабрьском, номере журнала за 1989 год, т. е. как раз почти накануне католического Рождества. При этом в предисловии к рассказу с ссылкой на «Летопись жизни и творчества Ф. И. Шаляпина» утверждалось, сделав при этом ошибку в дате его первого появления (23 декабря вместо 25-го, как фактически указано в «Летописи»: том 2, с. 297), что «рассказ этот с тех пор не перепечатывался…» Аналогичное ошибочное утверждение повторил и московский журнал «Спутник», перепечатавший шаляпинский рассказ из «Музыкальной жизни» тремя годами позже (декабрь 1992 года, сс. 6–9), но тоже, видимо, не случайно в декабре и, следовательно, тоже накануне католического Рождества. Однако «в дуэлях классик я, педант» и потому обязан довести до сведения читателей, что российские журналы не были первыми «перепечатниками», ибо ровно через год после публикации рассказа в Париже он был перепечатан газетой «Новое русское слово» в Нью-Йорке и, как не трудно уже догадаться, тоже 25 декабря, т. е. в день католического Рождества. Сочельник, как было отмечено выше, это канун Рождества, и желание каждого редактора видеть в своём издании сочинение мировой знаменитости именно в этот день вполне понятно, но, простите, с каких пор православное Рождество отмечается нынче в декабре? В любом календаре, в любом литературном источнике сказано, что в наши дни православное Рождество отмечается не 25 декабря, но 7 января. Было время, когда по юлианскому календарю Рождество в России тоже отмечалось 25 декабря, но с переходом на григорианский календарь Русская ортодоксальная, да и многие другие церкви празднуют это событие именно 7 января. Мы не станем вдаваться в детали, кто и когда перешёл на григорианский календарь, наш экскурс в религиозную историю оказался необходимым лишь для того, чтобы установить нужную нам точку отсчёта, а именно, в какой же всё-таки день сочельника состоялся шаляпинский концерт в Америке. Сегодня, к сожалению, уже невозможно узнать, какой Православной церкви придерживался Шаляпин в Америке, в которой их было в основном две: Русская ортодоксальная церковь, подчинявшаяся Московскому Патриархату, и с середины 1920-х годов — Северо-Американская Метрополия, и каждая из них отмечала сочельник по своему календарю. Таким образом, для настоящего исследования становилось обязательным, как и было выше сказано, установить прежде всего только первый факт, а именно, какого числа мог Шаляпин праздновать сочельник, т. е. канун Рождества: 24 декабря или 6 января? Но для этого сперва следует сузить рамки нашего поиска, поэтому для начала надо полностью отбросить первый шаляпинский приезд в Америку, поскольку в свой первый сезон — 1907–1908 годов — он выступал только в театре Метрополитен-опера, изредка выезжая вместе с труппой на гастроли в Филадельфию. И коль скоро «Сочельник в Коломбосе» — читатель уже запомнил это — был напечатан впервые в декабре 1931 года, то и поиск потерянного сочельника следует ограничить 1929 годом, ибо последующие (в 1930 и 1931 годах он здесь не выступал) приезды Шаляпина в Америку в 1932 и 1935 годах, а также проезд через страну после гастролей 1936 года на Дальнем Востоке незачем вообще принимать в расчёт. Таким образом, изначально наше внимание следует ограничить шаляпинскими гастролями в Америке в период с 1921 по 1929 годы. Ведя все эти расчёты, уже к середине мая 2018 года нам стало ясно, что и этот круг тоже должен быть сужен. Благодарить за это следует чудных работников архива в Дикинсон Колледже (Dickinson College) в Пенсильвании и в Областной библиотеке Колумбуса (Columbus Metropolitan Library), откликнувшихся на наши запросы. Из архива пришла копия программы концерта Шаляпина в зале Мемориал Холл города Колумбуса, а из библиотеки — несколько вырезок из местной газеты, согласно которой концерт Шаляпина, состоявшийся 29 апреля 1924 года, был дебютом певца в этом городе[300]. Свою рецензию на концерт газета озаглавила: «Драма в миниатюре — это песни, которые исполнил в концерте великий Шаляпин». Как бы ни было заманчиво рассказать об этом концерте подробнее, придётся отложить это до другого раза, а для нашего исследования наиболее важным моментом становится сообщение о том, что этот концерт стал первым выступлением Шаляпина в Колумбусе, что позволит нам спокойно игнорировать шаляпинские сезоны 1921–1923 годов. Вывод из этого прост: поиск шаляпинского сочельника в Америке вообще и в Колумбусе в частности следует начинать с 24 декабря 1924 года. Иными словами, кроме 24 декабря 1924 года, нам предстоит проверить все двадцать четвёртые дни декабря

1925, 1926, 1927, 1928 и 1929 годов; а также: 6 января 1925, 1926, 1927, 1928 и 1929 годов.

Сегодня стало уже аксиомой, что самым незаменимым источником хронологической информации о Шаляпине для любого исследователя был и остаётся двухтомник «Летопись жизни и творчества Ф. И. Шаляпина», составленный ныне, к сожалению, покойными Юрием Котляровым и Виктором Гармашом, моими «виртуальными», как теперь принято выражаться, коллегами и друзьями. Мне ни разу не довелось ни с кем из них встретиться, но долголетнее сотрудничество с обоими корифеями шаляпинизма стало ярчайшей страницей моей жизни. Думается, что значение и влияние их «Летописи» на будущих исследователей жизни и творчества Шаляпина не иссякнет ещё долгие годы. Однако по прошествии лет их двухтомник, второе издание которого вышло ещё в 1989 году, не включает в себя более поздних находок и открытий, поэтому обратимся к «Хронологии» шаляпинских выступлений и прочих событий в Америке, ставших приложением к моей уже упомянутой в начале данного эссе книге. Согласно той «Хронологии» в декабре 1927, 1928 и 1929 годов Шаляпина в Америке не было, следовательно, в эти годы он не мог праздновать и декабрьских сочельников, и поэтому остаются непроверенными только три декабря: 1924, 1925 и 1926 годов. Из той же «Хронологии» видно, что 19 декабря 1924 года Шаляпин дал сольный концерт в Миннеаполисе (штат Миннесота), а 25 декабря в составе труппы Сивик Опера он пел в Чикаго, в опере «Севильский цирюльник». В декабре 1925 года, 20-го числа, Шаляпин дал сольный концерт в Кливленде (штат Огайо), а 3 января 1926 года прибыл в Сан-Антонио (штат Техас). 24 декабря 1926 года Шаляпин был болен и находился в своём номере отеля «Ансония» в Нью-Йорке.

Метод исключения оказался гораздо эффективнее в отношении возможных январских сочельников Шаляпина. В 1928 и 1929 годах артист прибывал в США соответственно 11 и 9 января. Шестого января 1927 года он всё ещё был болен и находился в своём номере отеля «Ансония». В январе 1926 года, после концерта в Сан-Антонио, Шаляпин отбыл в Калифорнию, т. е. совершенно в противоположную сторону от Колумбуса. А в 1925 году, после концерта в Детройте, состоявшегося 5 января, известно только одно — 11 января у Шаляпина был концерт в зале нью-йоркской Метрополитен-оперы. Итак, подводя итоги этого статистического обзора, можно сделать следующие предварительные выводы. Первое, все декабри и январи трёх лет — с 1926 по 1928 год — полностью отпадают. Второе, из-за болезни Шаляпина отпадает и декабрь 1926 года. И последнее, третье, заключение — отбросить можно также и 24 декабря 1924 года, поскольку на следующий день, т. е. 25-го, артист пел в Чикаго, и поэтому хотя бы одна репетиция накануне, естественно, была необходима. В результате этих сокращений остаются только два возможных дня, когда Шаляпин мог бы праздновать свой сочельник в Америке, а именно: 24 декабря 1924 года (хотя и маловероятно) или 6 января 1925 года, и с этим вопросом, уже пиша сие расследование, я набрался смелости в очередной раз послать запрос в библиотеку города Колумбуса. Ответ сотрудника Отдела местной истории не заставил себя долго ждать: «Я проверил «Колумбус Диспатч», «Колумбус Ситизен-Джоурнал», а также «Огайо Стейт Джоурнал» в отношении указанных вами дней и не нашёл там упоминания имени Шаляпина. Я также проверил веб-сайт газеты «Кливленд Плайн Дилер» [крупнейшей ежедневной газеты Кливленда. — *И. Д.*] на тот случай, что имя Шаляпина или его концерт в Колумбусе могли быть там упомянуты, и вновь ни слова о его выступлении не было найдено. Я не верю, что, появись он в Колумбусе, такое событие сумело бы избежать огласки в печати».

На этом можно теперь поставить точку и с совершенной уверенностью сказать, что ни при каких обстоятельствах праздновать сочельник в городе Колумбусе Шаляпин никак не мог. Но при этом логично спросить: «А мог ли такой сочельник иметь место в другом городе Америки?» Дотошный анализ упомянутой «Хронологии» вполне позволяет высказать такое предположение. Например, вечером того же 24 декабря 1924 года по приезде в Чикаго или после концерта в Детройте 5 января 1925 года, на пути в Нью-Йорк, он мог сделать остановку на один день в одном из близлежащих городов и дать там проездом сольный концерт, который и до сего дня всё ещё неизвестен исследователям. Бывали случаи, когда, будучи моложе, Шаляпин и в самом деле нередко выступал два дня подряд. Кто знает? Но такой поиск потребует немало времени и усилий, чего ваш покорный слуга, в его уже солидном возрасте, позволить себе сегодня не может, но, пока суд да дело, хотелось бы поделиться одной гипотезой, объясняющей появление шаляпинской рождественской юморески.

Как мы помним, дата первой публикации шаляпинского предрождественского рассказа приходится на 25 декабря 1931 года. Но как раз в это время почти ежедневно Шаляпин был занят в «Опера́-Коми́к» в Париже, репетируя и выступая в операх «Дон Кихот» и «Севильский цирюльник». Кроме того, вместе с В. Л. Поляковым-Литовцевым он в то же самое время завершал работу над второй книгой своих мемуаров. Нам представляется, что при такой нагрузке у Шаляпина не могло быть достаточно времени для подготовки ещё и рукописи рассказа для газеты. Скорей всего историю эту во время работы над книгой он просто рассказал Полякову-Литовцеву, а тот в свою очередь, как и весь текст шаляпинских мемуаров, с согласия автора, подготовил к печати и этот рассказ. Мы не сомневаемся, что события, связанные с этим сочельником, конечно же, имели место, но только название города стёрлось у певца из памяти, и, ничтоже сумняшеся, выбрав название поизящнее, Шаляпин своим «сочельником в Коломбусе», во-первых, «все извилины заплёл» каждому шаляпинисту, а во-вторых, увековечил в шаляпиниане сей город, расположенный в самом сердце штата Огайо.

ИЗ-ПОД КОЖИ СОЧИЛАСЬ ДУША

Попытка документального рассказа

Но таким ты предстал мне в час
тихого мечтания, в вечерний час…
А. К. Толстой «Князь Серебряный»

— Соломон Львович? Извините, дорогой, не узнал вашего голоса. Здравствуйте, Соломон, как поживаете? Почему хрипите, вы, часом, не простужены, нет? О, понимаю, — просто долго молчали, пиша статью, и потому голос немного застоялся. Ну, и слава Богу, коль всё в порядке.

— Зато ваш голос, Фёдор Иванович, невозможно не узнать. Чему обязан удовольствием слышать вас, хотя бы и по телефону?

— Видите ли, мой друг, есть у меня дело к вам, но это не телефонный разговор. Не могли бы вы позавтракать с нами, скажем, в понедельник на будущей неделе? Свободны, да? Вот и чудно, приходите к полудню. Адрес наш вы, конечно, помните, *concierge* будет предупрежден, поэтому поднимайтесь на лифте прямо на верхний этаж; *Michel* вас встретит и проводит ко мне.

— Спасибо за приглашение, Фёдор Иванович, постараюсь не опоздать.

— «Итак, до завтра…», — тенорком Ленского, пародируя манеру известного певца, пропел Шаляпин и повесил трубку.

Когда *Michel* ввёл Соломона в кабинет, Шаляпин уже разливал по рюмкам охлаждённую зубровку, приговаривая, что нет ничего лучше, чем перед завтраком выпить по рюмке этого нектара, который хозяин дома делает своими руками, и тут же показал гостю дореволюционную аптечную склянку с двуглавым орлом на стеклянной пробке, плотно набитую ароматной травой, присылаемой ему ежегодно из Польши. «Нам с вами сегодня предстоит серьёзный разговор, поэтому давайте пропустим пока по одной, а за завтраком будем пить только вино», — подымая рюмку, сказал Шаляпин и, опрокинув её в рот, взял Соломона под руку и повел в столовую.

Когда они вошли, часы за их спиной пробили половину первого. За столом уже сидела Марья Валентиновна, жена Фёдора Ивановича, их младшая дочка, десятилетняя Дася, и две неизвестные Соломону дамы. «Знакомьтесь, — пробасил Шаляпин, — это мой добрый приятель и, между прочим, ваш любимый автор, Соломон Львович Поляков, он печатается в основном в „Современных записках" под псевдонимом Поляков-Литовцев и потому известен вам так хорошо, что его и представлять-то не следовало бы». Одна из дам оказалась матерью Марии Валентиновны, Жанеттой Рудольфовной, которую все сидевшие за столом называли запросто «бабаней», имя второй было — Анна Ивановна Страхова. Много лет назад она закончила с золотой медалью консерваторию по классу фортепиано, а теперь, как и её сестра Варвара, знаменитая певица и друг семьи Шаляпиных, проживала в доме Шаляпина на улице д'Эйло, 22. Только у Варвары была квартира на первом этаже, а Анна, или Аннуля, как называли её шаляпинские дети, по приглашению Марии Валентиновны жила в семье Шаляпиных как родственница и не только учила девочек музыке, но и во время отъездов обоих родителей присматривала за ними как вторая мама.

Стол уже был уставлен закусками, прислуживали шаляпинский личный камердинер *Michel*, он же Михаил Михайлович Коваль-Шестокрыл, превратившийся во Франции, согласно русской эмигрантской традиции, просто в Мишеля, и прославленный на весь Париж шаляпинский кудесник-повар Микадзе. Было у него, конечно, и имя — Павел, — но как-то так случилось, что со дня его поступления на службу все в семье Шаляпиных, даже маленькая Дася, стали называть его исключительно по фамилии, да так и привыкли. Слава об его поварском искусстве не нуждалась в рекламе; журнал «Современные записки» он тоже любил и даже считал его лучшим журналом русской эмиграции и потому для шаляпинского гостя приготовил сегодня сюрприз — настоящую полуметровую русскую кулебяку, начиненную лососиной со шпинатом и водружённую в середину стола. Микадзе полностью оправдал свою славу — кулебяка оказалась на редкость вкусной и просто «таяла в рот», как говорили некоторые остряки — выходцы из Одессы. Когда с кулебякой было покончено, Шаляпин повернулся к Полякову и неожиданно сказал: «А если говорить честно, то все эти деликатесы и „де-валяи“, конечно, дело стоящее, но ничего в мире нет вкуснее, чем простые кислые щи с куском хорошего мяса, на котором они были сварены. Конечно, иногда я ещё люблю варёную курицу и, признаюсь, когда был помоложе, мог съесть её целиком — от шейки до, извините, гузки».

Когда завтрак закончился, Шаляпин попросил подать кофе ему и Соломону в кабинет, и оба они удалились. «Фёдор, — крикнула ему вдогонку жена, — мы с Дасей сейчас уедем к портнихе, вернемся часа через два».

— Вот и прекрасно, — шепнул хозяин, — никто не будет нам мешать, садитесь, пожалуйста, в это кресло, а я сяду напротив. Но сначала, ещё одна мелочь, — и, достав из кармана маленький ключик, он подошел к стоявшим у противоположной стены старинным напольным часам и ключиком этим открыл дверцу. Внутри часов, на потайной полке, оказалась бутылка редчайшего, ещё «донаполеоновского», по словам хозяина, арманьяка Домен д'Эсперанс. Такой арманьяк нельзя было купить ни в одном магазине. Отдыхая в летние месяцы на собственной вилле в Сен-Жан-де-Луз (*St.-Jean-de-Luz*), Шаляпин любил навещать в Гасконии своих друзей, производителей арманьяка, и, дегустируя с ними самые редкие образцы, он нередко прямо в подвалах хранилища, где была прекрасная акустика, пел для них свои задушевные песни. В благодарность за доставленную радость хозяева каждый раз одаривали его различными образцами своей продукции.

— Прежде чем мы перейдём к делу, — изрёк Шаляпин, — надо выпить по бокалу этой амброзии, — и, приблизив к носу свой бокал, он долго смотрел его на свет, потом, закрыв глаза, глубоко вдохнул «букет», и наконец сделал первый маленький глоток, пригласив гостя последовать своему примеру. Повторив сие действо ещё два-три раза, Шаляпин спросил: «Вы, Соломон, здесь, в Париже, слушали, по-моему, почти все оперы с моим участием и бывали на моих концертах, не так ли? Даже в Лондоне вы были недавно на моём концерте в Альберт-холле, так что вы хорошо знаете почти весь мой репертуар. А вот сегодня я хочу предложить вам послушать одну мою пластинку, которая, думаю, даже вам пока неизвестна». С этими словами он открыл крышку граммофона *Victrola*, положил на диск пластинку и опустил на неё тонарм. Звуки фокстрота наполнили шаляпинский кабинет, а изумленный Поляков, пытаясь понять, что происходит, удивленно повернулся к Шаляпину, но тот сидел с каменным выражением лица и внимательно слушал музыку. Минуты через три пластинка остановилась, и тогда Соломон наконец спросил, что же сейчас прозвучало и, вообще, при чём тут был Шаляпин? «Ой, очень даже при чём», — отозвался хозяин и рассказал историю.

С февраля 1922 года его постоянной резиденцией в Лондоне стал отель *Savoy*, удобное месторасположение которого в центре английской столицы и великолепное обслуживание гостей полностью устраивали Шаляпина. Однажды вечером он спустился в концертный зал этого отеля, где с недавнего времени начал выступать новый английский джаз-банд *The Savoy Orpheans,* которым руководил Деброй Сомерс. Сидя в уголке зала, никем не замечаемый Шаляпин с удовольствием слушал игру музыкантов. Когда музыка смолкла, он сердечно поблагодарил их за доставленное удовольствие и спросил, не может ли и он внести свою лепту в успех концерта. Кто-то быстро сбегал наверх в шаляпинский номер, принёс ноты, и к вящему сюрпризу присутствовавших в зале Шаляпин исполнил сначала монолог Бориса Годунова «Достиг я высшей власти» и следом — свою знаменитую «Песню о блохе». Закончив пение, он раскланялся перед немногочисленной аудиторией и молча удалился.

Двумя годами позже, когда он снова остановился в Савойе, специально для *Orpheans* Шаляпин сочинил короткий фокстрот на тему русских мелодий. Деброй Сомерс сделал аранжировку, и 4 июня 1924 года этот фокстрот, получивший название «Шаляпината», впервые прозвучал во время одного из популярнейших социальных событий — ежегодных *Epsom Downs* — лошадиных скачек, которые традиционно посещают все сливки общества. Поздним вечером того же дня на волнах радиостанции Би-би-си «Шаляпинату» транслировали с одного из балов, а через короткое время компания HMV выпустила этот фокстрот на пластинке. И завершая свой рассказ, Шаляпин снял её с проигрывателя и протянул Соломону: «Вот она, посмотрите. И мало того, в том же году из печати вышли ещё и ноты моего фокстрота, так что, если вы всё ещё не верите мне, прошу удостовериться лично», — и с этими словами он положил перед Поляковым на стол ноты своей «Шаляпинаты».

— Теперь-то вы, конечно, догадались, друже, к чему я вспомнил эту «савойскую капусту»? Нет ещё? Ну, ладно, не буду вас дольше томить. Вы помните наши с вами встречи в Лондоне года два-три назад, вы потом ещё писали об этом в газете «Последние новости»? Я тогда гастролировал по Англии, начав тур концертом в Альберт-холле, и аккомпанировал мне мой постоянный пианист Макс Рабинович; вы ведь тоже были на том концерте… Ну, вспомнили теперь? В тот год мы часто встречались с вами, особенно когда допоздна беседовали у меня в гостиничном номере. Боже мой, о чём мы только ни переговорили тогда: и о современной опере, и об общем упадке оперной культуры, и о моих первых шагах на оперной сцене, и о первой моей книге, написанной с помощью Горького. Книга та, как вам известно, кончалась на том, что с началом Первой мировой войны я вернулся из Европы на родину, и по этому поводу вы постоянно высказывали мне сожаление, что не существует более полного, более глубокого рассказа обо всей моей жизни, о моём опыте, моём творчестве, и вы не раз призывали меня продолжить этот рассказ. А я вам отвечал: «Куда же ж мне этим заниматься? Ну, какой же ж я писатель?!» Да и времени на это у меня не было и нет, ведь я всё время в разъездах. Вот в шестнадцатом году, когда во время войны ездить никуда было нельзя и я сидел безвыездно в России, уединились мы тогда с Алексеем Максимовичем в Крыму, и вышла довольно неплохая книжка. А теперь я себе такой роскоши позволить не могу — ведь надо же ж деньги зарабатывать — вон сколько ртов нужно кормить, да и сколько ещё людей вокруг всякой помощи требуют… Но вы всё продолжали убеждать меня, приводя в пример мои рассказы о Стасове, о Горьком, о постановке «Каменного гостя» и так далее, и так далее. Вы каждый раз доказывали мне, что они, рассказы эти, убедили вас, что я просто обязан написать новую книгу обо всём, что произошло после выхода в свет моей «Автобиографии», и не давали мне покоя, постоянно твердя, что надо писать, надо писать! Грех мне этого не сделать! И до того вы были убедительны, что вот теперь-то и до меня наконец дошло: а ведь вы были правы, и «да, час настал», как поется в «Орлеанской деве». Только в одиночку мне с такой работой не справиться, это уж точно. Вот если бы вы смогли мне в этом помочь и «сыграли бы» на сей раз роль Горького, то я, пожалуй, снова попробовал бы взяться за книгу. Если вы мне поможете, то, может быть, и напишем как-нибудь, да только вот — беда! Где же время найти? Кашук меня всё время петь заставляет… Так по рукам, согласны?

Оторопевший Поляков не знал, что и ответить. С одной стороны, ему льстило шаляпинское предложение, но с другой — пугала колоссальная ответственность предложенного проекта, да и времени свободного у него тоже было не так много: ведь в поисках заработка ему приходилось печататься одновременно и в ежедневной русской газете «Последние новости», и в журнале «Современные записки», и в некоторых иных изданиях. Всё это как можно деликатнее он изложил Шаляпину, но сказать напрямик «нет» он тоже не мог. Порешили на том, что Поляков обдумает шаляпинское предложение, посоветуется с редакторами обоих изданий и через неделю-другую даст окончательный ответ.

* * *

Время шло, никакого решения Поляков принять так и не мог, как вдруг один из редакторов «Современных записок» Илья Исидорович Фондаминский сказал ему однажды:

— Мы очень желали бы получить у Фёдора Ивановича для журнала какие-нибудь отрывки воспоминаний. Помогите нам. Поговорите с Шаляпиным. Ему, конечно, нужна будет ваша помощь. А мы, со своей стороны, создадим вам все условия, чтобы проект этот осуществился как можно скорее.

Полякову было известно, что летом 1931 года Шаляпин сначала лечился где-то на водах, потом отдыхал с семьёй на юге Франции на собственной вилле в *St.-Jean-de-Luz*, и в конце сентября ожидали его возвращения домой. А на декабрь того же года уже были объявлены его гастроли в парижском театре *Opéra-Comique*. И коль скоро весь наступающий 1932 год уже был заполнен предстоящими гастролями в Европе и Америке, другого случая для работы над книгой могло в ближайшее время больше и не представиться, то железо и впрямь надо было ковать, пока горячо. И, не имея иного выбора, Поляков позвонил Шаляпину по телефону и назначил встречу, пообещав дать ему окончательный ответ.

Сидя вновь в шаляпинском кабинете, но на этот раз отказавшись наотрез от предложенной рюмки и зная, что хозяин дома уважал и любил этот журнал, Поляков для начала подзадорил его «Современными записками» и рассказом об идее Фондаминского и после такого вступления заверил Шаляпина, что, если он ещё не отказался от своего намерения писать новую книгу, то Поляков готов ему в этом помочь. К работе было решено приступить немедленно.

— Но у меня условие, Фёдор Иванович, — заявил Поляков, — два часа работы каждый Божий день, как было у вас когда-то с Горьким в Крыму. Скажем, от четырёх до шести пополудни. Ведь мне ещё предстоит после каждой сессии расшифровывать мои записи, а ведь стенографистки у меня не будет…

— А надолго?

— Месяца на два, вероятно.

— Что ж, это можно.

— Но мне этого ещё недостаточно. Я предчувствую, что мы сядем работать — придёт Коровин, начнём болтать. Придёт Давыдов, за ним, конечно, Кашук — станем анекдоты рассказывать, в белот играть, и вся работа пойдёт прахом.

— Ну, нет, это уже придётся бросить! Займёмся серьёзно. «Когда в делах, я от веселий прячусь, когда дурачиться: дурачусь, а смешивать два этих ремесла есть тьма искусников, я не из их числа». Я правильно цитирую?

— Господи, конечно, правильно, ведь Грибоедова вы знаете превосходно. Но только и этого мне мало.

— Но что же ещё?

— Пусть Мария Валентиновна даст мне обещание, что она проследит за тем, чтобы нас не отвлекали. Между четырьмя и шестью никто не должен входить в этот кабинет, кроме самой Марии Валентиновны и Мишеля — с чаем.

— Маша! — рассмеявшись, закричал Шаляпин.

Вошла Мария Валентиновна, выслушала, что она должна ратифицировать этот строгий договор, и, сочувствуя обеим договаривающимся сторонам, заверила, что кроме неё и Михаила ничья нога не ступит в кабинет. И в этот же момент, как по волшебству, пришли Кашук и Давыдов, и вся компания села играть в белот. Давыдов проигрывал, а Шаляпин бил его карты, приговаривая:

— Это тебе, Давыдов, не «Прости, небесное созданье»! В белот надо играть умеючи…

На другой день, запасшись роскошной, дорогой, плотной бумагой и превосходным вечным пером *Waterman* с шаляпинского письменного стола, Поляков сел к столу и поднял на Шаляпина внимательные глаза. Перед этим было условлено, что Шаляпин будет диктовать, а Поляков записывать.

Фёдор Иванович ходил, сосредоточившись, по кабинету, о чём-то раздумывал, останавливался, снова начинал ходить, что-то бормотал себе под нос, отрицательно качал головой и, неожиданно остановившись перед Соломоном, как будто невидимый дирижер указал ему палочкой вступление, вкрадчиво произнёс:

— Вышел я в поле… Вышел… я в поле… В поле…

Махнул рукой, нахмурился, замолчал и вдруг выпалил:

— Ну, и что же из того, что я вышел в поле?.. Чепуха какая-то!

А прилежный соавтор, написав добросовестно «вышел в поле», терпеливо продолжал сидеть и ждать, что за этим последует: запятая или точка. А Шаляпин как «вышел в поле», так и застрял. Ни тпру, ни ну… Он пытался что-то говорить об этом поле, о ниве золотой, о закате, хмурился, да и признался вдруг:

— Ничего у нас, Соломон, не выйдет. Вряд ли мы эдак чего-нибудь с вами сотворим. Видно, стар я стал…

А Соломон, тоже ставший было сомневаться в успехе начинания, бодрым голосом возразил:

— Ну, что вы, Фёдор Иванович, давайте попробуем снова; завтра посмотрим, как пойдёт, не зря же говорят, что первый блин комом.

Проведя бессонную ночь, Поляков, сильно полюбивший Шаляпина и страстно мечтавший о том дне, когда будет написана новая книга певца, всё старался понять, почему такой увлекательный рассказчик, каким был Шаляпин, с его большим и метким умом и чудесной русской речью, в первый день работы над задуманной книгой не мог связать ни одной живой фразы. И пришёл к заключению, что они необдуманно взялись за дело и выбрали неправильный метод сотрудничества. Идея, заключавшаяся в том, что один будет рассказывать, а другой записывать с последующей редакторской правкой, оказалось в корне неверной, ибо накладывала на Шаляпина несовместимые обязанности, ведь он в таком случае должен был одновременно создавать канву рассказа, подбирать факты и нужный словесный материал, стройно всё распределять и делать это почти экспромтом. С такой задачей вряд ли справился бы и любой профессиональный литератор, что и случилось. Достаточно было одной фальшивой ноты — «вышел я в поле», — чтобы импровизатор сбился с толку и на этой ноте застрял. И Поляков понял, что автора надо поставить в такие условия работы, при которых он сможет говорить обычным голосом и в обычном темпе рассказа, т. е. им следовало перейти к простой беседе. В ней-то, чувствовал Поляков, и раскроется замечательный повествовательный талант певца. Шаляпину эта идея понравилась, и, составив обширный список различных тем беседы, Поляков стал задавать вопросы, как это делается во время интервью, Шаляпин отвечал, а Поляков записывал слово в слово, нисколько не заботясь о литературной отделке, тем более — о запятых и грамматике. В течение двух месяцев он заполнил своими записями около тысячи листов бумаги, подлинниками шаляпинских рассказов.

* * *

Через несколько дней после начала работы Поляков увидел, что его надежды оправдались. Шаляпин так увлекся работой, что самозабвенно рассказывал и о том, о чём в прежних беседах никогда даже не заикался. Так, не говоря ни слова о том, что Горький, редактируя его первую книгу, самовольно изменил давнишнюю историю о встрече певца в 1905 году в Киеве с полицейским приставом, Шаляпин на сей раз представил эти же события с точностью до наоборот. Согласно версии Горького, рано утром в день концерта этот пристав явился в гостиничный номер певца, чтобы убедиться, что во время концерта артист не устроит никаких политических демонстраций. Шаляпин ещё только встал и, извинившись, что принимает гостя лёжа в ванне и со стаканом водки в руке, убедил державного воина, что распитие водки в подобном виде было его любимым занятием по утрам, и он тут же пригласил пристава выпить вместе с ним. Однако пятнадцать лет спустя Шаляпин решил восстановить истинную картину, поменяв местами участников того далёкого события. На этот раз после обязательных визитов к высокому начальству Шаляпин сам лично явился и к местному держиморде, чтобы и от него получить разрешение дать бесплатный концерт для рабочих, и теперь уже пристав, лежа в ванне, принимал у себя знаменитого визитёра. Перед ним, поперёк ванны, лежала доска, а на ней стояла порядочно распитая бутылка водки и миска с солеными огурцами. Приглашенный выпить вместе с приставом Шаляпин, спасая концерт от грозящей отмены, не смел отказаться и, присев на табурет и подавляя отвращение, вливал себе в горло сей изысканный завтрак. Разрешение было дано, и полиция, хотя и наблюдала в зале за зрителями, но была в штатском.

Приближался декабрь, и в театре начались репетиции, но Шаляпин так увлекся работой, что, бывало, вечером, когда ему предстояло петь и Соломон предлагал отдохнуть перед спектаклем и поберечь голос, Шаляпин отвечал:

— Нет, нет. Поработаем. Что там голос беречь! Спою…

Но убедить артиста удавалось не всегда. Чем дальше продвигалась работа, тем рассказы Шаляпина становились живее и интереснее. Часто одно переплеталось с другим, но это уже было несущественным. «Важным было то, — вспоминал много позже Поляков-Литовцев, — что, найдя правильный тон, Фёдор Иванович уже обо всём говорил стройно, со смыслом, содержательно».

Шаляпина он знал хорошо и знал его довольно давно, но во время этого сотрудничества перед ним раскрывался Шаляпин новый, доселе неведомый. Конечно, это был тот же Шаляпин, которого он знал и боготворил, но в ином, магическом освещении, признавался Поляков по прошествии пятнадцати лет со дня создания очередного шаляпинского шедевра. «Когда он воспоминанием уходил в прошлое, — писал Поляков-Литовцев, — или говорил о непостижимой тайне сценического творчества, о больших русских людях, которым он поклонялся, всё временное и случайное в человеке стушёвывалось, и в серьёзном, густом блеске выступало основное, вечное — то есть то, что отличало его от всех других певцов эпохи и делало его Шаляпиным, единственным, неповторимым». Не боясь казаться чересчур экспансивным, Поляков вспоминал, что эти часы интимного духовного общения с великим певцом он относил к лучшим радостям своей интеллектуальной жизни. Работая с Шаляпиным, он чувствовал не раз, что перед ним был «гений, человек калибра не нашего, один из тех, имена которых в истории сияют, как бессмертные звёзды…» Это случалось, когда он говорил о своём искусстве, и Полякову становилось ясным, что «пение шаляпинское — не корень, а плод, что корень — глубже и что поёт он так, как пел, именно потому, что в душе его волновалась необъятная сила, которой пение было только заревом, — прометеевский огонь!..»

Не без гордости вспоминал журналист, что дело у них наладилось отлично. За сто двадцать часов совместной работы он не заметил в Шаляпине, этом страстном, нетерпеливом человеке, ни единой нотки раздражения. Их душевные настроения как-то очень счастливо слились воедино, и некоторые сцены, которые Шаляпин, увлёкшись, рисовал мастерски, оба приятеля набрасывали как бы дуэтом — Шаляпин скажет, Поляков прибавит чёрточку, Шаляпин её подхватит и развивает картину дальше…

В декабре было решено, что черновик рукописи закончен. Это была точная запись всего того, что Шаляпин успел рассказать ему за два минувших месяца. Уединившись на несколько дней, прочитав внимательно и обдуманно весь текст, проанализировав каждую шаляпинскую мысль, Поляков снова пришел к Шаляпину и объявил:

— Есть в этой рукописи и жемчуг, и бриллианты, есть изумруды, есть и сапфиры в этой необработанной ещё груде драгоценностей. Есть также и уральские цветные камни, есть и дешевые бусы, и даже простой кремень. Не беда! Пригодится и кремень — сделаем из него мостовую перед крыльцом. Но вы, Фёдор Иванович, должны теперь разрешить мне свободно этот материал рассортировать, приладить камень к камню. Кое-что отшлифовать, срезать угол, соединить куском золота, вами же тут и там брошенного.

— Конечно же, конечно, — отозвался Шаляпин. — Какой же ж я писатель? Делайте что хотите. «Спорить и прекословить не стану», — завершил он своё согласие расхожей цитатой из российской нотариальной доверенности.

Однако Поляков не делал «что хотел». Он поставил себе целью и вменил в обязанность относиться к каждому звуку великого артиста с крайней бережливостью, не уронить ни одного интересного слова, ни одного образа, ни одного характерного оттенка чувства, ни одной оригинальной шаляпинской мысли. Так прошло почти три месяца, пока Шаляпин колесил по городам и весям Европы с концертами и оперными спектаклями. Когда редактура книги была закончена, Шаляпин прочёл её вместе с Соломоном и при этом проявил очень добротный вкус — всё, что он советовал из рукописи выбросить, иной участи, по мнению Полякова, не заслуживало и было исполнено. А сам Шаляпин уже в начале марта 1932 года уведомлял в письме свою старшую дочь Ирину, единственную из всех детей остававшуюся в России, что он только что написал большую книжку. Окончательная версия рукописи была перепечатана, и Шаляпин охотно читал отрывки из неё своим друзьям, Марье Валентиновне, детям, и дети, слушая чтение отца, говорили, что в каждой фразе слышен был его живой голос. Оставалось только дать новой книге Шаляпина достойное название; на этом особенно настаивал Поляков-Литовцев, которому очень уж не нравилось довольно шаблонное название первой книги шаляпинских мемуаров. Сам Шаляпин предложил назвать её «Мои сорок лет на театрах», но Соломону Львовичу виделось что-то необычное, гордое, равное великому имени Шаляпина, и он вдруг вспомнил, как во время одного из визитов к отцу другая дочь певца, Лидия Фёдоровна, рассказывала, что лицедейство было всегда необходимо Шаляпину, даже больше — жизнь его заключалась в лицедействе. Его потребностью было всё время что-то изображать, и, пряча свою душу в самую глубину, напускать на себя маску, но при этом каждый, даже самый пустячный образ его должен был быть убедительным. И тогда Поляков предложил Шаляпину назвать новую книгу «Маска и душа», передвинув шаляпинское название в подзаголовок, что и было безоговорочно принято автором.

Еще работая над рукописью и помня послереволюционные порядки первых советских лет, Поляков предчувствовал, что при выходе в свет новой книги Шаляпина никто на его родине не будет кричать «ура» и «в воздух чепчики бросать», и он как в воду глядел. Советская пропаганда, смешивая с грязью имя певца, называя его и монархистом, и белогвардейским эмигрантом, не пощадила заодно и его еврейского соавтора, чей вклад в создание уникальнейшей книги-исповеди певца даже тридцать лет спустя после смерти Шаляпина «родина» предпочитала «не видеть в упор», при этом и самого Полякова советская власть клеймила теми же оскорбительными эпитетами, что и Шаляпина. Его усилия по сохранению гениальных мыслей национальной гордости России кремлевские музыкоВРеды называли «вражеской рукой, которой по свойственной ему доверчивости Шаляпин вверил свои записки», хотя, как наверняка заметил читатель, «записок» как таковых не было и в помине. А один из широко известных советских исследователей творчества Шаляпина в своей монографии, посвященной столетию со дня рождения артиста, всё ещё писал в 1973 году, что в качестве соавтора певца «был привлечён белогвардейский газетчик С. Л. Поляков-Литовцев». Автору этому, тоже еврею, видимо, было невдомёк, что под этим псевдонимом скрывался Соломон Львович Поляков, такой же еврей, как и его советский обвинитель, но, к счастью для всех нас, поклонников и почитателей таланта Шаляпина, успевший покинуть Россию в 1920 году.

Ведь в противном случае вторая книга певца могла бы никогда и не увидеть свет.

Свои воспоминания о Шаляпине, лёгшие в основу этого рассказа, Поляков заканчивал в Нью-Йорке, когда завершалась Вторая мировая кровавая бойня. За полтора десятилетия, прошедшие с того дня, когда «Маска и душа» увидела свет, многое было пережито и многое теперь воспринималось Поляковым по-иному, но он, конечно же, не забыл того «тёплого приёма», который родина устроила шаляпинской книге, даже не думая её там напечатать. Пройдут годы, в сокращенном виде российские читатели увидят шаляпинские воспоминания впервые только в конце пятидесятых годов, а её полный текст смогут прочесть лишь с началом уже давно забытой перестройки.

А Соломон Львович Поляков-Литовцев, подводя итог своему сотрудничеству с Шаляпиным, не желая на склоне лет затевать заочной полемики с хулителями «свободного, смелого дара… дивного гения» и обращаясь к его будущим читателям, свою собственную роль в создании уникальной шаляпинской книги определил довольно скромно:

— Я получил драгоценную парчу, сотканную самим Шаляпиным. Всё, что в книге есть замечательного, сказано им. Это его «ума холодные наблюдения и сердца горестные заметы». Ткач был Шаляпин; а я был портным. Эту парчу я подравнял, скроил, сшил. Кое-где поставил пуговицу, кое-где придумал складку, чтобы лучше лежало. Выутюжил. Принёс и сдал заказчику. Мне радостно вспомнить, что Шаляпин мой портновский труд сердечно и честно оценил, облобызав меня за него лобзанием друга. Так что, если кто-нибудь скажет, что «Маска и душа» создана не Шаляпиным, скажите ему, прошу вас:

— Это неправда!

НИ ЕДИНОЮ БУКВОЙ НЕ ЛГУ

Выступая изредка в роли Тонио (опера Р. Леонкавалло «Паяцы»), «чтобы передохнуть», поскольку эта партия в опере не главная и небольшая, Фёдор Иванович Шаляпин исполнял в ней также и знаменитый «Пролог», в самом начале которого поётся: «Но должен я вам представиться здесь…» Да будет дозволено и мне в этом кратком прологе, коль скоро я давно ничего не писал для русскоязычных читателей, предстать перед читателями, как определил когда-то сам Шаляпин, — без маски.

Не считая ранних студенческих публикаций и никому, в сущности, ненужных профессиональных статей по гигиене труда, вышедших из-под моего пера ещё задолго «до угара» советской власти, за десятилетия свободной жизни на Западе, «не отрываясь от производства», дававшего два чека в месяц на жильё, питание, а также и на периодические поездки за границу, автор этих строк написал в те давние годы более сотни статей для различных периодических изданий зарубежья, из которых добрая половина была посвящена различным аспектам жизни и творчества Ф. И. Шаляпина, изучению чего ваш автор посвятил более 55 лет своей сознательной жизни. Помимо этого, Господь умудрил вашего покорного слугу подготовить к печати, отредактировать и прокомментировать разрозненные страницы незавершённых мемуаров дочери певца, Лидии Фёдоровны Шаляпиной, переданные мне её сестрой Татьяной Фёдоровной, и издать их за собственный счёт.

«Лиха беда начало», за этим последовали три мои книжки о Шаляпине на русском языке и три монографии о великом певце, написанные (подчеркиваю, не переведённые, а — написанные) по-английски и изданные уважаемым издательством научной литературы *Nova Publishers* в Нью-Йорке. Ну, а о подобных мелочах, как пояснительные заметки (то, что на Западе называют *Liner notes*), т. е. примечания к вкладышам пяти компактных дисков, объединённых общим названием *Chaliapin Edition* (фирма *Arbiter*), а также почти трёхлетнее сотрудничество в качестве консультанта со знаменитым продюсером фирмы *Marston Records*, выпустившим недавно в свет уникальное, впервые в истории хронологическое собрание звукозаписей Шаляпина на 13(!) компактных дисках, и говорить, пожалуй, не стоит. Ведь «так на моём месте поступил бы каждый совет-ский… исследователь», как примерно гласил официальный лозунг недавнего, но уже полузабытого прошлого.

Некоторые мои работы изредка перепечатывались, есте-ственно, безо всякой оплаты, некоторые хвалились, иные — критиковались, но лишь одна из них, о которой сегодня пойдёт речь, «двадцать лет спустя» после её создания вдруг удостоилась «чести» быть пригвождённой к позорному столбу. Сегодняшний краткий экскурс в мой скромный вклад в шаляпинизм имеет двойную цель: во-первых, представиться тем читателям, кото-рые впервые возьмут в руки мой нынешний труд; а во-вторых, «идя к концу моей карьеры» — как писал сам Фёдор Иванович в письме к дочери, — я тоже начинаю думать, как и наш вели-кий современный поэт, что, может быть, мне тоже «есть что спеть, представ перед Всевышним»? Но для этого, как любят говорить французы, не лучше ль сначала вернуться к нашим баранам?..

* * *

Итак, года два назад, отправив в издательство мою предыдущую книгу и бродя в свободную минуту по интернету, случилось мне наткнуться на статью, тема которой и сегодня мне весьма близка и которая много лет назад именно мною была впервые освещена в мировой печати. Называлась эта интернетная статья: «Леонид Собинов: Заветы молодым певцам», и авторство её принадлежало профессору Ростовской государственной консерватории им. С. В. Рахманинова В. А. Мостицкому, чьё имя среди музыковедов и историков русской оперы мне прежде никогда не встречалось. Вскоре выяснилось, что Валентин Анатольевич Мостицкий является профессором кафедры сольного пения указанного учебного заведения и эту статью в оригинале можно прочесть в научном журнале «Южно-Российский музыкальный альманах», издаваемом тем же университетом с 2004 года. Обрадовавшись тому, что профессор вокала хочет поведать своим студентам какое-то новое открытие в исполнительском мастерстве выдающегося русского певца, чьё искусство греет моё сердце вот уже более шестидесяти лет, с душевным трепетом приступил я к чтению труда уважаемого профессора. «И что ж, и что ж?» — поёт Алеко в одноимённой опере, в конце свой каватины. Оказывается, вот что: профессор Мостицкий в первом же параграфе своего труда берёт быка за рога и декларирует, что его не так взволновало творчество самого Собинова, как то, что некто позволил себе в интернете напечатать, по мнению Мостицкого, крамолу о гордости русской оперы. И воспевая пользу и заслуги компьютерной техники, он в то же время строго предупреждает юное поколение, что в интернете *фактически достоверная информация, предлагаемая для всеобщего ознакомления, вполне может обернуться дезинформацией* [здесь и далее курсивом выделен везде текст В. Мостицкого и, чтобы избежать разнотолков, спешу заметить, что все кавычки внутри курсива тоже принадлежат ему. — *И. Д.*]. В Ростовской консерватории, видимо, учатся сегодня дети малые, неразумные, которые, распевая в вокальном классе простые гаммы, ни компьютера, ни интернета и в глаза не видели, а потому, почти по Пушкину, «прибежали в избу дети, второпях зовут отца», т. е. своего любимого профессора, и при этом делятся между собой *ошеломляющим «сенсационным открытием»: великий Собинов, будто бы осознавая ограниченность своего артистического таланта, мучительно «завидовал» великому Фёдору Шаляпину, даже строил некие «интриги» против собрата по оперной сцене!* Из того же вступления автора этакого «вокального аутодафе» следует, что виноват в очернении имени Собинова не кто иной, как *один из представителей «независимой» художественной критики XXI века,* автор *«актуального» исторического исследования,* некий Иосиф Дарский, посмевший высказать собственную точку зрения об исторических событиях почти столетней давности, да ещё и выразить несогласие с гипотезой выдающегося музыковеда, покойного Абрама Гозенпуда, заключавшейся в том, что *«союзничество»* Шаляпина и Собинова было *если и не абсурдным* [подобного слова в эссе Дарского просто нет. — *И. Д.*]*, то, во всяком случае, «довольно спорным».* […] *Как и подобает «независимому» эксперту, И. Дарский обильно цитирует выдержки из документальных источников. В центре внимания критика — эпистолярное наследие Собинова; целенаправленно подобранные фрагменты, касающиеся Шаляпина, считает автор, позволяют нам вызвать великих артистов на исторический «суд совести».* Обладая богатым воображением и ломая стулья, как того требует бессмертная комедия Гоголя, профессор Мостицкий находит в эссе Дарского то, чего там нет, и изо всех сил старается доказать, что Александр Македонский [сиречь в данном случае Л. Собинов] и впрямь был героем [хотя ни в единой строке моего эссе это и не отрицается; суть вопроса, однако, в том, что считать героизмом. — *И. Д.*], и в припадке иронического пароксизма Мостицкий сомневается в независимости экспертного уровня Дарского, беря сие определение, т. е. *«суд совести»*, в кавычки.

А как было бы хорошо, если б сам Валентин Анатольевич тоже следовал бы собственному правилу и не превращал информацию, содержащуюся в моём эссе, в дезинформацию, которой изобилует его собственный памфлет, тогда бы и предупреждение Воланда, вынесенное в эпиграф, и вовсе не понадобилось. Начнем с того, что И. Дарский никогда не был и не будет критиком, ибо «критик» — как когда-то метко заметил выдающийся русский композитор А. Т. Гречанинов, — «это евнух, рассуждающий о любви». Поэтому во избежание прозвища «критик» Дарский и взял на себя смелость представиться читателю на первой же странице. Никогда и нигде — ни в данном эссе, ни во всех остальных публикациях — я не призывал устраивать *«суда совести»* над кем-либо вообще. Этот забытый ныне термин был когда-то весьма популярен только в стране, «победившей социализм» [это не опечатка, читатель, а это — и каламбур и факт, ибо тот строй, в плену которого почти три четверти века находился русский люд, не имеет с социализмом ничего общего. — *И. Д.*]. Если же «посравнить да посмотреть» содержание моего эссе и то, что в нём удалось обнаружить строгому профессору, то невольно напрашивается вопрос: «Да прочел ли он это эссе полностью и если да, то понял ли его содержание?» Ведь там даже нет и намерения противопоставить **искусство** Л. В. Собинова **искусству** Шаляпина, а рассматривается в нём только один-единственный вопрос, а именно: завистливое отношение (и соответствующие поступки) одного артиста к другому, подтверждаемое историческими фактами, взятыми из воспоминаний современников, а также — тут Мостицкий абсолютно прав — и из собственного эпистолярного наследия Собинова, если проанализировать его полностью, а не только *«целенаправленные отрывки»* из ранних писем артиста. Но похоже, что мой строгий рецензент просто уподобился небезызвестному зощенковскому студенту, который очень «хотел не увидеть» своего обидчика. Можно только удивляться, что преподавателю университета, профессору, всё ещё невдомёк, что если мнение какого-нибудь исследователя отличается от собственного мнения рецензента или даже от долговременного устоявшегося понятия, то это вовсе не означает, что оно неправильное. Неужели он не знает, что только так, согласно диалектике, даже марксистской, всегда развивалась и развивается любая наука, в том числе и история, и музыковедение, да и сама диалектика? Ведь в противном случае любая наука превращается в догму, а это уже бывало на Руси в её недалёком советском прошлом, и мне в этой связи вспоминается история более чем полувековой давности, когда ваш покорный слуга, да и сам Мостицкий — ведь мы с ним почти одногодки, — были ещё студентами. На одном из семинаров по научному коммунизму, когда мой приятель посмел высказать собственное мнение по какому-то вопросу, наш разозлённый подобной дерзостью преподаватель влепил ему: «А какое у вас может быть собственное мнение, если вы Ленина не читали?» Видимо, у нас с В. Мостицким были одинаковые учители, да по окончании вуза одного из нас эволюция обошла стороной, и профессор всё ещё руководствуется псевдоапрельскими тезисами.

Критикуя методику изложения материала в эссе Дарского, профессор Мостицкий в то же время свою собственную доктрину выстраивает абсолютно тем же самым методом, т. е. проводит «анализ» (анатомы называют это явление точнее — препарирование) моей работы, используя при этом только нужные ему и к тому же удобно сокращенные для этой цели цитаты из некоторых, преимущественно ранних (в период между 1898 и 1904 годами) писем Собинова. Так, на странице 50-й в собственной статье он приводит цитату из первого тома двухтомника «Л. В. Собинов», относя её при этом к 219-й странице сборника, хотя именно там её обнаружить довольно трудно, коль скоро её там попросту нет. А из воспоминаний директора Императорских театров В. А. Теляковского профессору Мостицкому вообще оказалось достаточным привести всего четыре цитаты, чтобы на этой основе не только объявить о приоритете единственно правильной собственной точки зрения по обсуждаемому вопросу, но заодно и заявить, что «*к сожалению, это не было воспринято Дарским*». Если в моём эссе использованы 64 ссылки на 17 различных источников, притом не только *в основном на эпистолярное наследие* Собинова, как это утверждает мой оппонент, то господину Мостицкому на всю статью хватило всего семи литературных источников, да и то одним из них оказалась моя собственная работа.

Пререкаться, кто из нас прав, как это делали Пётр Иванович Добчинский и Бобчинский, можно до бесконечности, поэтому не лучше ли сделать так: пускай тот, кто ещё не успел ознакомиться со статьёй В. А. Мостицкого, прочтёт её в интернете: https://musalm.ru/assets/almanac/2015–1/3–2.pdf.

Там же можно заодно прочесть и моё давнее эссе, столь не понравившееся строгому профессору, но сначала немного предыстории. Чисто технически оно действительно появилось «онлайн» за 10(!) лет до того, как студенты В. Мостицкого навели на его след своего профессора, поэтому, не разобравшись в хронологии событий, он и шельмует «независимых критиков XXI века», хотя на самом деле эссе это появилось на свет ещё в веке минувшем, т. е. в 1995 году, когда под заголовком «Шаляпин и Собинов» оно было напечатано в двух сентябрьских номерах (753 и 754) еженедельника «Панорама», выходящего и до сего дня в Лос-Анджелесе. Однако первый вариант этой статьи был завершён ещё в 1990 году и тогда же предложен «Панораме», но потом я попросил А. Половца, тогдашнего редактора и издателя газеты, задержать печатание, чтобы заняться её переработкой, а в декабре 1992 года даже отослал черновик в Ленинград на проверку моему коллеге и другу, одному из самых выдающихся шаляпиноведов, Юрию Котлярову. Вот отрывки из его письма: «Что касается твоей статьи, или, вернее, главы из книги, то здесь, на мой взгляд, проблема несколько другая. Идея великолепная: Собинов — мелкий пакостник по отношению к Шаляпину. Лучше всего это выразила карикатура

„Мы пахали“: Шаляпин — вол, Большой театр — плуг, а Собинов — муха на роге у вола. Но если книга пишется для западного читателя, ничего не знающего о Шаляпине и о Собинове, это одно дело. Но если будут читать те, кто прочли и воспоминания Теляковского, и двухтомник Собинова, и трёхтомник Шаляпина, […] эти источники им будут не очень интересны. Таково моё предварительное мнение, на которое, я очень надеюсь, ты не обидишься. У меня есть одно интервью, взятое у Шаляпина и Собинова одновременно. Я постараюсь его найти и послать тебе с этой же оказией. И композиционно у тебя взято, на мой взгляд, не совсем верно, ты сразу почти становишься в прокурорскую позу. Даже в названии. А ведь к этому читателя нужно подвести: в начале — ах, какой умница и душка, а в конце — фу, какой пакостник. И что пакостник — без всякого сомнения, именно он выжил за рубеж Д. А. Смирнова всякими интригами при помощи своих друзей-рецензентов, не давал ему петь в Большом и Мариинском»[301]. Обижаться на откровенность и конструктивную критику моего друга я вовсе не собирался, и некоторые его замечания принесли мне значительную пользу, но и отказаться полностью от собственных идей я тоже не мог, и, коль скоро это эссе и впрямь предназначалось исключительно для русскоязычной аудитории зарубежья (кто же мог в те годы писать для российских читателей?!), под изменённым заголовком «Гений и „Сальери“» я включил его в первый сборник[302] моих избранных публикаций на русском языке.

Отзывы были разные. Из положительных мне хочется привести лишь один отрывок из статьи, принадлежащей перу другого профессора, доктора искусствоведения и преподавателя Московской консерватории Владимира Ильича Зака (1929–2007), писавшего: «По большому счёту, не выдержал экзамена на прочность и ближайший коллега Шаляпина — Леонид Витальевич Собинов, тенор номер один, но тенор явно завидовавший басу. Потому-то Дарский, сравнивая Шаляпина с Собиновым, противопоставляет по-пушкински: Гений и „Сальери“. „Сальери“, впрочем, в кавычках, ибо исследователь вовсе не желает отождествлять обладателя волшебного тембра с настоящим злодейством. Не в этом ли, между прочим, интеллигентность тона?»[303] Не это ли, добавим от себя, и не дано было, «к сожалению, воспринять» профессору из Ростова-на Дону? Зато, как и ему, сразу же после выхода в свет книга моя пришлась не по душе читателю из Филадельфии, купившему её, по прочтении собравшему воедино всё, «что накипело у него в душе про Сергея Ивановича Танеева»[304], и обрушившему свой гнев на моё эссе в собственной статье в интернете. Возражать этому господину, страдающему определёнными проблемами, которые были чётко видны и симптомы которых я помнил ещё из курса психиатрии, не имело смысла, поэтому я предложил редактору электронного альманаха «Лебедь», где появилась эта первая разгромная статья, поместить и мой оригинал, чтобы дать возможность читателям сделать собственные выводы. Ведь в конце концов все мы пишем для наших читателей, а не для критиков, да и, как показывает опыт, не для денег, и издатель согласился: http://lebed.com/2005/art4407.htm.

Вспомнив мой опыт с интернет-журналом «Лебедь», в октябре 2017 года я отправил письмо в редакцию журнала «Южно-Российский музыкальный альманах» с точно таким же предложением, прося ознакомить читателей этого журнала и, главным образом, студентов профессора Мостицкого с оригинальным текстом моего приложенного к письму первопечатного эссе. Не нужно быть Спинозой, чтобы догадаться, что оно не только не было напечатано в журнале, но даже элементарной «емельной» редакционной отписки, мол, «жмём клешню, но стихи не подойдут», я так и не получил. Если с того дня, когда моё эссе появилось в интернете, прошло почти пятнадцать лет, то с того дня, когда я начал над ним работать, прошло почти вдвое больше времени. Вся доступная мне на тот момент литература, относившаяся к избранной теме, была использована. Однако, когда в бой ринулся В. Мостицкий, исследователи жизни и творчества и Шаляпина, и Собинова уже могли пользоваться ранее неизвестными источниками, но В. Мостицкому они были не нужны (статья А. Цукера из того же журнала, где напечатана статья Мостицкого, не в счёт, поскольку к теме диспута она не относится), хотя уже вышедшие к тому времени в свет, наверняка имеющиеся в библиотеке Ростовской консерватории, четыре из нынешних шести томов «Дневников Директора Императорских театров»[305] могли бы пролить немало света на обсуждаемую тему. Можно, конечно, возразить, что в дневниках этих отражено сугубо личное мнение В. А. Теляковского, и это правильно, ведь на то он и дневник, но, во-первых, не нужно забывать, что дневники эти велись не для печати и к тому же по следам свежих событий; а во-вторых, в них отражены исторические факты, которые, как любил подчёркивать основоположник языкознания, — «упрямая вещь», не зависящая ни от мнения Дарского, ни от мнения Мостицкого. Приведём, к примеру, лишь несколько таких, «к сожалению, не воспринятых» фактов, которые были бы доступны В. Мостицкому, пожелай он с ними ознакомиться, но этого не случилось. Так, 20 сентября 1902 года Теляковский записал в свой дневник: «Вчера был у меня скромный Собинов, который, начиная теперь после 6000 р. жалованья получать 24 000, выразил претензию на то, что ему, подобно Шаляпину, не дала дирекция бенефиса. Надо большое самообладание и хладнокровие, чтобы все эти претензии выслушивать» («Дневники Теляковского», т. 2 (1901–1903), с. 298). Подобных записей в дневниках Теляковского масса, всех и не перечислить, но вот ещё одна, годом позже, 24 октября 1903 года: «Головин [театральный художник] мне рассказывал, что Собинов всё жаловался ему на Бооля [с 1902 года — управляющий Московской конторой Императорских театров] и говорил, что он больше не останется в Москве. Теперь сегодня Санин [режиссёр] мне говорил, что Собинов, оказывается, на меня обижен. [...] Обида его в том, что его выписали в Петербург петь с 15 сентября по 15 октября, а Шаляпина позже, то есть в лучшее время. Кроме того, он мне об этом писал в деревню, а я, получив от него письмо, отправил его в Москву Боолю, сообщив, что не могу в другое время выписать Собинова, ибо он должен петь вместе с Тревиль [певица парижского театра Комической оперы], которая приезжает в сентябре. Шаляпина же раньше нельзя выписать, ибо «Псковитянка» будет готова лишь к концу октября. […] Словом, обиды без конца и ни на чём не основаны. Собинов не может простить, что я ставлю Шаляпина выше его как артиста и получает Шаляпин больше. […] Вообще, кроме «Евгения Онегина», Собинов уже не имел в Петербурге прежнего успеха, и его это грызёт» («Дневники Теляковского», т. 3 (1903–1906), сс. 54–55).

Скандалы подобного рода с дирекцией, а то и с оркестром, повторялись с завидной частотой. Например, в феврале 1904 года из-за отказа Собинова участвовать в спектакле в бенефис оркестра Большого театра Теляковский сделал следующую запись: «Сегодня я вызвал по просьбе Бооля скрипача Домбре, чтобы выяснить вопрос с Собиновым. Из его слов я понял, что Собинов обещал им петь даром, и это обещание дал в присутствии Тютюника [и. о. главного режиссёра оперы], Липаева [тромбонист оркестра] и Домбре. Оркестру не было расчёта приглашать для своего бенефиса Собинова в „Демоне“, ибо весь театр уже был расписан, сбор обеспечен, и интересовалась публика, конечно, Шаляпиным, а не Собиновым. Это было известно и Собинову, и эта-то причина его и оскорбляла. Он не может примириться с мыслью, что Шаляпин неизмеримо выше его как артист, и требует, чтобы оркестр его ценил так же, как ценят Шаляпина. Между тем на деле сбор делает громадный один Шаляпин, участие Собинова не играет совершенно роли. Оркестр на своём бенефисе ничем не отметил благодарность Собинову. Они ему не поднесли ни венка, ни адреса и тем его восстановили. Сегодня я вызвал к себе Собинова, и он мне это подтвердил. Вообще же он остался таким штукарём, как был всегда, и как с ним ни заключать контракт — он всегда находит разные крючки» («Дневники», там же, сс. 159–160). Бесконечные выкрутасы и упрямство Собинова при подписании контрактов привели к тому, что на три сезона он покинул не только «родной и любимый» Большой театр, но и императорскую сцену вообще, вернувшись на неё лишь осенью 1907 года. После возврата в Большой театр торги Собинова, как, собственно, почти у каждого певца при подписании контрактов с начальством, возобновились, но теперь у него стали проявляться и иные черты его «мягкого и обаятельного» характера. В этой связи 11 апреля 1912 года директор писал в своём дневнике, что управляющий Московской конторой Императорских театров Обухов говорил ему, что «за последнее время положительно нет сладу с Собиновым. Он отказывается петь многие оперы, просит, чтобы ему поставили новые, а когда поставят такую, как „Богема“ Пуччини, он её отказывается петь. Кроме того, Собинов, желая подражать Шаляпину, тоже заявляет, что он с таким-то капельмейстером не желает петь, и всё это, несмотря на свой контракт. Я посоветовал Обухову поступить покруче и Собинова заставить петь, а нет — брать штраф» («Дневники», том 5 (1909–1913), с. 513).

Два последних — цитируемый и заключительный — тома дневников Теляковского не были ещё напечатаны, когда В. Мостицкий обнажил свой меч, защищая честь и достоинство соловья русской оперы, чьё искусство мы никогда и не подвергали сомнению, поэтому «я на себя взял смелость», как пели когда-то в «Евгении Онегине» и Леонид Собинов, и Валентин Мостицкий, предложить вниманию Валентина Анатольевича ещё несколько картинок из эпохи пребывания Леонида Витальевича на службе в императорской опере. А вдруг после этого г-н Мостицкий захочет проштудировать весь шеститомник дневников Теляковского и изменит своё отношение к поступкам и характеру своего подзащитного: «Кто что ни говори, а подобные происшествия бывают на свете, — редко, но бывают», — очень метко ещё в XIX веке заметил Николай Васильевич Гоголь. И если В. Мостицкий всё же прислушается к нашему предложению, то взору его предстанет водопад примеров тому, каким — не в пении, а в жизни и в общении — был на самом деле Леонид Собинов.

Привести их все в этом небольшом эссе стало бы «сизифовым трудом», до того их много, поэтому мы приведём здесь лишь несколько наиболее очевидных.

От претензий и требований вернувшегося на службу в театре Собинова у бедного Теляковского голова «пошла циркулем»: всё те же непрекращающиеся требования прибавок к жалованию, нежелание петь с определёнными дирижёрами, крючкотворство при подписывании контрактов, да и скандалы, не уступающие подчас шаляпинским. При этом сборы со спектаклей с участием Собинова неуклонно падают: «Несмотря на разгар сезона Собинов опять не сделал сбора», — записывает, к примеру, директор в своём дневнике 4 февраля 1914 года. Такая же проблема отражена записью от 25 сентября того же года, похожие записи можно видеть, скажем, и 16 марта, и 9, и 25 ноября 1915 года, правда, 25-го достаётся на орехи и Шаляпину, но не о нём сегодня речь. Отказы от выступлений в силу разных «причин» стали у Собинова хроническими, и не только на императорской сцене, но и в частных оперных компаниях: то его не устраивают отдельные дирижеры (запись от 27 октября 1916 года), а то во время визита к Теляковскому Собинов откровенно заявил, что «нет в императорской опере дирижёров, Коутс, Асланов, Малько, Похитонов — все плохи, ещё ничего Направник!!!» — читаем в записи от 10 марта 1914 года. «Вот они, скромные первачи», — не сумев сдержать раздражения, доверяет директор свои мысли дневнику. Не лишена интереса и запись в дневнике, сделанная 26 августа того же года, в самом начале Первой мировой войны: «...получил письмо от Собинова с его капризами. Просит, чтобы оперой „Евгений Онегин“ дирижировал бы не Купер, как назначено конторой, а Сук. Собинов не любит Купера за то, что Купер хвалит исполнение Шаляпина. Кажется, теперь переживаем тревожное время, льётся русская кровь, Собинов забран на военную службу — тем не менее вся эта артистическая шебарша у него остаётся. Как же, Шаляпин воюет с капельмейстерами — надо и Собинову делать то же самое».

Но бывали у Собинова ещё и трения с дирекцией особого рода, порождённые совсем не певческими проблемами. Так, 8 ноября 1911 года в дневнике Теляковского появляется следующая запись: «Мало капризов с тенорами, при некоторых, как Собинов, ещё существуют и драматические артистки — Садовская вторая, теперь вице-балерина Каралли. Следовательно, кроме капризов и переговоров о них с Собиновым, дирекции приходится переговаривать о дамах сердца Собинова. […] Собинов бы лучше пел больше, чем заниматься балетными делами», — завершает директор эту далеко не единственную запись. 6 января 1912 года — новая запись: «Собинов продолжает надоедать с Каралли. Кажется, довольно иметь дело с тенором, но когда к нему ещё присоединяется балерина, прямо делается невыносимо»; а через две недели, 21 января, — ещё одна: «Собинов не перестаёт ко мне приставать со своими просьбами относительно Каралли, которая мало занимается танцами и каждый раз, как приходится танцевать, утром заболевает. Вообще, эта связь Собинова с балетом очень затрудняет дирекцию». Годом позже «снаряды ложатся всё ближе», и Теляковский вынужден теперь называть вещи своими именами: «Собинов за последнее время сделался страшно нагл. Недавно он сделал Обухову сцену за то, что в каком-то благотворительном концерте его содержанка Каралли, балетная, не была напечатана крупным шрифтом, как Гельцер. Каралли, пользуясь своей связью с Собиновым, капризничает в балете и, когда её заставляют танцевать трудный балет, требует столько репетиций, сколько нельзя дать».

Покровительствуя своим любовницам в театре, Собинов проявил себя и искусным царедворцем, что было подмечено не только Теляковским. Приведем лишь два примера. Получив письмо гофмейстера Корнилова, заведующего двором Великой Княгини Елизаветы Фёдоровны, с просьбой «нельзя ли сделать балериной[306] Каралли» — запись от 22 января 1913 года, — которая «никогда не отказывается участвовать в благотворительных вечерах, устраиваемых Великой Княгиней Елизаветой. На этом же основании, — продолжает Теляковский свою запись, — Великая Княгиня просила, чтобы Собинова сделали Солистом Его Величества. Путём этим благотворительных концертов Собинов не только добивается своего повышения, но и повышения женщины, с которой живёт. [...] Как все эти просьбы расшатывают дисциплину и усложняют управление. Приходится отказывать, а этот отказ сейчас же будет известен Собинову, и он будет мстить». Похожую запись в дневнике мы находим у Теляковского и 1 января 1916 года, где, суммируя последние сведения о Собинове, директор пишет, что «…Собинов, пристроившись к богатой купчихе [об этом чуть позже. — *И. Д.*], содержательнице меблированных комнат, всё морочит своих знакомых — имением каких-то особых связей и знакомств с влиятельными людьми. За 10 % со сбора он купил мраморный дворец [в Крыму. — *И. Д.*], не прочь и ещё что-нибудь купить, что дёшево можно иметь, чтобы, с одной стороны, выказать патриотизм, любовь к учащейся молодёжи, а с другой — параллельно нажить деньги. Какой бумажный кумир — душка-тенор, без 5-ти минут Шаляпин, и вдруг Теляковский его так мало ценит и не даёт выходных шаляпинских. Но придёт время, стращает Собинов, что Теляковский сам придёт меня упрашивать вернуться петь. Но Собинов это, конечно, рассказывает другим, сам-то он знает, почему я ему больше не предлагаю выходных — сборов не делает, вот в чём он сознаться другим не хочет. Либерал с адвокатами и молодёжью, человек свободной любви, пока у женщины нет большого состояния, он либерал, не прочь подлизаться одновременно к Великой Княгине или Великому Князю, ибо эти либералы карточные любят получать звание Солиста Его Величества. Жалкий, завистливый и надменный тип».

Богатую купчиху, к которой «пристроился» Собинов, Теляковский упоминает в дневниках не раз. Ещё 20 сентября 1914 года он записывает: «Оказывается, Собинов разошёлся с Каралли и сошелся с г-жой Мухиной[307] (богатой женщиной)…», а 14 марта 1915 года появляется продолжение: «Получил письмо от Обухова, который мне сообщает о новых капризах и недоразумениях с Собиновым. Собинов собирается жениться на богатой купчихе Мухиной и потому выкидывает разные штуки и недоразумения». И 23 сентября 1915 года Теляковский пишет, что «газеты продолжают обсуждать инцидент с Собиновым, который не подписал с дирекцией контракт. Говорят, он не доволен своим содержанием 40 000 за 32 спектакля. Но дирекция больше дать не может. Собинов, по слухам, должен жениться на очень богатой девушке Мухиной, и потому с ним теперь трудно торговаться». Очевидно, что женитьба на Мухиной тоже внесла свою лепту в трудности собиновской торговли при подписании контрактов. Интересна в этой связи запись в дневнике от 17 ноября 1916 года: «Был у меня сегодня Смирнов[308], который, между прочим, говорил, что Собинову нелегко живётся в семье. Летом он нанимал дачу и много пил, живя среди своей жены и belle-mère [тёщи. — *И. Д.*]. Жена скупа и совершенно отделяет свои траты от расходов Собинова. Денег у него мало, и он нуждается».

Случались у Собинова и стычки не только с капельмейстерами и дирекцией. После того, например, как за два дня до намеченного на 20 сентября 1914 года спектакля Собинов в очередной раз отказался петь, журналист и издатель С. Л. Кугульский поместил в своей газете репортаж об этом, после чего от имени Собинова его позвали к телефону. Дальнейшее Кугульский описал в письме к Теляковскому, которое тот приложил к своему дневнику: «…назвавшись его именем, — писал Кугульский, — мне заявили „что если я впредь себе позволю по наущению ли Контроля или без его наущения печатать такие заметки против Собинова, то он, Собинов, со мной разделается, поколотит меня и что вообще он советует с ним не встречаться".

Хотя я явственно узнал голос Собинова, я этому не поверил, чтобы Собинов, человек с высшим образованием, мог решиться на такое хулиганство, когда в его распоряжении были все другие пути, вплоть до опровержения и обращения к суду, если его оклеветали.

Но сейчас я узнал, что это был именно Собинов, что он говорил со мной из режиссёрской Большого театра и что при этом присутствовал В. П. Шкафер[309] и ещё кто-то из режиссерского управления.

Я надеюсь, что Вы по достоинству оцените поведение этого господина, я же думаю огласить этот факт в печати. Пусть все знают, какой хулиган г. Собинов, решающийся на такие грубые приёмы застращивания и угроз, когда о нём пишут правду. Ведь в этой заметке была только правда, документально подтверждённая».

Настоящее имя журналиста Кугульского было Семён Лазаревич Кегулихес (1862–1954), и, следовательно, родившись в семье провизора по имени Лазарь Янкелевич Кегулихес, он просто не мог не быть евреем. Трудно, конечно, не имея достаточных данных, утверждать, был ли поступок Собинова простой грубостью и хамством или в его основе лежал ещё и самый вульгарный антисемитизм, но бесспорно одно: *лучезарным и светлым человеком*, каким считает своего «подзащитного» мой гневный оппонент, Собинова вряд ли можно считать, даже с очень большой натяжкой.

Положение Собинова в России, как и всех ведущих певцов, в том числе и Шаляпина, круто изменилось после Февральской революции. Шаляпина, как известно, труппа Мариинского театра, ставшего теперь Государственным, пригласила вернуться в театр из Народного дома и стать художественным руководителем. Об этом написано много, в том числе и самим Шаляпиным, а Собинова избрали на должность директора Большого театра. Кроме того, артисты в Москве выбрали также заведующих оперной и балетной труппами. При этом в конторе театра оставался и управляющий, но художественные функции перешли в коллегиальные советы под председательством управляющих труппами — так писал Теляковский 6 марта 1917 года, — добавляя, что «взгляды Собинова на оркестр и хор значительно разнятся от взглядов петроградских оперных артистов. Собинов считает оркестр и хор за единицы коллективные и потому не могущие решать главные вопросы». Если до вступления в должность директора театра Собинов нападал на «прежние порядки», утверждая, что «из-за режима» многие талантливые артисты покинули службу в Императорских театрах, что на самом деле было далеким от истины (запись того же дня), то, став большим начальником, он проявил себя искусным бюрократом, из-за чего у него возникли осложнения даже с художником Константином Коровиным, который 23 апреля 1917 года «покорнейше просил» продлить срок работы по постановке оперы «Млада», на заявлении которого новый господин директор начертал 9 мая резолюцию: «Прошу объявить г. Коровину, что в его присутствии в заседании 7 мая было решено собраться для обсуждения балетных постановок и окончательных решений 9 мая в 1 ч. дня, на каковое заседание г. Коровин не явился. Причём из его квартиры ответили, что он выбыл в Ялту. Нахожу отношение академика Коровина к делу несоответствующим положению его при конторе Большого театра как художника-консультанта»[310]. Похоже, что в комментариях к завязавшейся и не опубликованной до того момента переписке перепутаны все даты, поэтому изложим просто последовательность событий. Ещё в 1916 году Коровин писал Теляковскому, что лично он, прослуживший в театре больше 30 лет, считает Собинова «хорошим приятелем, полезным певцом», и, как показывает их переписка, оба они и впрямь были на «ты». Итак, Коровин подал прошение о трёхмесячном отпуске ввиду «большого переутомления и болезни». На нём была очередная резолюция г-на директора: «Хотел бы знать, в каком положении подготовка эскизов и макет к постановке „Млады“. Несомненно, что К. А. Коровин должен получить нужный ему отдых», — и Коровин уехал в Крым. Но вскорости получил телеграмму из Москвы: «…удивляюсь твоему отъезду без отпуска. Твой немедленный приезд неизбежен». В тот же день Коровин шлёт ответную телеграмму из Гурзуфа: «Уехал больным с твоего согласия, за что всё время дружески благодарю. Приеду пятого июня». А в отправленном вослед телеграмме письме к Собинову он писал: «…меня удивляет то, что ты упрекаешь меня, что я уехал без отпуска: **я же тебе говорил, и ты был согласен** [выделено в комментариях. — *И. Д.*], и я душевно и дружески благодарю тебя за то, что ты дал мне возможность немного отдохнуть. У кого же мне брать отпуск, если ты его мне дал? или опять всё изменилось и отпуск дают другие? […] Скажу тебе, что телеграммы твои меня огорчили, так как ты же отлично знаешь, что я человек исполнительный и работал с двадцати лет в театре и никогда не заставлял беспокоиться за порученное дело, если ты хочешь мне поручить таковые, то не обижай меня, а просто по-товарищески скажи — сделай то-то, — и поверь, будет готово, когда надо…» […] И Коровин заключает письмо следующим признанием: «Лёня, дорогой! Я ведь тоже живу тем же самым богом, как и ты, делаю без кнута всё, как могу…»

Директорство Собинова длилось недолго, и после этого почти три года он находился в южных хлебных краях России, а, вернувшись в Москву, в 1921 году повторно стал директором Большого театра. Не знаем, когда точно это произошло, но недавно стало известно ещё об одном инциденте между «хорошими приятелями», о чём спустя несколько лет поведал в своих записках Коровин, покинувший советскую Россию вслед за Шаляпиным: «Тенор Собинов, который окончил университет, юридический факультет, всегда протестовавший против директора Императорских театров Теляковского, сам сделался директором Большого оперного театра. Сейчас же заказал мне писать с него портрет в серьёзной позе. Портрет взял себе, не заплатив мне ничего. Ясно, что я подчиненный и должен работать для директора. Просто и правильно»[311].

Завершая свою отповедь мерзавцу Дарскому, В. А. Мостицкий то ли сожалеет, то ли радуется, что *вряд ли имеет смысл продолжать дискуссию с И. Дарским*, и видно по всему, что, облегчённо вздохнув, он закончил труд, завещанный ему отнюдь не от Бога, а скорей всего от руководства кафедры сольного пения или же, подымай повыше, от руководства Ростовской консерватории. При этом один хороший совет своим студентам он всё же не забыл дать, рекомендуя им *чаще перечитывать Собинова в подлиннике*. Добавим лишь — перечитывать тщательно и не предвзято, не так, как это сделал их профессор. И послушаются они своего наставника, и прочтут внимательно и письма Собинова, и моё эссе, и всю перечисленную литературу, и увидят, что никакой дискуссии между Дарским и Мостицким не было и в помине, да и быть этого не могло. Ведь мы с Валентином Анатольевичем, если вдуматься, хотя и пишем оба по-русски, но говорим при этом на разных языках, коль скоро в моём эссе шла речь «про Фому», а он с пеной у рта защищал «Ерёму». Прав был обожаемый мною Николай Васильевич Гоголь: «Скучно на этом свете, господа!»

А ЛЮДИ МОГУТ ОБМАНУТЬСЯ

История Руси богата самозванцами. Вспомним для начала двух Лжедмитриев, первый из которых стал даже одним из главных героев бессмертной оперы М. Мусоргского. Емельян Пугачёв выдавал себя ни больше ни меньше, как за императора Петра III, низвергнутого коварной супругой, ставшей впоследствии Екатериной Великой, а если вспомнить русскую литературу, то имя другим самозванцам — легион. К примеру, — бродившие по стране ильфо-петровские фальшивые внуки Карла Маркса, несуществующие племянники Фридриха Энгельса, братья Луначарского, кузины Клары Цеткин, ну, и, конечено же, тридцать четыре богатыря — все сыновья и дочери лейтенанта Шмидта, чью конвенцию так грубо нарушил великий комбинатор, тов. О. Бендер.

Буде строгий современный историк утверждать, что тема эта сегодня не актуальна и в нынешней России подобные явления начисто искоренены, просим не удивляться, если наш оппонент очень даже легко попадёт при этом пальцем в небо, ибо на поверку окажется, что дух самозванства в той стране до сего дня так и не изжит. И чтобы не быть голословными, обратимся к фактам, которые, как известно, — упрямая вещь. «Но при чём же тут, простите, Шаляпин?» — непременно возразит сей историк! А вот о нём-то как раз и пойдёт речь. Но, думается, что начинать этот разговор следует издалека, ещё с советского периода в истории страны.

Даже при жизни Фёдора Ивановича было известно, что, будучи весьма любвеобильным и любимым многими женщинами, наряду со своими законнорожденными от двух жён девятью(!) детьми он подарил миру и несколько побочных. Однако сей факт не является темой нашего рассказа, и интересующихся только этим «историческим явлением», а также владеющих английским языком мы позволим себе переадресовать к одной из наших предыдущих книг[312].

Первые слухи о наличии незаконных шаляпинских отпрысков поползли «по всей Руси великой», скорей всего, в первой половине пятидесятых годов прошлого столетия, когда на экраны страны вышли подряд два фильма: в 1953 году — квазибиографический художественный кинофильм «Римский-Корсаков», а годом позже — фильм-опера «Алеко». В обоих фильмах снялся молодой, лишь незадолго до этого пришедший в Большой театр солист Александр Огнивцев. В первом фильме он сыграл роль тоже молодого Фёдора Шаляпина, а во втором сыграл и спел заглавную партию, исполнением которой ещё в 1899 году прославился в Петербурге двадцатишестилетний Ф. И. Шаляпин. Обладавший чудным голосом, хотя и весьма далёким от своего великого вокального «предка», но зато удивительно напоминавшим его внешний облик, А. П. Огнивцев стал сразу же широко известен и популярен, и немудрено, что из уст в уста поползло «открытие», что он так похож на Шаляпина, потому что он и есть его незаконный сын.

Осенью 1960 года автору этих строк, тогда ещё студенту второго курса медвуза, довелось впервые попасть на выступление старшей дочери Шаляпина, Ирины Фёдоровны, пропагандировавшей в популярных лекциях-концертах жизнь и искусство своего великого отца и приехавшей на выступление в ленинградском зале с весьма одиозным названием «Клуб МВД». В порядке «лирического отступления» заметим, что в этом несколько удалённом от самого центра города зале близ Старо-Невского проспекта нередко бывали концерты, в которых можно было увидеть знаменитостей, неугодных местным властям: кроме Ирины Шаляпиной, поскольку имя её отца в тот год ещё не было полностью «реабилитировано», тут проходил, например, межзональный Шахматный турнир, в котором участвовало много иностранцев, состоялся турнир Претендентов на шахматную корону А. Карпова и Б. Спасского и даже, если мне не изменяет память, концерт не то Александра Вертинского, не то опального бывшего солиста Кировского (ныне — снова Мариинского) оперного театра Николая Печковского. По окончании выступления Ирины Шаляпиной посыпались вопросы. Один довольно бестактный «поклонник» Шаляпина спросил Ирину Фёдоровну прямо в лоб, когда умерла(!) её мать, первая жена Шаляпина, Иола Игнатьевна. Смущённая и явно обескураженная подобной неделикатностью, Ирина Фёдоровна гордо ответила: «Моя мама ещё жива[313] и живёт со мной в Москве». И тут раздался голос ещё одного «корифея оперы», спросившего, а правда ли, что Огнивцев — это сын Шаляпина, на что уже явно раздражённая дочь певца отчеканила свой ответ, сказав, что это — пустая выдумка, поскольку Огнивцев родился во время Гражданской войны в Молдавии, где её отца в то время вообще не было. Сам Огнивцев этой выдумки не опровергает — добавила Ирина Фёдоровна, — потому что она способствует его популярности, и на этом закончила ответы на вопросы.

Ирина Фёдоровна была не совсем точна. Александр Павлович Огнивцев родился не в Молдавии, а в Луганской области на Украине 27 августа 1920 года. Каждый, кто знаком с азами акушерства, даже без помощи калькулятора легко подсчитает, что его зачатие имело место (отсчитаем ото дня рождения 38–40 недель — срок нормальной беременности) примерно

30 ноября 1919 года. Напомним тем, кто плохо помнит историю, что в стране, охваченной пламенем Гражданской войны, в том страшном 1919 году никакой возможности не только ездить на гастроли, но и вообще путешествовать по растерзанной Украине — перечитайте-ка булгаковскую «Белую гвардию» — не было, поэтому все передвижения Шаляпина ограничивались только двумя столицами. Нам, конечно, совершенно неизвестна история передвижений по стране матери тогда ещё не рождённого А. Огнивцева, которая чисто гипотетически могла, наверное, быть в Москве и встретиться там с Шаляпиным, ибо именно в это время, с 16 ноября по 20 декабря 1919 года[314], он выступал исключительно в Москве, но по одной только этой неподтверждённой ничем гипотезе заявлять, что он мог бы быть биологическим отцом Огнивцева, мы не смеем.

* * *

Современная звезда российской эстрады, певец Прохор Шаляпин, вряд ли нуждается в представлении. Он ещё весьма молод, популярен и достаточно напорист в своей карьере, но к великому Шаляпину просто не имеет никакого отношения, поскольку в ноябре 1983 года появился на свет Божий под именем Андрея Андреевича Захарéнкова. Тем не менее в многочисленных интервью на заре своей карьеры он утверждал, что является потомком родного брата Шаляпина. Вот, к примеру, что пишет о нём сегодня всезнающая «Википедия»: «В 2006 году под сценическим псевдонимом Прохор Шаляпин стал участником телевизионного проекта Первого канала „Фабрика звёзд-6“. В паспорте он также поменял своё имя, став Прохором Андреевичем Шаляпиным. Получил скандальную известность благодаря тому, что пытался [?? — И. Д.] выдать себя за потомка знаменитого оперного певца Фёдора Шаляпина». В связи с этим «пытался» вспоминается саркастический вопрос грибоедовского Павла Фамусова: «Попал или хотел попасть?» Если Захаренков **пытался**, то **почему** в таком случае **он стал** Шаляпиным, официально даже изменив фамилию в своём паспорте? По какому праву? В разных странах мира проживает сегодня немало прямых и законных потомков Фёдора Ивановича, почему бы не спросить у них разрешения примазаться к славному семейству? Ведь вся эта выдуманная «П. Шаляпиным» родословная под давлением фактов разваливается как карточный домик. Вот несколько отрывков из интервью, взятого когда-то у Прохора Андреевича:

«История нашей ветви Шаляпиных довольно трагична. Мой прадед, Василий Иванович Шаляпин, был на четырнадцать лет младше Фёдора. Вскоре после Октябрьской революции 1917 года приехал в Москву из Нижегородской губернии, когда его брат был уже знаменитым, у Василия был хороший голос, и он хотел поступить в музыкальное училище. По просьбе старшего брата Василию взялся помочь известный композитор Рахманинов. Но в училище его не взяли, несмотря на все старания и протекцию, потому что у советской власти на фамилию Шаляпин была аллергия. Братья встречались, общались, пока не поссорились — из-за денег.

[…] Василий вернулся в свою деревню и в тяжёлые тридцатые годы коллективизации подвергся гонениям и раскулачиванию, потом и вовсе погиб — то ли в драке его убили, то ли по чьему-то навету расстреляли. […] Тогда, в начале двадцатых годов, у Василия Шаляпина родился сын Александр — отец моей бабушки. […] К сожалению, фамилия Шаляпин почти умерла. По настоянию моей бабушки, дочери Василия Шаляпина, родного брата Фёдора, эта фамилия осталась у меня, а остальные члены семьи и сам Василий, погибший на войне, и моя бабушка подвергались если и не явным, то скрытым гонениям. Бабушка, к примеру, родная племянница Фёдора Шаляпина, не смогла получить высшее образование, хотя два раза поступала в институт в Петербурге. […] Не давали, ведь она была племянницей великого певца, уехавшего из России»[315].

Вот уж поистине «смешались в кучу кони, люди…» Нагромождено столько, что неизвестно, с какого конца начинать распутывание этой абракадабры, да и стоит ли? Потому что, если опровергать каждую прохорскую выдумку и неточность, придётся писать отдельный очерк. Тот, кто интересуется семейным деревом Шаляпина, может обратиться к трудам многих весьма компетентных российских авторов-шаляпинистов, начавших исследования этой стороны жизни Ф. И. Шаляпина задолго до того, как из ничего «соткалось» — любимое слово Михаила Булгакова — не только имя Прохора Шаляпина, но и его создатель. Поэтому мы отметим только три грубые ошибки в разглагольствованиях П. Шаляпина: его т. н. прадед, Василий Иванович, был младше Фёдора Шаляпина не на четырнадцать, а на одиннадцать лет; Рахманинов никак не мог помогать Василию **после** октябрьской революции 1917 года, потому что 23 декабря того же года покинул Россию навсегда. Попытка поступления Василия в музыкальное училище имела место, это правда, но намного раньше. Что же касается остальных «залепух», пусть читатели сами сравнят прохоровские россказни с тем, что писала об отце его дочь Лидия Фёдоровна, выдержки из книги которой мы приводим ниже:

«Дядя Вася, папин младший брат, наружностью очень походил на отца. […] Мама мне рассказывала, что однажды в Монте-Карло она наблюдала в казино за дядей Васей, который стоял во фраке за игорным столом и бросал на зелёное сукно золотые монеты с таким видом, как будто золота у него куры не клевали, совершенно равнодушно глядя на то, как крупье лопаточкой передвигал это золото. […] Отец многое старался сделать для брата, но, к сожалению, впустую. Дядя Вася абсолютно ничем не интересовался и ничем не хотел заниматься. […] Причиной же дядиного поведения оказался ужасный недуг — пьянство. Дядя Вася неожиденно исчезал неизвестно куда, а потом появлялся страшный, небритый, опустившийся. Несколько раз отец пробовал ему помочь избавиться от этого порока, опять старался вывести его в люди. Дядя Вася клялся, обещал сделаться человеком, но продолжалось это недолго, и он опять исчезал.

Во время одного из таких исчезновений он украл у отца деньги. Это переполнило чашу отцовского терпения, и папа не хотел его больше знать. […]

И дядя Вася у нас больше не появлялся. Он уехал в Вятку и там женился на какой-то женщине, гораздо старше его, но с кое-каким достатком. Кажется, у неё был свой дом...

Однажды я видела её. Она приезжала в Москву вместе с сыном Игорем [Ой, Прохор Андреевич, а куда же тогда девалась Васина дочь, ваша никогда не существовавшая бабушка, которой советская власть не дала получить высшего образования? — *И. Д.*], которому тогда было лет восемь. […] Она приезжала за помощью к маме и жаловалась на судьбу, но к папе явиться не посмела. Я знаю, что тайком от папы мама сделала всё возможное, чтобы ей помочь, и с разрешения отца после смерти дяди Васи взяла Игоря к нам но воспитание, чтобы облегчить участь Васиной жены. […]

Про дядю Васю известно, что он всё же каким-то образом сдал экзамены на фельдшера и во время Первой мировой войны работал в военном госпитале в Вятке. Вскоре, сравнительно молодым, он умер от сыпного тифа»[316].

История жизни Игоря Васильевича мало известна, но не менее печальна, и доказательством тому опубликованная чуть более тридцати лет назад выписка из протокола № 11 заседания особой тройки управления НКВД Горьковской области от 21 сентября 1937 года по обвинению Шаляпина Игоря Васильевича, уроженца города Ветлуги, 1904 года рождения, лишившегося в 1935 году гражданских прав, до ареста — пианиста кинотеатра. Игорь Шаляпин обвинялся «в том, что до дня ареста поддерживал письменную связь с врагом Шаляпиным Ф. И., получал от него материальную поддержку, будучи контрреволюционно настроенным, вёл среди населения антисоветскую и антиколхозную агитацию, занимался хиромантией. В 1937 году при вручении облигаций госзайма демонстративно их изорвал, сопровождая этот акт контрреволюционными выпадами.

Постановили: Шаляпина Игоря Васильевича заключить в ИТЛ сроком на 10 лет, считая с 7 сентября 1937 года»[317].

А незадолго до этой публикации «Российская газета» сообщала, что «далее следы племянника артиста теряются», однако, как это уже случалось не раз в советской России, «Игорь Шаляпин реабилитирован посмертно»[318].

Вот и получается, уважаемые граждане, что «Прохор Шаляпин» весьма аккуратно перепутал все доподлинно известные факты, исказив их до невозможности, и на этой основе построил собственную выдуманную легенду, введя в неё даже никогда не существовавшую бабушку-племянницу. Мы не будем завершать рассказ о «Прохоре Шаляпине» просьбой Чацкого к Репетилову: «…да знай же меру», а просто вослед другому Александру Сергеевичу нам не остаётся ничего иного, как только воскликнуть: «Вот тебе, бабушка, и Юрьев день!»

* * *

В упомянутом ранее интервью «Прохор Шаляпин» безапелляционно заявил, что, к сожалению, фамилия Шаляпин почти умерла, но если бы он побродил по интернету, то без всякого труда обнаружил бы, что Шаляпиных, оказывается, и до сего дня в России проживает немало. Конечно, не все они родственники, а тем более уж — не потомки Фёдора Ивановича, но всё же фамилия эта не такая редкая. Среди них можно встретить имя поэта Владимира Шаляпина, актёра А. Шаляпина, депутата Удмуртской Республики (по состоянию на 2002 год) Александра Шаляпина, работника новосибирского банка Владимира Шаляпина (данные 1997 года), экономиста и высокопоставленного служащего Германа Шаляпин в С.-Петербурге и т. д., и т. п. Так что фамилию эту как таковую отпевать пока ещё рано. Как рано и ставить точку в списке новоявленных шаляпинских родственников и потомков. Так, в середине января 2008 года в передаче

«Пусть говорят» её ведущий Андрей Малахов представил своим зрителям «собравшихся со всей России родственников Шаляпина, среди которых была и ижевчанка Нина Алексеевна Ланглиц: это её фамилия по мужу, а девичья — Шаляпина», — как сообщала печать, — которая в ответ на просьбу ведущего, Андрея Малахова, рассказала о своём отце — двоюродном брате знаменитого баса — Алексее Андреевиче Шаляпине, всю жизнь проработавшем начальником АХЧ «Ижмаша»[319]. Согласно тому же источнику, присутствовавшие на этой передаче тогдашний директор Шаляпинского музея в Москве Элеонора Соколова и исследователь творчества Шаляпина Борис Садырин (в тот год уже автор книги «Вятский Шаляпин») отнеслись очень осторожно к утверждениям Нины Алексеевны, печника(!) по профессии.

Сомнение обоих уважаемых исследователей (Э. Соколова тоже известна своими многими публикациями о Шаляпине, в том числе и недавно вышедшим в России трёхтомником «Фёдор Иванович Шаляпин. Портрет гения») вполне понятно. Память человеческая — не самый надёжный исторический документ, а печатных источников у них с собой не было: ведь телестудия — это не кабинет исследователя, где можно быстро проверить любой сомнительный факт, зато у нас такой источник имеется, и это как раз книга Б. В. Садырина. Перелистаем её внимательно. У Ивана Яковлевича Шаляпина, отца Фёдора Ивановича, был родной брат Доримедонт, а у того был сын Михей, т. е. двоюродный брат Ф. И. Шаляпина, заведовавший знаменитой Шаляпинской Вожгальской сельской библиотекой. В свою очередь, у Михея был сын Степан, а у того — сыновья Леонид и Александр, а также дочь Валентина. В той же книге упомянут ещё и местный архивариус (в 1935 году), некий Егор Семёнович Шаляпин: однофамилец или родственник, пока неизвестно. Единственное имя, которого обнаружить не удалось, это имя отца Нины Ланглиц, Алексея Андреевича Шаляпина. Будем надеться, что вятские исследователи шаляпинской родословной смогут успешно разгадать и эту загадку.

* * *

«Тамбов на карте генеральной кружком означен не всегда», — иронизировал над этим старинным русским городом М. Ю. Лермонтов, но, может быть, он поторопился? Быть может, придёт день и город этот вольётся в элиту городов, гордящихся своей связью с именем Ф. И. Шаляпина? Но давайте по порядку.

Лет семь-восемь назад интернет оповестил свет, что российская оперная певица Ольга Орловская, переехав в Соединённые Штаты и начав выступать на американских оперных подмостках, объявила о том, что состоит в родстве в Фёдором Шаляпиным. Расширенное интервью с ней напечатал «вебсайт» фонда «Русский мир», притом не только по-русски, но и в переводе на английский язык. «Фёдор Иванович любил жизнь, — рассказывала певица корреспонденту ИТАР-ТАСС специально для „Русского мира“, — у него были женщины. Получилось так, что, когда он был в Тамбовской губернии, от него забеременела одна женщина — немка по происхождению. Увы, она умерла при родах, но ребёнок родился здоровым. К счастью, его забрали и воспитали другие люди. Это был мой прадед. Выходит, он был незаконнорожденным сыном Шаляпина», — делилась семейными тайнами г-жа Орловская. Несколько по-иному — по вине переводчика или редактора, мы не знаем, — звучит вступление к этому рассказу по-английски. Даём его в обратном переводе на русский язык: «Фёдор Шаляпин любил жизнь, и у него было много женщин. Так получилось, что он родом из Тамбова (that he is from Tambov region), и одна женщина забеременела от него».

В России Орловская не говорила о своём родстве с Шаляпиным и впервые рассказала об этом только в одном из своих интервью в США, когда её спросили, не пел ли кто-нибудь в семье. К сожалению, отметила певица, в семье нет никаких раритетов, связанных с именем Шаляпина. Просто её бабушка — дочь этого незаконнорожденного ребёнка — была очень похожа на свою бабушку, ту самую немку, и бабушка всегда знала о своём родстве с Фёдором Ивановичем. «И я знаю, —

добавила Орловская, — но никогда не искала возможности документально подтвердить»[320].

Пятью годами позже, будучи на гастролях в Казани, в разговоре с корреспондентом «Татар-информ» Орловская несколько изменила историю своей семьи: «Фёдор Шаляпин — мой прапрадед со стороны матери. О своем родстве я узнала от неё же ещё в детстве, кажется, я училась в первом классе. В семье все об этом знали, секрета не было. Моя бабушка, Клавдия Александровна, — она у нас является дочерью моего прадеда Александра, сына Фёдора Шаляпина, — восстановила в памяти семейное древо. Он [прадед. — *И. Д.*] был незаконнорожденным сыном, был рожден от немки — дочери управляющего. Это случилось ещё до брака Фёдора Шаляпина с Иолой Торнаги. Он в то время много ездил, был совсем молод и не собирался жениться. Я не уверена, что он знал об этом ребенке…»[321]

В обоих заявлениях Орловской имеются неточности, но, по нашему мнению, её рассказ совершенно не заслуживает такого злобного заголовка татарской журналистки в цитируемой статье. Обе приведённые версии её родства с Шаляпиным вполне внушают доверие, хотя и требуют доказательства; что же касается неточностей, то их нетрудно исправить или объяснить. Во-первых, если это, конечно, не дефект перевода, Шаляпин никогда не был уроженцем ни Тамбова, ни тем более Тамбовской губернии; место его рождения, город Казань, никакому сомнению и/или обсуждению не подлежит. А вот что касается второго утверждения, что его встреча с неизвестной тамбовской немкой произошла ещё до его брака с Иолой Торнаги и что он «был совсем молод и не собирался жениться», нуждается в объяснении. Согласно «Летописи жизни и творчества Ф. И. Шаляпина» (т. 1, с. 212), Шаляпин появился в Тамбове впервые в декабре 1901 года, где 12 числа участвовал в концерте Тамбовского отделения РМО, состоявшемся в зале Дворянского собрания. Тринадцатого декабря он возвратился в Москву. Сколько времени провёл он в Тамбове и было ли этого достаточно для короткой любовной интрижки, нам не дано судить, пусть этим расследованием занимаются тамбовские краеведы или сама Орловская. Мы лишь напомним читателям, что в декабре 1901 года Шаляпин не только был уже женат, но был и отцом троих детей: Игоря, Ирины и бэби Лидии. И кроме того, любой двадцативосьмилетний мужчина, особенно сто двадцать лет тому назад, вряд ли считался «совсем молод», хотя и был ещё далеко не старым и был вполне «пригоден» для женитьбы, что и случилось с Фёдором Ивановичем Шаляпиным ещё в 1898 году.

* * *

Если предыстория родства госпожи Орловской с Шаляпиным выглядит весьма правдоподобной, то недавно всплывшая история родства с семьёй Шаляпина, преподносимая неким господином Орловым, столь запутанна, что для того, чтобы в ней разобраться, одной бутылки водки, даже полугаллоновой, будет недостаточно. А коль скоро автору сиих строк такого объёма алкоголя не выпить и за полгода, он вынужден привлечь внимание читателя к известным ему нижеследующим фактам и историческим событиям, которые вряд ли подтвердят этот нововоявленный вариант родства с Шаляпиными. Итак, приступим…

Началась эта история в ноябре 2019 года, через несколько дней после печального события, смерти сына Татьяны Фёдоровны Шаляпиной Теда Конера (Ted Kohner). Его отцом был второй муж Татьяны Фёдоровны, Эдгар Конер, родом из Австрии, сын обрусевших родителей и потому свободно владевший русским языком. Тед (Федя, как он предпочитал, чтобы его называли, и именно так подписывался в письмах к автору этих строк) родился в 1940 году и до конца войны жил в Берлине. Отца призвали в немецкую армию, где он служил переводчиком и нередко спасал жизни евреев и русских. Однажды, видя, как эсэсовец издевался над русским пленным, Эдгар «дал ему в морду»; в ответ эсэсовец вытащил пистолет и в упор застрелил его. Эдгару было 43 года[322].

Федя Конер умер 1 ноября, и его родственники тяжело переживали потерю последнего остававшегося в живых внука Шаляпина — сегодня ещё здравствуют только пятеро внучек и их потомки. А спустя некоторое время одна из внучек Ф. И. Шаляпина, она же дочь Марины Фёдоровны Фредди (урождённой Шаляпиной), неожиданно получила на «Фейсбуке» странное послание от вышеупомянутого г-на Евгения Орлова следующего содержания: «Анджела, пусть потеря домашнего любимца компенсируется приобретением двоюродного брата!!!» Именно так, с тремя восклицательными знаками, означающими, видимо, уникальную ценность такого приобретения. Имея тоже доступ к «Фейсбуку», уже порядочное время у нас есть постоянный контакт и с Анджелой Монтефорте (урождённой Фредди, дочерью Марины Фёдоровны), и с некоторыми другими потомками Фёдора Ивановича, поэтому мы и можем ознакомить читателя и с этой запиской г-на Орлова, и некоторыми иными документами.

Г-н Евгений Орлов, оказавшийся жителем Москвы, утверждает, что он является незаконным сыном «дяди Феди» (*Uncle Fedia*), и, в связи с появлением неизвестного родственника, среди законных потомков Шаляпина начался переполох. Какого Феди? Младшего сына великого певца, киноактёра Фёдора Фёдоровича, или его внука, сына Татьяны Фёдоровны, Теда Конера, который тоже предпочитал, чтобы его называли Федей? Зная, что вот уже более полувека ваш покорный слуга изучает жизнь и творчество Ф. И. Шаляпина, его потомки засыпали меня вопросами. Пока между нами шёл обмен мнениями, к выяснению загадки происхождения г-на Орлова подключился и Первый канал Московского государственного телевидения. Оказывается, в Москве теперь тоже показывают т. н. реалити-шоу, видимо, потому, что ничего умнее позаимствовать в Америке больше уже нельзя. И 12 декабря 2019 года в программе «Пусть говорят» прозвучала передача «„Внебрачные дети“ бьются за признание», одним из участников которой и стал Евгений Орлов. Это часовое шоу было выставлено на «Ютьюбе» (*YouTube*) и переслано ко мне моим другом, любящим смотреть русское телевидение в Америке.

И грянул бал у сатаны… Вопросы ведущего и ответы Е. Орлова напомнили мне чем-то слушанье у Административного судьи в одном из отделов штатного правительства, на которое много лет назад мне пришлось работать. Клиент оказался родом из бывшего Советского Союза, не знавшим (или претворявшимся, что не знает) английского языка, и мне было поручено переводить всю ту галиматью, которую он нёс, отвечая на вопросы к нему. При этом всё слушанье живо напоминало знаменитую юмореску про колёса и насосы у Аркадия Райкина. Оказывается, стиль этой юморески жив и по сей день.

— Как вы узнали, — спросил ведущий, — что вы сын Фёдора Фёдоровича и внук Фёдора Ивановича?

— Это случилось четыре года тому назад, — был ответ Орлова, согласно которому он открыл в интернете фотографии Шаляпина в молодости, и они были «один в один» фото Орлова в молодости. Орлов рассказал также, что он родился в 1945 году, что он доктор физико-математических наук и что его родственники всю жизнь прожили на Урале. На резонный вопрос ведущего, каким образом могла мать Орлова встретиться с Ф. Ф. Шаляпиным, если его не было в стране, ничтоже сумняшеся Евгений Орлов отвечал без запинки: — У него был заграничный паспорт, подписанный **Ежовым, и он мотался из-за границы в Москву к своей матери, которую не выпускали за границу. Он жил в это время в Риме и, очевидно, приезжал, когда заблагорассудится.** [Здесь и далее выделено мною. — *И. Д.*] И как сказала моя тётя: «Я смутно припоминаю, что приезжали артисты [Какие артисты и при чём тут Ф. Ф.? — *И. Д.*] из Москвы в Малый Ярославец. Другая тётя говорила, что приезжал мой отец и привозил богатые подарки». Другая тётя [это не опечатка, читатель, так и было сказано снова — «другая тётя»; очевидно, у Орлова этих «тётев» было немало. — *И. Д.*] рассказывала, что соседка направила жалобу в НКВД, и Фёдор Фёдорович в одном из интервью сказал, что его паспорт потерялся. **Я считаю, что**

у него паспорт отобрали. [Ну, конечно, советская власть отобрала паспорт у сына Шаляпина и после этого выпустила его назад за рубеж? — *И. Д.*]

После этого заявления на большом экране в аудитории появилась фотография свидетельства о рождении д-ра физ.-мат. наук Орлова, но об этом чуть позже. Сначала давайте сравним побасёнку Орлова с тем, что рассказывал о себе сам Фёдор Фёдорович во многочисленных интервью, данных им и в России, и за рубежом, и что писала о нём советская пресса:

О своём отъезде из советской России: «В общем выбрались мы без затруднений **с** советскими **паспортами, подписанными М. Калининым и Г. Ягодой**. Я жил в Милане, потом в Париже, **а в 1926 году уехал в США**» (Шимон Черток «Встреча с сыном Шаляпина», «Новое русское слово», Нью-Йорк, 23 июня 1985 года).

Фёдор Фёдорович прожил в Москве до 18-летнего возраста, **до 1923 года… и затем навсегда** покинул Россию. **«В 1959 году я купил квартиру в Риме»** (С. Борисов «Шаляпин, сын Шаляпина. Разговор с интересным собеседником», «Правда», М., 16 (или 17) апреля 1988 г.).

С Ф. Ф. Шаляпиным, киноактёром по профессии, Юрий Михайлович [**Ю. М. Слонов**, друг детства Ф. Ф. и сын композитора М. Слонова, приятеля Ф. И. Шаляпина. — *И. Д.*] **встретился через тридцать шесть лет, когда Фёдор-младший Шаляпин приехал в Москву** (Т. Емельянов «Письмо из Рима», «Советская культура», 7 апреля 1981 года).

«Вообще Россию мать считала своей второй родиной… После революции она много раз выезжала на Запад…» **Во время войны и в первые послевоенные годы связь** [с Ф. Ф. — *И. Д.*] **прервалась. В середине пятидесятых годов Фёдор Фёдорович разыскал мать,** и она приехала в Рим. Она прожила с детьми [с Ф. Ф. и с Татьяной Фёдоровной. — *И. Д.*] несколько лет и умерла (Н. Паклин «Римские встречи», ж. «Нева», Ленинград, № 2, 1986 год).

Современный начитанный читатель, сравнив оба свидетельства — Евгения Орлова и прессы, — особенно строки, выделенные в них жирным шрифтом, вывод, нам кажется, сделает однозначный. Для этого не нужно даже обладать дипломом доктора каких-либо наук. А нам пора теперь обратиться к свидетельству о рождении героя нашего повествования. Согласно этому официальному документу, д-р Орлов родился 19 сентября 1945 года, следовательно, помня об очень похожих расчётах, сделанных чуть раньше для иного «потомка» Шаляпина, зачатие д-ра физ.-мат. наук произошло примерно 25 декабря 1944 года, т. е. при «наличии полного отсутствия» Ф. Ф. Шаляпина в советской стране. К тому же не следует забывать, что в тот год ВОВ ещё была далека от завершения, и даже если отбросить только что документально подтверждённый факт отсутствия Ф. Ф. Шаляпина на территории СССР, в тот сложнейший исторический момент в жизни страны ей не хватало только одного — иностранного туриста, сына «врага народа», приехавшего проведать свою маму и к тому же ещё «с отобранным у него советским паспортом». Вот уж действительно снова получается: «Умри, Денис...»

Кроме свидетельства о рождении, ведущий предложил вниманию собравшихся посмотреть также записанный до начала передачи рассказ Е. Орлова о том, зачем он добивается признания своего родства с Шаляпиными. «Мне известно, — говорил в тот раз Орлов, — что у деда [т. е. у Ф. И. Шаляпина. — *И. Д.*] было несколько домов. Если я получу судебное решение, что я являюсь его сыном [он, видимо, хотел сказать — „внуком“. — *И. Д.*], то я, конечно, поставлю вопрос, что надо было бы поделиться со мной частью того наследства, которое осталось от деда и от моего отца, в том числе и в Риме. Я не думаю, что мои родственники, которые сейчас проживают в том числе и в Италии, будут довольны. Ну, что поделаешь? Такова жизнь!»

— Вот они, корыстные мотивы всплывают! — только и мог воскликнуть ведущий этой телепередачи Дмитрий Борисов и пообещал в конце своего шоу привести результаты экспертизы ДНК Е. Орлова и приглашённого из Франции дальнего родственника Ф. И. Шаляпина Эдуарда Ле Марьё, который является то ли внуком, то ли правнуком Терезы Печориной (урождённой Элухен, как и её сестра Мария Валентиновна, вторая жена Ф. И. Шаляпина). Этот Ле Марьё, не приводя никаких свидетельств, утверждает в свою очередь, что биологическим отцом его матери (или бабушки — нам разбираться в этом недосуг) был не кто иной, как сам Фёдор Иванович Шаляпин, между которым и его свояченицей, Терезой Валентиновной, якобы была любовная интрижка. Впрочем, эта история не является темой нашего повествования, хотя она и прозвучала во время московского шоу. Нам интересно другое, а именно: какой был смысл в том, чтобы проводить сравнительную экспертизу ДНК между столь отдалёнными, да вдобавок сомнительными родственниками? Коль скоро Фёдор Фёдорович является сыном Шаляпина и его первой жены, а Ле Марьё — далёкий потомок сестры его второй жены, то прежде, чем заниматься таким псевдоанализом, организаторы московского балагана могли бы просто, выйдя в интернет, убедиться в том, что общепринятая величина сходства между ДНК человека и даже шимпанзе составляет 95–98 %. А что касается родства между людьми, то, согласно современной генетике, как утверждает интернет, «если вероятность родства менее 10 %, то родство считается опровергнутым, если более 90 % — подтверждённым. Если вероятность родства находится в пределах от 10 до 90 %, результат считается неопределенным». Нам неизвестно, кто проводил сравнение ДНК названных выше лиц, но результаты этого абсолютно бесполезного теста полностью совпадают с данными, объявленными во время шоу некоей Светланой Королёвой: «Эдуард и Евгений, вероятность 54 %, что вы не родственники, — объявила она. — Второй вариант возможного родства, что вы двоюродные братья, — 38,55 %, т. е., как я и говорила, тест не может нам ответить». Итак, гора родила мышь, ибо приведённое нами ранее историческое и биографическое сравнение свидетельств самого Ф. Ф. Шаляпина и анекдотов Е. Орлова уже полностью исключает вероятность отцовства Фёдора Фёдоровича, отмечавшего также в одном из интервью, что детей у него вообще нигде и никогда не было.

И в заключение: хотя нам представляется, что в отличие от околонаучного «расследования», проведённого в Москве, наши доказательства уже полностью опровергают легенду д-ра Е. Орлова и возможность его родства с сыном Шаляпина, но, учитывая сложившуюся в современной России тенденцию появления новых неожиданных родственников Шаляпина, по-видимому, «процесс уже пошёл», и следует готовиться к тому, что в недалёком будущем мы можем снова стать свидетелями «явления народу» очередного такого потомка. Поэтому-то мы и предлагаем внести поправку в методику проведения последующих, ведь их всё равно не избежать, анализов ДНК. И вот почему. В июле 1995 года, когда автор этих строк вёл переговоры с внучкой Ф. И. Шаляпина о приобретении у неё некоторых фотографий и писем Шаляпина, приехал из Москвы тогдашний директор Музея им. Глинки Анатолий Панюшкин, купил у неё всё то, о чём я вел переговоры, и увёз в Москву. В числе тех приобретений, по рассказу самой шаляпинской внучки, оказалась и ониксовая шкатулочка, в которой после смерти Шаляпина Мария Валентиновна хранила клок его волос. А ведь это, пожалуй, не что иное, как единственный на сегодня подлинный образец ДНК самого Шаляпина. Нам, конечно, неизвестно, сохранились ли в той шкатулке и волосяные луковицы от волос этого отрезанного клока, но даже и без них, согласно всё тому же мудрому интернету, «ствол (стержень) волоса является хорошим источником митохондриальной ДНК, и в случаях, когда нет другого генетического материала, возможно проведение „Генетической экспертизы митохондриальной

ДНК"». Но, надеясь на анализ биологического материала самого Ф. И. Шаляпина, следует помнить ещё и о втором, неизвестном моменте этого ребуса, а именно: о местонахождении этой самой коробочки, но это уже не наша проблема. Бесспорно же одно: буде такая шкатулка вместе с её содержимым найдена, то, имея готовый образец ДНК шаляпинских волос, каждый исследователь сможет потом сравнивать его с ДНК очередного претендента на шаляпинское наследство.

Шаляпин в Казани, 1912 год.
Рукой Шаляпина
на фотографии написано:
«Здесь я родился в 1873 году».
Перепечатка
из чехословацкого издания
книги певца «Маска и душа»
в Праге, 1938 год.

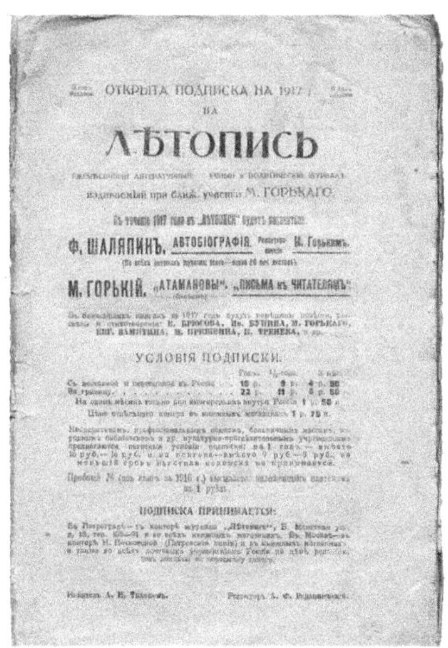

Обложка январского номера журнала «Летопись»,
в котором впервые были напечатаны избранные страницы
его автобиографии «Страницы из моей жизни».
Петроград, 1917 год.

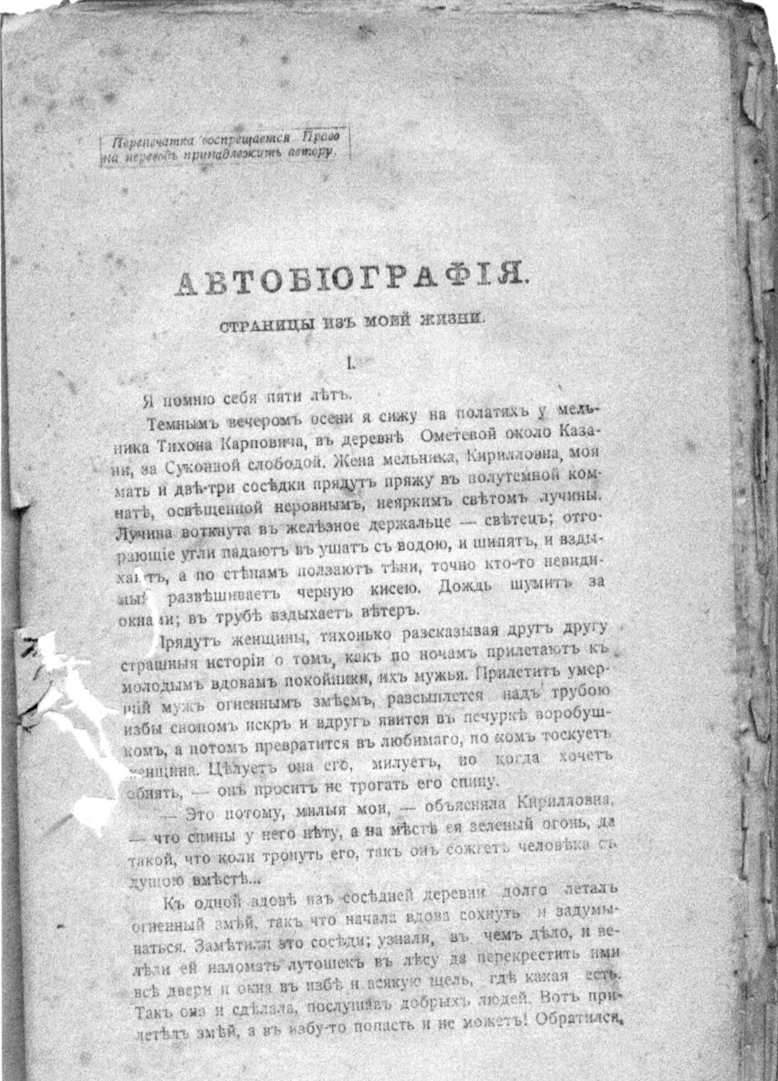

АВТОБІОГРАФІЯ.

СТРАНИЦЫ ИЗЪ МОЕЙ ЖИЗНИ.

I.

Я помню себя пяти лѣтъ.

Темнымъ вечеромъ осени я сижу на полатяхъ у мельника Тихона Карповича, въ деревнѣ Ометевой около Казани, за Суконной слободой. Жена мельника, Кирилловна, моя мать и двѣ-три сосѣдки прядутъ пряжу въ полутемной комнатѣ, освѣщенной неровнымъ, неяркимъ свѣтомъ лучины. Лучина воткнута въ желѣзное держальце — свѣтецъ; отгорающіе угли падаютъ въ ушатъ съ водою, и шипятъ, и вздыхаютъ, а по стѣнамъ ползаютъ тѣни, точно кто-то невидимый развѣшиваетъ черную кисею. Дождь шумитъ за окнами; въ трубѣ вздыхаетъ вѣтеръ.

Прядутъ женщины, тихонько разсказывая другъ другу страшныя исторіи о томъ, какъ по ночамъ прилетаютъ къ молодымъ вдовамъ покойники, ихъ мужья. Прилетитъ умершій мужъ огненнымъ змѣемъ, разсыплется надъ трубою избы снопомъ искръ и вдругъ явится въ печуркѣ воробушкомъ, а потомъ превратится въ любимаго, по комъ тоскуетъ женщина. Цѣлуетъ она его, милуетъ, но когда хочетъ обнять, — онъ проситъ не трогать его спину.

— Это потому, милыя мои, — объясняла Кирилловна, — что спины у него нѣту, а на мѣстѣ ея зеленый огонь, да такой, что коли тронуть его, такъ онъ сожжетъ человѣка съ душою вмѣстѣ...

Къ одной вдовѣ изъ сосѣдней деревни долго леталъ огненный змѣй, такъ что начала вдова сохнуть и задумываться. Замѣтили это сосѣди; узнали, въ чемъ дѣло, и велѣли ей наломать лутошекъ въ лѣсу да перекрестить ими всѣ двери и окна въ избѣ и всякую щель, гдѣ какая есть. Такъ она и сдѣлала, послушавъ добрыхъ людей. Вотъ прилетѣлъ змѣй, а въ избу-то попасть и не можетъ! Обратился

Титульный лист первого издания
автобиографии Шаляпина «Страницы из моей жизни».
Издательство «Прибой», Ленинград, 1926

Первое издание
книги Шаляпина
«Маска и душа»,
издательство
«Современные записки»,
Париж, 1932

Экземпляр книги
«Маска и душа»
с автографом
певца сыну,
Борису Фёдоровичу,
«1936, проездом
через Америку»

Шаляпин в роли
Мефистофеля
(оп. Ш. Гуно «Фауст»)
с автографом тенору
Большого театра
Дмитрию Смирнову

Ф. И. Шаляпин
и его импресарио
Рауль Гинсбург.
Монте-Карло,
середина 1930-х
годов

Ф. И. Шаляпин,
отплывая
из Нью-Йорка,
прощается со своим
американским
импресарио
Солом Юроком,
9 июня 1923 года

Импресарио
Шаляпина в Европе
Л. Д. Леонидов

Рукописная афиша дневного благотворительного концерта
Шаляпина в пользу голодающих, состоявшегося в Большом зале
российского Благородного собрания 26 декабря 1911 года

Дореволюционная стеклянная аптекарская бутылка. В ней Шаляпин хранил траву «зубровку», на которой сам настаивал водку

Грампластинка с записью фокстрота «Шаляпината», 1924 год. Из собрания Вели-Юсси Коскинена (Финляндия)

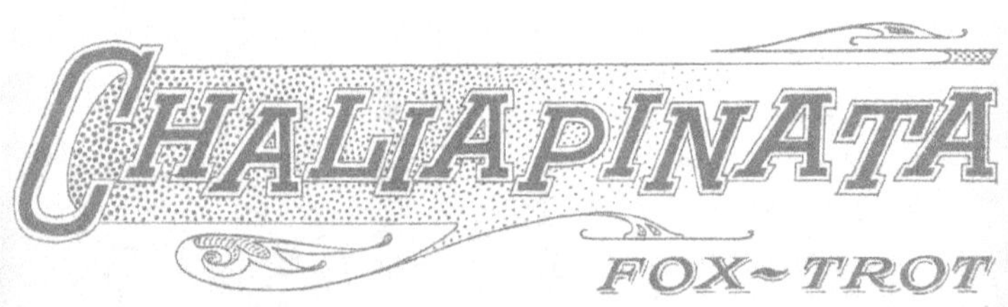

Ноты фокстрота «Шаляпината».
Из собрания Вели-Юсси Коскинена (Финляндия)

Ф. Шаляпин и М. Горький

Ф. И. Шаляпин и Л. В. Собинов на фоне Большого театра

Иллюстрации на обложке:

Борис Шаляпин: «Портрет отца», 1934 год
(фотография 1990 года подарена И. Дарскому вдовой художника).

И. Дарский в студии Бориса Шаляпина.
Истон, шт. Коннектикут, 1991 год.

Шмуцтитулы:

Стр. 11:
Карандашная зарисовка поющего Шаляпина во время концерта
в лондонском отеле «Дорчестер», 10 мая 1931 года.
Автор: Пегги Смит.

Стр. 195:
Карикатура-открытка, изображающая Шаляпина и Собинова.
1903 год, Москва.

Примечания

¹ Гречанинов Александр Трифонович (1864–1956), русский композитор.

² «Новое русское слово», Нью-Йорк, 11 апреля 1948 года, с. 2.

³ М. В. Шаляпина (1882–1964), вторая жена Шаляпина.

⁴ А. Т. Гречанинов «Моя жизнь», Издание второе, дополненное; Rausen Bros Publishers, Нью-Йорк, 1951.

⁵ Афонский Николай Петрович (1892–1971), регент собора св. Александра Невского в Париже, в котором он организовал Митрополичий хор.

⁶ Об этой звукозаписи см. воспоминания Н. Афонского.

⁷ «Новое русское слово», 11 апреля 1948 года, с. 3. Заголовок воспроизведён в той же орфографии, как в газете.

⁸ Этот концерт состоялся 18 июня 1937 года в зале «Плейель».

⁹ Тейлор (Fred Tyler) Фред (1873–1966), один из основателей и руководителей английской фирмы грампластинок HMV, с которой сотрудничал Ф. И. Шаляпин.

¹⁰ Кашук Михаил Эммануилович (1877 — после 1948), личный секретарь и импресарио Шаляпина в Париже.

¹¹ Сведений о пианисте Гусакове отыскать не удалось.

¹² Запись «Сугубой ектении» [в современной орфографии. — И. Д.] была сделана в зале «Плейель» 1 марта 1932 года (матричные номера: 2W1337–1, 2W1337–2 и 2W1337–3; при жизни Шаляпина только матрица 2W1337–3 была тиражирована).

¹³ Этот концерт в Париже, в зале «Плейель», состоялся 5 марта 1933 года («Летопись, т. 2, с. 306).

[14] «Сугубая ектения» в Берлине была исполнена в пятницу 26 марта 1937 года в зале «Скала», как сообщалось 29 мая 1937 года в журнале «Иллюстрированная Россия», № 23 (629), Париж.

[15] Иван Андреевич Корвин-Хорватский (1884–1976), музыкант и поэт, участник Белого движения.

[16] «Новое русское слово», Нью-Йорк, 22 февраля 1970 года, сс. 2 и 7 (из архива Лидии Шаляпиной).

[17] Шаляпин исполнил романс А. Г. Рубинштейна на стихи И. С. Тургенева «Баллада», начинающийся словами «Перед воеводой…»

[18] Автор дважды не точен, у Тургенева/Рубинштейна сказано в тексте: «Что, попался, парень?»

[19] В многочисленной литературе о С. В. Рахманинове изложена и иная гипотеза о причине и истории заболевания композитора, поэтому никаких критических замечаний в адрес автора мы не высказываем.

[20] Григорий Иванович Россолимо (1860–1928), русский невропатолог и психоневролог, профессор Московского университета.

[21] Николай Владимирович Даль (1860–1939), русский психотерапевт, вылечивший Рахманинова от тяжелой депрессии с помощью гипноза. За успех лечения Рахманинов посвятил ему свой Второй фортепианный концерт. По неподтвержденным сведениям («Википедия»), среди его пациентов был и Ф. И. Шаляпин.

[22] Шаляпинский дебют в Лондоне в опере Бойто состоялся 25 мая 1926 года. Опера с его участием была повторена 31 мая, и во время этого спектакля фирма «Хиз Мастерс Войс» провела запись нескольких фрагментов из оперы на граммофонные пластинки. Оперой дирижировал Винченцо Беллецца. Согласно «Летописи жизни и творчества Ф. И. Шаляпина», других выступлений Шаляпина в этой роли в театре Ковент Гарден не было, а имя дирижера по фамилии Браун не упомянуто вообще.

[23] В роли Бориса Годунова Шаляпин дебютировал в театре Ковент Гарден 28 июня 1928 года.

[24] Автор путает два имени: Льва Петровича Штейнберга (1870–1945), дирижировавшего оркестром русской оперы в Лондоне во время Дягилевского сезона 1914 года и в 1915 году во время концерта Шаляпина в Москве, а также дирижера Михаила Осиповича Штеймана

(1889–1949), дирижировавшего оркестром «Русской оперы в Париже», гастролировавшей в театре «Лайсеум» в Лондоне в 1931 году. Дирижер по имени Штенберг неизвестен. В любом случае в мае 1928 года, когда Шаляпин пел в «Борисе Годунове» в театре Ковент Гарден, оркестром вновь дирижировал Винченцо Беллецца.

[25] Вся эта история очень похожа на один из театральных анекдотов, если вообще не на сплетню, и не только потому, что место этих двух скандалов так и остается неизвестным, но еще и потому, что Шаляпин не настолько хорошо владел английским языком, чтобы вступать в какой-либо спор. — *И. Д.*

[26] Автор ошибается. Будучи сыном вятского крестьянина, Шаляпин, даже несмотря на звание Солиста Его Величества, до самой Февральской революции 1917 года тоже относился к крестьянскому сословию.

[27] Николай Константинович Авьерино (1871–1950), музыкант, скрипач и друг Шаляпина, с которым он многократно выступал в концертах.

[28] «Новый журнал», Книга 7, Нью-Йорк, 1944, сс. 335 и 338–341.

[29] Александр Ильич Зилоти (1863–1945), русский пианист, дирижер и композитор, двоюродный брат Сергея Рахманинова.

[30] Александр Ильич Брандуков (1859–1930), русский виолончелист, профессор Московской консерватории.

[31] Первый тур по городам России имел место в сентябре-октябре 1909 года. Второй тур состоялся между 27 августа и 1 октября 1910 года. При этом мемуарист ошибается — в обоих турах пианистом у Шаляпина был Ф. Ф. Кенеман (см. «Летопись жизни и творчества Ф. И. Шаляпина», т. 1 и т. 2, а также письмо А. В. Затаевичу, подписанное Авьерино, Кенеманом и Шаляпиным (Сб. «Ф. И. Шаляпин», 1976, т. 1, с. 430)).

[32] Фёдор Фёдорович Кенеман (1873–1937), русский пианист, композитор и педагог.

[33] Григорий Григорьевич Фительберг [Гжегож Фительберг — польск. Grzegorz Fitelberg], (1879–1953), польский дирижер, скрипач и композитор.

[34] Эту встречу в Варшаве сам Артур Рубинштейн описывает с некоторыми подробностями, опущенными или забытыми Николаем Авьерино (см. Arthur Rubinstein, *My Young Years*, Alfred A. Knopf, NY,

1973, р. 368). Согласно Рубинштейну, он познакомился и подружился с Шаляпиным еще в Париже, в 1905 году.

[35] Этот «Общедоступный народный концерт» для рабочих состоялся 29 апреля 1906 года в помещении цирка Крутикова *Hippo Palace*.

[36] Шаляпин прибыл в Казань 31 августа 1912 года, где провел целую неделю, до 7 сентября, встречаясь со старыми друзьями и собирая информацию для будущей автобиографии. Заявление мемуариста о том, что в Казани был дан концерт, нуждается в подтверждении, ибо об этом нет ни слова в «Летописи жизни и творчества Ф. И. Шаляпина» (т. 2. сс. 45–46).

[37] Имя Серова — Валентин близкие друзья в шутку трансформировали так: Валентоша-Антоша-Антон (см. воспоминания дочери Серова).

[38] Мемуарист неточен. Имение Шаляпина называлось «Ратухино», находившееся на станции «Итларь», Ярославской железной дороги.

[39] Гинсбург (Raoul Gunsbourg) Рауль (1860–1955), родившийся в Румынии многолетний Директор и импресарио Оперы в Монте-Карло, автор нескольких опер и книги воспоминаний.

[40] Глава из книги Рауля Гинзбурга *Zwischen Petersburg und Monte Carlo* («Между Петербургом и Монте-Карло»). Перевод с немецкого Анны Фридкиной (Израиль), 2001. Литературная редакция И. Дарского.

[41] Характеристики голоса и таланта Шаляпина сугубо личные Гинсбурга, и поэтому оставлены без комментариев. — *И. Д.*

[42] В опере Бородина «Князь Игорь» Шаляпин не пел заглавной партии, а исполнял только роли Кончака и Владимира Галицкого, притом нередко (в годы эмиграции) — обе роли сразу в одном спектакле. Видимо, этим он тоже хотел показать, что ему, конечно же, незачем «надрываться»? — *И. Д.*

[43] Тут память явно изменила автору воспоминаний. Когда Шаляпин пел в «Борисе», последняя сцена «Под Кромами» обычно не исполнялась и опера завершалась смертью Бориса. Таким образом, в опере было, считая Пролог за первую сцену, только восемь сцен, из которых Шаляпин появлялся не в двух, а в четырех сценах: в Прологе, в царском тереме в Кремле, у храма Василия Блаженного и в Грановитой палате.

[44] Гинсбург вновь не договаривает или сознательно передергивает факты. Сцена в тереме — ключевая, в ней несколько эпизодов: диало-

ги с сыном и с князем Шуйским, монолог «Достиг я высшей власти» и только в заключение звучит сцена с привидением. То же относится и к сцене в Грановитой палате, где смерти Бориса предшествует появление Годунова перед боярами, затем сцена с Пименом и только потом — смерть Бориса.

45 Оставив без комментария характеристику образа Галицкого, отметим только, что автор настолько заговорился, что не только «забыл» добрых две дюжины шаляпинских ролей, спетых певцом на Западе, девять из которых — в театре Монте-Карло, но даже ни словом не упомянул две роли (хана Асваба и Ивана Грозного), которые артист исполнил в операх самого Гинсбурга.

46 Шаляпин выступил в роли Мефистофеля в Лондоне всего лишь дважды: 22 и 26 июня 1928 года (см. «Летопись» Ю. Котлярова и В. Гармаша), при этом не в антрепризе Гинсбурга, а в театре Ковент Гарден. Отрывки из спектакля 22 июня того же года фирмой «Хиз Мастерс Войс» были записаны на пластинки, и желающие могут насладиться этой «неудачей» Шаляпина. А критик газеты *The Evening Standard писал* 23 июня: «Шаляпинская личность ошеломляет. Именно это и собрало вчера в Ковент Гардене самую многочисленную аудиторию сезона, которая восхищенно обсуждала в каждом антракте не только пение и игру артиста, но и самого Шаляпина как личность. […] Я не могу представить себе никакого другого оперного артиста в мире, могущего вызвать подобное обсуждение».

47 Об этом спектакле в Королевском оперном театре в декабре 1935 года Шаляпин рассказывал репортеру газеты «Последние новости» в Париже: «Приезжаю в Копенгаген. Трепещу при мысли о том, что мне закатят какое-нибудь последнее слово конструктивизма. […] Начинаем репетировать… Я пытаюсь объяснить, как это необходимо для лада действия, — слышу, за спиной кто-то смеется… Чувствую при этом холодную враждебность, нежелание вдуматься в смысл того, что я объясняю не для своего удовольствия же, а для дела… Бросил я репетицию и ушел». А репортеру пражской «Народни политики» Шаляпин заявил следующее: «Это не был вообще «Фауст» Гуно, а какая-то другая опера, в которой не осталось места для Мефистофеля. […] Мне хотелось остаться с чистой совестью и не участвовать в издевательстве

над публикой. «Фауст», каким я его исполняю вот уже тридцать лет, нисколько не похож на то, что я видел в Копенгагене, и, думаю, сам Гуно вряд ли признал бы в этой постановке свое детище».

[48] Такое заявление противоречит историческим фактам. Первое выступление Шаляпина в опере Монте-Карло состоялось в марте 1905 года, когда постоянным местом его службы являлась Императорская опера в России. Поэтому артист мог выезжать на зарубежные гастроли только во время Великого поста или летом, когда государственные театры закрывались. И тем не менее, согласно справке, полученной мною из архива Монте-Карло, список его выступлений до эмиграции выглядел так:

1905 год — 6 раз; 1906–8 раз; 1907–8 раз; 1908–8 раз;

1909–13 раз; 1910–17 раз;

1911–21 раз; 1912–17 раз,

1913–10 раз.

В годы эмиграции Шаляпин тоже выступал в Монте-Карло. Вот этот список: 6 выступлений в 1931 году, 2 — в 1933, 4 — в 1934 и одно — в 1937.

[49] Рене Херент начал выступать в театре М.-К. в 1929 году. В марте (1, 7, 12, 21 и 24-го) 1931 года исполнял роль Мисаила в опере «Борис Годунов», в которой Шаляпин пел заглавную партию (см. T. J. Walsh, *Monte Carlo Opera. 1910–1951*. Boethius Press, Kilkenny, Ireland, 1986).

[50] Этот спектакль («Дон Карлос» Дж. Верди) был дан 17 марта 1931 года. Т. Дж. Уолш (T. J. Walsh) считает недостоверной (см. с. 145 вышеуказанной книги) всю историю в изложении Гинсбурга и в доказательство приводит выдержку из газеты *The Menton and Monte Carlo News* от 21 марта 1931 года, согласно которой «все в зале находились в ожидании сенсации, но вскоре стало ясным, что один из главных исполнителей [Херент] не знал своей роли, и голос суфлера стал явно преобладающим. Естественно, что такая ситуация явилась деморализующей для всей труппы, и ближе к концу […], когда раздались явные голоса протеста, занавес пришлось опустить до того, как закончилась опера».

[51] Такова «русская» вставка в немецкий текст, означающая: «Я не скупой, я жадный, как хищник», наглядно демонстрирующая уровень русского языка автора воспоминаний. — *И. Д.*

⁵² Подробно речь о т. н. шаляпинской скупости идет в моей книге «Народный артист Его Величества… Шаляпин». Что же касается благотворительности Шаляпина в Монте-Карло, то только во втором издании «Летописи» говорится о трех (в 1907, 1910 и 1933 гг.) благотворительных выступлениях Шаляпина с труппой Гинсбурга.

⁵³ Леонидов (настоящая фамилия Берман) Леонид Давыдович (1885–1983), театральный импресарио, антрепренер, мемуарист; был импресарио Шаляпина в Европе в 1920–1930-х годах.

⁵⁴ Глава из книги «Рампа и жизнь. Воспоминания и встречи», Русское театральное издательство «За границей», Париж, 1955.

⁵⁵ Ошибка. Этот сезон имел место в Берлине и в Лейпциге с 10 мая по 9 июня 1928 года.

⁵⁶ Купер Эмиль Альбертович (1877–1960), дирижер Большого театра, позднее — Мариинского.

⁵⁷ Трудно установить местонахождение предыдущего владельца шубы, в которой Шаляпин в 1920 году явился к Кустодиеву (портрет был закончен в 1921 г.), чтобы везти его на репетицию «Вражьей силы» в Государственном — бывшем Мариинском — оперном театре в Петрограде, но не в Москве.

⁵⁸ Ошибка. Хотя у Шаляпина и не было такой русскоязычной аудитории, как в России, в июле 1923 года, будучи в Лондоне, он все же в сопровождении мужского хора и оркестра записал эту песню на граммпластинку (матричный № Bb3229–2), разошедшуюся по белу свету.

⁵⁹ Ошибка. Шаляпин, как широко известно, по своему рождению относился к крестьянскому сословью.

⁶⁰ Подобные декларации в адрес Шаляпина появлялись в эмигрантской печати не раз. Они вызывали резкий отпор как со стороны детей певца, так и со стороны тех, кто знал его и часто с ним общался. Подробно об этом см. в «Приложениях» к воспоминаниям Лидии Фёдоровны Шаляпиной «Глазами дочери», Нью-Йорк, 1997, сс. 164–169.

⁶¹ Эта «вольная» цитата из четверостишия Ф. Тютчева так и приведена в книге Леонидова, без кавычек.

⁶² Автор путает два разных события. На гастроли в Америке и в Англии в 1921 году Шаляпин действительно выехал через Ригу

в правительственном вагоне (см. его книгу «Маска и душа»), а в 1922-м, уезжая на повторные гастроли, из которых артист не имел ни малейшего желания возвращаться в Россию, он отправился на немецком пароходе из Петрограда.

[63] Гостиница на Пушкинской улице в Петербурге, в которой в 1895 году Дальский и Шаляпин снимали меблированные номера.

[64] Нагромождением фактов автор запутывает читателя. Если он называет Труффи «провинциальным» дирижером, то каким образом он мог помочь Шаляпину «в первых шагах на столичной сцене»? Труффи и вправду оказал большое влияние на начинающего певца в Тифлисе; позже они работали вместе в Панаевском театре в Петербурге и в Частной опере Мамонтова в Москве, а также во многих провинциальных городах. Какую сцену автор считает «столичной» и какие шаги Шаляпина следует считать «первыми»? — Нам непонятно!

[65] Опубликованные воспоминания его детей: Ирины, Лидии, Даси, Марины, рассказы Марфы, запись которых на пленке хранится в семье Шаляпиных, в также многочисленные интервью этих и остальных членов семьи не подтверждают такого заявления. — *И. Д.*

[66] Публикации последних лет полностью опровергают эту «теорию», которая отчасти еще верна в отношении к раннему периоду дружбы Шаляпина и Горького. — *И. Д.*

[67] Енукидзе Авель Сафронович (1877–1937), член ЦК ВКП(б), расстрелян.

[68] «Обиженный судьбой» конторщик Епиходов, персонаж пьесы А. П. Чехова «Вишневый сад».

[69] «Успех из вежливости» — (фр.).

[70] Мазини Анджело (1844–1926), великий итальянский певец (тенор), которого Шаляпин назвал «серафим от Бога».

[71] Патти Аделина (1843–1919), родившаяся в Испании, великая итало-французская оперная певица (колоратурное сопрано).

[72] С. Лифарь «Дягилев», Издательство «Композитор», Санкт-Петербург, 1993, с. 6.

[73] Николай Горбунов «Марина — дочь Шаляпина», КРУК, Москва, 2017, с. 41.

[74] Кашук Иосиф Вениаминович (1889?–1942), до революции работник банка, будучи в эмиграции, с 1920-х годов в качестве импресарио работал и помогал брату, известному импресарио М. Кашуку.

[75] «Иллюстрированная Россия», № 17 (727), 15 апреля 1939 года, Париж.

[76] Поземковский Георгий Михайлович (1890–1958), русский оперный певец (тенор), в 1916–1918 годах артист Мариинского театра, с 1919 года за границей. Кроме многочисленных совместных выступлений с Шаляпиным, известен также как его партнер записанной на грампластинку сцены Мельника и Князя из оперы А. С. Даргомыжского «Русалка».

[77] Сесиль Сорель [Cécil Sorel] (1873–1966), французская драматическая и киноактриса.

[78] По рассказу сына певца, Фёдора Фёдоровича, при выступлении Шаляпина в этой роли в Европе опера заканчивалась сценой смерти царя Бориса [из личных встреч с сыном Шаляпина. — *И. Д.*].

[79] Рабби Леви — это русифицированная версия имени Рабби Лев бен Бетзалел, известного также под именем Махарал (1512–1609), — один из самых почитаемых раввинов и авторитетов Галахи (Галаха — это совокупность законов, содержащихся в Торе, Талмуде и т. д.); его имя ассоциируется также с легендой о Гóлеме (персонаже еврейской мифологии). Рабби Леви покоится на Старом еврейском кладбище в самом центре Праги.

[80] В воспоминаниях И. Кашука несколько неточностей. Согласно «Летописи», Шаляпин прибыл в Прагу 22 апреля 1932 года и остановился в «Отель де Сакс». Концерт, назначенный первоначально на 26 апреля, переносился дважды и состоялся только 4 мая в зале «Люцерни». В промежутке между его приездом и днем концерта, 30 апреля, Шаляпин выступил в Брно в опере «Борис Годунов», которая была повторена там же 7 мая 1932 года, т. е. после концерта в Праге.

[81] Президент Франции Поль Думер (1857–1932) выстрелом из пистолета был убит в Париже русским эмигрантом П. Т. Горгуловым (1895–1932).

[82] Кашук Михаил (Моисей) Эммануилович (1877/78–1952), театральный и концертный импресарио в России и (после эмиграции)

в Париже. В 1941 году переехал в Нью-Йорк, где открыл свое театральное агентство.

83 «Новое русское слово», Воскресение, 11 апреля 1943 года, с. 3, Нью-Йорк.

84 Фаррер Клод (псевдоним; настоящее имя Фредерик Шарль Эдуар Баргон) 1876–1957), французский писатель, лауреат Гонкуровской премии.

85 Бичем Томас (1879–1961), английский дирижер, организатор «Русских сезонов» Дягилева в Лондоне в 1913 году, позволивших английской публике впервые познакомиться с искусством Шаляпина.

86 Юрок Сол [Hurok, Sol] (1888–1974), был шаляпинским импресарио в Америке с 1921 по 1929 год, но коль скоро он был выходцем из России, многие соотечественники продолжали называть его по-русски Соломоном Израилевичем Гурковым.

87 Ошибка, артист не был на Балканах; история начала его заболевания тоже изложена не совсем точно. После посещения Зальцбургского фестиваля в августе 1936 года, около 1 сентября Шаляпин встретился с Кашуком в Будапеште и отправился на отдых в Пьештянах (Чехословакия), а в середине сентября приехал в Вену для консультации со своим врачом, профессором В. Фальта, у которого прошел обследование в санатории. Дальнейшее развитие болезни Шаляпина можно проследить по второму тому «Летописи».

88 Биографических сведений о Вл. Верещагине найти не удалось.

89 «Русская мысль», № 545, 15 апреля 1953 года, с. 5.

90 Ни в шаляпинских мемуарах, ни в доступной нам литературе о Шаляпине имена Миклашевских не найдены.

91 Исай Григорьевич Дворищин (1876–1942), личный секретарь и близкий друг Шаляпина.

92 Михаил Филиппович [Моисей Фишелевич] Волькенштейн (1859/1861–1934), адвокат, близкий друг Шаляпина.

93 Церетели Алексей Акакиевич (1869–1943), антрепренер, руководитель Русской оперы в Париже.

94 Солистка Русской оперы в Париже. Биографических сведений о ней тоже найти не удалось.

95 По тексту воспоминаний в газете «Новое русское слово», Нью-Йорк, 11 февраля 1973 года, сс. 3 и 4.

[96] София Ивановна Тимашева (?–?), солистка (сопрано) Театра музыкальной драмы в Петрограде.

[97] Мария Александровна Славина (1858–1951), русская оперная певица (меццо-сопрано) и педагог.

[98] Анатолий Григорьевич Фистулари (1907–1995), дирижер «Русской оперы в Париже» в сезонах 1933–34 гг.

[99] Мария Самойловна Давыдова (1889–1988), русская оперная и концертная певица (меццо-сопрано).

[100] Иван Клавдиевич Базилевский (1893–1975), русский пианист и преподаватель; аккомпаниатор Шаляпина во время его концертных сезонов 1932 и 1935 гг. в США, а также во многих европейских концертах.

[101] Неточность. Шаляпин выступал с «Русской оперой» и в сезоне 1934 года.

[102] Дмитрий Алексеевич Смирнов (1881–1944), русский оперный певец (драматический тенор).

[103] Copyright © by Nina Jordad & Irina Mckeehan. Отрывки из мемуаров Д. А. Смирнова воспроизводятся с письменного разрешения его жены и падчерицы (письмо от Ирины МакКиэн от 22 июля 1982 года).

[104] Виктор Людвигович Форкатти, настоящая фамилия Людвигов (1846–1906), драматический артист, антрепренер, деятель русского провинциального театра.

[105] Марк Маркович Валентинов (1869–1934), антрепренер русского провинциального театра.

[106] Артур Никиш (1855–1922), венгерский дирижер и композитор, один из основоположников современной школы дирижирования.

[107] Сара Бернар (1844–1923), французская актриса, которую в начале XX века называли «самой знаменитой актрисой за всю историю».

[108] «Старый орел» [*La Vieil Aigle,* фр.], одноактная опера импресарио из Монте-Карло Рауля Гинсбурга по легенде М. Горького «Хан и его сын», сочиненная в 1909 году для Ф. Шаляпина.

[109] Очевидно, память подвела мемуариста, ибо знаменитые актеры, братья Коклен-старший и Коклен-младший, скончались соответственно в январе и феврале 1909 года, поэтому никак не могли выступать в июне 1909 года.

[110] Люсьен Гитри (1860–1925), знаменитый французский актер, часто выступавший и в России, был также одним из друзей Ф. И. Шаляпина.

[111] К сожалению, из-за отсутствия 14 страницы в имеющейся у нас копии рукописи воспоминаний Д. Смирнова трудно установить точную дату данного события. Однако достоверно известно, что до Первой мировой войны Шаляпин принял участие в избранных сценах из «Князя Игоря» в сезоне 1907 года в Париже, а в сезоне 1914 года опера шла целиком, но не в Париже, а в Лондоне. Подтверждения описанному инциденту не удалось найти и в доступной нам литературе. По-видимому, и тут мемуариста подвела память.

[112] Владимир Аркадьевич Теляковский (1861–1924), директор Императорских театров (1901–1917), автор воспоминаний и дневников, в которых указанный инцидент тоже не упоминается.

[113] Александр Дмитриевич Крупенский (1875–1939), управляющий Петербургской конторой Императорских театров (1907–1913).

[114] Эти выступления в составе труппы Оперы Монте-Карло имели место в брюссельском театре «Де ла Монне» 10 и 12 мая 1910 года (опера А. Бойто «Мефистофель») и 19 мая в сборном спектакле (Акт 2, оперы Россини «Севильский цирюльник»), как нам сообщили из архива театра «Де ла Монне» (письмо от 25 сентября 2001 г. — архив И. Дарского).

[115] Георгий (Джордж) Емельянович Цехановский [в США — George Cehanovsky] (1892–1986), американский певец (баритон) русского происхождения, позднее — учитель русского языка в театре Метрополитен Опера.

[116] Во время моего телефонного разговора в феврале-марте 1984 года Г. Е. Цехановский неожиданно стал вспоминать отдельные моменты из своих встреч с Шаляпиным, которые, как смог, я законспектировал и теперь впервые предлагаю их вниманию читателей.

[117] «Борис Годунов» был показан в Филадельфии четыре раза, в двух последних (5 апреля 1927 года и 12 марта 1929) роль Щелкалова исполнял Г. Цехановский, роль Марины Мнишек — американская меццо-сопрано Марион Тельва.

[118] Эцио Пинца (1897–1962), выдающийся итальянский певец (баритон), исполнявший в «Борисе» роль Пимена. После сезона 1929 года

Шаляпин, будучи на гастролях в Америке, выступал исключительно в концертах, и в 1930-х годах роль Бориса перешла к Пинца. В 1953 году Пинца сыграл Фёдора Шаляпина в американском фильме «Поем сегодня вечером» (*Tonight We Sing*).

[119] Ошибка Г. Цехановского: в феврале 1927 года Шаляпин не пел в «Борисе», а спектакль 5 апреля 1927 года был третьим в сезоне, в то время как спектакль 12 марта 1929 года стал открытием заключительного оперного сезона Шаляпина в Америке, следовательно, описываемый эпизод имел место 12 марта 1929 г. К тому же в марте в Нью-Йорке еще может быть довольно прохладно, чего нельзя сказать про апрель.

[120] В те годы, когда Шаляпин пел в Метрополитен Опере, все роли, кроме заглавной, в «Борисе Годунове» исполнялись на итальянском языке.

[121] Шаляпин не пел в этой опере в Америке, но Цехановский мог слышать его в роли брамина Нилаканты в 1918 году в Петрограде.

[122] Александр Дормидонтович Александрович [настоящая фамилия Покровский] (1881 — после 1955), русский певец (тенор), с 1919 года жил во Франции, позднее — в Америке.

[123] Избранные страницы из воспоминаний А. Д. Александровича «Записки певца». Изд. им. Чехова, Нью-Йорк, 1955. [Шаляпину в книге посвящена отдельная глава. Однако о Шаляпине певец пишет и в других главах, поэтому отрывки из них, равно как и глава «Ф. И. Шаляпин», представлены в порядке их хронологического изложения в книге Александровича. — *И. Д.*]

[124] Вячеслав Иосифович Зеленый (?–1917), дирижер Московской Русской частной оперы С. И. Мамонтова.

[125] Теноровую партию Богдана Собинина в опере исполнял Михаил Николаевич Сикачинский (1863–1949).

[126] «Откос» — это дивная нижегородская нагорная набережная с незабываемым видом на Заволжье. По ней все гуляли часами». [Примечание А. Александровича. — *И. Д.*]

[127] Ошибка мемуариста. Венчание Шаляпина с итальянской балериной Иоле Торнаги состоялось два года спустя в церкви села Гагино, Владимирской губернии, 27 июля (старого стиля) 1898 года.

[128] В тот год гастролеры дали в Н. Новгороде два концерта: 4 и 6 марта.

[129] Антон Владиславович Секар-Рожанский (1863–1952), певец (тенор), солист Оперы Мамонтова.

[130] Варвара Аполлоновна Эберле (1870–1943), певица (сопрано), солистка Оперы Мамонтова и позже — Большого театра в Москве.

[131] «Это Шаляпин нам всем показал, что такое согласная…» [Примечание А. Александровича. — *И. Д.*

[132] Валентина Ивановна Куза [по мужу Блейхман] (1868–1910), певица (сопрано) солистка Мариинского театра. Фелия Васильевна Литвин [настоящее имя и фамилия Франсуаза Жанна Шютц] (1861–1936), певица (сопрано) солистка Мариинского театра. Даниил Ильич Похитонов (1878–1957), дирижер Мариинского театра. Эдуард Францевич Направник (1839–1916), дирижер и композитор, с 1869 года Главный дирижер Мариинского театра.

[133] Неточность. Александрович впервые выступил с Шаляпиным в опере «Борис Годунов» еще в январе 1911 года в роли Юродивого, а в возобновленный спектакль «Юдифь» Александрович был введен в ноябре 1912 года.

[134] Это очень большой музыкант, пианист по специальности, — последний ученик Фр. Листа. Впоследствии он стал моим наставником и другом. [Примечание А. Александровича. — *И. Д.*

[135] Концерт состоялся 28 ноября (старого стиля) 1909 года. — *И. Д.*]

[136] Не в симфонии, а «с тремя блохами» — «Песнь Мефистофеля о блохе в погребке Ауэрбаха» — Бетховена, Берлиоза и Мусоргского. Все три — с оркестром. [Примечание А. Александровича. — *И. Д.*

[137] Глава «Ф. И. Шаляпин» состоит из четырех разделов.

[138] Ошибки мемуариста. Датой своего артистического (еще — не певческого) дебюта на сцене Шаляпин считал сентябрь 1889 года, когда в Казани он выступил статистом в труппе В. Б. Серебрякова, и поэтому свой 50-летний юбилей (а сороковой юбилей, соответственно, падал на 1929 год) намеревался отметить в 1939 году; а книга Шаляпина «Маска и душа» вышла в Париже не в 1934, а в 1932 году.]

[139] Ошибка: мещанином Шаляпин не был; его отец, а следовательно, и сам Шаляпин, относился к крестьянскому сословию в Вятке. — *И. Д.*

[140] Страхова-Эрманс Варвара Ивановна (1875–1959), русская певица (меццо-сопрано), ученица Д. Усатова, у которого занималась в Тифлисе в одно время с Шаляпиным.

[141] «Новый журнал», Книга 34, сс. 242–253, 1953, Нью-Йорк (печатается с небольшими сокращениями).

[142] Усатов Дмитрий Андреевич (1847–1913), русский певец (тенор), артист Большого театра и педагог-вокалист в Тифлисе, профессор пения с 1889 по 1913 год. Единственный учитель Шаляпина.

[143] Неточность: в августе 1894 года Шаляпин вступил в оперное товарищество, выступавшее в Панаевском театре, где 17 октября того же года он дебютировал в роли Бертрама в опере Мейербера «Роберт-Дьявол», а не в комической опере Обера «Фра-Дьяволо». В Мариинском театре Шаляпин дебютировал 5 апреля 1895 года в роли Мефистофеля («Фауст» Ш. Гуно). Он и впрямь пел там редко, но не только на утренниках.

[144] Кругликов Семён Николаевич (1851–1910), «инженер по образованию, огромной эрудиции музыкант-теоретик, он обладал изысканно-тонким вкусом». [Примечание В. Страховой-Эрманс. — И. Д.]

[145] Врубель Михаил Александрович (1856–1910), живописец, график, театральный художник.

[146] Ключевский Василий Осипович (1841–1911), историк, профессор Московского университета; помогал Шаляпину в его работе над ролями Бориса Годунова и Досифея («Хованщина»).

[147] Неточность: (Ван-Зандт) Зандт Мария ван [Marie van Zandt] (1858–1919), американская певица (лирико-колоратурное сопрано) голландского происхождения, неоднократно гастролировавшая в России.

[148] Неточность: в записи этой арии Нилаканты Шаляпин поет: «**Но я хочу, чтобы ты улыбнулась…**»

[149] Шаляпин вернулся в Императорские театры (сначала в Большой театр), дебютировав в роли Мефистофеля («Фауст») 24 сентября 1899 года.

[150] В мае 1910 года, на имя своей жены Иоле Торнаги Шаляпин оформил купчую на дом, в котором нынче размещается музей Шаляпина в Москве.

[151] По воспоминаниям Лидии Шаляпиной, прозвище «Малый» дала ее отцу Ольга Петровна Кундасова (?–1943), математик и филолог, друг семьи Шаляпина, друг Марии Павловны Чеховой и многих других.

[152] Дорошевич Влас Михайлович (1864–1922), журналист, писатель, театральный критик в Москве.

[153] Эрманс Константин Александрович (1868–1958), фармацевт, владелец многих аптек в России, национализированных после большевистского переворота; приятель Шаляпина и А. П. Чехова.

[154] После недолгого пребывания в Берлине почти нищие Эрмансы перебрались в Париж, надеясь на помощь со стороны русской эмиграции. Такую помощь им оказал Ф. И. Шаляпин, поселивший их в одной из квартир первого этажа, принадлежавшего ему в Париже дома по адресу 22, Авеню д’Эйло.

[155] Биографических данных С. Браиловского отыскать не удалось.

[156] Мемуарная секция ВТО, с. 136. На оригинале выписки надпись: «Передано мне лично Браиловским. Ир. Шаляпина. Воспроизводится по машинописной копии, полученной от В. И. Гармаша в 1997 году. [Архив И. Д.]

[157] Неточность. Шаляпин возвратился в советскую Россию в марте 1922 года после его первых гастролей в Европе и Америке, а СССР был формально создан только в декабре того же года. Описываемый концерт был дан в Большом зале Московской консерватории 21 апреля 1922 года.

[158] ОХМАТМЛАД — Театральная секция «Охраны Материнства и Младенчества».

[159] Хмара Григорий Михайлович (1883–1970), русский драматический актёр, с 1920 года жил за границей.

[160] Свои воспоминания о Шаляпине Г. Хмара публиковал по меньшей мере дважды: в 1938 году, через полгода после кончины певца, и в 1939-м, в первую годовщину со дня его смерти. А накануне 32-й годовщины смерти Шаляпина газета «Русские новости», № 1253, в Париже, уже после смерти самого Хмары напечатала отрывки из обеих публикаций, озаглавив их «О Шаляпине». Сегодня мы публикуем только первые два источника.

[161] «Русские записки», Париж, ноябрь 1938 года, сс. 167–180. Авторство подзаголовка, не установлено. — *И. Д.*

[162] Неточность. Этот концерт состоялся 17 января 1921 года.

[163] Книжный магазин в Петербурге, находившийся на углу Невского проспекта и Адмиралтейской площади.

[164] Шуванов Михаил Иванович (1878–?), русский певец (бас), с 1903 по 1916 год солист Оперы Зимина.

[165] Шевченко Фаина Васильевна (1893–1971), русская драматическая артистка театра и кино.

[166] В Большом театре в то время было два танцовщика с фамилией Жуков. О котором из них идет речь, установить не удалось.

[167] Рейзен Мария Романовна (1892–1969), солистка балета Большого театра. Однофамилица Марка Рейзена.

[168] Менделевич Александр Абрамович (1886–1958), российский сатирик и комик, приятель Шаляпина, которому в 1920-х годах тот устроил гастрольные выступления в Америке.

[169] Это один из вариантов перевода «Элегии» на русский язык, отличающийся от текста, исполнявшегося и записанного Шаляпиным на грампластинку: «О, где же вы, дни любви?»

[170] Брат Н. К. Авьерино (см. «Воспоминания» Н. Авьерино).

[171] Видимо, Михаил Михайлович Климов (1880–1942), один из крупнейших актеров-сатириков того времени.

[172] Тучков Павел Александрович (1862–1916), председатель Верейской уездной управы Московской губернии и гитарист; запечатлен вместе с Шаляпиным на картине Леона Пастернака «Старинные песни. У К. А. Коровина», декабрь 1912 года.

[173] «Иллюстрированная Россия», № 17 (727), 15 апреля 1939 года, Париж.

[174] Дальский (наст. фам. — Неелов) Мамонт Викторович (1865–1918), драматический актер, один из друзей Шаляпина.

[175] Сук Вячеслав Иванович (1861–1933), чех по рождению, русский скрипач, композитор и дирижер Большого театра с 1906 по 1933 год.

[176] Премьера «Хованщины» с Шаляпиным в роли Досифея на сцене Большого театра состоялась 12 декабря 1912 года, когда Суку был 51 год, поэтому «стариком» его можно считать лишь с огромной натяжкой.

[177] Очередная неточность. См. предыдущую сноску.

[178] Опять неточность. Первое действие оперы действительно развертывается на Красной площади, но оркестровое вступление к опере носит название «Рассвет на Москве-реке». Определение «Утро в Москве» не попадалось нам ни в одном источнике.

[179] В роли Досифея на Мариинской сцене Шаляпин выступил впервые 7 ноября 1911 года. Помимо этого, Шаляпин (и режиссер П. И. Мельников) был также и постановщиком спектакля. Инцидент в Москве случился 10 декабря 1912 года во время генеральной репетиции оперы, режиссерами которой были те же постановщики. После отказа В. И. Сука от выступления из Петербурга телеграммой был вызван дирижер Д. Похитонов, проведший премьеру оперы в Большом театре 12 декабря 1912 года.

[180] Неточная цитата. Досифей, разнимая ссорящихся отца и сына Хованских, произносит: «Бесноватые! Почто беснуетесь?»

[181] Открытие выставки картин Б. Ф. Шаляпина состоялось в отеле «Плаза», в Нью-Йорке, 7 марта 1935 года.

[182] Неточность. Вторая книга Шаляпина называется «Маска и душа».

[183] Бедросов Минай Гаврилович (?–?), адвокат, один из основателей и заместитель председателя правления Студии им. Ф. И. Шаляпина в начале 20-х годов в Москве; юрисконсульт и друг семьи Ф. И. Шаляпина.

[184] Копии воспоминаний М. Бедросова, отпечатанные на машинке, были переданы автором Борису Фёдоровичу Шаляпину, старшему сыну певца, во время одного из его визитов в Москву. В марте 1989 года вдова Б.Ф., Хелча Шаляпина, передала их в мой архив. Публикуются впервые. — *И. Д.*

[185] Видимо, память подвела мемуариста. Согласно второму тому «Летописи жизни и творчества Ф. И. Шаляпина» (с. 233), 2 декабря 1902 года Шаляпин участвовал в вокально-музыкальном вечере в пользу слушательниц Высших женских курсов, имевшем место в зале Благородного собрания. А 3 декабря вечером в Большом театре состоялось его бенефисное выступление в опере А. Бойто «Мефистофель». Во время одного из антрактов оперного спектакля среди многих подарков Шаляпину было преподнесено полное собрание сочинений Л. Н. Толстого в 14 томах от благодарного Общества с дарственной надписью, приведенной ниже в данных воспоминаниях.

¹⁸⁶ В нашем архиве хранится подлинная программка этого концерта. Поскольку в рукописи М. Бедросова обнаружены некоторые неточности и опечатки, мы постарались, ничего не меняя, привести описание данной программы в соответствии с шаляпинским текстом.

¹⁸⁷ Подробности о концерте и о финансовом сборе см. «Летопись», т. 2. сс. 35–37.

¹⁸⁸ Неточность. Шаляпин не мог встретиться с Бедросовым «спустя две недели» после премьеры оперы Верди в Большом театре, имевшей место 10 февраля 1917 года. Через день, 12 февраля, он выступил в опере С. И. Зимина на сцене театра Солодовникова в опере «Юдифь» и после этого уехал в Петроград. Певец вернулся в Москву только 27 марта 1917 года («Летопись», т. 2, сс. 134 и 137).

¹⁸⁹ В этом доме, купленном Шаляпиным в 1910 году на имя его жены Иоле (Иолы Игнатьевны), проживала первая семья Шаляпина. Сейчас в этом особняке расположен Музей Шаляпина в Москве.

¹⁹⁰ Эйхенвальд Александр Александрович (1863–1944) родился в Санкт-Петербурге. Вся семья была проникнута артистическим духом: отец был фотографом-профессионалом, мать — музыкантом, брат — дирижером, сестры — певицами. Это сказалось и на А. А. Эйхенвальде, который, будучи профессором физики, занимался и художественной фотографией, и музыкой и у которого «художественный элемент занимал большое место и в его научной и педагогической деятельности. Эйхенвальд приобрел большую популярность своими публичными лекциями, а также докладами на широкие научные темы». [Молодзеевский Б. К. «Очерки по истории физики в России», М. Учпедгиз, 1949, сс. 170–185.]

¹⁹¹ Записки проф. Эйхенвальда попали в мой архив случайно. Когда я готовил к печати воспоминания Л. Ф. Шаляпиной, дочери певца, сохраненные после ее смерти Т. Ф. Шаляпиной, младшей сестрой Л.Ф., и переданные мне. В присланных позднее из Рима остатках архива Л.Ф. были обнаружены и эти воспоминания Эйхенвальда, записанные им, по словам Т.Ф., в ответ на просьбу Л.Ф.

¹⁹² Кочетов Николай Разумникович (1864–1925), композитор, дирижер, педагог, приятель Шаляпина.

¹⁹³ Эйхенвальд (урожд. Папендик) Ида Ивановна (1842–1917), арфистка и педагог, профессор Московской консерватории.

Согласно Л. Ф. Шаляпиной, Эйхенвальд была первой женщиной-арфисткой в России.

¹⁹⁴ В роли Мельника на сцене Большого театра Шаляпин выступил впервые 12 сентября 1900 года.

¹⁹⁵ Эйхенвальд Антон Александрович (1875–1952), дирижер, педагог и композитор, с которым Шаляпин не раз выступал в Нижнем Новгороде.

¹⁹⁶ Шаляпина (урожд. Иоле Лопрести, по сцене — Торнаги) Иола Игнатьевна (1873–1965), итальянская балерина, первая жена Ф. И. Шаляпина.

¹⁹⁷ Лопрести Массимо («дядя Масси», как называли его дети Шаляпина), младший брат И. И. Шаляпиной.

¹⁹⁸ Михайлов-Стоян (наст. фам. — Стоян; по сцене Михайлов и Светлов-Стоян) Константин Иванович (1853[?]–1914), лирико-драматический тенор, режиссер, педагог, выступал на многих оперных сценах России.

¹⁹⁹ Итальянское восклицание, означающее тревогу, сожаление; в данном случае может быть переведено как: «Ой, электричество!»

²⁰⁰ Виноградов Сергей Арсеньевич (1869–1938), художник, академик живописи, друг К. Коровина.

²⁰¹ «Новое русское слово», 1 апреля 1935 года, сс. 2–3. [Печатается с небольшими сокращениями. — *И. Д.*

²⁰² В воспоминаниях К. А. Коровина «Константин Коровин вспоминает…», Москва, «Изобразительное искусство», 1990, сказано, что прозвище Мазырина было «Анчутка», которому мы и будем следовать, игнорируя явную опечатку оригинала воспоминаний С. Виноградова в газете НРС.

²⁰³ От французского слова *le gamin* — уличный мальчишка.

²⁰⁴ Историю эту в свое время поведал Владимир Гиляровский в рассказе «Тайна одного привидения», за ним — К. Коровин, да и другие свидетели этой шутки. Но самым смешным, как это ни странно, стала абсолютно серьезная полемика по поводу привидений и встрече одного из них с Шаляпиным в русскоязычной периодике России постперестроечного периода между 1991 и 1997 годами. Было б лучше, если бы все эти «пикейные жилеты» не поленились взять в библиотеке сочинения Гиляровского и прочитать там приводимый автором комментарий

самого Коровина: «Такими чудесами разве только черносотенца полуграмотного удивишь или сумасшедшего спирита…»

[205] Пильский Петр Мо́севич (1879–1941), журналист и обозреватель, критик, заведущий литературным отделом газеты «Сегодня» (Рига), писатель.

[206] Избранные отрывки воспоминаний из коротких заметок Пильского, появившихся в газете «Новое русское слово» 14 апреля 1938 года (с. 2) и 2 мая того же года (сс. 2–3)

[207] Марджанов (наст. фамилия — Маржанишвили) Константин Александрович (1872–1933), театральный режиссер в грузинских и русских театрах.].

[208] Амфитеатров Александр Валентинович (1862–1938), прозаик, публицист, фельетонист, литературный и театральный критик, драматург, автор сатирических стихотворений. Пильский неточен: это факт, что Амфитеатров рассорился с Шаляпиным, написав злобный и обидный фельетон, но фотографию Шаляпину вернул не он, а Г. Плеханов с припиской: «Возвращается за ненадобностью».

[209] Виноградов Сергей Арсеньевич (1869–1938), художник, преподавал в Строгановском училище, академик живописи (1916), с 1924 года жил в Риге.

[210] На пути в Шанхай 17 или 18 января 1936 года пароход Шаляпина сделал однодневную остановку в Гонконге.

[211] В тексте газеты вместо «он лежит» сказано «и неживо». Это определение нарушает и ритм, и гармонию стиха, поэтому мы взяли на себя смелость, зная об остальных исправленных выше опечатках, внести исправление и в текст эпитафии. — *И. Д.*

[212] Габриэль Астрюк (1864–1938), французский журналист, агент, промоутер, директор театра, театральный импресарио и драматург.

[213] Д'Аннýнцио Габриéле, граф (итал. Gabriele D'Annunzio) [1863–1938], итальянский писатель, поэт, драматург, военный и политический деятель; приятель Шаляпина.

[214] Шаляпинский дебют в заглавной роли оперы Арриго Бойто (1842–1918) состоялся 16 марта 1901 года. Несмотря на наличие многочисленных литературных источников о колоссальном успехе выступления Шаляпина в Ла Скала, нам не приходилось встречать

описания подобного банкета, потому этот рассказ мемуариста мы склонны отнести к разряду анекдотов. — *И. Д.*

[215] «Полишинель» — литературный псевдоним Алексея Владимировича Петрова (1896–?); журналист и художник-сатирик; участник Первой мировой войны, штабс-капитан; после Гражданской войны был журналистом в Приморье, потом в Харбине и Шанхае. После окончания Второй мировой войны вернулся в Россию. Дальнейшие сведения об его судьбе отсутствуют.

[216] «Заря», Харбин, № 27, 31 января 1936 года, с. 2.

[217] Будучи в Шанхае, Шаляпин останавливался в этом отеле.

[218] Ошибка. У Шаляпина в первом браке было шестеро детей, из которых Игорь — он сказал правду — умер четырех с половиной лет от роду. Во втором браке у Шаляпина было трое дочерей. Таким образом, получается девять детей. Если же он считал и двоих детей Марии Валентиновны от ее первого брака, которых Шаляпин вырастил, то тогда конечная цифра должна быть одиннадцать, но никак не десять. — *И. Д.*

[219] Строк Авсей Давидович (1877–1956), русско-латышский по происхождению, американский импресарио Шаляпина в 1930-х годах, старший брат известного композитора и музыканта Оскара Строка.

[220] Содружество это расшифровывалось как Художники, Литераторы, Артисты, Музыканты (ХЛАМ).

[221] Ярон Александр Александрович (1910–1991), русский художник, обосновавшийся в Шанхае. После 1949 года поселился в Вашингтоне, где продолжал работать в области оформительства и рекламы в ателье под названием *Atelier Yaron*.

[222] Утевский Борис Самойлович (1887–1970), адвокат, с 1923 года работал в Москве.

[223] Опубликовано в журнале «Юридическая литература», М., 1989. Копия из коллекции В. Гурвича.

[224] Сведений об Я. Марголине найти не удалось. — *И. Д.*

[225] Могилевский Мендель Шнеерович [Михаил Семенович] (1897–2000), врач и биохимик по профессии, ДМН, занимался исследованием гиалуронидазы в Ленинградском ГИДУВЕ. По приезде в Америку под псевдонимом М. Гурвич с начала 1980-х годов стал печатать воспоминания и рассказы на трех языках: английском, русском и идиш.

Воспоминание о концерте печатается с небольшими сокращениями, не относящимися к Шаляпину.

[226] Публикуется впервые по рукописи, полученной от моего друга М. Могилевского 26 июля 1984 года. — *И. Д.*

[227] Очевидно, память подвела моего друга: в 1918 году он присутствовал на знаменитом «сионистском» концерте Шаляпина в Народном доме, сбор от которого пошел на постройку Оперного театра в Палестине. А в Розовом зале театра «Аквариум», вмещавшем 2500 зрителей, согласно «Летописи жизни и творчества Ф. И. Шаляпина» (т. 2, сс. 177, 178 и 185), Шаляпин выступал четырежды, но в 1920 году. При этом его первые выступления имели место 8 февраля и 6 марта, а два последних концерта состоялись 5 и 15 сентября того же года. Коль скоро имя сорокапятилетнего аккомпаниатора С. О. Давыдовой (1875–1958), показавшейся 23-летнему в тот год мемуаристу «пожилой», упомянуто в «Летописи» только в февральском и мартовском концертах, следует, видимо, считать, что именно на одном из них и был М. Могилевский.

[228] Ленинградский скульптор Наум Шнеерович Могилевский (1895–1975), как признано теперь после многих лет замалчивания, — «корифей матвеевской школы».

[229] Биографических сведений о З. Кривошапко отыскать не удалось.

[230] «Новое русское слово», Нью-Йорк, 28 апреля 1963 года.

[231] Автор, видимо, имеет в виду *Московское филармоническое* общество, существовавшее с 1883 по 1918 год. При нём с 1883 года работало Музыкально-драматическое *училище. В числе выдающихся выпускников этого училища был и Л. В. Собинов.*

[232] См. сноску 175.

[233] Корещенко Арсений Николаевич (1870–1921), пианист, композитор и дирижер, профессор Филармонического училища в Москве.

[234] Брандуков Анатолий Андреевич (1856–1930), виолончелист и педагог, принимал участие в концертах Шаляпина.

[235] Кочетов Николай Разумникович (1864–1925), композитор, дирижер и педагог, приятель Шаляпина.

[236] Воспоминания З. Кривошапки появились в газете «Новое русское слово» в ответ на статью музыковеда Леонида Сабанеева (1881–1968), напечатанную в той же газете 12 апреля 1963 года и приуроченную

к двадцать пятой годовщине со дня смерти Шаляпина. Некоторые утверждения и заявления Сабанеева — в частности, о жадности, грубости, низком культурном уровне, пьянстве артиста — вызвали протест многих читателей, направивших свои письма в редакцию (НРС, 1 мая 1963 г.). А 18 апреля газета напечатала письмо, озаглавленное «Легенда и правда о Ф. И. Шаляпине» и подписанное его детьми: Лидией, Борисом, Фёдором, Татьяной и Мариной Шаляпиными.

[237] Сведения о том, что в репертуаре Шаляпина был романс Ф. Шуберта на стихи И.-В. Гете «Лесной царь», отсутствуют в литературе (см. «Концертный репертуар Ф. И. Шаляпина», В. Гармаш, составитель, в сб. «Фёдор Иванович Шаляпин», М., «Искусство», 1979, т. 3, с. 341).

[238] Неточность. Шаляпин родился 13 февраля 1873 года, а уехал из советской России 29 июня 1922 года, поэтому на момент отплытия его корабля из Петрограда ему исполнилось уже 49 лет. — *И. Д.*

[239] Прощальные концерты Шаляпина в Москве состоялись в Большом зале консерватории 21 апреля 1922 года в пользу голодающих и 29 апреля, а также 2 мая в помещении Муздрамы, тоже в пользу голодающих.

[240] Олин Даунс (Olin Downes, 1886–1955) был музыкальным критиком газеты «Нью-Йорк Таймс» и принял участие в Мемориальном концерте, состоявшемся 14 апреля 1948 года в зале «Ассембли Холл» Хантер Колледжа в Нью-Йорке в память десятой годовщины со дня смерти Ф. И. Шаляпина. В концерте приняли также участие Сергей Кусевицкий, Григорий Пятигорский, Владимир Горовиц и прочие. Со вступительным словом к собравшимся обратился С. Кусевицкий, а после него приглашенным оратором выступил Олин Даунс. Отчет о концерте и изложение речей выступавших на нем (в переводе М. Железнова) были опубликованы в газете «Новое русское слово» 16 апреля 1948 года под заголовком «Блестящий концерт памяти Ф. И. Шаляпина». Известно также, что весь мемориальный вечер был записан радиостанцией «Голос Америки» и транслировался по радио. К сожалению, все наши попытки разыскать звукозапись этого вечера окончились неудачей. — *И. Д.*

[241] А. К. Толстой «Портрет».

[242] У книг своя судьба (lat.)

[243] Grace Moore, *You're Only Human Once*, Garden City Publishing Company, Inc., New York, 1944, p. 1.

244 Письмо А. М. Горького к Ф. И. Шаляпину, сентябрь 1909 года. В сборнике «Фёдор Иванович Шаляпин», в дальнейшем — ФИШ, том 1, «Литературное наследство. Письма», сс. 332–333, М., «Искусство», 1976.

245 ФИШ, т. 1, с. 489.

246 Е. Иль «У Ф. И. Шаляпина», «Время», М., № 796, 28 ноября 1916 года.

247 ФИШ, т. 1, с. 491.

248 Там же, с. 447.

249 Там же, с. 370.

250 Там же.

251 Николай Горбунов «Марина — дочь Шаляпина», КРУК, Москва, 2017, с. 101.

252 Там же, с. 41.

253 Там же, сс. 621–622.

254 «Театр и искусство», № 51, декабрь 1916 года.

255 Лернер Николай Осипович (1877–1934), юрист по образованию, литературовед, историк литературы и пушкинист.

256 Никандров (наст. фамилия — Шевцов) Николай Никандрович (1878–1964), писатель-прозаик, сотрудник журнала «Летопись».

257 «Журнал журналов», Еженедельник нового типа, № 8, 1917, сс. 12–13.

258 «Архив Горького», т. IX, М, 1966, с. 255.

259 ФИШ, т. 1, с. 520.

260 Там же, с. 357.

261 Там же, сс. 523–524.

262 Катарина Райт (1890–1929), американский секретарь Шаляпина с 1922 по 1927 г.

263 См. сноску 86.

264 ФИШ, т. 1, с. 357.

265 «Неизвестные письма М. Горького», «Новый мир», М., № 1, 1986, с. 189.

266 Сильверсван (урожденная Струкова) Евдокия Петровна (1886–1937), стенографистка, впоследствии секретарь издательства «Всемирная литература».

[267] Письмо М. П. Струковой к К. И. Чуковскому, 25 декабря 1961 г. (Копия оригинала, хранящегося в ЦГАЛИ (нынче — РГАЛИ), ф. 1192 (К. И. Чуковский), оп. 2, ед. хр. 27, лл. 1–2). Архив И. Дарского.

[268] «Новый мир», М., № 1, 1986, с. 191.

[269] Тихонов (псевдоним *Серебров)* Александр Николаевич (1880–1957), писатель, редактор журнала «Летопись».

[270] ФИШ, т. 1, сс. 358–359.

[271] «Новый мир», с. 191.

[272] Ф. И. Шаляпин «Маска и душа», в дальнейшем — «Маска», Изд. «Современные записки», Париж, 1932, сс. 339–340.

[273] Печорин Дмитрий Васильевич (1888–1957), адвокат и родственник (третий муж старшей сестры Марии Валентиновны Шаляпиной, второй жены Ф. И. Шаляпина) Шаляпина в Париже.

[274] «Возрождение», Париж, 24 февраля 1930 года.

[275] Там же, 28 марта 1930 года, с. 3.

[276] Fiodor Chaliapine, *Pages de ma vie*, Paris, Librairie Plon, M.CM.XXVII. (Архив И. Дарского).

[277] «Иск Шаляпина к большевикам»; В газете: «Последние новости», Париж, 31 мая 1930 года, с. 3.

[278] «Сборник решений буржуазных судов по советским имущественным спорам» М. А. Плоткин, В. Г. Блюменфельд, сост., Гос. внешторг. изд., М-Л, 1932, сс. 80–83.

[279] «Возрождение», 10 февраля, 1931 года, с. 1.

[280] «Известия», № 349, 20 декабря 1930 года.

[281] «Маска», с. 341.

[282] «Литературная энциклопедия Русского Зарубежья» (1918–1940), Том 1 «Писатели Русского Зарубежья». — М., РОССПЭН, 1997, сс. 317–318.

[283] «Маска», с. 9.

[284] Георгий Гребенщиков «Шаляпин писатель». «Новое русское слово», 1 января 1933 года, сс. 8–9.

[285] Vincent Sheean, *Feodor Chaliapin Remembers*, New York Herald Tribune Books, Sunday, December 25, 1932.

[286] Эрмете Либерати «Обращение переводчика» (Avvertenza del traduttore) в итальянском переводе книги Шаляпина «Маска и душа» (*Pei Sentieri Della Vita* [«По дорогам жизни»], Treves-Treccani-Tumminelli,

Milano, ноябрь 1932 (Перевод с итальянского д-ра Александра Рывкина, 2003).

[287] Письмо Горького к Ромену Роллану, 27 ноября 1926 г., «Неделя», М., № 37, 1966 г.

[288] ФИШ, т. 2. с. 375.

[289] Там же, с 95.

[290] Л. Гендлин «Исповедь любовницы Сталина», Минск, 1993, с. 155.

[291] Двухтомник ФИШ, М., «Искусство», издание 1959 года, т. 1, сс. 366–367.

[292] «Архив Горького», т. XIII, с. 275.

[293] Там же, т. IX, с. 119.

[294] Иосиф Дарский «Народный артист Его Величества… Шаляпин», Bečarre Publishing, New York, 1999. с. 74.

[295] Двухтомник ФИШ, М., «Искусство», издание 1959 года, т. 1, с. 23.

[296] «The Soviet Union», #6, June 1987, pp. 24–25.

[297] «Театральная жизнь», № 17 (722), сентябрь 1988 года, с. 15.

[298] Сочельник, канун Рождества Христова (Вл. Даль «Толковый словарь русского языка», т. IV, с. 264).

[299] Joseph Darsky, *Tsar Feodor: Chaliapin in America*, NOVA Publishers, NY, 2012.

[300] *The Columbus Dispatch*, April 27 and 30, 1924.

[301] Письмо Ю. Ф. Котлярова к И. Дарскому, 6 января 1993 года.

[302] Иосиф Дарский «Народный артист Его Величества…Шаляпин», Bečarre Publishing, New York, 1999.

[303] Владимир Зак «Реабилитируемый… Шаляпин», ж. «Вестник», № 16, 1 августа 2000, Балтимор (шт. Мэриленд).

[304] Ираклий Андроников «Первый раз на эстраде» (цит. по памяти).

[305] В. А. Теляковский «Дневники Директора Императорских театров», в шести томах, Изд. «Артист. Режиссер. Театр», Москва, 1998–2017.

[306] В Императорских театрах звание «Балерина» предшествовало званию «Прима Балерина».

[307] Мухина Нина Ивановна (1888–1968), с 14 октября 1915 года вторая жена Собинова.

[308] Смирнов Дмитрий Алексеевич (1882–1944), артист (тенор) труппы Мариинского театра с 1909 года.

[309] Шкафер Василий Петрович (1967–1937), артист и режиссер оперной труппы Большого театра.

[310] «Константин Коровин вспоминает…», составители И. Зильберштейн и В. Самков. Москва, «Изобразительное искусство», 1990, с. 559.

[311] Константин Коровин «То было давно… там… в России…», Москва, «Русский путь», 2012, с. 75.

[312] *Sex and the Singer. Women in Feodor Chaliapin Life* by Joseph Darsky, NOVA Publishers, New York, 2014.

[313] Иоле (переделанная в России в Иолу) Шаляпина, уехав из России к своему младшему сыну, Фёдору Фёдоровичу Шаляпину, умерла в Риме в 1965 году. — *И. Д.*

[314] «Летопись жизни и творчества Ф. И. Шаляпина», Изд. 2-е, Ленинград, «Музыка», т. 2, сс. 172–174.

[315] Андрей Князев «Легенды поющей семьи», копия страницы из неизвестного журнала, предположительно ж. «Россия», 10–16 ноября 2005 г., с. 11.

[316] Лидия Шаляпина «Глазами дочери», И. Дарский редактор и составитель, Нью-Йорк, 1997, сс. 50–52.

[317] Павел Ожегин «Игорь Шаляпин реабилитирован», ж. «Вятка», 1–1998, с. 20.

[318] «Российская газета», 12 июня 1995 года.

[319] www.udmpravda.ru «Двоюродная племянница Фёдора Шаляпина», 27 февраля 2008 г.

[320] http://www.russkiymir/ru: Дмитрий Злодорев «Ольга Орловская: Сын Шаляпина родился в Тамбовской губернии», 24 июня 2013 года.

[321] http://www.tatar-inform.ru/interview: Ольга Голыжбина «История семьи или наглая ложь: Праправнучка Фёдора Шаляпина Ольга Орловская прибыла в Казань», 4 февраля 2018 года.

[322] Интервью Т. Ф. Шаляпиной-Черновой И. Дарскому, 24 августа 1984 года.

www.ingramcontent.com/pod-product-compliance
Lightning Source LLC
Chambersburg PA
CBHW071158100726
47908CB00002B/425